Diese Geschichte ist rein fiktiv. Ich lege größten Wert darauf keinen Bezug zu aktuellen Tagesgeschehen, Orten, Themen oder Personen herzustellen.

Mein Dank gilt allen Personen und Ereignissen, die diesem Buch zur Geburt verholfen haben.

Peter Rupprecht

Peter Rupprecht

# Miro und Raissa

- oder vom Erbe einer versunkenen Welt -

Version v. 07.12.2019

FSC
www.fsc.org
MIX
Papier aus verantwortungsvollen Quellen
Paper from responsible sources
FSC® C105338

Bibliografische Information der Deutschen Nationalbibliothek
Die Deutsche Nationalbibliothek verzeichnet diese Publikation in der Deutschen Nationalbibliografie; detaillierte bibliografische Daten sind im Internet über http://dnb.d-nb.de abrufbar.


Herstellung und Verlag:
BoD - Books on Demand, Norderstedt

ISBN: 978-3-7504-2830-0

# Inhaltsverzeichnis

*Die Mathematik kommt dem göttlichen Denken am Nächsten.*
*(Roger Bacon, Opus maius)*

# Prolog

Am Anfang, da war Raja, die goldene Scheibe des ewigen Himmels und Gaia, die fruchtbare Mutter Erde. Sie liebten einander sehr und zogen dadurch den heimtückischen Neid von Gaias Schwester Nuri, dem weiten und tiefen Ozean auf sich. Sie missgönnte ihre Liebe zueinander und schob sich mit ihrem dunstigen Leib zwischen ihnen. Nuri machte der Erdenmutter weis, dass Rajas Licht sie schwächen und krank macht. Denn überall, wo dessen Segen auf Gaias Haut traf, bekam sie tiefe Risse in ihrer Haut und vertrocknete. Nur wenn sie sich wie eine Tänzerin um die eigene Achse drehe, entginge sie ihrem grausamen Schicksal sich in eine leblose Sandwüste zu verwandeln. Zu ihrem Schutz webte Nuri für Gaia einen dichten weißen Schleier aus ihrem Blut. Mit dem feinen Stoff hüllte Nuri Gaia ein und erklärte ihr: „Dieser Schleier verleiht dir erhabene Schönheit und vor allem schützt er vor dem Licht und den begehrlichen Blicken der vielen Brüder, die mit Raja im Himmel sind. Denn du sollst für ewig sein bleiben."
Doch als Gaia sich Raja in ihrem neuen Schleier zeigte, reagierte ihr Geliebter verwirrt. Er fragte sie: „Warum verhüllst du dich vor mir? Schämst du dich etwa deiner Gestalt? Ich liebe dich, wie du bist und ich liebe es vor allem, dich in deiner Pracht mit deinen wunderschönen Farben leuchten zusehen."
Die Erdenmutter geriet in großer Verlegenheit ob seiner bewundernden Worte. Um ihrem Liebsten nicht vorzuwerfen, dass es an seiner Energie lag, weswegen sie sich hinter dem Schleier verbarg, antwortete sie ihm: „Das tue ich, damit auch deine Brüder wissen, dass ich dich begehre und sonst niemanden. In meinem Schleier tanze ich für dich und hin und wieder werde ich Teile davon lüften, damit ich dir weiterhin wohl gefalle. Nur was verhüllt ist, behält seinen Reiz."
So ganz gab sich Raja mit ihrer Antwort nicht zufrieden, denn auch er schämte sich aufgrund seiner Blöße nicht.
„Gaia", sagte er darauf hin. „Meine Liebe zu dir ist stark. Wenn du dich hinter einem Schleier aus Nebel verbirgst, wie kannst du meine Berührung, ja meine Liebe zu dir noch spüren?"
Gaia sah ein, dass ihr Liebster Recht hatte. Sie vermisste seine zarten Berührungen doch sehr. Das konnte nicht so bleiben.
„Gib mir deinen Samen", antwortete Gaia ihm daraufhin. „Ihn will ich in meinem Bauch aufnehmen und sie zu dir in den Himmel austreiben lassen. So wird dein Geist und deine Berührung in Form deiner Kinder auf mir sein."
Um den Samen ihres Liebsten zu empfangen, lüftete Gaia ihren Schleier über einen Flecken ihrer Haut, dem sie den Namen Noha gab. Dies Eiland lag inmitten des von Nuri beherrschten Ozeans. Dorthin schickte Raja seine zahlreichen Samen aus. Große und Kleine befanden sich darunter. Manche von ihnen überstiegen nicht die Größe eines Staubkorns. Sie gelangten auf die auserwählte Insel, nisteten sich dort in Gaias Haut ein. Nie vergaßen die Keimlinge ihre Herkunft und trieben ihre Köpfe zu ihrem Vater Raja in den Himmel hinauf. Aus diesen Sprossen erwuchs alles, was es heute auf dieser Insel gibt. Die immergrünen Bäume und die Sträucher des Lebens mit all ihren leuchtenden Blättern, Blüten und Früchten. Mit ihrem

süßlichen Nektar, ihrer duftenden Harze und ihren heilenden Wurzeln. Den würzigen Gräsern, den tiefgrünen Algen und den Geschöpfen der Genesung. All dies fand auf dem Eiland Platz und der Erdenmutter Gaia tat dies sichtlich wohl. Mit großem Stolz säugte sie seine Früchte mit ihren Schätzen und trug sie aus, bis auch sie wiederum ihren Samen abgaben. Ihr kam es vor, als gäbe es die Barriere des weißen Schleiers zwischen ihnen nicht mehr.

So stellte sich Nuri das nicht vor. Im Gegenteil, sie wurde sehr wütend darüber, dass ihr Plan drohte, zu misslingen. In ihrem Zorn entfesselte sie einen mächtigen Orkan mit starken Winden und fegte mit ihnen über die Insel Noha hinweg. Alles in der Hoffnung, der Hurrican würde der Haut Gaias die Geschenke ihres Liebsten entreißen. Als Raja aber bemerkte, dass ein großer Sturm unter dem aufgewühlten Schleier Gaias tobte, griff er hastig ein. In seiner Eile trieb er eine dünne Nadel durch ihre dichte Wolkendecke. Er tat dies in der Absicht, jenen Orkan damit abzuschwächen, der seine Kinder auf der Insel bedrohte. Doch da Gaia sich drehte, verfehlte Raja sein Ziel. Auch die dunstige Nuri wich seiner Attacke gekonnt aus und so fand sich Rajas Nadelspitze stattdessen tief im Fleisch Gaias wieder. Sie schrie vor Schmerzen auf, weshalb sich Nuri´s Winde laut kichernd zurückzogen. Die wähnte Rivalin sich am Ziel, denn nun, so dachte sie, wären sie endgültig getrennt. Aber Raja tat es schrecklich leid, als er sah, was er da in seiner unbedachten Handlung anrichtete. Er entschuldigte sich aufrichtig bei Gaia, wollte er doch seinen Samen, seine Kinder vor dem Zorn des Ozeans bewahren. Er schaffte es nicht, die Nadel wieder aus ihrem Leib zu ziehen. Dazu war sie viel zu fein und steckte zu tief darin, weshalb sie sich auch heute noch tief im Körper seiner Geliebten befindet. Gaias Liebe zu ihm war aber so groß, dass sie ihm nicht nur verzieh, sondern ihrerseits eine weitere Lebensform aus ihrem Schoß gebar. Alles in der Absicht, durch ihre Gabe den Samen ihres Geliebten vor dem Zorn Nuris zu schützen.

Direkt aus Gaias Schoß, so hieß es, stiegen einst die 98 Urväter und Mütter der heutigen Insulaner auf Noha aus ihrem Bauch. Sie wussten um den Wert von Rajas Samen und seinem damit verbundenen Erbe. Wie ehedem hegen und pflegen sie ihn sorgsam, leben sie von und mit ihm. Auch zeugen und gebären sie ihrerseits Kinder. Genauso, wie es auch Gaia mit dem Samen Rajas jeden Tag aufs Neue tut …

# Kapitel 1

# Fremdes Blut

„Sir …“, hallte eine mittlerweile vertraute männliche Stimme laut durch Raissas Traum. Sie erklang auffordernd. Immer, wenn Raissa einschlief, wiederholte sich das folgende Nachterlebnis aufs Neue. Gleich der Endlosschleife eines Ohrwurms, der stoisch und berechenbar nicht mehr aus ihrem Kopf ging. So etwas kannte Raissa bisher nur von den Gesängen und Riten der Insulaner auf Noha, wenn sie sich am Abend zur Unterhaltung und zum Tanz auf dem Dorfplatz in Mitten ihrer kleinen Siedlung trafen. Dann entzündeten sie in der Dämmerung ein großes Feuer aus den Schalen der geernteten Kokosnüsse und spielten mit selbst gemachten Instrumenten, wie Trommeln, Flöten und Rasseln das musische Erbe ihrer Vorfahren auf. Dies hieß nicht, dass es besonders viele Legenden in ihrer Mythologie gäbe, die sich mit ihnen künstlerisch untermalen ließen. Sicher, da gab es die Geschichten und Lieder, die den Schöpfungsmythos des Sonnengottes Raja, der Erdenmutter Gaia und ihrer Schwester, der missgünstigen Meeresgöttin Nuri zum Thema besaß. Selbst die Ballade von der Reise der Kokosnuss über die stürmische See, die vor allem ihren Bruder Miro begeisterte, war von ganz anderer Art als ihr Traum. Er passte nicht im Entferntesten dazu. Seinen immer gleichen Handlungsstrang kannte die junge Frau mittlerweile mit jeder Kleinigkeit so in und auswendig, dass er ihr bereits zum Halse heraushing. Gleich eines nicht endenwollenden Fluches.

„Sir ...“ wiederholte sich erneut das Wort, was Raissas Blick, wie jede Nacht zuerst nach dem Rufer sehen ließ. Doch irgendwie gelang ihr das im ersten Anlauf nie so recht, obwohl sie sich dauernd vornahm, es mit jedem neuen Einsetzen zu versuchen. Es schien, als übernahm ein anderer die Führung in der Szene und sie verdammte sich zu einer reinen Beobachterin der weiteren Ereignisse.

„Bolton“, antwortete ihm Raissa erst jetzt, obwohl noch nie von dieser Person je zuvor hörte. Ja, sie war sich sogar sicher, dass sie selbst nicht einmal in dem Leib der handelnden Person steckte, welche mit seinem Wort wie ferngesteuert auf diesem Mann einging. Erst im zweiten Anlauf gelangte Raissas Blick auf jenem ominösen Rufer Bolton. Dieser hochgewachsene Herr mittleren Alters stach mit seiner wohl geordneten Langhaarfrisur heraus. Sein Äußeres bildete einen krassen Gegensatz zu dem Auftreten ihres Volkes. Sofort bemerkte Raissa die ungewöhnliche Gepflegtheit seiner glänzenden schwarzen Haare. Auf Noha frisierte sich niemand sein

Haupthaar so akkurat wie er. Keiner glättete und färbte sie auch so. Auf Grund der Dauerschleife sah sie ihm das so nach und nach an. Auch dessen Kleidung stammte nicht von der Weberei der Insel, in der ihre Mutter um diese Zeit Laken aus Hanffasern fertigte. Auf Noha durchsetzten sich die Gewebe grobmaschiger und nicht mit so kräftigen Farben, wie sie dieser Bolton trug. Man färbte auf Noha die Fasern der Hanfballen lediglich mit Erdtönen, die aber an Leuchtkraft nicht an die Tiefe von Boltons Kleidung heranreichte. Dessen Kluft hielt sich vollkommen in schwarz bis zum Halsansatz und sie knüpfte sich zu dem sehr eng an seinem Körper. Die Verarbeitung seiner Kleidung erreichte eine höhere Qualität, als es je eine Hand auf Noha zu tun vermochte. Daher erkannte sie sofort, dass sich diese Szene nicht auf der Insel abspielte. Auch fiel ihr auf, dass er im Gesicht nicht einmal einen Bartansatz trug. Auf Noha enthaarten sich die Männer nie so glatt im Gesicht wie er. Wie bekam dieser Bolton das bloß hin? Er nahm doch nicht etwa den kostbaren Honig dafür her? Jener, mit dem sie ihre Wunden verbanden und nutzten, wenn jemand erkrankte? Nein, er stammte nicht von ihrer Insel. Woher kam er dann? Und wo befand sie sich hier eigentlich? Der Raum, in dem sich ihr Avatar aufhielt, besaß so gar nichts mit den Räumlichkeiten ihrer Insel gemein. Alleine die hellgelb getünchten Wände des Raumes verrieten, dass es sich um ein gemauertes oder gar gegossenes Gebäude handelte. Etwas, dass es so auf Noha nur in der Zuflucht gab oder bei dem seltsamen Steinring über dem Höhleneingang. Doch der Traum zog sie ohne innezuhalten weiter in der Handlung vorwärts.
„Ihre User warten auf sie. Es wird Zeit die Katze aus dem Sack zu lassen", fuhr dieser Bolton unvermindert fort. Schon diese zwei Sätze ließen Raissa nächtelang über seine Bedeutung grübeln. Was war ein User und was war eine Katze? Was ein Sack war, wusste sie, aber die beiden anderen Begriffe, entzogen sich gänzlich ihrer Vorstellung. Sie vermutete bald, dass es sich um eine Redewendung handelte, deren Bedeutung sie im Augenblick nicht verstand.
„Du hast Recht, mein lieber Bolton. Dieser Tag wird in die Geschichte unserer Art eingehen, auch wenn es die Lieben da draußen noch nicht im Entferntesten erahnen."

Die Stimme Raissas im Traum klang erneut unzweifelhaft männlich. Sogar mit einem erstaunlich weichen Klang. Pfiffig und entspannt drangen die Worte ihres Avatars durch ihr Ohr. Irgendwie besaß ihr anderes Ich etwas Charmantes. Einnehmendes. Begeisterndes. Wie konnte sie im Körper eines Mannes stecken, ohne sich wie ein Mann zu fühlen? Was war das für ein

seltsames Gefüge? Vor ihrem Unfall im Palmenhain träumte sie ganz anders. Da fühlte sie in den Handlungen ihrer Träume deutlich ihren weiblichen Körper. Nun aber schaltete sich diese Empfindung aus. Auch inhaltlich unterschieden sich ihre früheren Träume deutlich von dem hier. Dazu lief er viel zu geordnet ab.
„Wie viel Zeit wird uns noch bleiben?", merkte Bolton fragend an, doch der Avatar, in dem Raissa zwangsläufig feststeckte, überging seine Frage gezielt. Sie spürte das deutlich. Schnell warf sie anstatt dessen einen Blick in ein Ding, der als eine Art Spiegel fungierte. Es zeigte seinen ganzen Körper, der in einer ähnlichen Kleidung steckte, wie die von Bolton. Nur hielt sich seine Kluft ganz in Weiß. Einen Ganzkörperspiegel dieser Größe gab es auf Noha nicht. Ihr Schmied Ragnar fertigte auf Wunsch allenfalls glatt polierte Handspiegel aus Metall an. Wer aber seinen vollständigen Körper von oben bis unten betrachten wollte, ging bei ruhiger See an den Strand oder suchte die Algenbassins auf, in dem die Insulaner ihren Wassersalat zogen. Der große Spiegel zeigte ihr einen kahlgeschorenen Mann mit einem gläsernen Aufsatz vor seinen Augen. Raissa vermutete, dass es als eine Art Vergrößerungsglas diente. Im Dorf verwendete man solche Linsen, um Holzsplitter aus der Haut zu entfernen oder wenn es darum ging, einen fein gesponnenen Faden durch eine kleine Öse zu zwängen. Am oberen Eck des seltsamen Spiegels zeigte sich ein Ausschnitt mit einer riesigen Menschenmenge. Jedenfalls kam die Menschenmenge für Raissa riesig vor. Sie skandierte und johlte. Weswegen die Menge so euphorisch reagierte erfuhr Raissa auch im Rest des Traumes nicht. Ebenso fiel Raissa ein Emblem auf, das ihr Avatar am Revers seines weißen Anzuges befestigte. Mit ihm betrachtete er sich in dem großen Spiegel. Er deutete auf dieses Symbol. Es zeigte zwei waagrecht gelagerte Wellen in roter und blauer Farbe, die zwei senkrechte Wellen in gelber und grüner Farbe durchschnitten. Ihr Avatar grinste dabei triumphierend wie ein Sieger in den Spiegel hinein, während er sich so etwas wie ein fein gewebtes Band mit einem silbernen Saum um seinen schmalen Hals schnürte. Dann strich er sich einmal mit einem Tuch über seine Stirn, um die sich dort bildenden Schweißperlen abzuwischen. Mit einem Lächeln zeigte er, dass er mit seinem Aussehen zufrieden war. Dann wandte er sich von dem Spiegel ab und ging auf einen weißen Vorhang zu.

So etwas Ähnliches kannte Raissa hingegen auch von den Eingängen der Basthütten in ihrer Siedlung. Man verwendete sie, damit keine der Insekten sich in den Behausungen verirrten. Ihr Avatar holte einmal kurz Luft und schob den dünnen Behang zur Seite. Helles Licht von der anderen Seite traf

auf ihre Augen. Auf der anderen Seite des Vorhangs zeigten sich der Träumenden sogleich grelle Blitze. Ähnlich denen von Nuri bei Sturm. Nur, dass sich hier keine Wolken zeigten. Über ihr befand sich anstatt dessen ein tiefes Blau, während sie in der Ferne jene goldene Scheibe ausmachte, die sie im Schrein ihres Dorfes als ihren Vater Raja verehrten. Die große goldene Scheibe. Unverhüllt, strahlend und vor allem frei von Gaias Schleier präsentierte sich hier der Sonnengott. Deutlich zeigte er sich über einem hohen Klotz mit vielen viereckigen Gläsern, der sich wie ein dicker Pfahl in den endlos erscheinenden Himmel bohrte. Handelte es sich etwa dabei um die legendäre Himmelsnadel aus dem Schöpfungsmythos ihres Volkes? Wohl nicht, denn die Legende schilderte sie als sehr dünn. Ihrem Auge entgingen auch die hohen Berge in der Ferne nicht. Das Aufblitzen der seltsamen grellen Lichter riss nicht ab. Eindeutig gingen diese Blitze von der riesigen skandierenden Menschenmenge aus, die sie vorhin im Ausschnitt des großen Spiegels bemerkte. Sie standen hinter einer hüfthohen eisernen Barriere, vor der weitere Menschen in schwarzen Kleidern so etwas wie Wache standen. Auch sie trugen blitzende Dinger bei sich. So viele Leute auf einmal sah Raissa noch nie in ihrem Leben. Auf Noha lebten, trotz aller Bemühungen die Population weiter anzuheben, gerade mal knapp über hundert Menschen. Doch hier ging es weit in die Tausende hinein. Sie gebärdeten sich auf dem Platz so aufgewühlt, wie die wilden Bienen, die Großvater Jockel im Tal der Blüten betreute. Die herbeigeeilte Masse umjubelte diesen Mann im weißen Anzug, wie wenn er Raja höchstpersönlich wäre. Sichtlich glücklich schritt der Hochgepriesene auf die begeisterte Menge zu, die Bolton schlicht die „User" nannte. Was auch dieser Begriff bedeutete. Die Begeisterten wiederholten unablässig ein Wort, das Raissa zuerst nicht verstand.
„Coal, Coal", riefen sie unablässig wie im Chor.

Ihr Leihkörper trat an die erste Reihe der Menge heran und reichte einigen die Hände. Die Wenigen, die er erreichte, schüttelten sie begierig. Raissa fühlte regelrecht den Glücksrausch, der in ihrer vermeintlichen Figur während seiner Begrüßung aufstieg. Er genoss es und dennoch fühlte sie, dass eine gewisse Bitternis darin steckte. Worüber und worauf, sie wusste es nicht. Soweit spürte sie dann doch nicht in ihn hinein. Dann erreichte er ein Pult, auf dem ein langer dicker Stahldraht herauslugte. An seinem Ende beulte sich eine Art Fingerhut. Das Ding wirkte zuerst so für Raissa, aber seine Funktion diente zur Verstärkung der Stimme. Coal zog ihn aus der Halterung heraus und pustete kurz hinein. Nun machte ihr Traum einen kleinen, unmerklichen Sprung. Als Raissa diesen Traum zum ersten Mal erfuhr, fiel ihr das nicht auf. Doch mit jeder Wiederholung des Traumes bekam sie den Eindruck, dass da im Ablauf etwas fehlte. Sie befand sich zwar weiterhin im Körper von Coal, jedoch veränderte dieser schlagartig seine Körperhaltung. Raissa fiel an dieser Stelle nie auf, dass er sich auch dorthin bewegte, wo sie sich wieder in ihm fand. Man hörte dieses Geräusch des Pustens überdeutlich. Offenbar eine Art Stimmenverstärker, denn sogleich hieß dieser Coal die Menge mit warmherzigen Worten willkommen. Ihrem Avatar fiel es nicht leicht, sich inmitten der ausgelassenen Euphorie Gehör zu verschaffen.

„Meine lieben Freunde“, begann er, während ihn vereinzelte Rufe hochleben ließen, aber sogleich darauf verstummten, weil sie gierig seinen Worten lauschten. Er wiederholte seine Worte nochmals „Meine lieben Freunde. Ich heiße euch herzlich auf dem Gelände der Coal-Solution University willkommen. Nach so vielen Jahren der Entwicklung ist es heute soweit. Das alles wäre ohne euch nicht möglich gewesen. Dafür sage ich euch herzlich Danke.“

Ein unvergleichlicher Jubel toste über den Redner hinweg. Gleich eines sintflutartigen Orkans, den Nuri hin und wieder über ihre Insel Noha brachte.

„Ohne Zweifel ist dieser Tag als historisch zu betrachten. Denn heute präsentiere ich euch den ersten, den ultimativen Durchbruch der IT-Geschichte.“

Raissa verstand von alledem kein Wort. Seine Worte lösten allerdings Begeisterungsstürme bei den sogenannten Usern aus. Andauernd johlten die Menschen anfeuernde Sprechchöre der Begeisterung. Immer wieder kamen die anfeuernden Rufe: „Coal, Coal“, darin vor.

„Es wird unserem Slogan gerecht. Dem Motto, unter dem das ganze Unternehmen seit vielen Jahren erfolgreich arbeitet. Seit es von meinem Vater gegründet wurde, ist es bestrebt, eine Alternative zu sein. Erfolg ist keine Frage von Größe ...“

Plötzlich riss Raissas Traum ab, denn ein starkes Rütteln durchfuhr ihren Körper. Die ruppige Stimme ihres Bruders Miro drang in ihr Ohr.

„Wach endlich auf“, rüttelte Miro ungeduldig ihren Körper durch, als Raissa endlich ihre Augen aufschlug. Die junge Frau wusste zunächst nicht, wie ihr geschah. Sie gähnte erst einmal kräftig und versuchte als Erstes sich in ihrem bescheidenen Nachtlager die Glieder vom Leib zu strecken. Doch Miro beugte sich zu tief über ihren Körper, was dies zunächst verhinderte.

„Was ist denn los?“ stöhnte sie und drückte mit einem Ruck genervt ihren Bruder zur Seite. Sie konnte es nicht leiden, wenn er ihr so dicht beim Aufwachen auf die Pelle rückte.
„Der Sturm hat sich gelegt. Lass uns den Strand absuchen, ehe es sich Nuri anders überlegt.“
Raissa ächzte müde auf. Obwohl Miro schon der erste Flaum im Gesicht wuchs, bremste sich sein kindlicher Erforscherdrang nicht aus.
„Wo ist Mutter?“, fragte sie gähnend und rieb sich erst einmal den Schlaf aus den Augen.
„Sie ist schon in der Weberei. Komm, wer weiß, wie lange Nuri uns Zeit lässt, den Strand abzusuchen. Lass mich dir beim Anziehen helfen.“
Miro zog die Decke aus Hanffasern von ihrem Körper und faltete sie zu zusammen. Raissa stand derweil tapsig auf, um sich erst einmal mit einem hölzernen Eimer lauwarmen Wassers beim Waschbassin zu übergießen. Diese erfrischende Dusche schüttelte sie durch und allmählich füllten sich ihre müden Glieder mit Leben. Dann schob sie den Vorhang am Fenster ihrer Basthütte zur Seite, damit mehr Licht in das Innere fiel. Heute war es, im Gegensatz zu den meisten Tagen, draußen angenehm warm. Oft lag eine tropische Hitze über der ganzen Insel, was sie und ihre Mitbewohner tagsüber träge und müde machte.
Ihre Mutter stellte für sie zwei Hanfbrötchen zum Frühstück auf ihrem Flechttisch bereit. Sie riss sich ein Stückchen davon ab und tauchte es in das bereitgestellte Kokosmus. Daneben strich sie sich etwas Honig vom Rosastrauch mit einem Holzspatel darauf. Genussvoll biss Raissa in das knusprige Brötchenstück hinein, während Miro mit ihr weiter sprach und sich eine Hanftasche für ihre Fundsachen umhängte. Man wusste nie, was sich so alles nach einer unruhigen See am Strand finden ließ.
„Wenn wir Glück haben, lüftet sogar Gaia ihren Schleier. Dann kann ich Ragnar beim Starten des Segelfliegers helfen.“
„Nun werde mal nicht übermütig“, versuchte Raissa seine Begeisterung für das gute Wetter zu bremsen. Verglichen mit den meisten Tagen auf der Insel, war es heute ausgesprochen hell. Auch wenn sich Raja nicht direkt zeigte. Meist hingen dunstige Wolken über Noha, was die Tage ansonsten trüb und trist machte. Raissa zog sich ihrerseits ein frisches Hanflaken mit einem Ausschnitt für ihre Hände und dem Kopf über ihren schlanken Körper, das sie mit einer geflochtenen Kordel um ihre Hüfte fixierte. Es verdeckte dezent ihre üppigen Brüste. Zu gerne hätte sie jetzt jenen großen Spiegel gehabt, mit dem sich Coal in ihrem Traum auf seinen Auftritt vor den Usern vorbereitete. Sie drehte sich anstatt dessen zu Miro um und fragte ihn als Spiegelersatz: „Na, wie seh ich aus?“

„Gut soweit, aber wenn du noch deine Haare hättest …“
Raissa seufzte wehleidig.

Das traurige Thema, das Miro so direkt ansprach, war das wohl schlimmste Erlebnis, das Raissa in ihrer jüngsten Vergangenheit überstand. Früher nannte sie wunderschöne blonde Haare ihr Eigen. Nun aber besaß sie einen kahlen Schädel, auf dessen Mitte gleich einer Narbe verfüllt, eine giftgrüne Substanz dauerhaft ihre Bleibe fand. Ihre Haare versuchten außerhalb der Narbe vergeblich wieder zu sprießen, fielen aber nach ein paar Zentimetern erneut ab. Raissa spürte keine körperlichen Schmerzen in ihrem Schädel mehr, doch wenn ihre Umgebung sie auf ihr unübersehbares Mal ansprach, dann durchzuckte sie es, als sei er allgegenwärtig. Raissa liebte ihre Haare. Vor dem Unfall pflegte sie ihre Frisur penibel mit dem Öl aus den Kokosnüssen, was sie weich und geschmeidig machte. Auch Miro fand sie wunderschön, doch an dem Tag, als sie bei der Ernte von einer Kokospalme fiel, geschah es um sie.
„… wenn die Äbtissin nicht gewesen wäre …“, fuhr Miro sie tröstend fort, „… dann könntest du mir diese Frage nicht mehr stellen. Ich hatte solche Angst um dich, als du mit deinem Kopf auf den Stein aufschlugst. Wir hätten dich sonst Nuri übergeben müssen. Vielleicht wachsen sie ja wieder nach.“
„Das will ich doch hoffen. Diese Schmerzen vergesse ich nie. Die Äbtissin rettete mich, aber seither verfolgt mich dieser seltsame Traum. Ich hatte ihn vorhin schon wieder.“
„Du meinst den anderen Kahlschädel?“, antwortete Miro. Auch er kannte Raissas Traum schon auswendig. Raissa erzählte ihm bereits ausführlich davon. Genauso wie den anderen Dorfbewohnern. Aber niemand, nicht einmal die Äbtissin Marsha machte sich einen Reim auf seine Bedeutung. Es kam nicht selten vor, dass man das Oberhaupt ihrer Gemeinde mit Traumfragen konfrontierte. Sahen doch die Insulaner in den Träumen verborgene Wünsche und Sehnsüchte, denen es sich im Leben zu stellen galt.
„Es wirkt so lebensnah. Als ob ich er wäre. Ich glaube, dass es mit dem grünen Zeugs in meinem Schädel zu tun hat …“
„… dem du dein Leben verdankst. Der Verlust deiner Haare ist da ein kleines Opfer. Na ja und dann träumst du halt ab und zu den gleichen Traum. Denke einfach an die Geschichte der Kokosnuss. Das gibt dir Kraft jede noch so schlimme Lage zu überstehen.“

Miros ungebremster Optimismus die Welt zu sehen erheiterte Raissa. Die Legende, auf die Miro anspielte, erzählte ihm Ragnar einmal bei seiner Bastelei im Hangar unweit der Zuflucht. Damals werkelte der Schmied mit dem Jungen an seinem Fluggefährt herum und Miro stellte ihm viele Fragen über die Luftströme und die Technik, die den Flieger stabil in der Luft hielt. Er hoffte insgeheim, einmal selbst am Steuer des Luftgefährts zu sitzen und sich von Nuris Winden in die Höhe treiben zu lassen. Der Segelgleiter war Ragnars größter Schatz. In ihn steckte er sein ganzes Herzblut hinein. Vielleicht aus dem Antrieb heraus, die die Ballade von der Kokosnuss und dem Meer verhieß.

„Als Raja seiner Geliebten Gaia die Samen aller Wesen der Welt schickte, kam ihm die große Kokosnuss über dem Meer aus. Vielleicht weil sie ihm viel zu schwer war und auf Grund ihrer Größe nicht zu den vielen anderen kleinen Samen und Sporen passte. Die Kokosnuss plumpste anstatt auf Noha direkt in das salzige Meer zu Nuri hinein. Die Meeresgöttin bemerkte den dumpfen Aufschlag und den treibenden Samen auf ihrer Oberfläche. Sie erzürnte ob seiner Anwesenheit, da sie Rajas Gaben verabscheute. So beschwor sie einen mächtigen Sturm herauf, um Rajas Geschenk von Noha abzutreiben. Doch egal, wie viel sie auch mit ihrem strengen Wind nach der Nuss blies, egal wie sie mit ihren Wassermassen tobte, egal wie viele Blitze sie nach ihr schleuderte und auch versuchte mit ihrer schieren Masse den Samen in ihr Element zu erdrücken, die Nuss tauchte immer wieder an ihrer Oberfläche auf. Unnachgiebig trotzte sie ihrer Gewalt. Obwohl der Samen über keine Augen, Ohren oder einer Nase verfügte, schmeckte die Nuss das Salz des Meeres. Sie wusste daher, dass es jetzt noch nicht Zeit war, auszutreiben. Ebenfalls wusste sie nicht, wo sie gerade befand und kannte nicht die Weite bis zum nächsten Festland. Ihr Optimismus an das ihr vorherbestimmte Ziel nach Noha zu gelangen, blieb dennoch ungebrochen. Denn in ihrem Herzen trug sie den Segen Rajas. Einer Kraft, die niemals erlosch und sich dazu bestimmte, von Generation zu Generation weiter durch die Zeit zu tragen. Erst wenn sie festes Land träfe und dies spürte, trug sie seine Kraft nach außen.

Während Nuri sich mit ihrer zerstörerischen Macht vergeblich an der Nuss abarbeitete, kam der Göttin der Gedanke die Nuss zu täuschen. Sie aus der Reserve zu locken. Sie bremste ihre Wellen und Winde ab und hüllte die Nuss in einen so dichten Nebel, bei dem man nicht einmal mehr die Hand vor Augen sah. Da aber die Nuss keine Augen besaß, überkam ihr auch nicht das Gefühl der Hoffnungslosigkeit und der Verzweiflung. Solange das Licht Rajas in ihrem Herzen schien, blieb sie nicht verlassen. Auch wenn ihr der Weg durch die dichte Nebelsuppe unbekannt und ungewiss war, sie trieb mit der göttlichen Macht durch den tückischen Smog. Die Nuss dachte bei sich, dass selbst Nuris Zorn auch ihr Gutes in sich trug. Durch ihre ungeheure Kraft schaffte sie den Weg über das salzige Meer. Sie strandete schließlich auf einer kleinen Insel und verfing sich mit ihren Fasern im lockeren Sand. Dass es sich bei diesem Ort nicht um Noha handelte, störte die Nuss nicht. Sie wusste, dass ihre Reise über das weite Meer nicht die ihres eigenen Lebens war, sondern der ganzer Generationen. Auch jener, die weit nach ihr kamen. Im Augenblick kam es nur darauf an, dass sie weit genug ins Landesinnere gelangte, um auszutreiben. Aufgrund des fehlenden Wellengangs fühlte die Nuss, dass sie sich nicht mehr auf dem tödlichen Meer befand. So keimte sie sich tief in den lockeren Sand der Insel hinein. Ihre Wurzeln fanden dort salzarmes Wasser vor, wodurch sie nun im zweiten Schritt nach oben austrieb. Ihr zunächst dünner Hals reckte sich höher und höher in den Himmel empor, bis sie genügend von Rajas Segen verspürte. Erst dann breitete sie ihre großen Blätter aus und empfing so dessen Energie und somit seinen Segen. Mit Rajas Gabe wuchsen weitere Nüsse an ihrem Stamm, welche sich mit Rajas Kraft, seiner Energie beseelten. Solange, bis diese ebenfalls wieder zu Boden fielen und erneut zu ihrem Fuße Wurzeln schlugen. So nach und nach säten sich ihre Nachkommen auf dem ganzen Eiland aus. Sie besetzten jede freie Stelle, bis die Ersten wieder an den Meeressaum gelangten. Die Samen ihrer Kinder erfassten Nuris Strömung, um sich erneut auf eine Reise ins Ungewisse über das weite Meer zu begeben. Diesesmal aber waren es viele Nüsse und eine von ihnen erreichte irgendwann ihr Ziel, die Insel Noha. Auch wenn seit Rajas Gabe an Gaia viele Jahre und Generationen vergingen, eine von ihnen erreichte so den Ort ihrer Bestimmung."

„Heißt das, dass es weitere Inseln wie die unsre da draußen gibt?"

„Es ist gut möglich …", meinte Ragnar grübelnd „… obwohl ich keine andere Insel kenne. Wir sind zwar keine Kokosnüsse, Miro, aber unsere Nachkommen erreichen diese Inseln vielleicht einmal. Du musst es sehen wie die Kokosnuss: Egal, welche schlimmen Ereignisse sie auf ihrem Weg durch das tödliche Meer erfährt, eine von ihnen erreicht den Ort, der für sie bestimmt ist. Wenn nicht du in deinem Leben, dann geschieht es im Leben deiner Kinder. So grausig auch Nuri unsere Insel mit ihren tückischen Winden und starken Stürmen heimsucht, so helfen ihre Launen dabei, sie zu überwinden. Ihre Kraft ist zwar unberechenbar, aber sie lassen erst meinen Fluggleiter vom Boden abheben und über die Wolken zu Vater empor fliegen."

Im Gegensatz zu den übrigen Insulanern besaß Ragnar ein entspanntes Verhältnis zu der Wettergöttin. Er gelangte zur Überzeugung, dass der Wind, das Wetter und die Strömungen des Ozeans wie der Körper einer Frau mit viel Empathien beschaffen seien. Ragnar beobachtete die Launen der Göttin genau, und wusste, wie sie tickte. Das lies sich auf die Flugtechnik mit dem Gleiter übertragen.

Natürlich unterhielt sich Miro mit ihm auch über den seltsamen Traum seiner Schwester. Auch Ragnar sah die ganze Sache von einer lockeren Seite. Also versuchte Miro seine Schwester entsprechend zu trösten.
„Dein Traum doch nicht schlimm. Wenigstens gibt es darin keine Meeresungeheuer oder so“, sagte er daher Mut machend zu Raissa.
„Ab und zu ist gut. Es ist jede Nacht der Gleiche. Darin verändert sich rein gar nichts ...“
Miro kam ihr näher und umarmte sie liebevoll, um sie auf andere Gedanken zu bringen.
„Schwester, ich bin so froh, dass du da bist“, flüsterte er ihr ins Ohr. „Ich sah dich schon bei Nuri. Ich liebe dich viel zu sehr. Dein Tod hätte mir das Herz gebrochen.“
„Ist schon gut“, erwiderte Raissa angetan und beide nahmen sich die Zeit einander zu spüren. „Hey, jetzt lass uns an den Strand gehen, solange das gute Wetter anhält.“
„Au ja“, antwortete Miro begeistert und sogleich verließen beide Geschwister ihre Basthütte.

Die meist viereckigen Behausungen der Insulaner standen im Kreis zueinander, sodass sich in ihrer Mitte ein großer Platz bildete. Dort kamen sie des Abends nach ihren erledigten Arbeiten zum Klatsch und Tratsch zusammen. Hier erzählten sie einander Geschichten und sangen gemeinsam ihre Lieder. Die Insellegenden, die sie mit ihren selbst gemachten Instrumenten untermalten, füllten ganze Stunden aus. Daneben beratschlagten sie die weiteren Vorhaben, die ihr Leben auf der Insel organisierten. Dazu entzündeten sie mit Hilfe von Rajas Tränen ein Feuer, das sie mit den leeren Schalen der Kokosnüsse und deren Holzfasern speisten. Aus was die mystischen Tränen Rajas bestanden, wussten selbst die Dörfler nicht wirklich. Der Legende nach fielen sie einst vom Himmel als Raja ob der Schmerzen Gaias wegen der Himmelsnadel weinte. Von der Form her sahen die Tränen wie abgerundete Kügelchen aus, doch in geladenen Zustand waren milchig trüb. Diese eher weißen Kügelchen fanden sich oft am Strand nach einem Sturm. Wenn man zwei von ihnen aneinander rieb, dann gaben sie bald eine enorme Hitze ab. Sogleich warf man sie in das Brennmaterial hinein, wodurch wenig später eine lodernde Flamme in die Höhe stach und sich die zur Verbrennung bestimmten Reste entzündeten. Das so entfachte Feuer brannte stundenlang, ohne auch nur ein Grad abzuschwächen. Es gab ein freundliches Licht und eine angenehme Wärme ab. Dazu wirkte sein Schein behaglich auf das Gemüt und verbreitete ein Gefühl der Geborgenheit. Wenn das Feuer herabbrannte, fanden sich in der Asche Rajas Tränen unversehrt und vor allem ausgekühlt wieder. Dann waren sie fast durchsichtig. Wenn man anschließend die durchsichtigen Kugeln direkt in Rajas Strahlen legte, bekamen sie wieder ihre milchige Trübung zurück. Dann konnten sie erneut ein Feuer entzünden.

Zu vorgerückter Stunde trat die Äbtissin in die Mitte des Dorfplatzes und dankte Gaia mit einer lauten Ansprache für den erfolgreichen Tag. Sie segnete die Erdenmutter für ihre Gaben und dankte für ihren Schutz, den das Eiland ihrem Volk bot. Dazu hob sie ein Stück Erde auf und sprach die folgenden Worte:

Aus deiner Erde stammen wir,
zu deiner Erde werden wir,
Zu hüten, was Raja dir vermachte,
Auch wenn Nuri drüber lachte,
So geben wir dir unser Leben hin,
dies ist unser aller Daseinssinn.

Dann lies sie das Stück Erde fallen, worauf hin sich alle erwachsenen Dörfler um das Feuer mit den entzündenden Tränen des Raja aufstellten und einander musterten. Die, die nun bleiben wollten, gingen einander zu, die die nicht konnten oder keine Lust verspürten, zogen sich in ihre Hütten zurück. Der Abend auf dem Dorfplatz gehörte in den nächsten Stunden den Liebenden. Auch Raissa und Miro hätten den andern Dörflern in die Hütten folgen können, doch es machte nichts, wenn sie dem nun folgenden Akt der verbliebenen Insulaner auf dem Dorfplatz beiwohnten, denn so erklärten die Erwachsenen, gehöre es zum Leben, das Leben wie Raja an Gaia zu geben und auch ihre Körper zu feiern. Auch sie, die demnächst zu ihrem Kreis gehörten, sollten wissen, was einander gut tat. Dazu verwendeten die Insulaner Öle und weitere Lustbringer auf den Platz und verwöhnten damit hingebungsvoll ihre Leiber, bis sie sich in der sexuellen Erfüllung ergaben. Natürlich konnten sich die Liebenden auch einzeln in leere Hütten zurückziehen, wenn sie es wollten. Denn nichts durfte der fließenden

Energie entgegenstehen. Als Raissa vor einigen Wochen zum ersten Mal blutete, feierte dies ihr Volk auf dem Dorfplatz mit Tanz und Musik. Dazu reichten die Dörfler ihre selbst gemachten Köstlichkeiten, wie den gegrillten Fisch aus der Forellenzucht auf frischem Hanfbrot. Den süßen Honigkuchen mit den herben Kakaobruchstücken oder die lockeren Kokoskekse und dem nahrhaften tiefgrünen Algensalat. Zum Abschluss ihres Mahls gab es Früchte und Nüsse. Jetzt, so betonte es die Äbtissin, nahm Gaia sie in ihrem Kreis auf. Bereit eine Wiege des Lebens zu sein.
„Sei stolz“, sagte sie damals zu ihr. „Du lebst jetzt, was deine Bestimmung ist.“

Dennoch trat Raissa diesem festlichen Ereignis nicht gerade gerne entgegen. Hieß es doch auch, nun einen passenden Samen zu suchen und das konnte der von Miro nicht sein. Sie liebte ihren Bruder abgöttisch. Vielleicht lag es ja daran, dass sie einander, als ihre leiblichen Eltern nicht im Dorf weilten, einmal sich in der Massage ihrer Leiber versuchten. So wie sie es an der abendlichen Zeremonie beobachteten. Es zeigte sich, dass Miro großes Talent darin besaß, mit seinen Händen große Lust in Raissa zu erzeugen. Hinterher tat es ihr Leid und sie machte sich Vorwürfe überhaupt jene Versuchung gewagt zu haben. An all das dachte Raissa in diesem Moment, als sie mit Miro auf den Dorfplatz trat. Ebenfalls entging ihr dabei der Blick auf die Hütte der Niederkunft nicht. Sie stand genau dort, wo morgens das erste Licht Rajas auf ihr Dorf traf. Dabei handelte es sich um den Ort ihrer Geburt. Lange vor ihrer Zeit, zur Zeit der großen Stürme kamen ihre Vorfahren in der Zuflucht zur Welt. Sie selbst tat bereits hier in dieser Hütte ihren ersten Schrei. Oder vielmehr tauchte sie zum ersten Mal auf aus dem Wasser auf. Die Geburten vollzogen die Insulanerinnen in einem speziellen Geburtsbecken, dass ihre Vorfahren aus einem einzigen Steinblock eigens zu diesem Zweck meißelten. Wenn die Wehen bei der Schwangeren einsetzten, brachten die Geburtshelfer sie zu dieser Hütte und befüllten den Geburtsstein mit körperwarmem Wasser. Bei einer Niederkunft halfen vor allem die jungen Frauen der werdenden Mutter. Eine jede wurde von einer älteren Frau angeleitet, um die Geburt perfekt zu begleiten. Zumal auch sie eines Tages in die Situation der Schwangeren kamen oder ihr erworbenes Wissen darüber an die nächste Generation weitergeben mussten. Dazu gehörte neben dem Abkochen von sterilen Tüchern, dem Sorgen für das richtige Umgebungslicht, der Lautstärke und der Luftzufuhr während der Geburt, auch das Führen des Geburtsmessers. Damit durchtrennte man die Nabelschnur zwischen Mutter und Kind. Schnell lernte Raissa, diese Verbindung zwischen den beiden erst zu lösen, nachdem die Nabelschnur aufhörte zu pulsieren. Solange das Blut von der Mutter zum Baby und zurück floss, blieb dieser Versorgungsstrang unberührt. Im Gegenteil, während die Verbindung noch stand, kam es zum ersten Augenkontakt zwischen der frischgebackenen Mutter und dem Baby. Auch reichte die Länge der Nabelschnur aus, um dem Baby die Brust zu geben. Einem erhabenen Moment, dem die Insulaner große Bedeutung für die spätere Entwicklung des Kindes zumaßen. Dem leiblichen Vater blieb es im Übrigen selbst überlassen, ob er dem Geburtsablauf beiwohnen wollte. Während der schon rituellen Abläufe kam es auf die richtige zeitliche Abstimmung der einzelnen Handlungen jener Helfer an. Erst mit dem durchtrennen der Nabelschnur löste sich symbolisch das Neugeborene von Gaia und trat als eigenständiges Wesen auf die Welt.

Für das ganze Dorf bedeutete eine Niederkunft ein festliches Ereignis. Denn dann versammelten sich die übrigen Bewohner auf dem großen Platz vor der Hütte und stimmten feierliche Lieder ihrer Weltenschöpfer von Raja, Nuri und Gaia an. Wenn die Geburtshelfer mit dem neuen Mitglied ihrer Gemeinschaft vor die Hütte traten und es hoch hielten, sprach das ganze Dorf mantrahaft Rajas Segen über das Kind aus. Die Auserwählung des Namens für das Kind überlies die Gemeinschaft zwar den leiblichen Eltern, doch ab diesem Moment gehörte das Kind ihnen nicht mehr. Es gehörte nun der Insel Noha, dem Meer, der Luft, dem Wind und dem Segen Rajas.

Auf der anderen Seite des Platzes, genau gegenüber an dem Ort, an dem am Abend das letzte Licht erlosch, befand sich die Hütte des Dankes. Dort bahrten die Insulaner fünf Tage lang ihre Verstorbenen auf. Ein jeder besaß solange die Gelegenheit, sich von den Toten zu verabschieden und zu trauern. Doch dann, nach fünf verstrichenen Tagen brachten die Insulaner den Leichnam an den Strand, errichteten aus Palmwedel und Kokosschalenresten einen Scheiterhaufen und verbrannten ihn. Symbolisch schickten sie ihre Toten in das Reich Rajas zurück, damit er zu neuer Kraft würde, um vielleicht eines Tages wieder ein Kind zu beseelen.

Rings um den zentralen Versammlungsort mit der Hütte der Niederkunft und des Dankes, befanden sich die übrigen Hütten ihrer Gemeinschaft. Sie bestanden, ähnlich wie die ihre aus Bastwänden und deckten sich mit den Blättern der Kokospalme ab. Die meisten Hütten besaßen ein steinernes Fundament. Es kam oft vor, dass nach einem starken Sturm die Behausungen wieder neu aufgebaut wurden. Jeder Dorfbewohner half den anderen dabei. Da sich die Wände aus geflochtenen Bastmatten leicht zusammenfügen ließen, reparierte sich der Schaden durch die Stürme innerhalb eines Tages. Die einzelnen Behausungen besaßen keine eigenen Gärten, denn auf der Insel bewirtschaftete die Dorfgemeinde den ganzen Boden im Kollektiv. Ein jeder besaß in dem Gefüge seine feste Aufgabe und kam seiner ihm anvertrauten Arbeit mit Gewissheit nach. Welche dies einmal sein würde, kristallisierte sich erst während der Entwicklung ihrer Kinder heraus. Die Gemeinschaft setzte die Heranwachsenden in den verschiedenen Bereichen ihrer Inselwirtschaft ein und stellte so fest, was ihnen am besten lag. Miros und Raissas Mutter betrieb den Webstuhl bei der Windmühle, während ihre leiblichen Väter auf den Algen-, der Kakao- oder Kokospalmenplantagen die Gewächse pflanzten, pflegten und ernteten. Als nicht ganz Volljähriger half Miro daher den Dorfbewohnern unter Tags aus, wo gerade jemand gebraucht wurde. Er half Großvater Jockel bei den Bienen oder auch Karolin in der Algenfarm. Aber auch bei den Reusenfischern lernte Miro sehr viel. Er sammelte Erfahrung nach den Fangkörben vor den Klippen der Insel zu tauchen. Dort holte er die Fallen vom Meeresboden herauf, um sie zu leeren. Dadurch gelang es ihm durch Übung die Atemluft länger anzuhalten und sie mit dem Luftdruck in den Ohren zu regulieren. Aber am Liebsten hielt sich Miro aber bei Ragnar, ihrem Schmied, am Hangar auf. Am meisten faszinierte ihn der Fluggleiter, den ihr findigster Kopf der Insel ersann. Auf seiner Tragfläche platzierte er in einer Art Fassung entweder einen Lichtwürfel oder jene Tränen der Raja mit der sie am Abend ihr Feuer entfachten. In dem Augenblick, in dem Rajas Segen auf die Fundstücke traf, fingen sie seine göttliche Energie ein. Auch Raissas Werdegang ihrer Tätigkeiten auf der Insel glich zunächst dem ihres Halbbruders. Jedenfalls bis zu ihrer ersten Blutung. Sie wechselte davor die einzelnen Tätigkeitsstätten von der Weberei bis zu den Plantagen durch. Schon bald stellte sich heraus, dass sie ein großes Talent darin hatte, die Dattel- und Kokospalmen hinaufzuklettern und von dort durch Drehung um die eigene Achse der Frucht sie zu Boden plumpsen zu lassen. Nach ihrer ersten Blutung setzte sie die Äbtissin Marsha daher vorrangig auf der Palmenplantage ein. Das Ernten der Kokosnüsse schien wie gemacht für Raissa zu sein, doch der Unfall vor einigen Wochen riss sie aus ihrer Bestimmung heraus. Im Moment herrschte in der Dorfgemeinschaft eine Unschlüssigkeit darüber, als was man Raissa künftig einsetzte. Solange ihre Genesung nicht als gesichert galt, half sie daher Miro bei der Strandgutsuche aus. Eine Arbeit, die vor allem die nicht volljährigen Kinder auf der Insel erledigten.

Heute stand Edgar mit seinem Abakus auf dem Dorfplatz und schob einige der Perlen auf ihm hin und her. Er fungierte als Lagerwart des Dorfes und brütete gerade über irgendetwas. Grübelnd verharrte er in sich, während Miro und Raissa ihn auf dem Weg zum Strand passierten. Für seine Arbeit interessierten sich Miro und Raissa weniger, denn es schloss sich aus, dass sich einer von ihnen einmal in dem Amt des Lageristen der Siedlung wiederfand. Er besaß neben der Äbtissin in der Gemeinschaft das Privileg die Arbeiten zuzuteilen, da er einen guten Überblick über die Vorräte besaß.
„Oh. Gut, dass ich euch sehe", merkte Edgar auf und unterbrach kurz seine Arbeit. Er blickte erfreut die Geschwister an.
„Wenn ihr das gute Wetter nutzt und den Strand absucht, bringt eure Fundsachen hinterher direkt zur Zuflucht hinauf. Marsha hält es seit dem letzten Sturm für geschickter, dort unser Depot zu unterhalten, als hier unten im Dorf."
„Ja, Edgar", antworteten die beiden Geschwister wie aus einem Mund.
„Wie steht es mit dem Flieger?", fragte Miro ihn kurzerhand. „Kann ich heute wieder bei Ragnar arbeiten?"
„Ja, aber du wirst eine weitere Aufgabe übernehmen. Raja lässt sich viel zu selten sehen, als dass du dich nur um den Flieger kümmern wirst. Ich dachte, dass du bei den Algenbassins aushilfst, zumal sie auch nahe genug am Unterstand des Seglers sind und dein Vater auch dort arbeitet. Sprich mit Karolin. Sie wird dich dort einweisen."
Miro nickte etwas enttäuscht, aber er verstand, dass der Fluggleiter alleine seine Arbeitskraft für heute nicht ausfüllte. Eine jede Hand wurde auf der Insel optimal eingesetzt, da sonst die Gemeinschaft nicht überlebte. Miros Spielkameraden befanden sich heute schon bei den ihnen zugeteilten Aufgaben, weshalb sich gerade niemand Weiteres auf dem Dorfplatz aufhielt. Edgar besaß einen guten Blick, die Fähigkeiten der Heranwachsenden einzuschätzen. Danach teilte er die nicht volljährigen aber bereits arbeitsfähigen Kinder zu. Die jüngeren Kinder betreuten ihre Mütter direkt an ihrem Arbeitsplatz und bezogen sie in ihre Arbeiten ein. Sofern sie noch Babys waren, fixierten die Mütter sie mit einem Tuch an ihrem Leib. Um sie zu säugen, zogen sie sie einfach an ihre Brust heran. Denn sie wussten, wenn die Babys ihre Mutter spürten, blieben sie ruhig und entspannt.

Noch ehe Raissa mit Miro weiter an den Strand eilte, setzte Edgar weiter nach: „Raissa, Marsha will übrigens mit dir sprechen. Wenn du vom Strand zurückkehrst, egal ob ihr etwas findet oder nicht, gehe zur Zuflucht. Sie wartet dort oben bereits auf dich."

„Ist gut", schluckte sie nickend. Gedankenverloren über das bevorstehende Treffen querte sie mit Miro den Dorfplatz in Richtung Strand. Am Ortsausgang passierten sie den großen Tonofen, den die Gemeinschaft zum Backen verwendete. Wenn das Dorf backte, packten alle Bewohner mit an. Meist geschah dies einmal in der Woche. Dazu traf man sich zum Mahlen der Hanfkörner und der Kokosnüsse, setzte den Teig aus ihrem Mehl in großen Tonbottichen und Hefe an, der die Äbtissin zuvor mit einem Ritual für ihre Arbeit dankte. In den Teig mischten sie weitere Nüsse und Saaten hinein, um sie anschließend zu großen Leibern zu formen. Die Brote symbolisierten die Erdenmutter Gaia, die mit ihren Geschenken das Leben durch die Zeit trug. Wichtig war, so die Äbtissin, Rajas Energie aus dem Backwerk heraus zu schmecken. Nur dann war es gut und erfüllte die Bestimmung der Erdenmutter Gaia. Auf der ganzen Insel duftete es während des Backrituals nach frischem Brot, Honigkuchen mit Bananen oder Kakaoraspeln und Kokoskeksen. Am Abend gab es dann ein ausgiebiges Mahl, das nicht selten mit jener Feier des Leibes und Dankes ihren Abschluss fand.

Sie erreichten schon bald die Hanffelder der Siedlung auf denen Jakob mit Emilie Halme für die Weberei ernteten. Beide befanden sich im besten Alter und schnitten sie mit einer Sichel. Zielsicher durchtrennten sie die ausgewachsenen Triebe, um daraus die Faser des Hanfstrauchs in einem späteren Arbeitsgang zu einem Faden zu spinnen. Emilie trug den jüngsten Spross der Siedlung in einem Tuch angeschnallt auf ihrem Rücken herum. Benjamin schlief tief und fest. Er kam erst vor einigen Wochen zur Welt und war Emilies ganzer Stolz. Dem Jungen machten die raschen Bewegungen der Mutter während ihrer Arbeit nichts aus. Ja, es beruhigte ihn, trug Emilie ihn doch gut neun Monate in ihrem Bauch herum.
„Was will die Äbtissin von dir?", fragte Miro nachdenkend.
„Weiß nicht. Vielleicht etwas mit meinem Traum", mutmaßte Raissa. Es konnte aber auch etwas ganz anderes sein. Wollte sie etwa wissen, wie gut sich der grüne Kit mit dem Gewebe ihres Kopfes verband? Sie grüßten das Paar, ehe sie den mit großen Steinen markierten Weg weiter zum Strand hinunter ans Meer folgten.

Es besaß einen guten Grund, weshalb die Siedler ihre Hütten so weit weg von der Küste errichteten. Der Ort lag etwas höher und war bei Sturm relativ gut vor den Flutwellen Nuris geschützt. Raissas und Miros Vorfahren legten einen Teil ihrer Felder als Terrassen an den Hanglagen der Insel an. Die so gewonnenen Anbauflächen verband man durch in den Fels geschlagene Treppen. Eine solche Verbindungstreppe stiegen die Geschwister zum Kokospalmenhain hinab. Dem ehemaligen Arbeitsplatz von Raissa, welchen zu dieser Stunde ein sanfter Wind durchstrich. Er brachte die großen Palmwedel in der Krone zum Rauschen. Geschmeidig bogen sich die Palmenstämme mit dem Wind. Hier roch es bereits leicht nach dem Salz des Meeres und dem sandigen Boden, auf dem die Palmen bestens gediehen. Unterwegs kamen die Geschwister an kunstvoll gefertigten Felsenreliefs und Skulpturen vorbei, die ihre Vorfahren hinterließen. Man fand diese Darstellungen auf der ganzen Insel verstreut. Mit Hammer und Meißel trieben sie ihre aus den Insellegenden entlehnten Themen in den Stein. Ebenso zeigten sich in den Felswenden mit Erdfarbe gestaltete Graffitos. Deutlich neben den Früchten der Erde zu erkennen, war ihr Vater Raja, dargestellt als goldene Scheibe mit vielen Händen, die windige und feuchte Nuri zu erkennen an ihren dunklen Wolken, grellen Blitzen und Wassertropfen sowie die grau verschleierte Gaja. Auch modellierten die Insulaner vereinzelte Felsbrocken zu übergroßen Nüssen um, welche die vom Himmel gefallenen Samen symbolisierten. Den Geschenken des Sonnengottes an ihre Erdenmutter.

Bis heute wusste Raissa nicht, wie es überhaupt zu ihrem verhängnisvollen Sturz kam. Selbstsicher, ja wie im Traum, stieg sie bis zu jenem Tag jede noch so widrig erscheinende Palme hoch und holte geschickt die besten Nüsse oder Datteln herunter. Doch an diesem Tag lief es etwas anders als sonst ab. Mit Schwung kam sie zunächst gut die Unglückspalme hoch. Aber irgendwie erwies sich die Rinde weiter oben als viel zu glatt für ihre Füße. Sie geriet, kurz bevor sie die ersehnten Nüsse in der Krone erreichte, ins Rutschen. Es wurde dabei entsetzlich heiß auf ihrer Haut und es tat ihr weh. Sie schürfte sich dabei die Haut auf, weshalb sie vor Schmerz kurz ihre Füße öffnete, doch da fiel sie schon wie eine Nuss dem ansonsten sandigen Untergrund entgegen. Wie wenn das Unglück nicht reichte, landete ihr Kopf gleich der Kokosnuss selbst auf einem Stein, während der übrige Teil des Körpers wenigstens im weichen Sand aufschlug. Dort, wo ihr Schädel auf den Stein traf, klaffte ein Loch, aus dem es stark blutete. Raissa verlor unversehens das Bewusstsein. Zum Glück blieb ihr Sturz nicht unbemerkt, denn schon aus Sicherheitsgründen arbeitete niemand allein in dem Palmenhain. Schnell eilten die anderen Palmenkletterer des Dorfes zu ihr, betteten ihren Kopf auf gefalteten Bananenblättern und holten die Äbtissin herbei. Diese fackelte nicht lange und entfachte mit Rajas Feuer, die in ihrer Wirkung Rajas Tränen ähnelten, eine auf einem Punkt konzentrierte Hitze, in der sie in einem Tiegel dem grünen Wunderkit schmolz. Aus dem Loch in ihrem Schädel trat bereits etwas Hirnflüssigkeit aus, als sie die grüne, zähflüssige Paste in das Loch hineingoss. Es tat nicht weh, als sich die seltsame grüne Substanz mit ihrem Schädel verband. Zunächst fühlte Raissa eine seltsame Wärme in ihrem Schädel, die bald zu einer unheimlichen Kühle abfiel. In den ersten Tagen nach dem Umfall fielen ihr die Haare aus. Die Äbtissin vermutete, dass dies mit dem grünen Kit zusammenhing. Rajas Feuer nannten die Insulaner jene blitzenden tellergroßen Scheiben, die das Meer neben Rajas Tränen an den Strand spülte. Dazu entzündete man die Tränen des Raja und legte zum Schmelzen den Kit darauf. Sogleich übertrug sich das Licht auf die Scheibe, was sie ungemein heiß machte. Die Insulaner benutzten sie ansonsten, um Essen zu garen oder um den großen Tonofen im Dorf zu befeuern, um darin ihre Brote und Kuchen zu backen.

In den ersten Tagen nach dem Unfall schlief Raissa sehr schlecht. Sie träumte zunächst von ihrem Bruder und der Äbtissin, die zu ihr sagten, dass Gaia sie jetzt in ihren Kreis aufnahm. Dann floss da das hellrote Blut ihrer Menstruation, in dem die ganze Insel schwamm. Ein paar Nächte später mischten sich dieser Bolton und jener seltsame Mann in ihren Traum hinein, den die „User" alle Coal nannten. Seltsamerweise trugen die beiden Männer in dieser Phase keine schwarzen Kleider. Im Gegenteil, sie besaßen die Farbe ihres Menstruationsblutes. Als sie der Äbtissin davon erzählte, vermutete Marsha zunächst, dass diese beiden Männer mit ihrer Fruchtbarkeit in Verbindung standen. Doch da sich der Traum permanent wiederholte und die beiden Männer ihre gegenwärtige Farbe Schwarz und Weis bekamen, ließ sich diese Erklärung nicht mehr halten. Bald verschwanden Miro und die Äbtissin ganz aus ihrem Nachterlebnis und zurück blieb diese Endlosschleife mit Bolton und Coal.

Raissa überkam ein wehmütiges Seufzen, als sie den Palmenhain wieder betrat. Sie tat ihre Arbeit gerne und wusste, dass sie wahrscheinlich nie wieder die Palmen hinauf kletterte.

„Ich weiß, dass du gerne da hoch bist. Aber wie es so ist mit einer Kokosnuss. Sie überwindet das salzige Wasser und schlägt dort Wurzeln, wo sie auf Land trifft. Das Leben geht weiter. Willst du es nicht wieder tun?" fragte Miro, wie wenn er ihre Gedanken erriet.

„Nicht wirklich. Ich sollte auf Marsha hören und meine Arbeitskraft dort einsetzen, wo ich meinem Kopf keiner so schlimmen Gefahr mehr aussetze. Man braucht mich hier unten. Vielleicht helfe ich Mutter in der Weberei."

„Ich konnte nie richtig die Palmen raufklettern. Ich rutsche dauernd ab", sagte Miro kurz innehaltend und beide liefen in gedankenversunken weiter durch den Hain.
„Dafür kannst du gut tauchen und den Reusenfischern helfen. Ich kann das auch nicht mehr tun, wegen des Drucks da unten. Nuri mag es nicht, wenn man versucht ihre Schätze zu entreißen. Sie ist sehr missgünstig", seufzte Raissa ein wenig neidisch.
Heute hielt sich außer ihnen niemand in der Kokosplantage auf. Wahrscheinlich lag dies am Sturm, der vor kurzem hier wütete. Man sah einige Palmwedel und Kokosnüsse im Sand umherliegen, die darauf warteten eingesammelt zu werden. Der mit Steinbrocken markierte Pfad führte sie sicher zum Strand. Von hier tat sich ein beeindruckender Blick auf den trügerischen Ozean auf. Ruhig und friedlich brandete in dieser Stunde das Meer gegen die Korallenbänke vor der Insel und spülte, wie so oft nach jedem Sturm, mehr oder weniger brauchbare Gegenstände an das Ufer. Früher unterhielten die Dorfbewohner am Saum des Palmenhains einmal eine große Hütte für die Fischerboote, doch die zerstörerischen Stürme machten dem Unterstand bald ein Ende. Man ging stattdessen dazu über, die Fischernetze im Palmenhain aufzuhängen und die Boote mit vereinten Kräften weiter ins Landesinnere zu tragen. Immerhin ließ die unberechenbare See am Saum des Hains einen versteckten Schutzbau zu, um sich im Falle eines prompten Wetterumschwungs in Sicherheit zu bringen.

Miros Blick ging erwartungsvoll in den sich immer mehr aufklarenden Himmel hinauf. Insgeheim hoffte er, heute den Fluggleiter mit Ragnar in die Höhe steigen zu lassen. Die Wolkendecke besaß sogar einige Risse, was ein leichtes Blau sichtbar machte. Während die Geschwister ihre Blicke auf der Suche nach Fundsachen über den cremeweißen Sandstrand schweifen ließen, drangen die donnernden Brandungswellen von den vorgelagerten Felsen der Insel ins Ohr. Ein weiteres Donnergrollen kam aus der Ferne zu ihnen, was hieß, dass der neu aufziehende Sturm weit genug entfernt lag. Zeigte sich ihnen nun Raja und berührte mit seinem Segen den Strand, leuchtete dieser Ort gleich seiner Aura gleißend hell auf.
„Weißt du, eigentlich sollten wir das gute Wetter nutzen und im Meer baden", meinte Miro zu seiner Schwester. Er trat mit ihr auf den feinen Sand des Strandes hinaus. Ihre nackten Füße sanken in dem weichen Boden ein. Zum Glück heizte er sich nicht auf.
„Ich fände es besser, den Strand nach den Fundsachen abzusuchen", entgegnete Raissa.

„Blutest du etwa schon wieder?“
„Nein, das ist schon ein paar Tage her.“
„Tut dir das eigentlich weh?“
„Es gehört zum Frausein dazu. Die Äbtissin sagt, dass ich die Wiege des Lebens in mir trage. Ich lebe, was du nicht lebst und du lebst, was ich nicht lebe. So einfach ist das.“
„Mutter sagte mir einmal, dass man da so ein Ziehen im Bauch kriegt.“
„Das hat nicht direkt mit dem Bluten zu tun. Es kommt immer gleichmäßig. Da ist zuerst das Ziehen und nach einer gewissen Zeit das Bluten. Ich hab es noch nicht so lange. Müssen wir uns unbedingt darüber unterhalten?“
„Na ja, ich bin halt neugierig.“
„Wenn du schon so fragst, hattest du eigentlich schon einen nassen Traum?“
Anstatt darauf zu antworten, erhellte sich Miros Mine. Seine Augen erspähten etwas Interessantes. Er deutete auf etwas, dass halb versunken im Sand lag: „Hey, da vorne ist was.“
Er rannte begeistert zu dem Objekt hin, weshalb sich Raissa so ihre Gedanken machte.
„Nein, offenbar nicht“, dachte sie bei sich.
Miro grub begeistert das Fundstück aus dem lockeren Sand. Es war ein handflächengroßer Würfel. Fast durchsichtig und er leuchtete in einem kalten Blau aus seinem Inneren. Dies, obwohl keine Sonne zu ihnen durch die Wolkendecke drang.
„Ein Lichtwürfel“, rief er beglückt und hielt es begeistert seiner Schwester unter die Augen. „So wie der strahlt, ist er bereits von Raja berührt worden. Es könnten mehrere davon in der Nähe sein.“
Miro steckte ihn in seine Tasche. Die Strahlkraft des Würfels drang leicht durch das Gewebe hindurch, was den Beutel mit dem blauen Licht erglühen ließ, ohne heiß zu werden.
„Also hattest du schon einen feuchten Traum?“, versuchte Raissa an ihr Gespräch anzuknüpfen. Auch dieses Ereignis beging das Dorf mit einem Ritual, hieß es doch, dass Miro zum Mann und damit seinen Samen in den Dienst der Gemeinschaft stellte.
„Nein, aber den werd ich schon bald kriegen. Außerdem dürfen wir beide sowieso nicht miteinander. Du weißt schon.“
„Stimmt, aber ich hätte das so gerne“, antwortete Raissa und bückte sich nach einem anderen Gegenstand. Sie schabte mit der Hand den feinen Sand zur Seite und hob ihrerseits etwas auf.
„Hab ich dich etwa überzeugt?“, schmunzelte Miro leicht errötend.
Raissa hielt eine flache Scheibe von der Größe eines Esstellers in der Hand. Sie schimmerte ähnlich grün wie der Kit, mit dem die Äbtissin das Loch in

ihren Schädel verfüllte. Die Scheibe glänzte nicht silbern, wie Rajas Feuer. Raissa nickte ihrem Bruder bejahend zu.
„Du bist einfach so gut zu mir. Es gibt keinen, dem ich mehr vertraue als dir. Was ist das?“, fragte sie ihren Bruder wieder auf den gefundenen Gegenstand bezogen.
„Zeig es am Besten Marsha und lass es dir von ihr erklären. Vielleicht ist das wirklich der Rohstoff, mit dem sie deinen Schädel flickte.“
Raissa tat das Fundstück in Miros Tasche zu dem Lichtwürfel hinein.
„Was wäre eigentlich wirklich etwas Wertvolles?“, fragte sich Raissa, als sie sich weiter am Strand umsah. Vielleicht lag noch etwas Brauchbares herum.
„Wir können alles davon benutzen. Rajas Tränen, Rajas Feuer, den Lichtwürfel, sogar diese seltsamen Metallbrocken, die Ragnar in der Schmiede einschmilzt und Werkzeuge daraus gießt.“
„Oder fremdes Blut“, sagte Raissa plötzlich mitgenommen und blieb wie angewurzelt stehen. Sie glaubte, ihren Augen kaum zu trauen. Sollte das da im Sand wirklich wahr sein? Sie verbarg ihr Staunen nicht. Sogar Miro schaute verdutzt drein, als er darauf aufmerksam wurde.
„Ein Volltreffer“, rief Raissa wie gebannt und lief nicht ohne Begeisterung zu dem wie leblos erscheinenden Körper, den der Sturm an das Land spülte. Je näher Raissa dem seltsam gewandten Leib kam, desto mehr erkannte sie in seinem Gesicht einen erstaunlich gut gepflegten Vollbart. Ein ausgewachsener Mann von normaler Größe lag vor ihnen im Sand. Mit silbrig glänzenden Haaren. Sogar kräftig gebaut. Vielleicht ein wenig moppelig. Auf den ersten Blick schien er gesund zu sein. War das ein Glückfall? Hoffentlich lebte er noch. Sie mussten jetzt schnell sein. Miro folgte ihr flugs und besah ebenfalls den Körper der unbekannten Person.
„Lebt er noch?“, fragte er sie aufgeregt.
Raissa kniete sich zu ihm nieder und drehte ihn auf den Rücken. Ihr fiel die fein gewebte Kleidung auf, die sie an die beiden Männer aus ihrem Traum erinnerte. Gab es da einen Zusammenhang? Auch die Gepflegtheit seiner Haare ließ darauf schließen.
„Selbst wenn er vor drei Tagen schon gestorben wäre, könnten wir seinen Samen noch bergen“, antwortete sie aufgeregt.
Schnell hielt sie ihr Ohr an seinen Brustkorb und lachte erleichtert auf.
„Raja sei Dank. Sein Herz schlägt noch.“
Sie fühlte dabei, dass er ganz schwach atmete, was sie sichtlich freudig stimmte. Raissa fasste ihr Glück für die Gemeinschaft kaum. Sofort sah sie sich sein Gesicht näher an. Auf seinem Antlitz erkannte sie keine Anzeichen von Krankheiten. Er schien sich bisher gut verpflegt zu haben. Dann öffnete sie seinen Mund, um die Beschaffenheit der Zähne zu prüfen. Sie bildeten

sich gut heraus und wuchsen gerade. Auch sah sie keine Löcher oder geschwärzte Stellen auf ihnen. Selbst das Zahnfleisch glänzte rosig und fest. „Sehr gut, sehr gut", entwischte es ihr aufgeregt. „Er scheint kerngesund zu sein. Ich kann keine Makel erkennen."

Sofort trieb sie Miro zu einer weiteren Rettungsmaßnahme an. „Schnell, hilf mir. Wir müssen ihn vom Strand weg in den Hain tragen."
Ihr Bruder bemerkte aber noch etwas anderes. Etwas, dem Raissa bei ihrer Euphorie über den Fund zunächst keinerlei Bedeutung zumaß.
„Da liegt etwas im Sand", sagte Miro und deutete auf einen langen Stab, der halb versunken darin ruhte. An dem sichtbaren Ende befand sich eine kleine Vertiefung, deren Zweck sich ihm nicht erschloss. Das Material, aus dem das Ding bestand, entzog sich Miro ohnehin der Kenntnis. Es verglich sich nicht einmal mit den Metallbrocken, die sie hin und wieder am Strand fanden. Vielleicht wusste Ragnar etwas über das seltsame Material. Und etwas weiteres bemerkte Miro. Am anderen Ende des Dings schimmerte ein kaltes Blau aus einem eiförmigen Material, das ihn an den Lichtwürfel erinnerte.
„Das können wir später holen. Wir müssen ihn zuerst vom Strand weg bringen. Die Äbtissin muss ihn untersuchen. Er darf uns bloß nicht wegsterben."
So packten Miro und Raissa den Fremden an den Füßen und schliffen ihn mit vereinten Kräften über den weichen Sand bis zum Saum des Palmenhains. Dort ließen sie ihn seitlich gelagert liegen, damit das Wasser aus seiner Lunge abfloss. Miro eilte derweil an den Fundort zurück, um das rätselhafte Objekt des Fremden aus dem Sand zu ziehen. Obwohl die Äbtissin ihr davon abriet, kletterte Raissa inzwischen eine der Kokospalmen hoch, die ihrem Blick nach die passenden Früchte für die Wiederbelebung des Fremden trug. Sie drehte eine der grünen Kokosnüsse aus der Krone ab. Gerade ihr Wasser enthielt genügend Mineralien, um einen geschwächten Körper wieder zu stärken. Die unreife Nuss krachte mit einem dumpfen Plop auf den weichen Sand. Schnell rutschte sie wieder nach unten, als auch schon Miro mit dem seltsamen Stab wieder vor ihr stand. Sein Blick wirkte glasig, doch Raissa merkte das in dem Moment ihrer Geschäftigkeit nicht.
„Wir müssen ihn aufwecken", sagte sie zu ihm und hob die grüne Nuss vom Sand auf. Miro reagierte nicht darauf. Stattdessen blickte er den Stab des Fremden mit verdrehten Augen an. Raissa bemerkte jetzt seinen eigenartigen Ausdruck. Ihr kam es vor, als sei er weggetreten.
„Miro. Hörst du mir überhaupt zu?", setzte sie nach. Da sprach er zu ihr: „Wir müssen weg hier. Er sucht uns schon."
„Miro, wovon redest du?"

Raissa blickte verwundert zu ihrem Bruder, doch dieser drückte den Stab anstatt dessen auf den Bauch des Fremden, der kurz darauf die Augen aufschlug. Er hustete unversehens die Reste des salzigen Wassers aus seiner Lunge und nahm einen tiefen Luftzug.
„Sehr gut, Junge. Sehr gut“ murmelte er das restliche Seewasser ausspuckend und richtete sich erstaunlich schnell mit seinem Oberkörper auf. Dankbar blickte er in ihre Gesichter.
„Ihr habt mir mein Leben gerettet. Ich stehe tief in eurer Schuld. Jetzt werde ich auch euer Leben retten.“
Der Fremde dehnte kurz seine Arme und nahm Miro flugs den Stab aus der Hand. Ihr Bruder gab ihn bereitwillig, ohne nach dem Warum zu fragen. Auch Miros glasiger Blick verschwand unversehens aus seinen Augen. Mithilfe des Stabes stand der Fremde rasch aus dem Sand auf.
„Danke nochmal. Wie dein Bruder schon sagte, wir müssen weg hier.“
„Wer bist du? Du gehörst nicht zu meinem Volk“, fand Raissa die ersten Worte wieder.
„Keine Zeit zum Reden. Folgt mir, wenn ihr überleben wollt“, meinte der Fremde und lief, ohne dass er sich nach Raissas Meinung auf der Insel auskennen konnte, gezielt zu dem Schutzbau der Fischer. Obwohl sich das Erdloch vom Strand aus nicht zeigte, kannte er es. Woher wusste er das? Gelangte er etwa schon einmal auf die Insel? Für seine Errichtung gruben die Insulaner einst eine Kuhle in den feinen Sand, rammten für die Wände zurechtgestutzte Pfähle in den Boden und deckten sie mit Hölzern ab. Darüber schütteten sie den Sand, was sich lediglich durch eine leichte Erhebung von Außen bemerken ließ. Nur von der Hinterseite war der Bau über ein Schlupfloch zugänglich. Er blieb am Eingang kurz stehen und wartete auf die Geschwister, die ihm überrumpelt folgten.
„Schnell hinein“, rief er den beiden zu und ließ ihnen den Vortritt in die dunkle Kammer. Sie krochen durch den engen Zugang hinein. Drinnen gab es für alle Drei kaum Platz. Der Bau war eher für eine Person gedacht und nicht für eine ganze Gruppe. Der Fremde hielt seinen Stab an den Durchschlupf, der sich nun wie von Geisterhand mit dem Sand verfüllte. In der Dunkelheit des Baus erstrahlte das kalte Blaulicht des Stabes äußerst unangenehm in ihre Pupillen. Es tat ihren Augen weh, weil sein kühler Farbton so gar nichts mit der Freundlichkeit von Rajas Segen gemein hatte. Draußen wurde es derweil seltsam ruhig. Sogar das Rauschen der Palmenblätter verstummte. So still, wie wenn bald Nuris Sturm über die Insel hereinbräche.
„Wer bist du?“, wiederholte sich Raissa im Versteck nochmals. Ihre Stimme klang ob des beengten Raumes dumpf. Hörte sie der Fremde überhaupt?

Miros Hand klemmte zwischen ihren Beinen. Sie spürte den feinen Sand, der sich zwischen ihre Pobacken presste.
„Jetzt ist die Zeit des Vertrauens, meine Liebe. Nicht die Zeit des Redens“, wisperte der Fremde leise.
Miro spitzte die Ohren. Er glaubte ein zirpendes Geräusch außerhalb des Erdlochs zu vernehmen, das den Strand entlang surrte. Der grelle, sich laufend unterbrechende Ton war ihm nicht geläufig. Es hörte sich fast wie ein Pfeifen an und schien doch keines zu sein. Nicht einmal, wenn sich am abendlichen Feuer alle Einwohner der Insel am Dorfplatz trafen, ertönte so ein Klang aus den selbst gemachten Instrumenten. Geschweige denn, dass sie es überhaupt imitieren konnten. Kaum verklang das eigenartige Surren, stieß der Fremde seinen Stab durch die Decke des Schutzbaus und linste in die untere Öffnung des Stabs hinein. Dabei glühte der Stab mit seinem blauen Licht kurz auf, was die beengten Platzverhältnisse in dem Loch deutlicher offenbarte.
„Es sieht gut aus“, meinte er mit erleichtertem Ton. Dann zog er den Stab aus der Decke und öffnete damit wieder den Schutzbau. Die Erde schob sich wieder wie von Zauberhand zur Seite. So als ob sich der Eingang nie verschüttete. Der Fremde stieg hastig durch den Schlupf nach draußen und atmete erst einmal tief nach Luft. Miro folgte ihm als Nächstes. Ihm fiel auf, dass er es sichtlich genoss, wieder auf festen Boden zu stehen, da er anhaltend seine Füße gegen den Boden stampfte.
„Es ist herrlich. Einfach wundervoll hier“, sagte er und wandte sich an die Geschwister.
„Ich bin Moses. Ich kenne eure Namen bereits.“
„Ich kenne euch aber nicht“, sagte Raissa misstrauisch. „Ihr seid nicht von meinem Volk. Warum versteckten wir uns vorhin? Wer sucht nach euch?“
„Das ist eine lange Geschichte“, antwortete Moses bestimmt und rollte dabei verdächtig mit den Augen. Er grinste schelmisch dabei. „Ich habe gerade nicht viel Zeit sie euch in Gänze zu erzählen. Ich muss zu Noha.“
„Ihr seid auf Noha“, sagte Miro verdutzt. „Gibt es etwa andere Inseln? Wo kommt ihr her? Gibt es dort noch mehr fremdes Blut?“
„Fremdes Blut?“, entfuhr es Moses erstaunt und blickte wie erhellt auf Raissa. „Ah. Ich verstehe. Euer Volk überlebte nur so lange, weil es wusste, auf was es Acht geben muss. Fremde sind für euch wie ein Geschenk und keine Bedrohung. Aber lasst euch gesagt sein: Auch Fremde haben eine Geschichte. Bevor ihr euch mit ihnen einlasst, solltet ihr sie besser kennenlernen und danach eure Entscheidung treffen, in wieweit ihr euch ihnen öffnet. Es könnte euch viel Leid ersparen. Nicht alles was fremd ist, hilft eurer Entwicklung weiter.“

„Dann erzählt uns eure Geschichte, damit wir euch kennenlernen."
„Dafür ist jetzt leider keine Zeit. Ich will euch zu nichts drängen, aber ihr solltet mir folgen, wenn ihr überleben wollt."
„Warum sollen wir euch vertrauen? Ihr kommt einfach aus dem Nichts und …"
„Schon klar. Dann bleibt eben hier", sagte Moses seufzend und machte sich flugs daran ins Inselinnere aufzubrechen, ohne ein Anzeichen zu machen auf sie warten zu wollen.
„Hey, wartet auf uns", rief ihm Miro nach, kaum, dass er ein paar Schritte durch die Kokosplantage tat. Moses blieb grinsend stehen und drehte sich feixend nach ihm um. Er schaute dem Jungen dabei tief in die Augen. „Du hast ihn gesehen, nicht wahr?"
„Ich weiß nicht genau, was ich da gesehen habe, aber ich weiß, dass ihr nicht hier seid, um uns zu schaden", antwortete Miro und fügte wie in Trance an. „Erfolg ist keine Frage von Größe."
Dieser Satz lies nun auch Raissa hellhörig werden. Woher kannte Miro ihn? Sie erzählte zwar von ihrem Traum, aber diesen Satz, der fast am Schluss kam, den erzählte sie bisher keinem.
„Dieser Satz stammt aus meinem Traum. Wenn mein Bruder euch vertraut", sagte Raissa mitgenommen, „… dann werde ich euch auch folgen, Zauberer."
Moses lachte. Seine wohlgeordneten Zähne bleckten kurz auf.
„Na, dann los", sagte er und sogleich hasteten die drei flotten Schrittes durch den Palmenhain.

Moses legte mit langen Schritten ein ordentliches Tempo durch das Unterholz der Insel vor. Er kannte sich aus irgendeinem Grund bestens auf der Insel aus, denn er umging gezielt die Siedlung, die Hanffelder und die Orte, auf denen die Dorfbewohner zu dieser Zeit arbeiteten. Sie mieden sogar die schmalen Verbindungswege und sie bewegten sich deutlich abseits davon. Alles in allem war Noha keine große Insel. Es gab auf dem Eiland, wenn auch unterschiedlich ausgeprägt, vier Täler, die sanft von der Inselmitte zum Meer hin ausliefen. In jedem Tal kultivierten die Insulaner ihre Lebensmittel oder stellten ihre Produkte des täglichen Bedarfs vor Ort her. In dem Tal, in dem sie sich gerade befanden, lag die Siedlung, angrenzend an Hanffeldern und in Meeresnähe die Kokos- und Dattelpalmen. Hier gewannen die Dörfler ihre Rohstoffe für die Kleidung und Matten in Form der Hanf- und Kokosfasern. Man verspann die Rohmaterialien im Tal des Baches zu Garn. Die Insulaner bauten dafür eigens eine Wassermühle, um die Garnspinnerei selbst bei schlechtem

Wetter zu betreiben. Außerdem lieferte die Hanfsaat und das Kokosfleisch in dem Tal das Mehl für ihre Backwaren. Im Gegensatz zu den Fasern benutzte man zur Gewinnung des Mehls eine auf der Anhöhe befindliche Windmühle.

Im angrenzenden Tal des Baches befanden sich neben der Wassermühle die Algenteiche, daneben die Fischzucht mit Forellen, der Bambuswald und schließlich die Weberei. Für die Fischerei mit dem Boot vor der Küste, war das Meer zu unberechenbar. Aufgrund der starken Strömungen, die Noha umgaben, trieben die Flöße aus Palmenholz viel zu weit von der Insel ab. Man brauchte viele kräftige Hände, um wieder sicher an den Strand der Insel zurückzukommen. Erst wenn eine Lebensmittelknappheit drohte, wagten sich die Dörfler auf die hohe See hinaus. Daher ruhte das eigens dafür gebaute Boot aufgebockt im Dornröschenschlaf im Palmenhain. Daher beschränkte sich die Fischerei im Meer auf selbstgebaute Reusen, die aber wegen der starken Stürme nicht immer einen sicheren Fang boten.

Im Tal der Blüten und der Erde standen vereinzelt Nussbäume umher. Hier prägte der von den Insulanern genannte Rosastrauch deutlich das Landschaftsbild. Dabei handelte es sich um eine ganze Kolonie von Büschen, dessen Blütenfarbe von Cremeweiß bis zum zarten Rosa reichte, was dem Gewächs seinen Namen gab. So ein Strauch erreichte gut und gerne eine Höhe bis zu fünf Metern. Hier standen vereinzelt Bienenkörbe umher, in denen es unentwegt brummte und summte. Großvater Jockel kümmerte sich in diesem Teil der Insel um die Imkerei und betrieb eine eigens von Ragnar konstruierte Honigschleuder dafür. Er betrachtete die Bienen als einen einzigen lebendigen Organismus, der ebenso ihren Respekt und liebevollen Umgang einforderte. Dies dankten die Bienen mit ihren wertvollen Erzeugnissen. Der flüssige Honig, den die kleinen Insekten aus den Kelchen des Rosastrauchs sammelten, schmeckte zwar etwas herb, war aber süß genug, um leckeren Kuchen damit zu backen. Daneben kurierte man damit Wunden und er half bei so manchem Unwohlsein, das hin und wieder über die Einwohner kam. Außerdem stellte Großvater Jockel hier Kerzen aus dem Wachs des Bienenstocks her und kreierte eine harzige Substanz, die hervorragend Wunden und Stiche mit ihrer klebrigen Eigenschaft verschloss. In diesem Tal bauten die Insulaner das einzige Tonvorkommen der Insel ab, welches allerdings sehr klein war. Man stellte daher mit großem Bedacht Tonkrüge und Schalen her und hütete diese wie Augäpfel. Diese wenigen Erzeugnisse aus Keramik verzierten die Insulaner auf Grund ihrer Seltenheit kunstvoll mit Gravuren und Bemalungen. Des Weiteren baute man in diesem tropischen Umfeld auch Nüsse unter der Erde an. Eine, in brüchiger Schale schlummernde Braunnuss gedieh bestens

im lockeren Boden, während eine andere Nussform Madenförmig und geschält in schneeweißer Farbe an den wenigen hochwüchsigen Bäumen heranreiften.
Im vierten Tal befand sich das Tal der Palmen und der Erdfrüchte. Hier befanden sich, neben den auf der ganzen Insel am Strand verteilten Kokospalmen, die Mehrzahl der Dattel- und Ölpalmen auf der Insel. Hier stand auch die zweite Windmühle, was die Verarbeitung der Produkte erheblich vereinfachte. Man mahlte hier ebenfalls das Kokosmehl, das für die Brote und die Kuchen Verwendung fand. Ebenfalls bauten die Insulaner hier Wurzel- und Knollengemüse an, die sie im Meerwasser garten und mit samt Schale zu ihren Gerichten reichten. Alle vier Täler verbanden schmale Fußpfade miteinander, auf denen die Dörfler ihre produzierten Waren zu den Mühlen, den Verarbeitungsanlagen und schließlich zur Einlagerung in die Zuflucht brachten. Letztere befand sich genau im Zentrum der Insel und erhob sich wie ein vulkanförmiger Berg in den Himmel. Der fast gleichförmige Kegel, auf dessen Gipfel sich gleich einer Krone ein rätselhafter gegossener Steinkreis befand, wirkte nicht natürlich. Sein allein mittig platzierter Standort zu den vier abfallenden Seiten, die zu den vier Tälern ausliefen, fiel deutlich auf. Ein gut begehbarer Pfad wandte sich vom Dorf dem sanften Anstieg zur Zuflucht hinauf, welchen die Büsche des Rosastrauches umrahmten. Vom Dorf her erreichte man den Eingang zur Zuflucht in wenigen Gehminuten, da keiner wusste, wie stark sich die immer wiederkehrenden Stürme über Noha ausließen. Unweit des Eingangs zur Zuflucht stand auf einem kleinen Hochplateau der Hangar, den Ragnar für seinen Fluggleiter ersann. Wenn Raja sich zeigte und Nuris Winde für einen günstigen Auftrieb sorgten, unterbrach der Schmied seine Arbeit in der Schmiede. Dann rollte er seinen aus leichten Hölzern zusammengeschreinerten Fluggleiter auf einem Gestell heraus, setzte sich hinein und ließ sich von Miro einen steilen Abhang hinunter schieben. Der stake Aufwind erfasste das Gefährt und hob ihn sanft in die Höhe. Meistens gelang es ihm, den Gleiter sicher im seichten Wasser am Strand zu landen. Aber manchmal wasserte er den Gleiter im Meer.
Wurde es bei Sturm auf der Insel richtig gefährlich, flüchteten sich die Bewohner in die geräumige Höhle der Zuflucht. Dieser Ort barg ein mysteriöses Rätsel, mit dem sich schon Generationen der Insulaner vor Miro und Raissa beschäftigten. Dabei handelte es sich nicht nur um jenen gegossenen Steinkreis auf der Bergspitze und der seltsamen Wände innerhalb der Zuflucht. Nicht einmal die Äbtissin, die das Wissen der ganzen Gemeinschaft durch die Zeit trug, lieferte eine befriedigende Antwort darauf. Ähnlich des gegossenen Steins am Gipfel des Berges zeichneten sich

die Wände innerhalb der Zuflucht durch ihre ungewöhnliche Glätte aus. Keine Hand vermochte so etwas zu erschaffen. In diesen Tagen diente der Ort für die Gemeinschaft als Vorratsdepot. Aber wer diese Höhle einst in den Berg einließ und zu welchem Zweck, wusste nicht einmal die Äbtissin. Jedoch vermutete sie, dass dies mit jenen vier groß geschriebenen Zeichen und der undurchdringlichen Tür zusammenhing, die dort in der Wand der Zuflucht eingelassen ruhte. In ihrem Volk besaß die Zuflucht aber eine weitere Bezeichnung. Eine Betitelung, der längst vergessen unterging, weil sie ihre Bedeutung einbüßte. Miro und Raissas Vorfahren nannten sie früher einmal „Gaias Schoß".

Je näher die Geschwister mit dem seltsamen Fremden der Zuflucht im Schutze der dicht wachsenden Gebüsche kamen, umso mehr von diesen ungelösten Fragen taten sich in Raissa auf. Fragen, auf die sie so liebend gern eine befriedigende Antwort wissen wollte. Das erwähnte Rätsel der Zuflucht gehörte da nur zu einem kleinen Teil dieser vielen Fragen. Der Fremde schien diese ersehnten Antworten zu kennen. Ihr kam die Gelegenheit günstig vor, als Moses kurz vor dem Erreichen der Zuflucht innehielt, um ihren nächsten Schritt zu planen. Dazu kauerten sie hinter einem dichten Rosastrauch, von dem man den Pfad zum Dorf und den breiten Eingang zur künstlichen Höhle bestens im Blick hatte.
„Warum meidest du unsere Leute? Sie würden dir sicher nichts anhaben wollen", fragte Raissa Moses verwirrt.
„Wir haben keine Zeit uns auszutauschen, meine Lieben", antwortete Moses in Eile. „Sie würden auf mich genauso begehrliche Blicke richten, wie du am Strand vorhin. Obwohl ich euch zu gut verstehe, wäre es besser, wenn so wenige wie möglich von meinem Aufenthalt bei euch wissen."
„Wohin willst du überhaupt?"
„Ich will zu Noha."
„Du bist auf Noha."
„Das ist nicht das Noha, das ich meine."
Raissa ahnte, worauf Moses anspielte.
„Ihr wollt in die Zuflucht", sagte sie. „Hinter die Tür. Die Zeichen, die da eingelassen sind. Ihr kennt sie. Die Äbtissin erklärte, dass sie aus der Zeit stammen, bevor sich Nuri zwischen Raja und Gaia schob."
„Ganz recht, nur müssen wir an eurer Oberin vorbei. Du solltest nach eurem Strandgang zu ihr gehen. Das hilft uns, sie abzulenken. Sieh zu, sie aus der Höhle zu locken."
„Woher weißt du das?"
„Ich habe meine Ohren. Es ist die Zeit zu vertrauen."

„Kommt ihr etwa wegen der Tür? Könnt ihr sie öffnen?“
Raissa schien den springenden Punkt zu treffen, was Moses mit einem schelmischen Grinsen bestätigte.
„Ganz genau, aber das ist gefährlich. Vor allem für euch.“
„Warum nehmt ihr uns dann mit?“
„Weil ihr nun von mir und dem Stab wisst. Das ist gar nicht gut für euer Volk. Es ist leider nicht die Zeit zu reden. Raissa, du musst die Äbtissin aus der Zuflucht locken, damit sie nicht in große Gefahr mit dem kommt, was hinter der Tür lauert.“
„Das wird schwierig. Die Äbtissin ist ganz vernarrt darin, das Rätsel der seltsamen Zeichen zu lösen. Aber ich werde es versuchen“, sagte Raissa etwas unwohl dabei, gerade der größten Respektsperson ihres Volkes etwas vorspielen zu müssen. Sie bat Miro, ihr die Tasche mit den Fundsachen zu geben. Schließlich sollten sie sie bei ihr abliefern. Vielleicht gelang es ihr ja, damit die Äbtissin abzulenken.

Raissa trat sichtlich angespannt auf den Fußpfad hinaus. Es schien alles ruhig zu sein. Sie sah sich hektisch um, ob sie sich auch wirklich allein hier aufhielt. Von hier aus waren es wenige Schritte bis zum Eingang der Höhle. Auch aus dem Dorf kam gerade niemand den Pfad hoch und ihr Blick richtete sich entspannter wieder auf den Höhleneingang. Diesesmal war etwas anders als sonst. Heute drang ein schwacher Lichtschein aus der Zuflucht hinaus. Offenbar legte die Äbtissin ein paar der Lichtwürfel zur Beleuchtung des Innenraums aus. Vermutlich um die seltsamen Zeichen an den Wänden der Höhle besser zu untersuchen. Deren Bedeutung klärte sich bis jetzt nicht auf. Bereits ihr halbes Leben verbrachte die alte Frau schon damit, die vier großen Markierungen neben ein paar kleineren zu deuten. Sie glaubte, dass sich ihre Mühe lohnte, denn so allmählich fand sie einige Gesetzmäßigkeiten der Einritzungen heraus. Vor Marsha besaß jeder in der Gemeinschaft den größten Respekt. Sie war klug und verfügte über das Wissen der Ahnenreihe, das so manchen auf der Insel ins Staunen brachte. Auch besaß sie das Talent im Gesicht zu lesen und wusste von den Legenden und Sagen der Insel aus ihrer Frühzeit. Woher sie genau ihr enormes Wissen erwarb, erschloss sich Raissa nicht. Sie selbst erklärte, dass sie dies von ihren Vorfahren bekam und diese wiederum von ihren Vorfahren. Von diesen Leuten vor ihrer Zeit wusste Raissa so gut wie nichts. Damals, als die Oberin heranwuchs, war die Größe ihrer Gemeinschaft unwesentlich kleiner als jetzt. Die Insel besaß seinerzeit nicht die terrassierten Felder und so einen Fluggleiter, wie ihn Ragnar baute, gab es erst recht nicht. Marsha kam noch in der Zuflucht zur Welt. In der Höhle lebte damals ihre Gemeinschaft auf engstem Raum zusammen. Nuri, der wilde Ozean gebärdete sich zu dieser Zeit viel zorniger als heute. Erst allmählich trauten sich die Bewohner ins Tal überzusiedeln. Sie planten den künftigen Standort ihrer Unterkünfte im Dorf genau. Dazu bauten sie sich zu erst Werkzeuge, rodeten den Dorfplatz, fertigten die Grundmauern, um ihre Hütten einzufassen. Zuletzt schnitten sie den Bambus, um ihre Behausungen windstabil zu machen. Außerdem dauerte es eine Weile den gemauerten Brotofen am Ortsausgang zum Strand richtig zu konstruieren und die Mühlen in den Tälern und Anhöhen so auszurichten, damit Nuris Blut und ihr Atem sie perfekt antrieben. Nur durch Weisheit und Umsicht wuchs die Gemeinschaft heran und erarbeitete sich so einen bescheidenen Wohlstand. Schon aus diesem Grund galt es, die Zukunft der Generationen und vor allem ihre Paarung genau zu planen. Ansonsten gab es für die Gemeinschaft auf Dauer keine Überlebenschance und es wäre eine Frage der Zeit, bis die Unzucht ihr Volk ins Verderben stürzte.

Ob Marsha heute mit ihr über die künftige Generation sprach, vermutete Raissa nur. Diesem Thema konnte sich keine der gebärfähigen Frauen auf der Insel verschließen. Schon alleine deshalb ging Raissa mit einem gewissen Unbehagen in die Höhle hinein. Sie versuchte sich möglichst gelassen zu bewegen, was aber ihr nicht ganz gelang. Eine gewisse Anspannung beherrschte sie trotzdem. Wie Raissa erwartete, fand sie die Äbtissin im Inneren der Höhle an den Wänden stehend vor. Im Gegensatz zu den Dorfbewohnern trug die ehrwürdige Person eine rote Hanfrobe, deren Farbe man seinerzeit aus dem Sekret von Läusen gewann. Ihre für ihr Alter doch sehr glatten Hände wanderten gerade über eine der kleineren Markierungen an der glattgeschliffenen Wand, die sich unter den vier großen Zeichen befanden. Nach einer Weile hielten sie kurz inne und fuhr mit ihren Händen weiter fort. Sie hörte erstaunlich gut und drehte sich prompt um, als sie Raissa hinter ihr wusste. Mit einem gewissen Lächeln unterbrach sie ihre Arbeit und hieß sie mit ausgebreiteten Armen willkommen. Sie ging beherzt ein paar Schritte auf die junge Frau zu.
„Ehrwürdige“, sprach Raissa sie respektvoll an. So begrüßten sie die Insulaner meistens. Marsha nickte ihr freundlich zu.
„Raja zum Gruß“, sagte sie freudig zu ihr. Sie trat an ihr heran und drückte das Mädchen wonnig an ihre Brust und wog behütend ihren Schützling in ihren Armen. Dabei sog Marsha bewegt ihren Körpergeruch durch die Nase.
„Gut riechst du heute“, sagte sie ihren Duft bewertend. Ihre Nase war so gut, dass sie schon am Geruch erkannte, was der Person fehlen könnte. „So

richtig gut nach Kokosöl. Und so wie ich in deinem Gesicht lesen kann, bist du wohl auf. Du bist kerngesund. Es wird bald soweit sein."

„Ihr wolltet mich sprechen?"

„Ja, mein Kind, oder sollte ich besser sagen, dass du kein Kind mehr bist. Du bist jetzt geschlechtsreif und du weißt, wie wichtig gesunde Nachkommenschaft für das Überleben unseres Volkes ist."

„Ja, Ehrwürdige."

„Ich habe dich rufen lassen, weil ich dir die Wahl geben möchte. Es ist an der Zeit, dass auch du der Gemeinschaft ihre Zukunft sicherst. Ich habe unseren Ahnenkalender studiert und nachgesehen, wer von unseren Männern am Besten geeignet wäre, dir den Samen zu pflanzen, ohne dass das werdende Leben oder vielleicht mehrere danach krank werden."

„Miro wird leider nicht darunter sein. Habe ich recht?"

„Dein Bruder? Mir ist nicht entgangen, dass du ihn sehr liebst. Es stimmt. So ganz begeistert bin ich nicht von einer Verbindung zwischen euch. Der Samen braucht mehr fremdes Blut um sich gut zu entwickeln."

„Es interessierte mich schon immer, woher ihr dieses Wissen habt. Warum wollt ihr wissen, dass sein Samen schädlich ist?"

„Mein Wissen stammt aus Gaias Schoß. Vielmehr von dem, was ich von meiner Vorgängerin erfuhr", sagte die Äbtissin und deutete zur rätselhaften Tür. Sie besaß mehrere Griffe an der Außenseite, doch ließ sich der Verschluss um keinen Millimeter bewegen oder zur Seite schieben. Eine Führungsschiene machte deutlich, dass es sich um eine Schiebetür handelte. Auch ihr massives Erscheinungsbild ließ darauf schließen, dass selbst rohe Gewalt sie kaum zu öffnen vermochte.

„Ich bin so froh, dass du deine Kindheit überlebt hast. Für unser Volk wäre dein Verlust besonders schlimm. Ich hoffe, du hast diesen seltsamen Traum nicht mehr."

„Leider ja. Ich hab ihn immer noch und weiß nicht, was er bedeutet."

„Dann wirst du leider damit auskommen müssen. Das Leben geht weiter und seit unsere Vorfahren aus dieser Tür kamen, kämpfen wir um jeden Tag auf diesem Eiland. Es ist nicht das einzige Rätsel unserer Existenz. Schau dir diese vier großen Zeichen neben der Tür an", sagte sie und deutete nun auf die Wand der Höhle unweit des rätselhaften Eingangs. „Ich fand immerhin heraus, welche Funktion diese Gravuren haben. Unsere Vorfahren hielten mit diesen Markierungen alles fest, was ihnen begegnete. Was wir sprechen, denken, ja was wir träumen, trugen sie mit diesen Zeichen durch die Ewigkeit, indem sie diese Linien in den Fels schlugen. Aber was nützen sie, wenn man sie nicht zu lesen versteht. Diese vier Zeichen hier …", sagte sie und deutete wieder auf die vier größten Markierungen der Wand, die

deutlich herausgearbeitet und mit blauer Farbe ausgemalt waren „… sie bedeuten nichts anderes als der Name unserer Insel."
„Am Anfang stand dieses Wort?"
„Und unsere Insel gebar sich daraus. Am Anfang steht der Gedanke, aus dem sich das Wort gebärdet. Erst aus ihm entspringt die Tat."
„Ihr meint, es bedeutet Noha? Warum markierten unsere Vorfahren den Namen unserer Insel hier im Felsen?"
„Das ist eine gute Frage. Ich bin mir sicher, dass dies etwas mit dieser Tür zu tun hat, aus dem der Legende nach unsere Vorfahren kamen. Es sollen übrigens achtundneunzig gewesen sein. Vor allem interessiert mich, weshalb sie nun verschlossen ist. Nicht mal von meinen Vorfahren erfuhr ich etwas darüber, was hinter ihr liegt. Warum wollten unsere Urväter und Mütter nicht, dass wir da hinein gehen? Warum dürfen wir den Ursprung unserer Existenz nicht kennen?"
„Vielleicht ist es kein Verbot. Vielleicht ist die Tür auch nur zugefallen."
„Ein Unfall meinst du? Wer weiß. Wir können sie jedenfalls nicht öffnen und vielleicht ist es auch gut so. Vielleicht ist es ein Grund, der uns für immer unbekannt sein und bleiben wird. Wir müssen uns damit abfinden, dass wir nicht alles wissen, warum dies oder das geschah, aber dass es notwendig war, damit es uns jetzt in dieser Form gibt. Wir sollten nicht zu viel Zeit mit der Tür verschwenden und uns lieber der Gegenwart zuwenden. Auf Dinge, die wir beeinflussen können. Genau deswegen will ich heute mit dir sprechen."
Marsha machte eine kurze Pause und versuchte ihre Gedanken wieder zu sammeln.
„Mir ist es daher wichtig, dass du dir bald deinen Samen aussuchst, den du austragen wirst. Du kannst am besten beurteilen, wer von den Männern unserer Gemeinschaft dir ein gesundes Kind macht. Ich würde jedenfalls nicht deinen Halbbruder Miro nehmen. Außerdem erlebte er noch keinen feuchten Traum. Ich kann dir aber ein paar Männer unserer Gemeinschaft nennen, die für einen gesunden Nachwuchs in Frage kommen", sagte die Äbtissin, um Raissa für ihre bevorstehende Wahl eine Hilfestellung zu geben.
„Wer käme denn für mich nach eurer Meinung in Frage?"
„Die ich dir vorschlage sind ebenso kerngesund wie du. Da wäre Jakob, der Hanfbauer, Edgar unser Lagerwart und Ragnar, der Schmied darunter. Ich selbst würde auf Ragnar setzen, wenn das Kind kräftig werden soll. Wenn es aber mehr mit dem Geist arbeitet, wäre Edgar die bessere Wahl. Wenn du willst, dass es ausdauernd arbeiten kann, dann setze ich auf Jakob. Jakob ist

flink und wendig. Dein Kind gäbe eine gute Läufer- und Schwimmernatur ab. Was meinst du?"
„Das überrumpelt mich."
„Ich weiß, du brauchst etwas Bedenkzeit. Du hast noch nicht lange deinen Zyklus und jede junge Frau ist damit überfordert, den richtigen Samen für sich zu finden. Es wäre schön, wenn wir uns heute Abend beim Feuer am Dorfplatz treffen und du mir deine Wahl mitteilen kannst. Ich werde dann mit dem Auserwählten reden und eure Paarung einleiten, sobald du das Ziehen in deinem Bauch verspürt hast."
„Ehrwürdige", schnitt Raissa nun ein anderes Thema an. Es brannte ihr förmlich auf der Zunge. Sie musste ja die Äbtissin aus der Höhle locken. „Wir fanden dies hier am Strand."
Raissa nahm ihre Tasche von der Schulter und öffnete sie. Erwartungsvoll hielt sie ihr den Beutel hin. Mit Interesse linste die Äbtissin hinein. Der Lichtwürfel strahlte hell mit seinem kühlen Licht aus der Tasche heraus, was das Antlitz der Oberin im gleichen Ton erhellte.
„Wie funktionieren diese seltsamen Dinge eigentlich?"
„Ich weiß es nicht, Raissa. Aber wenn wir sie Rajas Hände aussetzen, dann scheinen sie seine Kraft in sich aufzunehmen und in der Dunkelheit geben sie seine Kraft wieder ab."
„Ich hätte da eine weitere Frage. Was geschähe, wenn ein völlig Fremder zu uns auf die Insel käme?"
„Ein Fremder? Erklär mir das näher."
Die Äbtissin spitzte die Ohren. Hatte Raissa vielleicht doch ein wenig mehr gefunden, als in die Tasche passte?
„Ja, ich meine, jemand von einer ganz anderen Insel", fuhr Raissa aufgeweckt fort.
„Das wäre natürlich ein Segen für uns. Niemand von uns weiß, ob es da draußen andere Inseln gibt, die besiedelt sind. Und selbst wenn es sie gäbe, wir könnten mit den Mitteln, die wir haben, nicht dorthin reisen. Ragnar meint zwar, mithilfe seines Gleiters Nuri auszutricksen. Aber ich halte das für sehr gefährlich. Ich würde unseren Schmied ungern dabei verlieren, denn so einen Samen kriegt man nicht so schnell wieder. Nuri ist viel zu heimtückisch mit ihren Winden. Gelänge es aber jemanden von einer fremden Insel zu uns zu kommen, dann sei er uns hier herzlich willkommen. Natürlich dürfen wir uns nicht nehmen lassen, ihn vor einer Paarung zu untersuchen. Wir brauchen vor allem fremdes Blut, das gesund ist. Sonst überlebt unser Volk auf Dauer hier nicht. Auch wenn du es nicht überblicken kannst, die Zukunft unserer Gemeinschaft ist kritisch, Raissa. Du hattest bei deinem Unfall großes Glück, dass ich schnell zur Stelle war.

Jeder Verlust trifft unsere Gemeinschaft hart und wir müssen uns gut überlegen, für welche Aufgabe wir jemanden einsetzen. Leider kann ich dir im Augenblick nur drei Männer für eine gesunde Paarung vorschlagen. Ich gebe offen zu, dass mein bevorzugter Samen für dich, der von Ragnar wäre. Schon alleine, um seine Fähigkeiten nicht zu verlieren. Es müssen genügend Nachkommen da sein, ehe unsere Leiber zu Gaia zurückkehren. Daher ist es auch wichtig, dass auch du dich bald in die Reihe deiner weiblichen Vorfahren begibst."

Marsha musterte Raissa mit einem durchleuchtenden Blick. Sie glaubte zu erahnen, was Raissa umtrieb. Sie merkte, dass es in ihr arbeitete.
„Ich glaube, du meinst, dass das Leben mehr bietet, als sich den richtigen Samen zu suchen und auszutragen. Ich versteh das. In meiner Jugend dachte ich auch so. Aber Raissa. Schau, Gaia liebt ihre Kinder. Jeden Morgen, den sie uns schenkt, schenkt sie sich selbst. Wir wissen um ihren Wert und pflegen ihre Haut, segnen ihre Gaben und Rajas Kraft, auch wenn wir sie nicht direkt sehen. Durch unser Sein sorgen wir dafür, dass ihre Liebe nach außen erwidert wird. Wenn du jung bist, glaubst du etwas zu verpassen, weil so vieles neu und fremd für dich ist. Aber je älter du wirst, umso mehr verstehst du, dass es nicht selbstverständlich ist, was du jeden Tag auf der Insel vorfindest. Das Glück liegt in den vielen kleinen Dingen, die uns alltäglich begegnen. Und zusammen ergeben sie das ganz große Glück, das uns jeden Tag auf´s Neue ins Leben ruft. Ich weiß, dass es dir schwer fällt, mir zu folgen. Als Frau trägst du die Wiege des Lebens in dir. Dieser Welt ihre Kinder zu geben, ist wahrlich einer der größten Liebesdienste, die du ihr und auch dir selbst tun kannst."
„Aber wenn es zu viele Kinder werden …"
„Dann siebt Gaia sie aus. Nicht jede Frucht schlägt Wurzeln. Sie dient vielmehr als Nahrung für die, die bereits ausgetrieben haben. Durch ihre Aufopferung für die bereits gekeimten Leben sorgen sie dafür, dass Gaia sich an dem Geschenk ihres Geliebten erfreut. Daher gibt es auch so viele Samen. Es gelingt nur einigen von ihnen, ihre Blätter gen Raja in die Höhe zu treiben. Nichts im Übermaß, Raissa, denn was sich der Völlerei verschreibt, nimmt ein grausiges Ende. Gaia reguliert sich selbst. Entweder schickt sie Krankheiten aus oder aber sie sorgt dafür, dass sich die übervölkerte Art nicht mehr nähren kann. Dann tötet sich der Überschuss solange gegenseitig, bis die Art wieder überlebensfähig wird. Außerdem schenkte Gaia unserer Art die Kenntnis der Verhütung, damit uns so ein grausiges Schicksal erspart bleibt. Du kennst die Wirkung der Säfte in den Gewächsen und weißt, wie du sie einsetzen musst. Einer Zivilisation das

Wissen der Verhütung vorzuenthalten, um sie gegeneinander auszuspielen, ist ein schweres Verbrechen. Zumal auch die Lust zu den Geschenken Gaias an ihre Kinder gehört, was durchaus die Verhütung als solches rechtfertigt. Außerdem ist es mir wichtig bei der Geburtenplanung auf die Befindlichkeit der Schwangeren zu achten. Eine Schwangerschaft zehrt sehr an den Kräften der werdenen Mutter und es wäre erst recht ein Vergehen, wenn sie daran zu Grunde geht. Die Kinder brauchen ihre Mutter, weshalb weniger oft mehr ist und ich von keiner der gebärfähigen Frauen verlange ihr Leben unnötig zu gefährden. Im Augenblick besteht zum Glück keine Gefahr der Übervölkerung unserer Insel. Es ist vielmehr so, dass unsere Insel genügend Rohstoffe liefert, um weitere Bewohner zu versorgen. Also mach dir keine Sorgen darüber, dass es für unser Volk nicht reicht."

„Und wer kümmert sich dann um die vielen Kinder?"

„Wer kümmerte sich um dich, als du ein Baby warst? Deine Mutter säugte dich und dein Vater arbeitete auf den Feldern. Deine Mutter empfand ihn damals als würdig, ihr den Samen in den Leib zu stecken. Er ist einer von uns und daher zog dich auch die Gemeinschaft groß. Das wird auch künftig so sein."

„Wer wird euch nachfolgen, wenn Gaia euch zu sich ruft?"

„Wer mir nachfolgt, ist nicht so wichtig, Raissa. Nach meinem Tod wird mein Volk eine andere Äbtissin oder einen Abt ernennen. Die Fertigkeit im Gesicht zu lesen ist nicht so schwer, wie es scheint. Diese Kunst beherrschen genügend Leute unseres Volkes. Sogar das Wissen um den Wundenkit, der dir das Loch in deinem Schädel verfüllte, ist nicht so umständlich. Du musst den Kit erhitzen. Gerade so, dass er flüssig wird und dann in die Wunde gießen. Er verschließt sie, ohne dass Einschränkungen zurückbleiben. Du siehst, da ist nichts Übernatürliches oder gar Geheimnisvolles. Diejenigen, die sich gerne mit Geheimnissen umgeben, haben großen Selbstzweifel in sich und ihren Fähigkeiten. Sie fühlen sich minderwertig und meinen, die Geheimnisse, die sie um ihre Person erschaffen, macht sie erst unverzichtbar. Aber so ist es nicht …"

Plötzlich bemerkte Raissa, ein Knirschen hinter sich. Irgendjemand trat zu ihnen in die Höhle. Die Äbtissin blickte zudem überrascht zu ihrem unverhofften Besuch über Raissas Schulter auf. Auch Raissa drehte sich nun danach um und starrte überrascht in Moses Antlitz, der kurz grinsend seine Zähne bleckte. Auch Miro stand dicht hinter ihm. Warum kamen die beiden so plötzlich zu ihnen hereingeschneit? Sie lockte die Äbtissin noch nicht heraus. Moses nutzte den Schreckensmoment und flitzte direkt auf die massive Panzertür zu. Mit einem raschen Stoß seines Stabes an dessen Oberfläche machte er hinter der Tür ein dumpfes Klacken hörbar. Auf der anderen Seite entriegelte sich etwas, denn bald darauf schob sich knirschend die Pforte wie von Geisterhand auf. Das quietschende Geräusch hörte sich an, als ob sich kleine Kiesel zu feinem Staub zermalmten. Unversehens gab die geöffnete Panzertür einen düsteren Durchgang frei. Moses verlor keine Zeit und eilte hinein. Auch Miro besaß keine Hemmung, ihm ins Ungewisse zu folgen. Die Äbtissin blickte hingegen wie Raissa erstarrt dem seltsamen Mann nach, wie er in der Dunkelheit des Stollens mit dem Jungen verschwand. Ihr fehlten vor Schock die Worte. Nach all den Jahren des Rätselns und der Spekulationen ging so mir nichts dir nichts einfach die Tür in der Zuflucht auf. Was ging hier vor sich? Marsha fasste es kaum.

„Komm", rief Moses aus der Dunkelheit zu Raissa hinaus, während ihr Bruder am Eingang auf sie mit flehendem Blick wartete. Er hoffte, sie folgte ihm. Raissa war in sich wie hin und her gerissen. Sollte sie wirklich da hineingehen? All das hinter sich lassen? Würde sie wieder zu ihrem Volk zurückkehren können? Das Leben verlangte von ihr eine rasche Entscheidung.

„Wartet. Nehmt mich mit", rief sie entschlossen und eilte an der entsetzt dreinblickenden Äbtissin vorbei, die wie versteinert wirkte. Kaum dass Raissa die Pforte passierte, schloss sich die stählerne Tür mit Schwung hinter ihr. Die Dunkelheit brach schlagartig über sie herein. Raissa stieß einen spitzen Schrei vor Schreck aus. Von draußen ertönte wieder das rätselhafte Surren, das dem Pfeifen vorhin am Strand glich. Dem folgte bald ein dumpfer Schrei. So wie wenn jemand den Mund des Rufers zuhielt. Laute, die von einer unglaublichen Brutalität kündeten, ließen erahnen, was sich gerade in der Zuflucht abspielte.

# Kapitel 2

# Noha

Moses schritt zügig in der Dunkelheit des Stollens voran, während ihm Miro und Raissa sich an den Händen fassend folgten. Es bebte in ihren Herzen. Voller Verunsicherung darüber, ob es richtig war, dem seltsamen Fremden ins Unbekannte zu folgen. Auf der Spitze des mysteriösen Stabes leuchtete ihnen der rätselhafte Lichtspeicher mit seinem kühlen blauen Schein den Weg. Immerhin offenbarte seine Helligkeit etwas über den bisher unbekannten Ort im Inneren des Berges. Das künstliche Licht tat schon bald ihren Augen weh. In seiner Beschaffenheit ähnelte es nicht im Entferntesten dem, was Raja ihnen tagtäglich schenkte. Dennoch bemerkten Raissa und Miro schon bald, dass die Wände des Stollens ebenso glatt geschliffen und sich in einem aschegrauen Farbton hielten, wie der Bereich am Höhleneingang. Der nackte Flur der Anlage wirkte auf sie trist und blass. Sobald sie mit ihren Fingern über die Oberfläche seiner Wände fuhren, bemerkten sie seine absonderliche Kühle. Ein Gefühl, das sie bisher so nicht kannten. Die unheimliche Kälte machte sich bald auch an ihren Fußsohlen bemerkbar, da sie im Gegensatz zu Moses, so etwas wie Schuhe nicht kannten. Moses blieb nach ein paar Minuten vor einer weiteren massiven Tür stehen und stieß sanft mit seinem Stab dagegen. Wie zuvor rumpelte dahinter etwas, was aber zuerst den Boden unter ihnen leicht vibrieren ließ. Von unten schien sich ihnen etwas langsam zu nähern, denn das Surren hinter der Tür nahm an Lautstärke zu. Moses drehte sich derweil zu den Halbgeschwistern um und grinste sie im Schein des blauen Lichts schelmisch an.

„Es ist nun die Zeit zu reden. Ich bin euch eine Erklärung schuldig."

„Schön", sagte Miro ungeduldig. Es brannte ihm förmlich unter den Nägeln. „Ich habe da viele Fragen."

„Fang an", antwortete Moses geduldig.

„Wo sind wir hier? Warum wolltest du unbedingt hierher und warum sollte ich dir unbedingt folgen?"

„Am Besten fange ich erst mit deiner zweiten Frage an. Es geht mir nicht wirklich um diesen Ort. Es geht mir darum, meinen Verfolger abzuschütteln und mir Gewissheit zu verschaffen. Nun zu deiner ersten Frage. Dies hier ist Noha."

„Noha ist ein Stollen?"

„Noha ist eine Arche."

„Eine Arche? Wovon redest du? Was soll das sein?"

„Wie erkläre ich euch das am Besten. Nehmen wir einmal an, die Welt steht kurz vor ihrem Untergang. Wenn ihr die Erde verlassen müsstet, was würdet ihr mitnehmen, wenn ihr die Zeit dazu hättet?"
„Alles, was wir zum Überleben brauchen."
„Sieh an. Genau das ist Noha. Was eure Tasche am Strand für eure Fundsachen bedeutete, das ist Noha für diese Welt."
Miro und Raissa sahen sich fragend an. Sie konnten Moses Worten beim besten Willen nicht folgen.
„Erklär uns das näher."
„Alles, was es auf dieser Insel gibt, stammt von hier. Jedes Gewächs, jedes Insekt, jedes Tier, sogar ihr Selbst. Um es mit euren Worten zu erklären: Bevor Nuri über Gaia herfiel, ließ mein Vater hier jeden Samen von jedem Geschöpf, wenn man so will, einlagern. Wie in der Legende, von der sich Vater inspirieren lies, war Noah nicht allein. Er hatte Frau und Kinder, die in seiner Arche, oder sollte ich besser sagen Zuflucht, Schutz suchte. Nach dem großen Einschlag von Nuri gingen sie wieder an die Oberfläche und nahmen alles aus der Arche mit, was sie glaubten, für das Überleben ihres Volkes an der Oberfläche zu brauchen. Diese Überlebenden sind die Urväter und Mütter eures Volkes. All die Fragen über die sich die Zivilisationen ihren Kopf zerbrachen, bevor es zu diesem Unheil kam, wurden mit Nuris Eintreffen überflüssig. Es ging damals ums nackte Überleben. Wie gesagt, sie gingen in die Archive unten im Berg und suchten sich die Samen der Geschöpfe aus, die ihr heute auf der Inseloberfläche findet. Nachdem sie diese gesät und die für deren Befruchtung erforderlichen Insekten und Tiere aussetzten, verschlossen sie die Pforte zu Noha wieder. Sie wollten verhindern, dass irgendein Nachkomme aus Unwissenheit auf dieser Insel ein Lebewesen ansiedelt, das ihre aufkeimende Zivilisation gefährdet. Solche Wesen gibt es hier nämlich."
„Welche Kreaturen sollen das sein? Leben diese hier drin?" entfuhr es Miro entsetzt.
„Es sind natürlich keine ausgewachsenen Tiere. Nur ihre Samen. Völlig ungefährlich, solange man sie nicht groß zieht."
Die stählerne Tür hinter ihm ging mit einem schabenden Geräusch auf und gab den Blick in eine kahle Zelle frei, deren Wände ebenso metallen schimmerten, wie die Panzertür am Eingang des Stollens. Moses ging ihnen voran. Der Boden unter ihnen wackelte etwas, als er die stählerne Zelle mit Raissa und Miro betrat. Sogleich fasste er mit dem Finger an die Seitenwand der seltsamen Kabine. Dort leuchtete in dunklem Rot ein Punkt auf. Darunter befanden sich wieder die merkwürdigen Zeichen, die die Äbtissin in der Zuflucht ihr ganzes Leben lang zu enträtseln versuchte. Kaum das er

ihn berührte, schob sich die Türe zu und das Gefährt setzte sich mit ihnen nach unten in Bewegung. Miro und Raissa fühlten sich etwas wacklig auf den Beinen. So ein Gefühl des leicht nachgebenden Bodens verspürten sie bisher noch nie und schon gar nicht, wenn es mehrere Minuten lang anhielt.
„Wer seid ihr?“, begann nun Raissa mit ihren Fragen.
„Wie ich schon sagte, ich bin Moses, aber ich denke nicht, dass dies der Anlass deiner Frage ist. Um dich zu beruhigen. Ich komme von keiner Insel. Ich komme von einem Ort, den ihr als die Himmelsnadel kennt.“
„Warum kennt ihr euch auf der Insel so gut aus? Seid ihr schon einmal hier gewesen?“, schob Raissa verunsichert nach.
„Nein, das nicht. Ich betrat heute zum ersten Mal eure Insel.“
„Wer verfolgt euch? Und was passierte da vorhin in der Zuflucht? Sind unsere Brüder und Schwestern jetzt Tod?“
Moses stieß einen kurzen Seufzer aus. Er verstand Raissas Besorgnis um ihr Volk nur zu gut.
„Wenn du erlaubst, werde ich euch eine andere Geschichte erzählen, die sich doch etwas an eure Schöpfungslegende anlehnt. Ich erwarte nicht, dass ihr sie wirklich versteht. Allerdings wird darin vieles vorkommen, was euch absolut fremd ist, weil ich dafür keine besseren Worte kenne.“
Raissa und Miro blickten sich verwundert an. Was meinte Moses damit? Sie drückten ihre Körper aneinander, da ihnen allmählich kalt hier drin wurde. Die Umgebung fühlte sich alles andere als mollig warm an, wie auf der Inseloberfläche. So etwas wie frieren kannten die Geschwister nicht. Noch nicht.

„Wer ist diese Göttin Nuri, die euer Leben so beherrscht?“, begann Moses seine Erklärung mit einer Frage. „Ständig müsst ihr vor ihr auf der Hut sein, nicht in ihre Winde zu gelangen, um hinweggefegt zu werden. Sie wird in eurer Legende als die Böse dargestellt, die ein Liebespaar entzweit. Wie in jeder Legende gibt es eine Wahrheit darin. Irgendwann wird aus der Wahrheit ein Mythos und verfälscht ausgeschmückt, um sie für jemanden mit einfachem Verstand erklärbar zu machen. Einst gab es eine Zeit, in der der Wasserspiegel deutlich niedriger als heute lag. Mein Vater lebte damals auf dieser Welt und er war ein sehr wohlhabender und einflussreicher Mann. Dummerweise lebte er in einer Zeit, die voll von Meinungen war und welchen, die sie machten. Niemand wusste wirklich, denn zu Wissen galt als anstrengend und dachte sich nur für jene, die die anderen Menschen beherrschen wollten. Lieber glaubten die Menschen, denn dies gestaltete sich einfacher als Wissen zu erfahren. Und damit beginnt die Geschichte von Nuri. Wer zuerst Nuri entdeckte, weiß niemand so genau, jedoch erfuhr dies mein Vater schon sehr früh. Bevor es an die breite Öffentlichkeit drang, verlor er keine Zeit und er machte sich daran, der sich anbahnenden Katastrophe zu begegnen. Dass er schon so früh von Nuri erfuhr, lag vermutlich daran, dass er zu dem elitären Kreis seiner Zeit zählte. In diesem sprach es sich schnell herum, wenn sich eine außerirdische Bedrohung des Planeten näherte. Wie in so vielen Menschen, die an ihrem Wohlstand hängen, kam die nackte Panik auf. Da stellte die Elite, oder die, die sich dafür hielt, keine Ausnahme dar. Die Panik wirklich alles zu verlieren, was einem Macht und Einfluss gibt, lässt die wahrscheinlich seltsamsten Lösungen fruchten. Einfluss, Stellung, Reichtum, Besitz, Status. Kurz gesagt, nicht mehr das zu sein, was sie in ihrer Gesellschaft einst galten oder sie ihrer Meinung nach ausmachte. Im Chaos überleben nicht die Reichen, sondern die, die am besten zu Überleben verstehen. Diese Nuri bestand aus einer Wolke aus Eis unterschiedlichster Größe. Vom kleinsten Partikel bis zu riesigen Blöcken. Also gebundenes Wasser, das gleich eines Asteroidenfeldes gefroren durch das Weltall driftete. Die Erde lag in seiner Bahn und ihre Schwerkraft zog das Eisfeld an. Der Schwarm stieß also mit der Erde zusammen. Mit der, die ihr heute einfach Gaia nennt. Dadurch gelangte sehr viel von dem Wasser aus dem All auf die Erde, was den Meeresspiegel erst auf die heutige Höhe brachte. Während sich das Eisfeld unaufhaltsam der Erde näherte, kam es verdeckt vor der Öffentlichkeit zu Treffen der Führer der damaligen Zeit. Die Regierungen beratschlagten sich, zerstritten sich und brachten keine brauchbare Lösung gegen die Bedrohung zuwege. Man überlegte sich zum Beispiel, Raketen gegen Nuri abzuschießen oder die Eisbrocken mit gigantischen Magneten abzulenken. Doch damit ein ganzes Eisfeld aufhalten? Immerhin stellte sich heraus, dass Nuris Beschaffenheit der des Erdenwassers glich. Also kämen keine zusätzlichen Gifte auf die Erde. Doch wenn der Meeresspiegel ansteigt, was bedeutete das für das Leben hier? Vater wusste es. Doch anstatt sich in Diskussionen um das eigene Überleben und in Selbstmitleid zu ergießen, handelte er. Noch während die Eliten um Lösungen stritten, ließ er verdeckt an drei Projekten arbeiten. Das erste Projekt nannte er das Unternehmen Noha. Damit man es nicht in irgendwelchen Datenbanken fand, versetzte er das h um eine Stelle nach vorne. Es schloss außerdem Verwechslungen aus und verwirrte allzu neugierige Spione. Hierzu lies er einen Stollen an einer ganz bestimmten Stelle auf der Erde tief in den Fels schlagen. Stabil und hoch genug gelegen, um den Einschlag von Nuri zu widerstehen. Er gab diesem Ort den Namen Noha, um an eine alte Erdenlegende zu erinnern. Diese stand in einem Buch, das ihm zu diesem Einfall ihrer Rettung verleitete. In diesem Buch finden sich lauter Geschichten, die nicht wörtlich zu nehmen sind. Ein Buch voller

Legenden und großer Fantasie. Eine Erzählung davon befasst sich mit einer großen Flut und einem Mann, der sie mit seiner Frau und seinen Kindern in einem Boot überlebte. Der Schöpfer der Welt legte ihm auf, von jedem Tier, jeder Art ein Paar mit auf seine Arche zu nehmen. So überlebten die Arten diese Katastrophe und an dem Tag, an dem sich das Wasser zurückzog, käme wieder neues Leben über das Land. Vater wusste, dass er so ein riesiges Boot wie es Noah hätte brauchen müssen, nie bauen könnte. Schon gar nicht eines, dass ein jedes ausgewachsene Geschöpf darin Platz findet. Aber zumindest ihre Samen ließen sich beschaffen und jahrhundertelang haltbar einfrieren. So stellte er sie zusammen und lagerte sie in tief unten im Bauch der Erde ein. Dieser Stollen befand sich die ganze Zeit unter euren Füßen."
„Und seine Kinder? Seine Frau? War das seine Familie?"
„Nein. Es waren ausgewählte Mitarbeiter seines Unternehmens, die er in den Berg schickte. Er beauftragte sie, die Samen zu ordnen und sie zu archivieren. In Wahrheit aber suchte er sie gezielt aus, was heißt, dass er darauf achtete, dass sie untereinander nicht verwandt waren und auch ein gewisses Alter hatten. Seine Mitarbeiter aber wussten nichts von Nuri und der sich anbahnenden Katastrophe. Auch nicht, welche Rolle sie selbst bei diesem Projekt wirklich spielten. Diese Leute sind eure Vorfahren. Sie wussten aus gutem Grund nichts von den zwei weiteren Projekten, die Vater in Auftrag gab. Ihre eigentliche Aufgabe bestand darin, nach dem Einschlag von Nuri das Überleben der Spezies Mensch zu sichern. Neben den Samen des Archivs trugen sie die eigenen Erbinformationen in sich und säten ihn, nach dem sich die Stürme aufgrund des Einschlags legten, auf der Insel aus. Durch sie fand das Leben einen neuen Anfang. Aber das ist nicht alles. Vater wusste, dass es nicht so bleiben konnte. Das Überleben der Spezies wäre auf Dauer weiterhin in Gefahr. Es befand sich viel zu viel Wasser in der Atmosphäre. So gab er das zweite Projekt in Auftrag: das Unternehmen Himmelsleiter. Dabei handelt es sich um jenen Ort, den ihr in eurer Legende als die Himmelsnadel kennt. Einen Pfad, der durch die Wolkendecke direkt in das All führt."
„Moment", kam Miro nicht mit. „Ein Pfad in den Himmel? Zu Raja hinauf?"
„Ganz recht. Dort kam ich zur Welt."
„Warum tat er das alles?"
„Euch umgibt so vieles, das ihr für selbstverständlich haltet. Dabei haben sie eine lange Zeit der Entwicklung hinter sich. Den Lichtwürfel, zum Beispiel, den ihr in eurer Tasche führt. Ich nenne sie Energiemagneten, weil sie die Kraft der Sonne, also in Form von Licht in sich aufnehmen. Ihr fragt nicht woher sie kommen, aber für euch sind sie einfach da. Das Unternehmen meines Vaters baute viele solcher Energiespeicher. Nach dem Einschlag von

Nuri gab es jahrelang eine dichte Wolkendecke über der Erdoberfläche. Diese Wolkendecke, die ihr heute Nuri nennt, verhindert, dass Raja auf Gaia scheint. Also dass die Strahlen der Sonne auf die Erde treffen. Die Himmelsnadel durchdringt Nuris Schleier und endet erst im Weltraum, also dem Ort von dem Nuri kommt. Dort oben befinden sich zahllose dieser Energiemagneten, auf die die Strahlen der Sonne ungehindert treffen. Sie füllen sie mit Energie auf, um das dritte Projekt meines Vaters in Gang zu setzen. Ich glaube, ihr erahnt bereits, was das Projekt für ein Ziel hat."

„Das Absenken des Meeresspiegels."

„Genau und das dritte Projekt führt auch zu meinem Verfolger, vor dem wir drei uns künftig in Acht nehmen müssen und weshalb euer Volk nicht von mir erfahren durfte. Vaters Kinder oder die ausgewählten Mitarbeiter seiner Firma, überlebten nicht als Einzige Nuris Einschlag. Als das Auftreffen Nuris kurz bevorstand, schlossen sich viele der Eliten und Wohlhabende in einer Panikreaktion zusammen. Sie rüsteten riesige Schiffe für ihre Bedürfnisse um. Auf ihnen hofften sie so, der großen Flut zu trotzen, die der Einschlag von Nuri über die Erde brachte. Ihre Hoffnung beruhte darauf, sich wieder auf Landstücken anzusiedeln, die hoch genug liegen. Vor allem aber achteten sie, dass sie stark genug wären, die dortigen Überlebenden zu verdrängen. Aber da gab es ein ernstes Problem, das Vater vorhersah. Indem, dass seine Gegenspieler es versäumten, ein ähnliches Projekt ihres Überlebens wie Vater zu starten, verdammten sie sich erst recht zum Aussterben. Wovon wollten sie genügend Rohstoffe gewinnen, die ihre verschwenderische Art der Lebensführung ermöglichte? Die Anbaukapazitäten auf dem verbliebenen Stück Land wäre einfach für diese Art des Wirtschaftens zu gering. Vater hingegen wusste, dass er selbst keine Chance auf ein Überleben der Katastrophe besaß. So ging er freiwillig in den Tod. Wichtig war ihm nur, das bis Nuris Eintreffen, diese drei Projekte unter absoluter Geheimhaltung, also im Stillen abliefen. Bei allem, was er tat, ging es nicht um ihn. Erfuhren aber seine Zeitgenossen von seinen drei Projekten, dann handelten sie wie Ertrinkende. Sie würden sich an diese Vorhaben klammern, bis sie auch den Retter in die Tiefe und somit ins Verderben ziehen. Ein Überleben der Spezies Mensch wäre undenkbar."

„Euer Vater ging freiwillig in den Tod? Warum? Hätte er sich nicht auch in Noha in Sicherheit bringen können? Zusammen mit seinen Mitarbeitern?"

„Das ging leider nicht. Sein Verschwinden aus den Medien und der Öffentlichkeit der damaligen Zeit wäre viel zu auffällig und hätte alles in Gefahr gebracht. Die Tarnung seiner Projekte blieb bis zum Schluss perfekt. Vater war nicht irgendwer. Er stand fast täglich im Rampenlicht der Aufmerksamkeit. Vater wusste, dass es die Zivilisation wie vor dem

Einschlag nie wieder gab. Zu sehr fixierten sich die Mächtigen zu Vaters Zeiten auf ihr eigenes Überleben, dass sie nicht erkannten, worum es eigentlich ging. Nämlich nur, dass das Leben als solches hier auf Gaia weiter bestand.“

„Ich verstehe das“, antwortete Raissa. „Er opferte sich, um seinen Erfolg nicht zu gefährden. Erfolg ist keine Frage von Größe.“

Innerlich ahnte Raissa bereits, wer dieser Kahlschädel in ihrem Traum sein könnte. Wo aber lag die Verbindung zu Moses Ausführungen?

„Nach diesem Lebensmotto lebte und handelte er. Ganz recht. Er wusste, dass er niemals unbemerkt bis zur Himmelsnadel oder in das Samenarchiv auf Noha gelangte. Die zum Ertrinken Verdammten hätten den Turm gestürmt. Vielleicht in ihrer Verzweiflung seine Verbindung zur Erdoberfläche gekappt. Dann wären weder ich, noch mein Bruder Aaron, der in der Himmelsnadel auf meine Rückkehr wartet, je geboren. Er wollte, dass lediglich zwei Wesen im Turm, nämlich ich und mein Bruder den Einschlag überleben. Auch eure kleine Insel hätte diese riesige Menschenmenge, die sich auf den Schiffen der Eliten in Sicherheit brachte, nie aufnehmen können. Wie Vater es voraussah, gingen sie sich bald selbst an die Gurgel. Und die wenigen, die dieses Massaker auf ihren Riesenschiffen überlebten, hätten dieses winzige Fleckchen Land eurer Insel unbewohnbar gemacht. Oberhalb der Zuflucht befindet sich ein gegossener Betonring. Ihr habt euch sicherlich schon gefragt, wozu er wohl diente.“

Miro wusste sofort, wovon Moses sprach. Der seltsame Ring gab ihrem Volk schon seit jeher etliche Rätsel auf. Manche Insulaner hielten ihn für ein Geschenk Rajas an Gaia. Andere sagten, dass diese Formation einfach eine Laune der Natur sei.

„Dort installierten Vaters Techniker einen Impulsgeber. Ich sehe an euren Gesichtern, dass ihr mit dem Begriff nichts anzufangen wisst. Zu Vaters Zeiten arbeitete das Militär mit Strahlenwaffen, mit Mikrowellen. Sie ähneln sehr Rajas Segen, wie ihr es nennen würdet. Eine Unterart dieser Technik war der Impulsgeber. Er sendet Stoßwellen aus, die schockartig über die Oberfläche der Insel huschen. Wer von ihr erfasst wird, bekommt einen kleinen Stromstoß. Daher landeten die Passagiere auf den Schiffen nicht auf Noha an. Aus lauter Verzweiflung und weil ihnen allmählich die Vorräte ausgingen, griffen sie sich bald gegenseitig an und versenkten dabei ihre riesigen Schiffe. Nicht weit von hier liegen ihre Wracks auf dem Meeresgrund. Erst als ihre Schiffe in den Fluten untergingen und keiner der Überlebenden auf der Insel strandete, traten eure Vorfahren aus der Zuflucht heraus. Sie sprengten als Erstes den Impulsgeber von innen heraus und lebten am Anfang zunächst von dem, was sie in der Zuflucht einlagerten. Der Impulsgeber musste zerstört werden, da seine tückische Strahlung eine Vegetation auf eurer Insel nicht zulässt. Eure Insel war zu dieser Zeit vollkommen kahl."

„Es überlebte dennoch etwas von ihnen", fügte Miro ein.

„Ja und genau darin liegt jetzt eines unserer Probleme", seufzte Moses.

„Das jagt euch. Warum lies er uns auf der Insel bisher in Ruhe?"

„Ganz einfach deshalb, weil er an euch kein Interesse mehr hat."

„Das verstehe ich nicht."

„Vielmehr ist es so, dass Coogan, so nannten ihn seine Schöpfer, diese Insel schon einmal besuchte. Das ist sehr lange her. Ihr Zwei ward da noch gar nicht geboren. Er sog aus euren Urvätern und Müttern jegliches Wissen der Vergangenheit heraus, das für ihn nützlich sein könnte. Das ist auch der Grund, weswegen in eurem Volk niemand mehr die Schriftzeichen an den Wänden lesen kann. Geschweige denn von dem Wissen der Welt vor der Katastrophe. Nachdem Besuch von Coogan versuchte euer Volk sich die Welt durch Mythen zu erklären. Sie ersannen euren Schöpfungsmythos, der sich vage an den Erinnerungen der Vergangenheit anlehnt."

„Wer oder was ist dieser Coogan?"

„Sein Name leitet sich von dem Begriffen Coporate Organic, Oxygen, Generator und Nanorobotik ab. Also er ist ein Wesen, das von einem Unternehmen stammt, organisch ist, dass Sauerstoff braucht, selbst Energie erzeugen kann und auf der Nanorobotik basiert."

„Lebt es?"

„Eine sehr gute Frage. Seine Schöpfer entwickelten ihn ursprünglich, um selbst zu überleben. Sie glaubten, mit ihm eine Waffe gegen das Vergessen und dem Chaos erschaffen zu haben. Man darf sich Coogan nicht als ein Lebewesen mit einem geschlossenen Körper vorstellen. Er ist eins, obwohl es sich in große Teile splittet. Diese Bruchteile von ihm haben die Form von pyramidenförmigen Bäumen, dessen Grundstruktur wahrscheinlich als eine Basis für seine Sucher fungiert. Diese Bäume ankern dort, wo seine Sucher im Anschluss das Umfeld unsicher machen. Coogan ist darauf abgerichtet, die Vollkommenheit des Wissens zu erlangen."

„Vollkommenheit des Wissens? Wie sichert eine solche Vollkommenheit das Überleben der Menschheit?"

„Ihr wisst das und ich weiß das. Auch Vater wusste das, aber die Menschen, die ihn konstruierten, verfielen dem festen Glauben, dass Vollkommenheit des Wissens, auch das Überleben ihrer Art bedeutet. Das ist das, was ihn von uns unterscheidet. Coogan stirbt nicht den Tod eines gewöhnlichen

Lebewesens. Jedenfalls tut er das so lange nicht, bis er seine ihm eingeflößte Mission erfüllt eben diese Vollkommenheit zu erlangen."
„Kann er das denn überhaupt werden?", warf Raissa ein.
„Ja, das kann er", antwortete Moses. „Leider. Zumindest in der Vorstellung seiner Programmierer. Aber wenn er das erreicht, dann schaltet er sich ab und unsere Art wird zwangsläufig sterben."
„Das verstehe ich nicht. Wieso sterben wir, wenn Coogan mit seiner Aufgabe erfolgreich ist?"
Moses grinste und hielt ihnen seinen Stab unter die Nase. „Na wegen dem da."
Ob seiner Worte schluckten Raissa und Miro. Miro fand bald die Worte wieder. „Er sucht nach diesem Stab da? Kann man damit etwa …"
„Ganz genau mein Junge. Dieser Stab ermöglicht ihm den Zugang zum Universum. Zu allem, was es in Raum und Zeit gibt. Einen Ort, den er normalerweise nie besuchen könnte. Er wird sich mit dem Kosmos vernetzen und ihn auslesen. Wenn er das getan hat, schaltet er sich ab. Ihr wisst nun von dem Stab. Das macht euch für Coogan interessant und zu seinem Ziel. Darum könnt ihr jetzt nicht zu eurer Gemeinschaft zurück."
„Was macht das Ding so besonders? Wie gelangt man damit zu Rajas Brüdern?"
„Der Stab gehört zu einem Teil des dritten Projekts, das Vater vor dem Einschlag angestieß. Es wurde somit zu meiner und Aarons Bestimmung. Wenn man so will."
„Wenn ich das richtig verstehe, ist Coogan kein lebendiges Wesen. Er ist das, was von diesen Leuten auf den Riesenschiffen übrig blieb. Er ist ihre Schöpfung. Also ihr Erbe. Tötet er unser Volk?"
„Nein. Coogan mordet nicht. Er liest sie nur aus."
„Erklär uns das näher."
„Da Coogan den ganzen Ozean des Planeten auf der Suche nach Vollkommenheit durchstreift, sucht er nach der Möglichkeit seine Mission zu beenden. Er fand heraus, dass Vater einen Zugang zum Universum und letztlich über Raum und Zeit fand. Also sucht er gemäß seiner Programmierung nach dem Stab und letztlich auch nach uns."
„All das, nur um vollkommen zu werden?"
„Genau. Wenn Coogan euch habhaft wird, vernetzt er sich mit euren Gehirnen und saugt die Informationen heraus, die er für brauchbar hält. Vor allem solche, die den Aufenthalt des Stabes und die Position der Himmelsnadel verraten. Denn die fand er noch nicht. Für ihn ist praktisch alles eine Information. Auch eure Gedanken. Ihr seid für ihn nichts anderes als große Speicher, die es auf der Suche nach Information zu Leeren gilt. Es

tut mir leid, dass ihr nicht mehr zurück könnt. Das Wissen um den Quantenzugang wäre für euch fatal, wenn ihr an Coogan geratet. Es wäre möglich, dass ihr wieder das Laufen und Sprechen erlernen müsst, um zurück ins Leben zu finden."
Raissa wurde das zu viel. Es sprengte ihre Vollstellungskraft. Wieso gab es eine so große Macht, die so Schreckliches zu tun im Stande war? Sie brach unversehens in Tränen aus. Auch Miros Augen füllten sich, als er merkte, wie sehr Moses Erklärung Raissa mitnahm. Er hielt seine Schwester fest. Selbst aber war er ratlos. Sollte er wirklich weinen? Das half ihnen jetzt nicht wirklich weiter.
„Ihr seid Schuld dran. Ihr habt uns hierher geführt", schimpfte Raissa verzweifelt mit Tränen in den Augen kämpfend. „Das ist ja schlimmer als in meinem Albtraum."
„Ich hatte meine Gründe hierher zu kommen und ihr letztlich auch, nach dem ich euch einweihte", verteidigte sich Moses. Ihm entging Raissas Bemerkung über ihr nächtliches Problem nicht.

Just in diesem Moment hielt der Fahrstuhl mit einem Ruck an. Die Tür öffnete sich mit einem schabenden Geräusch. Es verriet, dass hier viel Sand oder Staub umher lag. Ohne das blaue Licht des Quantenstabes, wären sie sich den riesigen Dimensionen der Halle unten im Berg nicht bewusst geworden. Als sie eintraten, herrschte eine solche Dunkelheit, dass das schwache Licht des Stabes sich in der Weite des Raums verlor. Immerhin machten Raissa und Miro in ihrer Nähe riesige Gerippe aus Metall aus, die sich in die Höhe zogen. Es fanden sich darin dunkle Fächer und breite Nischen, in denen kübelartige Behältnisse standen. Moses schritt zuerst in das Archiv hinein. Zaghaft blieben ihm die Geschwister auf den Fersen. Beinahe stolperten sie über eine dünne Schienenführung, wie sie Raissa und Miro von den Loren im Steinbruch auf der Oberfläche kannten. Ragnar, ihr Schmied baute diese Art Wagen für schwere Brocken, der in solchen Rillen seine Spur führte.
„Könnt ihr nicht mehr Licht machen?", fragte Miro schließlich.
„Dazu müsste ich erst die Hauptversorgung der Anlage aktivieren. Die befindet sich an einer anderen Stelle. Aber ich kann nicht mit Sicherheit sagen, ob genug Energie dafür da ist. Es gibt zwar Speichereinheiten, aber nach so langer Zeit dürften diese keine Reserven mehr haben. Schließlich betrat diese Räume hier unten seit mindestens 90 Jahren niemand mehr."
„Hilft euch das?", fragte Miro und holte den Lichtwürfel aus dem Hanfbeutel. Das Fundstück vom Strand strahlte immerhin genug weißes Licht aus, um ihre nähere Umgebung besser sichtbar zu machen. Unschwer

erkannte Raissa in seinem hellen Schein, dass die Fächer und Nischen ebenfalls mit den seltsamen Zeichen wie die Wände der am Eingang der Zuflucht beschriftet waren.
„Hm?“, meinte Moses interessiert und nahm ihn mit einem gewissen Hintergedanken aus der Hand.
„Das könnte vielleicht helfen, aber nicht beim Licht“, sagte er und trat an eine Nische heran, in dem eine Art Kasten stand. Genau sah Miro nicht, was er mit dem Würfel tat. Es wirkte, als drückte er ihn in etwas hinein. Das Licht des Würfels verschwand, doch dafür fuhr der Kasten wie von selbst ein Stück auf der Schienenführung aus seinem Versteck.
„Archie 4.4 zu ihren Diensten“, brummte es plötzlich aus dem Ding heraus.
„Hallo Archie“, sprach Moses mit dem Ding, wie wenn es eine Person wäre. Miro und Raissa schrecken aber zurück. So etwas sahen sie noch nie.
„Archie, ich bin auf der Suche nach einem Gegenstand“, sagte Moses laut und deutlich. Er gab sich sichtlich Mühe, dass der Apparat ihn gut verstand.
„Bitte Name laut und deutlich sprechen“, kam es aus dem künstlichen Gebilde.
„Quantenprozessor.“
„Nicht im Archiv verfügbar“, antwortete Archie befehlsgemäß.
„Das dachte ich mir schon. Vater wäre nicht so dämlich gewesen, das zu machen.“
„Archie. Kannst du das Licht in der Registratur einschalten?“
„Energielevel zu niedrig. Über die manuelle Schaltzentrale müssten die Solarsegel ausgefahren werden. Im Augenblick genügt die Energie nur für den Mannschaftsraum 4“, antwortete ihm der automatische Archivroboter.
„Was ist das für ein Ding?“, mischte sich Miro neugierig geworden ein.
„Das? Das ist ein Archivroboter. Er sucht dir alles raus, was sich hier unten im Magazin befindet.“
„Ich kann ihn alles holen lassen?“
„Nur was es hier unten gibt. Also frag ihn. Sage es aber laut und deutlich, was er dir besorgen soll. Schon um Verwechslungen zu vermeiden.“
Miro grübelte kurz, was er sich holen lassen wollte. Ein Geistesblitz durchfuhr ihn.
„Kokosnuss“, sprach er laut und deutlich zu dem elektronischen Helfer.
„Nicht im Archiv verfügbar“, antwortete der Roboter zuverlässig.
„Was? Hier unten gibt es keine Kokosnuss? Oben gibt es sie doch Haufenweise. Dann soll er mir einen Hanfsamen holen.“
„Nicht im Archiv verfügbar.“
Miro verdrehte verwundert die Augen. Das konnte doch nicht sein. Die Pflanze gab es auf der Inseloberfläche in Hülle und Fülle.

„Oder den Rosastrauch."
„Spezies nicht bekannt", antwortete der Roboter wieder.
„Du musst ihn kennen. Oben gibt es ihn im Tal der Blüten."
Moses beobachtete ihn amüsiert dabei und verkniff sich sein Schmunzeln nicht. „Kannst du dir nicht selbst denken, warum er nichts davon im Archiv findet? Außerdem kann es sein, dass er die Samen unter einem anderen Namen kennt, als du sie beschreibst. Es muss so sein, denn die Kokosnuss oder auch die Hanfsaat nahmen deine Vorfahren mit an die Oberfläche und säten sie dort aus. Der Roboter kennt den Rosastrauch unter dem Namen Manuka. Und wenn du ihn jetzt danach fragst, wird er dir sagen, dass er es im Archiv nicht findet. Probiere es aus."
Miro sprach wieder zu dem Roboter: „Manuka?"
„Nicht im Archiv verfügbar", antwortete er wie es Moses vorher sagte.
„Du bekommst von ihm keine Samen geliefert, weil du die Namen der anderen Arten nicht kennst, die es hier unten gibt. Aber du weißt aufgrund der Größe des Lagers, dass sich hier viele weitere Samen von ganz anderen Gewächsen befinden müssen."
„Und wie finde ich ihre Namen heraus?"
„In dem, dass du ihm die richtigen Fragen stellst."
„Was soll ich ihn denn fragen? Ich kenne doch die Namen der anderen Samen nicht?"
„Wer kennt sie denn?"
„Du könntest ihre Namen kennen ..."
„Und wer noch?
„Das Dingsbums da …", mischte sich Raissa ein. Sie folgte schweigsam bisher ihrem Wortwechsel.
„Also was musst du ihn fragen?", schlussfolgerte Moses daraus und wandte sich wieder an Miro.
„Welche Samen kann ich hier unten finden?", fragte Miro aufgeweckt den Apparat erneut.
„Alle Informationen und Proben zu den in der Kältezone eingelagerten 1.948.756 Samen und ihren Unterarten befinden sich hier in alphabetischer Reihenfolge an den Regalwänden beschriftet. Du findest ihre Namen an der jeweiligen Nische angeschrieben. Die Samen selbst befinden sich in der Tiefkühlzone bei 18 Grad Minus. Die Kühlzone ist mit einem blauen Stahlschott markiert und von hier aus direkt erreichbar. Im Informationsarchiv selbst gibt insgesamt 28 Reihen mit etwa 390.000 Arten und Proben der Gefäßpflanzen. Ebenso finden sich hier die Angaben und Schaukästen zu etwa 29.548.189 Insekten - und 44.879 Wirbeltierarten. Auf die Einlagerung von maritimen Organismen wurde ausdrücklich verzichtet.

Suche dir die Sektion, die du brauchst. Dann informiere mich wieder. Dann werde ich dir die Register, Schaukästen und Holobänder aus der Ablage holen“, erklärte der Roboter und ließ Miro mit dieser Information stehen.
„Das hilft mir nicht weiter. Ich kann diese Zeichen nicht lesen“, stöhnte Miro enttäuscht. Moses merkte dazu Weiteres an:
„Was nützen einem Schriftzeichen oder Namen, wenn man ihre Bedeutung nicht kennt. Das Einzige, was man erkennt, ist, das sie da sind. Weder kennt man ihre Aussprache noch ihre Betonung. Oder einen Sinn des Niedergeschriebenen. Selbst die Schaukästen vermitteln nur eine vage Vorstellung von dem, was es mit dem Samen auf sich hat. Die Holobänder könnten zwar für das erste Verständnis nützlich sein, was aber voraussetzt, dass die darin verwendete Sprache von euch verstanden wird. Ihr Umfang aber umfasst nie die Tiefe, die für das Verstehen eines Geschöpfs nötig ist. Für euch ist das Archiv in dieser Art der Ordnung nicht zu nutzen. Ich könnte euch zwar die Bedeutung der Zeichen lehren, doch dann werdet ihr noch immer nicht die Pflanze selbst kennen und sie vor allem verstehen. Genauso wenig, wie man einem einzelnen Samen ansieht, welches Gewächs sich dahinter verbirgt. Geschweige denn erfassen, was die schriftlichen Ausführungen dazu bedeuten, die man zu den Samen in der Sektion mit ablegte. Was ihr hier unten findet, ist das Ergebnis einer uralten Forschung, die Jahrtausende lang andauerte. Von vielen Menschen und Maschinen zusammengetragen, die lange vor euch lebten. Das ganze Wissen innerhalb weniger Minuten umfassend für euren Geist darzustellen, vermag niemand. Zumal die Lernwilligen über ein gewisses Grundwissen verfügen müssen, um dem überhaupt zu folgen. Es ist ein Studium, für das ein ganzes Menschenleben nicht ausreicht. Für euch ist im Augenblick nur wichtig, dass sich in dieser Sektion jene Informationen und Pflanzenproben befinden, die eure Vorfahren auf der Inseloberfläche nicht verwendeten.“
„Gibt es denn keine Möglichkeit trotzdem herauszufinden, was es mit den Samen hier unten auf sich hat? Ich meine, sodass es keine Jahrtausende andauert?“
„Was soll ich sagen. Ihr müsst es selbst ausprobieren. Dies ist die beste Art des Studiums, um in relativ kurzer Zeit zu einem brauchbaren Ergebnis zu gelangen. Dazu pflanzt ihr sie in Töpfe ein und schaut einfach, was damit passiert. Da die Samen selbst in der Kühlzone gelagert wurden, dürften sie selbst nach über tausend Jahren noch keimfähig sein. Ich würde aber gezielt dabei vorgehen und Aufzeichnungen zu ihrer Entwicklung führen. Wenn ihr wisst, mit was ihr es zu tun habt, dann gebt ihr den Samen einen Namen. Am besten einen, der die Eigenschaften des Gewächses umschreibt. Die Beschriftungen hier unten im Archiv sind für euch nutzlos. Aber diesen

Faktor muss man erst einmal erkennen und keine Zeit drauf verschwenden, die Schriftsprache enträtseln zu wollen, die ja doch vom Objekt der Forschung ablenkt. Man verliert unnötig Zeit. Namen ändern an der bloßen Existenz des Samen nichts. Bei den Namen, die eure Vorfahren diesen Samen gaben, handelt es sich um nichts anders als ihre Umschreibungen. Und diese Umschreibungen sind es auch, was die Schriftzeichen letztlich in den einzelnen Sektionen bedeuten. Der Name Kokos zum Beispiel bedeutet nichts anderes als Kern oder Beere. Hier unten findet sich alles von der Acerolakirsche, die eigentlich keine Kirsche ist, bis zur Zypresse, einem schlanken hohen Baum. Hier unten befindet sich eine riesige Datenbank, gespeichert in kleinen unscheinbaren Kernen. Man liest sie am besten aus, indem dass man sie einpflanzt und gedeihen lässt. Also nichts anderes tut, als eure Erdenmutter selbst", erklärte Moses und trat an den Roboter heran. Es schien als greife er mit seiner freien Hand in den Apparat hinein und holte den Lichtwürfel wieder heraus. Das Licht des Würfels schwächte sich nun deutlich ab. Miro verwirrte das. Im schemenhaften Licht sah er nicht genau, was Moses tat.

„Was bedeutet das? Warum lässt du ihn nicht holen, weswegen du hergekommen bist?"

„Er sagte mir schon, was ich wissen wollte. Außerdem braucht der Roboter unnötig die ganze Energie des Würfels auf. Es wäre besser seine Energie aufzusparen und die Kraft dort einzusetzen, wo sie uns wirklich nützt. Hier unten gibt es ein paar Apparate, die mit diesen Energiespeichern arbeiten. Immerhin verschaffte mir das die Gewissheit, dass der Quantenzugang nicht hier ist. Gehen wir weiter."

Moses steckte den nun schwächer leuchtenden Würfel in seine kuttenähnliche Kleidung und schritt die Regalreihe des Archivs weiter entlang. Der von Moses bezeichnete Quantenstab passierte die seitlichen Nischen ihres Weges und leuchtete sie teilweise aus. Miros Aufmerksamkeit richtete sich auf die weiteren Beschriftungen der einzelnen Abteile, während es Raissa immer mehr in ihren Gliedern fror. Hier unten war es ungewöhnlich kühl. Seine Schwester besaß im Gegensatz zu Miro keine neugierigen Augen für die seltsamen Dinge, die sich ihnen mit jedem einzelnen Schritt auftaten. In ihrem Herzen bebte die schiere Angst vor dem, was da kam. Was geschah auf der Inseloberfläche? Was machte dieser Coogan mit ihrem Volk? Alleine die Vorstellung darüber verstörte ihre Aufmerksamkeit.

„Kann dieser Coogan eigentlich die Samen selbst auslesen? Ich meine, so wie es Gaia tut", fragte Miro interessiert weiter.

„Nein", antwortete ihm Moses.

„Warum das nicht?“
„Ganz einfach deswegen, weil er in den Samen keinen Nutzen für sich und seiner Programmierung erkennt.“
„Ich dachte, er wäre auf der Suche nach Vollkommenheit. Dann müsste er doch etwas über die Samen selbst wissen wollen.“
„Eigentlich weiß er es schon aus den Aufzeichnungen eurer Vorfahren. Aber er kann mit diesem Wissen nichts anfangen, da er nicht auf dieses Wissen angewiesen ist.“
„Das verstehe ich nicht.“
„Wissen nützt einem nur, wenn es Anwendung findet. Coogan sammelt zwar das Wissen dazu, hat aber keinen Grund, es zu gebrauchen. Da er kein lebender Organismus ist, wie die Samen oder ihr, fühlt er sich mit ihnen nicht verbunden. Er muss keinen Samen anpflanzen und sie hegen, da er nicht von ihnen und vor allem mit ihnen lebt.“
„Von was lebt dann dieser Coogan? Woher bezieht er seine Kraft?“
„So ganz genau weiß ich das nicht, aber er braucht das Tageslicht. Er kann einen gewissen Überschuss speichern, was es ihm möglich macht auch in der Dunkelheit aktiv sein. Allerdings mag er das Meerwasser nicht besonders. Er scheint mit dem Salz darin nicht zu Recht zukommen. Ich und mein Bruder Aaron spielten all die Jahre Katz und Maus mit ihm. Leider suchte Coogan eure Vorfahren schon heim. Das dürfte mittlerweile gut 90 Jahre her sein. Aber weil Vater die drei Projekte strikt voneinander trennte, wussten eure Altvorderen nichts von dem Quantenzugang und überlebten so seine Attacke auf ihren Geist. Vater wusste schon länger, dass seine Konkurrenten an einem regelrechten Datenmonster arbeiteten, dem sie den Namen Coogan gaben. Seine Agenten erzählten ihm, dass die ersten Versuchspersonen, die diesem Monster förmlich zum Aussaugen vorgeworfen wurden, nicht mehr fähig waren, ihre Namen zu schreiben oder auch die einfachsten Rechenaufgaben zu lösen. Ihr Wortschatz reduzierte sich drastisch auf das eines Kleinkindes.“
„Warum seid ihr dann auf unsere Insel gekommen, wenn dieser Coogan schon einmal hier war? Ihr sagtet, dass dieser Quantenzugang nicht hier ist. Sonst hätte es euch dieses Dinges da vorhin geholt. Warum bringt ihr uns und euch in Gefahr?“, fragte Raissa misstrauisch geworden. Was spielte da Moses für ein Spiel mit ihnen?
„Weil es nun soweit ist, Vaters Vision Wirklichkeit werden zu lassen“, antwortete Moses. „Wie viele Generationen soll Coogan wie eine giftige Wolke über den Planeten wandeln? Nein, es wird Zeit das Projekt der Polarvereisung zu starten. In den letzten 90 Jahren blieben ich und Aaron nicht untätig. Wir füllten die Energiespeicher der Himmelsnadel. Jetzt geht es

darum, den Quantenzugang bergen und ihn zum Satelliten über die Himmelsleiter in das All bringen. Darum kam ich hier her. Das Ganze hätte allerdings so ablaufen müssen, dass Coogan davon nichts mitkriegt. Ich konnte ihn nicht abschütteln. Aber leider wird er es uns nicht so leicht machen, fürchte ich. Um es mit euren Worten auszudrücken, Vater wusste, dass die Lösung des Problems mit Nuri auf der Erde zu suchen ist. Nicht im All. Und dann erst nach dem Einschlag. Er konnte und wollte nicht versuchen, den Zusammenstoß der Eiswolke mit der Erde zu verhindern. Das kostete unnötige Zeit. Also machte er sich lieber daran, an der Welt nach dem Einschlag zu bauen. Dazu brachte er an den beiden Polkappen Vereiser an, die, einmal aktiviert und vom Quantenzugang koordiniert, so viel Wasser an sich binden, dass sich der Meeresspiegel wieder deutlich absenkt. Es wird neues Land zur Besiedlung entstehen. Einmal im Satelliten eingesetzt kann Coogan den Quantenzugang nicht mehr nutzen, weil dieser förmlich darin aufgeht. Das heißt, er wird mit dem Satelliten eins. In Fachsprache nennt man den Prozess auch Assimilierung."

„Das beantwortet meine Frage nicht", hakte Raissa misstrauisch nach. „Wenn ihr wusstet, dass der Prozessor sich nicht hier befindet, was wollt ihr dann hier?"

„Es gibt hier einen Hinweis, wo ich nach dem dritten Quantenzugang suchen muss. Ich wusste, dass Vater nicht so verrückt wäre, den Quantenzugang selbst hier unten zu verstecken, denn dann hätte er seine Mitarbeiter und sein ganzes Vorhaben in Gefahr gebracht. Coogan hätte ihn schon damals gefunden. Aber er hat ihn nicht, weil er mit seinen Bäumen nach wie vor über die Ozeane pflügt und unablässig danach sucht. Auch wusste Vater, wenn ich auf Noha gehe, säße mir Coogan im Nacken. Wenn wir den Quantenzugang nicht finden, bleibt ein großer Teil des Planeten für die nächsten Jahrtausende überflutet."

„Was soll das eigentlich für ein Hinweis sein? Ist es vielleicht ein Samen?"

Kaum sprach Miro das aus, rumpelte es im Berg. Die schockartige Erschütterung ließ ihre Beine vibrieren. Ein entferntes Klirren hallte durch die Gänge des Archivs. Glas zersprang.

„Was war das?"

„Das war Coogan", knurrte Moses. „Er untersucht den Berg mit den Erdstößen. Mit den Stoßwellen ergründet er, wie es im Berginneren aussieht. Ich hoffe nur, dass der Mechanismus oben stark genug ist, ihm zu trotzen. Er ist sehr raffiniert. Vater verzichtete bewusst auf ein elektronisches System zur Eingangssicherung und setzte auf den mechanischen Handbetrieb."

„Wie öffnete euer Stab dann die Tür? Wir selbst versuchten alles, um sie zu bewegen."

„Wir haben keine Zeit mehr. Schnell weiter …“
Moses antwortete darauf nicht und überging gezielt diese Frage. Vielmehr eilte er stattdessen zügig weiter durch die Gänge des Magazins. Miro und Raissa besaßen nun große Mühe, dem bärtigen Mann zu folgen. Sie liefen an unzähligen weiteren Boxen und Kisten mit rätselhaften Beschriftungen vorbei. Die Reihen schien kein Ende zu nehmen.
„Kommen wir hier überhaupt wieder raus?“ jammerte Raissa immer unruhiger werdend, als sie erneut dieses Vibrieren unter ihren Beinen spürte. Moses schien sie nicht zu hören, denn er lief stur weiter, bis er an eine weitere Stahltür kam. Er hielt an ihr kurz inne, als eine weitere Stoßwelle durch den Berg ging. Moses musterte kurz die eherne Tür. Jetzt erreichten Raissa und Miro ihn. Im Gegensatz zum Stolleneingang hielt sich diese Sicherheitstür in einer knallroten Farbe. Es schien eine Art Warnung an ihre Nutzer zu sein. Jedenfalls kam es den Geschwistern so vor. Auf der Schleuse prangte mit schwarzer Schrift das für sie nicht zu entziffernde Zeichen der 4.
„Es gibt hier unten Acht Bereiche von der Sorte. Das, was ihr jetzt seht, wird euch mit Sicherheit verwirren“, sagte Moses. „Achtet nicht auf die vielen Lichter, die jetzt aufblinken und haltet euch vor allem die Ohren zu. Es wird jetzt sehr laut. Wenn die Tür aufgeht, folgt mir einfach hinein.“
Moses stieß seinen Stab an die Tür. Es rumpelte dahinter und plötzlich gingen wie aus dem Nichts orangefarbene Lampen und eine ohrenbetäubende Sirene an. Die grellen Lichter blinkten und drehten sich rasch um ihre eigene Achse. Miro und Raissas Augen und wurden von den aufblitzenden Strahlen direkt in die Pupillen getroffen. Geblendet wandten sie ihren Blick schnell zur Seite ab, während sie mit ihren Händen auf den Ohren versuchten, dem grässlichen Lärm zu trotzen. Auch diese Tür schob sich ähnlich auf, wie in der Zuflucht, nur dass dieses Mal dahinter ein gleißendes Licht anging. Der Gang dort hielt sich im Gegensatz zum Archiv in einem schlichten weiß und an den Rändern prangten roten Linien, die weiter in das Innere der Räume führten. Auch befanden sich wieder diese seltsamen Zeichen darauf. Diesesmal in einem tiefen Blau.
„Was ist das für ein Ort?“, rief Miro durch das laute Sirenengeheul.
„Der Mannschaftsraum Nummer vier“, überbrüllte Moses den schrillen Ton und eilte den Gang weiter entlang, bis sie an seinem Ende auf einen breiten Raum mit weiteren großen Kästen und Stockbetten trafen. Hier gab es einen langen Tisch aus festem Holz, mit acht Stühlen aus silbrig glänzenden Rohren. So ein Design der Inneneinrichtung kannten Miro und Raissa gar nicht. Überhaupt alles hier unten wirkte für sie fremdartig. Wie aus einer anderen Welt. Von diesem Raum gingen drei weitere Durchgänge weg, dessen Enden im Dunkeln verborgen lag. Mit dem Schlag seines Stabes auf

einem rot blinkenden Punkt im Mannschaftsraum hörte die grelle Sirene auf zu heulen und stattdessen machte sich nun ein angenehmes gelbes Licht in den Fluren der Sektion breit. Es tat ihren Augen erheblich besser als das blaue kalte Licht des Quantenstabes. Moses atmete zuerst tief vor Erleichterung durch und sah sich in dem Raum kurz um. Dann musterte er seine Begleiter mit einem tiefen Blick. Vor allem sah er sich nun Raissa mit einem gewissen Hintergedanken näher an.

„Das Mal da auf deinem Kopf …"

„Ja?" fragte Raissa verwirrt.

„Hast du das schon länger?"

„Nein. Ich bin von einer Kokospalme gefallen und schlug meinen Schädel auf einem Stein auf. Die Äbtissin flickte mir die Stelle mit so einem grünen Zeugs."

„Ach", meinte Moses nachdenklich und ging einen Schritt weiter auf Raissa zu.

„Darf ich mir deine Wunde näher ansehen?"

„Äh, ja. Aber was ist das überhaupt für ein Zeugs? Wisst ihr das vielleicht."

„Ein Allzweckmittel", meinte Moses grübelnd, während er mit seinem Finger über ihre geflickte Wunde fuhr. Er ging bewusst nicht näher darauf ein. Das Warum erschloss sich Raissa nicht.

„Hattest du ein Loch in der Schädeldecke?", fragte Moses interessiert nach.

„Ich denke schon. Ich dachte da, ich müsste sterben. Wirkt sich das auf meine Träume aus? Ich hab da einen, der auf mich wie ein Fluch wirkt. Er wiederholt sich dauernd und es ändert sich darin rein gar nichts."

„Schon möglich, dass das deine Träume beeinflusst", sagte Moses in Gedanken versunken. Er berührte auch Raissas gesunde Schädelhaut. Das spürte Raissa hingegen. Anstatt näher auf Raissas Fragen einzugehen, wechselte Moses überraschend das Thema, obwohl es in Raissa brannte, ob er nicht vielleicht ihren seltsamen Traum zu deuten wusste.

„Egal. So wie es jetzt aussieht, braucht ihr hier unten andere Kleider und vor allem feste Schuhe. So ganz ohne erfriert ihr mir in der Kältezone noch", sagte er, ohne weiter zu beschreiben, was sich nun schon wieder hinter seiner rätselhaften Bemerkung verbarg. „Sucht euch aus den Schränken hier etwas Warmes zum Anziehen raus. Es sind auch Stiefel darunter. Zieht euch aber zuerst die Unterkleider an, bevor ihr die Jacken überstreift. Ich werde mich ein wenig im Magazin vor dem Mannschaftsraum nach dem Hinweis umsehen. Ihr werdet mir dabei nicht helfen können, da ihr die Zeichen dort nicht lesen könnt und ich selbst nicht weiß, nach was genau ich da suchen muss. Vielleicht gelingt es mir die Stromversorgung im Archiv wiederherzustellen, sodass wir nicht im Dunklen zur Kältezone weiter laufen müssen."

„Aber die Beben. Wie kommen wir hier wieder raus?"

„Das dürfte interessant werden. Die mechanische Sicherheitstür am Eingang wird Coogan jedenfalls eine Weile beschäftigen. Wir kommen hier schon raus. Keine Bange, aber ohne eine warme Kleidung erfriert ihr mir dabei. Ihr bleibt am besten erst einmal hier und wärmt euch etwas auf. Zu eurer Sicherheit bleibt ihr zunächst in diesem Raum und lasst die drei Durchgänge da in Ruhe. Ich mach es euch mal etwas wärmer hier drin."

Dann nahm er den Energiewürfel, den Miro am Strand fand und schob ihn unter dem zuvor rot blinkenden Punkt in die Wand hinein. Miro sah ihm dieses Mal genauer dabei zu. Erst jetzt erkannte er, dass sich da unter dem Punkt eine Art Klappe befand. Die Form des Würfels passte exakt da hinein. Schon bald fühlte Miro an seinen nackten Fußsohlen, dass der kalte Boden unter ihnen an Temperatur zunahm. Es kribbelte leicht in den Beinen. Moses lächelte kurz und kommentierte seine simple Handlung: „Ich hab die Fußbodenheizung angemacht."

Mit diesen Worten ging er wieder zum Archiv und lies die Geschwister in der fremdartigen Umgebung zurück. Miro blickte im Gegensatz zu Raissa mit einer gewissen Faszination im Mannschaftsraum herum. So etwas Abgedrehtes forderte seinen Geist heraus. Schon alleine die Einrichtung sprengte alles für ihn bis dahin Gekannte. Dies alles erschufen ihre Vorfahren? Was für mächtige Wesen müssen das gewesen sein. Die sich dank des Energiewürfels allmählich erwärmende Atmosphäre, in der sich in den letzten Jahrzehnten schon feiner Staub legte, lies ihn innerlich dennoch etwas frösteln. Wusste er doch nicht, mit was er sich da einließ. Raissa trat verschüchtert im Mannschaftsraum umher. Sie traute sich nicht auf die seltsamen Stahlgerippe mit den seltsamen lappenartigen Sitzflächen zu setzen, die offenbar als Stühle fungierten. Anstatt dessen ging sie zu den Stockbetten und fuhr mit dem Finger über eine steife Decke, die darauf lag. Sie fertigte sich eindeutig aus einem anderen Material als der Hanf, den sie in der Weberei zu Laken verarbeiteten. Das Textil fühlte sich glatt aber dennoch an ihrem Finger geschmeidig an. Das erkannte sie sofort. Aber auch hier lag feiner Staub drauf. Und noch etwas stellte sie fest. Je länger sie mit ihrem Finger drauf verweilte, umso mehr bekam sie den Eindruck, als sich ob ihr Finger erwärmte. Miro bemerkte derweil ein Bild, dass jemand hinter einem der metallenen Kästen anbrachte. Darauf sah er viele Türme aus Glas mit großen Fenstern, in denen sich das Abendlicht Rajas spiegelte. Selten sahen die Geschwister jenes satte Abendrot, dass für ihre Vorfahren so selbstverständlich wie die ersten Strahlen der Morgensonne waren. In einigen Fenstern der Glastürme brannten Lichter, die so ganz anders wirkten, als das von Raja. Irgendwie unnatürlich. Am Abendhimmel erkannte Miro ein paar Wolkenschleier, doch ansonsten besaß er ein angenehmes dunkles Blau, das von der beginnenden Nacht kündete. Die Reste der Sonnenstrahlen Rajas zeigten sich am Himmel ganz schwach und dann erkannte er am oberen Ende des Bildes etwas, was es an der Oberfläche sehr selten bei ihnen zu sehen gab.

„Rajas Brüder", raunte er. Raissa trat nun auch an das fremdartige Bild heran. Mit großem Interesse erkundeten ihre Augen die Darstellung des nächtlichen Himmels. Auch Nuri´s runden Spiegel sahen sie auf dieser Abbildung deutlich mit seinem silbernen Licht über den rätselhaften Glastürmen stehen. Diese hellweiße Scheibe, die sich meist zur Nacht zeigte, hielt der Legende nach einst Nuri der Erdenmutter Gaia vor. Sie sollte damit ihr neues Äußeres mit dem von Nuri gewebten Schleier betrachten. Nuri selbst liebte diesen Spiegel sehr und fühlte sich von ihm angezogen. Mit ihm gestaltete sie ihren Körper. Doch Gaia fand keinen Gefallen an ihm. Denn immer dann wenn sie ihr Haupt auf ihn richtete, verschwand ein Teil des Spiegels und sie starrte ins Leere. Sie beschwerte sich deswegen bei Nuri, doch Nuri überedete Gaia immer wieder es von neuem zu versuchen.

„Wahnsinn", stimmte sie Miro zu. „Ich sah sie einmal als kleines Mädchen. Großvater Jockel meinte, dass sie die Brüder von Raja wären. Was waren das für Menschen, die das alles hier unten erschufen? Waren es Götter?", entfuhr es ihr ehrfürchtig.

„Nein. Weder noch", meinte Miro und näherte sich einem der seltsamen metallenen Kästen, die Moses vorhin als Schränke bezeichnete. Seine Augen suchten einen Öffnungsmechanismus. Während Raissa das Bild mit den Wolkenkratzern betrachtete, beschäftigte sie sich in ihrem Geist mit den seltsamen Vorgängen in der Zuflucht, bevor sie in Gaias Schoß hineingingen. Auch die Bemerkungen Moses ihr gegenüber zu dem grünen Kit mischten sich dazu.

„Wie öffnete er bloß die Tür in der Zuflucht? Wir versuchten alles und er kommt einfach mit diesem Stab daher. Miro, du hast dieses Ding schon am Stand angefasst. Das muss ein Zauberdingsbums sein. Was ist da mit ihm passiert?"

„Nein, das ist es bestimmt nicht", entgegnete ihr Bruder abgelenkt, während er versuchte, den großen Metallkasten mit dem Drücken seiner Finger zu öffnen. Schmale Spalten verrieten, dass sich da so etwas wie eine Tür befand. Er kannte einfach die Funktionsweise der Technik nicht und versuchte sie gerade zu enträtseln.

„Wie kommst du drauf? Das muss Zauberei sein. Du hast am Strand mit dem Stab auf seinen Bauch geklopft und schon spuckte er Wasser aus. Woher wusstest du, wie du ihn benutzen musst?“

„Raissa“, sagte Miro etwas verärgert, weil seine Schwester ihn von der Enträtselung des Mechanismus abbrachte. Er drehte sich genervt zu ihr um. „Ich weiß nicht, was ich da am Strand machte. Ich kann mich lediglich daran erinnern, dass ich den Stab da holen ging. Ich lief an den Strand zurück und als ich ihn anfasste ...“

„Ja?“, fragte Raissa, als Miro unvermittelt eine verdächtig lange Pause machte. Er suchte nach den richtigen Worten, schien aber kein Passendes für dieses Erlebnis zu finden.

„Riss ...“

„Wie Riss?“

„Von da an kann ich mich an nichts mehr erinnern. Erst als Moses mir den Stab aus der Hand nahm, kam ich wieder zu mir.“

„Du hast, während du den Stab in den Händen hieltest, diesen Satz gesagt, den ich in meinem Traum von diesem Typen hörte, der sich Coal nannte: Erfolg ist keine Frage von Größe. Ich verriet ihn euch nie. Von wo hast du ihn her?“

„Meinst du etwa, dass Moses es vielleicht auch so geht, wenn er den Stab aus der Hand legt? Dass er dann wieder zu sich kommt?“

„Dass er, wenn er den Stab führt, wie in Trance ist? Dass er nicht er selbst ist?“

„Vielleicht lebt er gar nicht wirklich.“

„Hast du seine Augen gesehen? Da geht ein seltsames Leuchten von ihnen aus.“

„Wenn auch er nicht bei Sinnen ist, wer führt ihn eigentlich?“

„Und dann ist da noch etwas, womit ich nicht klarkomme. Woher kennt er unseren Schöpfungsmythos? Wieso kennt er sich auf unserer Insel so gut aus? Er war doch nie hier. Dann kannte er unsere Namen“, setzte Raissa mit weiteren Fragen nach. „Ich traue ihm nicht.“

„Und wenn es doch stimmt, was er uns erzählte?“, konterte Miro einfach. „Ich wüsste nicht, weshalb er uns anlügen sollte. Wie kannst du dir dann diesen Ort hier unten erklären?“

„Und dass er von der Himmelsnadel kommt?“

„Ja. Ich dachte bisher, dass es diesen Ort gar nicht gibt.“

Miro wandte sich wieder dem Schrank zu und berührte den Metallkasten auf der Oberseite. Jetzt erst zeigte sich eine Reaktion, was Miro ein erleichtertes Lachen entlockte. Die Abdeckung sprang auf und es schob sich ein Metallbügel heraus, auf dem ihnen viel zu kleine Hosen, Hemden und Jacken

entgegenbaumelten. Ihr Stoff selbst schillerte silberfarben und ähnelte von der Machart dem der Decken, die Raissa zuvor schon auf dem Stockbett untersuchte. Aber in ihrem Inneren bestanden die Kleidungsstücke aus Fell und gestepptem Futter. Miro entfuhr ein großes Staunen dabei. Auch sein Finger berührte neugierig den Stoff und machte sich mit seinem Gefühl vertraut. Ähnlich wie bei Raissa mit der Decke erwärmte sich das Gewebe, sodass es sich angenehm warm auf der Hand anfühlte. Er holte ein Kleidungsstück von einem Bügel und sah es sich näher an.
„Weißt du, aus was die sind?“, fragte er Raissa verunsichert.

Raissa half zwar des Öfteren in der Weberei auf Noha aus, sah aber noch nie so einen ähnlichen Stoff. Geschweige denn, dass sie so etwas je in der Weberei fertigen konnten.
„Jedenfalls sind das keine Hanffasern“, meinte sie. „Sie speichern Wärme. Eigentlich brauchen wir so etwas auf Noha nicht. Bei uns ist es immer warm genug.“
„Hier ist es voller Wunder. Was gibt es hier unten noch zu sehen?“, fragte sich Miro auf den Geschmack gekommen und ging auf einen der schmalen Durchgänge zu, von dem Moses abriet, hindurchzugehen. Der Junge wandelte ihn sichtlich neugierig entlang. Sein Entdeckertrieb bremste sich nun nicht mehr. Seine Suche führte ihn nach wenigen Schritten zu einer mit weißen Kacheln bis an die Decke ausgefliesten Zelle. Das erkannte er aber erst, als wie von Geisterhand das Licht an der Decke anging. Miro erschrak zwar etwas, aber er blieb vor Aufregung stehen. Er sah zu der Leuchtquelle auf und bemerkte mehrere schwarze Punkte mit kleinen Löchern, die in der ganzen Decke und zum Teil auch an den Wänden eingelassen ruhten. Direkt am Ende des Durchgangs befand sich eine pechschwarze Tafel mit seltsamen Symbolen darauf. Sie erinnerten ihn an die Schriftzeichen in der Zuflucht. Auf ihr blinkten verdächtig weitere Punkte in grün und rot auf. Neben diesen leuchtenden Punkten fand sich eine grafische Darstellung mehrerer Tropfen in unterschiedlicher Anordnung. In welchem Zusammenhang standen die Tropfen mit der Einrichtung?
„Eigenartig“, meinte er, als er mit dem Finger über die blinkenden Minilichter ging. Je nachdem wo sein Finger hingelangte, verschoben sich die blinkenden Punkte hin und her. Just als er auf einen großen roten Punkt kam, sprühte fein laufwarmes Wasser von der Decke und nebelte zart den gekachelten Raum damit ein. Miro stellte sich in den Raum hinein und ließ sich von dem wohlduftenden Wasser benetzen.
„Raissa, das musst du dir ansehen“, rief er angetan zu seiner Schwester in dem Waschraum hinaus. „Hier ist eine Art Waschgelegenheit.“

Raissa stand ihrem Bruder in nichts nach und lief ihrerseits zu dem gegenüberliegenden Durchgang. Auch sie fand sich in einer mollig warmen Zelle wieder. Seltsamerweise ging, als sie ihren Fuß in den Raum setzte, wie bei Miro sofort ein Licht von der Decke an. Woher wusste der Raum, dass sie nun hier drin war? Lebte hier unten tatsächlich ein Geist, der sie auf Schritt und Tritt überwachte? Hier standen in mehreren Abteilen seltsame Keramikstühle mit einem großen Loch und einem Wasserablass in ihrer Mitte. Sie fand auch einen großen Spiegel, unter dem sich eine Art länglicher Bassin befand.

„Miro, das musst du dir ansehen. Hier ist so ein Spiegel wie aus meinem Traum. Nur geht der in die Breite und ein längliches Becken ist darunter. Ein weiteres Becken ist auf dem Boden und ein anderes auf Hüfthöhe“, rief Raissa zu ihrem Bruder. „Was machten die damit?“

„Das hier ist so toll“, rief Miro ihr wiederum aus dem Brausebad entgegen. „Viel besser, als sich mit einem Morgenkübel Sickerwasser über den Kopf zu gießen.“

Raissa ging wieder zurück in den Raum mit den Stockbetten und den Schränken mit der Thermowäsche. Während aus dem Durchgang, in dem Miro sich begeistert aufhielt, ein leichter Wassernebel herausdampfte. Da dort das Licht anging sah sie ihrem Bruder im wabernden Wassernebel stehen und die Dusche genießen. Jetzt wanderte ihr Blick auf den dritten Durchgang. Welche Kuriosität verbarg sich da wohl? Neugierig näherte sie sich ihm. Allmählich gewann sie dem geheimnisvollen Ort eine gewisse Faszination ab. Angereichert mit Dingen, die ihre kühnste Vorstellungskraft sprengte. Sie durchschritt nun den dritten Durchgang. Prompt wurde es wie zuvor taghell darin, als sie in den Raum trat.

„Hmph“, war ihre erste Meinung zu dem, was sie dort zu sehen bekam. Das Gebilde vor ihr wirkte auf sie wie alles andere zuvor fremdartig und erst recht undefinierbar. Das Einzige, was sie auf Anhieb in seiner Funktion erkannte, gehörte zu einem Metallbügel mit einem durchsichtigen gläsernen Verschluss. Offenbar diente der Bügel als eine Art Griff. Hinter dem Glas befand sich ein blanker Rost. So ein Ding legten sie am Abend über das Feuer und garten Essen darauf. Der Gedanke darauf ließ ein Hungergefühl in ihr hochkommen.

„Mir wäre jetzt etwas zu Essen lieber. Eine Kokosnuss ...“ stieß sie laut aus und stockte just in ihrer Rede. Denn aus der Richtung, in der sie blickte, dröhnte ein leises Brummen. Dann kam ein kurzes Pfeifen nach, was prompt ihr Gesicht in eine grinsende Grimasse verwandelte. Denn jetzt lag auf dem Rost etwas drauf.

„Miro, das musst du dir ansehen“, rief sie begeistert zu ihrem Bruder in dem Mannschaftstraum hinaus. Miro ging vorsichtig mit seinen nassen Füßen aus der Dampfdusche und blickte klatschnass zu seiner Schwester in den dritten Durchgang hinüber. Raissa ging einen Schritt zurück und gab ihm einen Wink mit der Hand, dass er zu ihr herkommen solle. Sogleich ging sie an die Glasplatte mit dem Griff heran, hinter der sich Rost einschob. Auf ihr lag eine reife Kokosnuss. Deutlich erkannte sie ihre dunkelbraunen Fasern und ihre Schale.
„Was soll so besonders daran sein?“, fragte Miro, als auch er nun die undefinierbare Apparatur zu Gesicht bekam. Er näherte sich ihr und sah wie Raissa durch das Glas auf den Rost.
„Die Kokosnuss da drin. Die gab es vorhin noch nicht.“
„Du meinst, das Ding ist ein Zauberkasten?“
„Das muss so etwas sein. Diese Leute konnten wirklich zaubern.“
„Wie funktioniert der?“
„Vielleicht muss man bloß sagen, was man will und er macht es einem. Warte mal, ich versuch es mit etwas anderem.“
„Hanfbrötchen.“
Doch anstatt eines leisen Brummens dröhnte eine Stimme aus dem Nichts zu ihnen, was Miro und Raissa erschrocken zusammenfahren ließ. Sie wichen einen Schritt zurück.
„Entnehmen Sie zuerst ihre Bestellung, bevor Sie eine weitere tätigen!!!“
Wie von selbst öffnete sich die Glasplatte, was Raissa und Miro erneut zusammenzucken ließ. Lebte hier etwa der Geist, der das Ganze auf dieser Ebene steuerte? Raissa näherte sich dem Apparat etwas zögerlich, als auch schon wieder die scharfe Stimme aus dem Nichts kam.
„Entnehmen Sie zuerst ihre Bestellung, bevor sie eine weitere tätigen!!!“
Schnell zog sie die Nuss aus dem Fach, ehe sich die Glasplatte wieder wie von selbst schloss. Kaum, dass sie einrastete, kam erneut das seltsame Brummen von dem Apparat und Raissa verfolgte mit Miro wie sich ein gespenstischer Nebel hinter der Glasplatte breitmachte. Er verdichtete sich auf dem Rost zu einem gräulichen Klumpen, auf dem sich so nach und nach eine Kruste zeigte. Nach wenigen Augenblicken ertönte wieder ein kurzes Pfeifen. Und tatsächlich. Ein Hanfbrötchen, so wie sie es kannte, wartete hinter der Glasplatte drauf, vom Besteller entnommen zu werden.
„Toll“, rief Miro begeistert und konnte es kaum erwarten, bis der Apparat die Glasplatte wieder von selbst öffnete.
„Entnehmen Sie ihre Bestellung!!!“, kam wieder schroff von dem Gerät.
Diesesmal zog Miro begeistert das Brötchen aus der Nahrungsapparatur.
„Sogar noch warm“, meinte er prüfend und wollte gleich hineinbeißen, als er

just von hinten einen Schlag auf die Finger bekam. Vor Schreck ließ er das Brötchen zu Boden fallen, was mit einem Plop auch darauf landete.
„Ihr esst mir nichts davon“, sagte ihnen die wohlbekannte Stimme von Moses wieder. Sie drehten sich fragend zu ihm um. Sofort bemerkten die Geschwister, dass sich Moses eine andere Kleidung anlegte. Sie sahen zwar aus, wie die Stücke, die sie im Schrank fanden, aber sie waren viel größer und weiter. Woher hatte er sie? Sie sahen doch viel zu kleine Kleidungsstücke.
„Wir haben leider nicht die Zeit uns mit den technischen Einrichtungen der Anlage vertraut zu machen. Zieht euch lieber etwas Warmes an. Dort, wo wir hin müssen, ist es saukalt.“
„Warum dürfen wir nichts davon essen?“
„Nichts von dem da“, sagte Moses. „Vor gut hundert Jahren hätte ich gesagt, beiß ruhig rein, mein Junge, damit du was wirst. Aber jetzt. Jetzt lieber nicht. Ist nun ungenießbar.“
„Und die Nuss?“
Moses schüttelte bedauernd den Kopf. „Die auch nicht.“
„Was ist das alles hier?“, fragte Raissa verwirrt.
„Das ist die Zuflucht“, antwortete Moses. „Hier überstanden eure Vorfahren den Einschlag von Nuri. Neben dem Magazin, dem Archiv und der Kühlkammer. Durch die Kühlkammer müssen wir gehen, wenn wir hier raus wollen.“
„Habt ihr etwas gefunden?“, fragte Miro bangend. Doch Moses ging nicht darauf ein. Vielmehr sah er sich besorgt den Jungen an.
„Du bist ja klatschnass. Das ist gar nicht gut. Wenn wir so mit dir in die Kühlkammer gehen, holst du dir eine Erkältung“, stellte Moses hingegen fest. „Aber das haben wir gleich.“
Sein Stab berührte Miro und Raissa kam es vor, als ob er dabei kurz aufglühte. Eine Dampfwolke puffte von ihrem Bruder weg. Er trocknete davon in nur einem Bruchteil einer Sekunde. Kurz darauf gingen alle drei in den Mannschaftsraum des Samenarchivs zurück.
„Die Kleider passen uns nicht“, meinte Raissa mit einem Blick auf den geöffneten Schrank. „Sie sind uns viel zu klein.“
„Zieht sie einfach aus dem Schrank heraus und legt sie euch mal an. Lasst euch von ihrer Optik nicht täuschen. Sie bestehen aus intelligentem Material“, erklärte Moses ohne näher darauf einzugehen, wie das funktionierte.
„Das sehe ich sofort, dass die mir zu eng sind“, entgegnete Raissa ihm trotzig und griff sich wie zur Demonstration einen jener silbernen Mäntel mit Kapuze heraus, die auch schon Moses anzog. Doch als sie ihn öffnete und hineinschlüpfen wollte, spürte sie förmlich, wie der Stoff nachgab und sich

weitete. Verdutzt zog sie sich den Mantel über den Leib. Just machte sich auch eine angenehme Wärme in ihrem Köper breit und es schien, als ob das Kleidungsstück mit ihr zusammenwuchs. Es passte sich ihrer Körperform tadellos an.
„In der Zeit von Vater nannte man die Eigenschaft dieser Kleidung inteltherm abgeleitet von den Wörtern intelligent und thermisch. Passt sich jedem Träger nahtlos an und schützt ihn vor Hitze, Kälte und anderen Klimaextremen. Am besten lasst ihr eure Hanffetzen hier und tragt diese Mäntel“, meinte Moses und öffnete einen weiteren Metallkasten. Er reichte seinen Begleitern Unterwäsche.
„Da ihr seht, dass sie sich euch anpassen, zieht euch zuerst das Unterkleid an, ehe ihr euch die Hosen darüberzieht. Sie nehmen den Schweiß auf und leiten übermäßige Körperwärme ab. Sie bestehen aus einem etwas anderen Material, als ihr es kennt.“
„Was ist das eigentlich für ein Gewebe?“, fragte Miro mit zunehmender Begeisterung.
„Das ist Komfortwäsche. Thermisch und passgenau. Damit kommt ihr gut durch den arktischen Winter. Ich gebe zu, im Augenblick braucht man sie auf der Oberfläche von Noha nicht.“
Raissa und Miro legten sich die hochtechnisch gerüsteten Kleidungsstücke an. Gegenwärtig wussten sie nicht, wovon Moses da eigentlich sprach. Ein arktischer Winter. Was sollte das sein? So etwas wie Schnee kannten die Beiden auf Noha nicht. Moses nahm sich hingegen eine Mütze aus dem Schrank und zog sie sich über die silbernen Haare. Dann packte er ein Paar der glänzenden Stiefel und schlüpfte in sie hinein. Sie passten sich perfekt seinem Fuß an.
„Hier nehmt euch diese Schuhe. Sie sind tritt- und rutschfest und vor allem warm.“
Miro und Raissa fragten schon bald nicht mehr, was das alles im Einzelnen bedeutete. Zu vieles von dem hier erschien ihnen, wie von einer anderen Welt. Von einem weit entfernten Ort, zu dem sie so gar nicht passten. Es erschlug ihren Geist förmlich.
„Ich denke, so geht es“, meinte Moses seine Begleiter musternd, als die Geschwister mit der fremdartigen Kleidung und den Thermostiefeln vor ihm standen.
„Habt ihr etwas hier unten gefunden, was euch weiterhilft?“, fragte Miro ihn wieder.
„Ich glaube, dass ich des Rätsels Lösung sehr nahe bin“, antwortete Moses mit einem gewissen Hintersinn. Seltsamerweise warf er dabei wieder einen Blick auf Raissa.

„Die Erschütterungen haben aufgehört“, bemerkte Raissa nun. In all der Aufregung entging ihr das. Was machte Moses eigentlich, während er weg war?
„Stimmt“, antwortete Moses. „Aber wir sind nicht sicher. Coogan nimmt wahrscheinlich einen weiteren Anlauf, um in den Berg einzudringen. Dann sollten wir nicht mehr hier sein. Er wird sich zunächst im Archiv austoben, ehe er bis zur Kühlkammer kommt.“
„Was wird aus der Arche? Wird er sie zerstören?“
„Nein. Coogan ist nicht an ihrer Vernichtung interessiert. Er ist auch nicht für die eingefrorenen Lebewesen in der Kältekammer tödlich, wenn ihr das glaubt. Die Samen und auch das Archiv überleben ihn schon. Er wird diesen Ort wie ein Wahnsinniger nach denselben Hinweisen wie ich durchsuchen. Nur richtet er dabei ein erhebliches Chaos an, da für ihn alles Information ist. Diesen Ort kennt er nicht. Kommt jetzt. Es wird nun eisig.“
Moses ging mit ihnen wieder zum Eingang des Mannschaftsquartiers zurück. Eine verdächtige Stille lag nun über dem ganzen Magazin. Wie kurz vor einem Seesturm. Im Gegensatz zu ihrer Ankunft in der Registratur war es nun taghell hier. Raissa drang mit ihrem Blick nicht bis zu der Leuchtquelle an der Decke durch. Was da auch immer Licht von oben abgab, es strahlte heller, als sie es je von Raja erlebte. Vor ihnen lagen schier endlos die Reihen des Archivs mit den Abhandlungen aller Spezies, Arten und Geschöpfe der alten Welt, bevor Nuri über sie hereinbrach.
„Was ist das da oben?“, fragte Miro neugierig geworden. Er deutete auf die grelle Beleuchtung an der Decke. Diese Technologie, die er von hier unten aus sah, faszinierte ihn.
„Das sind Reflexionsleuchten“, antwortete ihm Moses. Er ging ihnen voran. „Sie funktionieren mit den Lichtwürfeln, die ihr am Strand aufsammelt. Dass sie uns jetzt Leuchten liegt daran, dass ich ihnen mit dem Stab etwas Energie übertrug. Das reicht für eine halbe Stunde.“
In den Gängen des Magazins lagen einige Glasplatten verstreut umher. Wahrscheinlich fielen sie durch die Erschütterungen aus den Regalen. Manche von ihnen zerbrachen dabei. Unschwer erkennbar lagen die Reste von ein paar Laubblättern und Halmen zusammengepresst darin. Diese Pflanzenarten wirkten für Raissa und Miro fremdartig. So eine Art gab es auf der Oberfläche der Insel nicht. Die Drei stiegen über das Relikt der Vergangenheit hinweg. Scherbensplitter knirschten unter ihren Füßen. Offenbar erschütterte der Berg sich schon früher einmal schwer. Anders erklärten sich die doch großen Auswirkungen der Beben nicht. Moses lief unbeirrt weiter voran, während Miro und Raissa ihm dicht folgten.

„Wozu brauchen Sie uns eigentlich?“, platzte es Miro plötzlich gegenüber Moses all seinen Mut zusammennehmend heraus. Raissa irritierte das.
„Jetzt ist nicht die Zeit zu reden“, entgegnete ihm Moses. Es klang aber nicht, als wollte er seiner Frage wirklich ausweichen.
„Sie könnten schon längst tiefer im Berg sein, wenn sie uns zurückgelassen hätten.“
„Das stimmt.“
„Da stimmt doch etwas nicht. Ihr braucht uns für irgendetwas.“
„Nein, es stimmt alles“, antwortete ihm Moses beruhigend.
„Ihr werdet sterben“, sagte Miro. „Das ist der Grund, warum wir mit euch in den Berg hinein gehen mussten.“
Moses drehte sich nach ihm um und sah ihm kurz ins Gesicht. Seine Mimik verriet, dass Miro mit seiner Annahme gar nicht mal so falsch lag.
„Du lernst schnell, mein Junge“, sagte Moses und ging zügig weiter voran. Offenbar schien ihm Miros Mutmaßung nicht wirklich Angst zu machen.
„Der Stab. Es hängt mit ihm zusammen“, mutmaßte Miro laut weiter. So laut, dass auch Moses ihn hörte.
„Nicht so ganz“, entgegnete Moses ihm nüchtern.
„Moment. Moment“, wandte Raissa ein, doch Miro redete mit Moses weiter.
„Ich sollte den Stab am Strand zu fassen kriegen. Ihr solltet von uns am Strand gefunden werden. Ihr solltet an den Strand gespült werden, damit wir euch finden. Ist es nicht so? Was ist das, dem ihr folgt? Warum glaubt ihr, dass dies der richtige Weg ist?“
Miro streckte ihm fragend die Hand entgegen, als Moses kurz stehen blieb.
„Viele Fragen, viele Antworten“, äußerte Moses kaum hörbar. Sie kamen vor einer weiteren Sicherheitstür an. Diese überzog sich neben einer tiefblauen Farbe mit einem glänzenden Film. Auch an dieser Tür stieß er mit dem magischen Stab dagegen, sodass sich ähnlich wie vorhin beim Mannschaftsraum der Anlage die Tür auftat. Nur schob sich diese im Gegensatz zum Mannschaftsraum nach oben. Wiederum gingen die Rotationsleuchten mit einem lauten Sirenengeheul an. Allerdings erschreckten Raissa die nun blau blinkenden Signallampen nicht mehr. Moses drehte sich hingegen wieder zu Miro um. Diesmal beugte er sich zu ihm herab. Er hielt ihm seinen Stab entgegen. Miro wusste nicht, wie ihm geschah. Sollte er erneut nach dem seltsamen Ding greifen?
„Kannst du dich erinnern, was ich dir über die Samen und die Schriftzeichen erzählt habe?“
Miro nickte.
„So ist es auch mit dem Quantenstab. Dir seine Funktion und Bedeutung zu erklären, dazu reicht ein jahrelanges Studium nicht aus. Du musst es selbst

spüren, um mit ihm vertraut zu werden. Tu jetzt genau das, was ich dir sage, dann kommen wir alle Drei sicher aus Noha hinaus. Nimm den Quantenstab und gehe mit deiner Schwester einfach gerade aus weiter durch den Stollen. Biegt da drin in der Kältezone bloß nicht irgendwo ab. Und vor allem folgt mir jetzt nicht, denn ich muss mit dem Aufzug zurück an die Oberfläche. Ihr müsst unbedingt alleine mit dem Stab zum unterirdischen Höhlendom mit dem künstlichen Hafen am anderen Ende laufen.“
„Warum vertraut ihr mir euren Stab einfach an?“
„Weil mir der Stab sagt, dass dies jetzt der richtige Weg ist.“
„Er redet mit euch?“
„Nimm ihn und du wirst sehen, was ich meine“, sagte ihm Moses bestimmt. Er sah ihn Mut machend an und war zuversichtlich, dass Miro ihm vertraute.
„Na gut“, antwortete Miro etwas mulmig. Sein Erlebnis am Strand mit dem Stab blieb ihm unerklärlich. Vielleicht brachte sich bei einem erneuten Kontakt mit dem Ding mehr Licht ins Dunkel. So öffnete die Hand und ergriff ihn.

Moses lächelte zufrieden während sich auch Miros Blick wieder veränderte. Er schien irgendwie glasig zu werden. Raissa verfolgte die rasche Stabübergabe verwirrt. Die Szene überrollte sie und ahnte nicht im Entferntesten, was da eigentlich vor sich ging. Erst als Moses das andere Ende losließ, klarte sich dessen Blick wieder auf. Im Gegensatz dazu huschte über Miros Antlitz ein mystisches Leuchten. Sogleich rannte Moses förmlich zum Aufzug zurück und ließ die Geschwister alleine vor der mittlerweile geöffneten Sicherheitstür der Kühlkammer stehen.
„Hey“, rief Raissa Moses nach, doch dieser wiederholte beim Laufen. „Bei allem, was nun geschieht: Folgt mir nicht!!!“
„Miro. Was ist da los?“
Miro blickte seine Schwester kurz an und meinte: „Es ist nicht die Zeit zu reden. Komm. Wir müssen jetzt schnell sein.“
Sogleich rannte Miro in den Stollen hinein, der in die Kühlsektion der Anlage führte. Ein schwaches blaues Licht, das von Eiskristallen verhängt, von der Decke erstrahlte, leuchtete ihnen schemenhaft den Weg voraus. Raissa stand unentschlossen am Eingang der Kältekammer. In ihr riss es sich hin und her. Wie zuvor am Eingang der Zuflucht. Was geschah hier nur? War dies ein böser Traum, wo es keine Logik darin gab? Sie traf erneut eine Entscheidung.
„Miro, warte“, rief sie ihm schließlich nach und folgte ihrem Bruder in die Kältezone hinein.

# Kapitel 3

# Coogan

Raissa besaß große Mühe, ihren Bruder auf dem rutschigen Flur der Kältekammer zu folgen. Er stürmte regelrecht durch den eisigen Stollen, an dessen Wände die Wasserkristalle gar bizarre Muster bildeten. Sogar der Untergrund schimmerte verdächtig nach dem gefrorenen Nass. War dies jenes fremdartige Eis, von dem Moses im Mannschaftsraum der Arche sprach? Während ihrer wilden Hast dampfte ihr warmer Atem. Wegen jener besonderen Stiefel, die sie sich aus dem Mannschaftsraum und den metallenen Kästen holten, hielten sich die Geschwister recht stabil auf den Beinen. Dass sie überhaupt etwas in diesen trüben Lichtverhältnissen sahen, verdankten sie den von Moses bezeichneten Quantenstab, der ihnen den Weg sicher voranleuchtete. Auf seiner Spitze ruhte ein eingefasstes Ding, das scheinbar die gleiche Eigenschaft wie der Lichtwürfel besaß. Allerdings formte sich dieses Teil wie ein Ei und besaß keine Kanten. Links und rechts von ihrem eisigen Pfad öffneten sich in regelmäßigen Abständen weitere Gänge, dessen Enden sich in einer gespenstischen Dunkelheit verloren. Miro interessierte sich gar nicht dafür. Er lief stur voran, ohne sich in diesen gefrorenen Korridoren auch nur umzusehen. Seine ihm angeborene Neugierde schien nicht mehr zu existieren. Etwas, dass sie so von ihm gar nicht kannte. Was passierte da vorhin am Eingang der Kältekammer eigentlich? Sagte ihr Bruder nicht, dass er sich an nichts mehr erinnerte, als er den Quantenstab des Moses vom Strand aufhob? Was geschah mit ihm?

„Wo wollen wir eigentlich hin?“, rief Raissa keuchend zu ihrem Bruder nach vorne. Aufgrund der Kühle hielt sie ihre Sätze kurz, denn das frostige Klima tat ihrem Hals nicht gut.

„Nach draußen“, rief er kurz und lief unbeirrt weiter.

„So tief unter dem Berg? Irgendwie müssen wir wieder nach oben. Was hat Moses vor?“

„Uns retten.“

„Woher willst du das wissen?“

„Nicht die Zeit zu reden“, erwiderte Miro wieder. „Es muss jetzt schnell gehen.“

So viele offene Fragen. So viele weitere Rätsel. Raissa blieb zu hoffen, dass Miro wusste, was er da tat. War Miro überhaupt er selbst? Oder übernahm der seltsame Stab die Führung über seinen Geist? Die Erschütterungen, die anfangs durch den Berg jagten, hörten tatsächlich auf. Auch bemerkte Raissa in ihrem Lauf, dass sogar an den ihrem Fluchtweg abgehenden Fluren sich

diese seltsamen Zeichen in den Wänden wieder fanden. Auch sie ähnelten den Strichen, die auch die Äbtissin am Eingang der Zuflucht all die Jahre untersuchte. Nach den Worten von Moses war ihre jahrelange Arbeit vergebens. Was nützte die Enträtselung von Zeichen, wenn sie an der Substanz vorbei ging? Zumal Zeichen nicht unbedingt mit der Lebenswirklichkeit in Einklang standen. Sie liefen ohne ein weiteres Wort zu verlieren ein paar Minuten durch die kühle Tristesse. Die Kühlzone stellte sich in der Tat als riesig heraus. Aber so nach und nach veränderte sich etwas auf ihrer Route. Irgendwie kam es Raissa vor, dass es wieder etwas wärmer wurde, denn allmählich verschwanden die Eisstrukturen an den Wänden. Auch am Ende des Flures schien ihnen bald ein freundliches Licht entgegen. Zudem schmeckte ihre Atemluft zunehmend nach Salz. Tatsächlich. Ihr Fluchtweg verbreiterte sich. Nach wenigen Metern gelangten sie in den geräumigen Höhlendom, von dem Moses am Eingang erzählte. In ihm arbeiteten die Konstrukteure einen künstlichen Hafen ein, der sich mit einer wuchtigen Kaimauer verstärkte. Rostige Eisenpoller krönten die Mauer, bevor das salzige Seewasser auf den künstlichen Hafen traf. Von der Höhlendecke drang aus gleichmäßig verteilten Punkten ein warmes angenehmes Licht zu ihnen herab. Sie gingen von selbst an, je weiter sie den Höhlendom hinein gingen. Schon bald gaben sie genug Helligkeit ab, um den unterirdischen Felsendom vollständig auszuleuchten. Direkt im Anschluss an den Zulauf zur Kältezone führte eine breite Rampe zu dem Meerwasser nach unten. Vermutlich benutzten sie die Erbauer, um ihre Boote direkt zu Wasser zu lassen. Kurz bevor sie direkt im Meer auslief, verbreitete sie sich weiter. Ihr sichtbarer Teil verschwand im Wasser.
„Das ist eine Art Hafen“, entfuhr es Raissa raunend als Erstes. „Aber für was?“
Ihrem Gefühl nach drangen viel zu tief in Gaias Bauch ein. Sie befanden sich weit unter dem Meeresspiegel. Außerdem lag da kein Boot oder Ähnliches, mit dem sie von hier hätten wegkommen können.
„Hier geht es nicht weiter“, keuchte sie zu ihrem Bruder, während sie mit ihm die künstliche Rampe zum Meerwasser hinabeilte. „Das ist eine Sackgasse. Moses führte uns in die Irre.“
„Nein“, sagte Miro und fügte auffordernd an. „Bleib einfach dicht bei mir.“
„Wir kommen hier nicht raus“, erwiderte Raissa trotzig. Ihr fehlte die Fantasie, wie das mit ihnen weiterging.
Sie erreichten das Ende der schiefen Ebene. Die Stelle, an der das Salzwasser an die Rampe berührte. Es gingen hier unten ganz schwache Wellen. Ein Zeichen dafür, dass es einen Zugang zum Meer gab. Auch Miro blieb kurz

stehen und drehte sich zu Raissa um. Seine Augen funkelten verdächtig, während er beruhigend in ihr Gesicht sah.
„Moses ist ein Held und weiß genau, was er tut."
„… oder der Stab befahl es ihm und du tust einfach, was er sagt."
„Der Stab befiehlt ihm nichts", entgegnete Miro schroff und hielt Raissa das untere Ende hin. „Fass ihn an und du wirst sehen."
„Warum?"
„Du glaubst mir nicht. Daher musst du ihn erfahren."
Ein seltsamer Schauder überkam Raissa ob seiner deutlichen Worte. Sollte sie das komische Ding, das sich einen Quantenstab nannte, wirklich berühren? Was stellte er mit ihr an? Miro hielt ihr herausfordernd den Stab direkt unter die Nase. Es konnte also nicht so schlimm sein, ihn zu berühren. Miro führte ihn schließlich auch in seinen Händen. Also griff sie danach und …

… verlor ihre Sinne. Jedenfalls fühlte es sich so an. Zurück blieb ein Gefühl. Ein Gefühl, der reinen Energie. Einer Kraft, die in einem endlosen Nichts trieb. Wo befand sich Raissa? Gab es so etwas wie Raissa eigentlich? Oder waren Namen in dieser Sphäre überflüssig? Wo war oben, wo unten, wo links, wo rechts? Spielte das eine Rolle? Überall und doch nirgends zu sein. Kein Miro, keine Insel Noha. Keine Insulaner. Weder das Meer, noch die Wolken, ja sogar Raja schien ferner denn je, wenn es ihn denn überhaupt gab. Gab es eigentlich etwas? Ja, nur ihre Energie, aber keinen Körper. Kein Geschlecht. Keine Hände, keine Augen, keine Füße. Keine Nase. Keine Sinne. Nur Geist. Reiner Geist. Ähnlich wie in der Legende von der Kokosnuss, die über die stürmische See auf ihren Weg nach Noha trieb.
„Engel haben keinen Körper", sagte ihr da eine Stimme, oder handelte es sich um ein Gefühl? Hörte es sich an wie Miro? Oder wie Moses? Das, was sie auch immer jetzt zu sein glaubte, löste es nicht auf.
„Wo bin ich?" rief sie. Glaubte sie zu rufen. Gab es überhaupt ein Geschlecht? Konnte sie das ohne Stimmbänder überhaupt? Oder war das etwa auch lediglich ein Gefühl, das da nach irgendetwas rief. Ein Gefühl? Ein Impuls? Ein Gedankengang? Das blieb ihr noch und trotzdem antwortete ihr etwas darauf.
„Überall und doch nirgends. Weder oben, noch unten. Weder links noch rechts. Das gibt es nicht, was zwischen den Wegen schwebt."
„Wege? Welche Wege?"
„Denen, denen du dich gerade hingibst."
„Ich hab mich …"
„Aber ja. Das hast du. Du wärst sonst nicht du."
„Wer bist du?"

„Ich bin überall und doch nirgends. Ich bin das, was alle verbindet. Ich bin das, von dem und aus dem alles ist."
„Wo ist Miro?"
„Das ist unwichtig. Es geht um dich. Warum bist du hier?"
„Ich muss wissen, was mit meinem Bruder passiert ist."
„Deinem Halbbruder."
„Woher weißt du das?"
„Du bist zwischen den Wegen. Daher weiß ich das."
„Ja, aber das ist doch nicht wichtig …"
„Für dich schon und du weißt das besser als ich."
„Du … woher weißt du … dass ich ihn liebe …"
„… und von ihm Kinder haben willst. Natürlich kann ich in dir hineinspüren, denn sonst wärst du nicht du und ich wäre nicht ich. Also, warum bist du hier?"
„Ich weiß nicht. Ich wollte wissen, was hier vor sich geht. Was es mit dem Stab auf sich hat."
„Und nun weißt du es. Hier bei mir gibt nichts, was dich angeht oder angehen könnte. Hier erfüllt sich nicht deine Bestimmung, Raissa. Zumindest nicht hier bei mir."
„Welche Bestimmung? Von was sprichst du?"
„Durch mich bist du überall und doch nirgends. Weder bist du oben, noch bist du unten. Weder bist du links oder rechts. Deine Bestimmung erfüllt sich nicht bei mir. Deine Bestimmung ist am anderen Ende. Du musst mich jetzt loslassen. Du weißt, dass du mich verlassen musst."
„Eines noch. Es gibt hier so etwas wie einen Kampf. Wer kämpft hier gegen wen? Sag es mir. Bitte."
„Es wäre besser für uns alle, wenn du es jetzt nicht weißt. Aber ich sage dir, du wirst es schon bald selbst spüren. Früh genug wirst du dich dem Grauen hingeben. Mehr als dir lieb ist."
„Warum sprichst du in Rätseln zu mir? Was ist das für ein Geheimnis, von dem ich nichts wissen darf?"
„Raissa …" hallte es da dumpf. Es schien von außen zu kommen. Sie bekam furchtbare Schmerzen in ihren Händen, was ihr ein Gefühl vermittelte, als platzte ihr Schädel.
„Gehe zurück zu deinem Bruder. Er braucht dich. Mehr denn je …", sagte ihr die seltsame Stimme wieder. „… länger bei mir zu bleiben, bringt dir großen Schmerz. Du musst mich gehen lassen. Wer mich festhält, erfährt nur großes Leid."
Es tat in ihren Fingern weh. Eine trotzige Reaktion ihrerseits versuchte, den Stab dennoch zu halten.

„Ich möchte mehr über dich wissen …“, doch da spürte sie einen heftigen Stoß. Erschrocken davon lösten sich ihre Finger von dem Quantenstab.

Erst allmählich kehrte das Bewusstsein wieder in Raissa zurück. Als sie die Augen aufschlug, bemerkte sie ihren Bruder. Lächelnd kniete er neben ihr. Sie nahm ihn zunächst nur verschwommen wahr.
„Geht’s dir wieder?“, fragte alsbald Miro grinsend. Raissa ging während der Prozedur in die Knie. Das Meerwasser im künstlichen Hafenbecken benetzte bereits ihre Oberschenkel. Sie setzte sich erst einmal hin. Diese seltsame Erfahrung nahm sie recht mit. Umso verwirrter war sie, als Moses sie Moses schmunzelnd neben Miro stehen sah. Er nahm den seltsamen Stab wieder an sich.
„Na, jetzt hast du ihn auch kennen gelernt“, sagte Moses.
„Wer ist er?“
„Er?“, antwortete Moses. „Er ist keine Person und doch ist er lebendig. Wahrscheinlich hat er kein Geschlecht. Er ist überall und doch nirgends. Weder links noch rechts. Weder oben noch unten. Wie soll ich sagen. Vor langer Zeit erforschten viele Männer und Frauen die Geheimnisse der Welt. Sie nannten diese Lehre Physik. Für das, was sich ihrem Verstand entzog, nannten sie die Lehre Religion. Einer von diesen Erforschern der Physik fand heraus, dass alles Energie ist und somit nichts anderes als eine reine Information. Jeder Tropfen Wasser, jeder Faser von den Palmen, jede einzelne Zelle in unserem Körper. Gebundene Energie. Also, obwohl sie sich im Äußeren unterschieden, verband sie etwas miteinander. Er erklärte es damit, dass diese Verbindung mit dem Anfang der Zeit im Zusammenhang steht. An einem Punkt, an dem alles eins war. Aus irgendeinem Grunde dehnte sich dieses eine aus, teilte sich, aber ihre Verbindung zueinander brach nie ab. Manche würden es spukhaft nennen, aber dieses einende Etwas ist es, worüber Vater seinerzeit stolperte, als er sich dem dritten Projekt zur Vereisung der Polkappen annahm. Es war die Ausgangsbasis für diesen Stab hier. Dem Quantenstab mit dem Quantenprozessor, der Verbindung mit allem herstellt, was es im Kosmos gibt. Er baute drei dieser Zugänge und nannte sie schlicht die drei Brüder, weil er von ihrer Beseeltheit überzeugt war.“
„Sie leben?“
„Anders kann man es nicht nennen. Der Zugang zur Lebendigkeit des Seins und somit zum Kosmos selbst. Zu Vaters Zeit bekämpften viele der Gelehrten die Vorstellung, dass Materie und Geist eins wären. Sprich Körper und Seele eine Einheit. Die damaligen Forscher der Physik grenzten in Übereinkunft mit den Geistlichkeiten der Religion ihr Betätigungsfeld ab.

Schon alleine um die andere Seite nicht arbeitslos zu machen. Die Deutungshoheit über die Materie sicherte sich die Wissenschaft, die Interpreteation des Geistes oblag den Priestern mit ihren religiösen Überzeugungen und Institutionen. Sie teilten sich faktisch den Markt der Wirklichkeit auf."

„Und dein Vater rebellierte im Stillen dagegen?"

„Da mein Vater weder ein Priester noch ein Gelehrter war, hätten ihn die Deutungsmonopolisten nicht ernst genommen. Er war allerdings Unternehmer und wusste, dass eine gegenteilige Entdeckung jenen Wirklichkeitsforschern den Markt zerstörte. Dies würden sie mit allen Mitteln verhindern wollen. Also blieb ihm nichts anderes übrig seine Erkenntnisse geheim zu halten, als er über die Verbindung zwischen Geist und Materie stolperte. Etwas, das nicht auf ein trennendes Denken der etablierten Wissenschaft hinauslief. Vater gehörte übrigens nicht zu den Ersten, die sich mit diesem materiell-geistlichen Kartell in dieser Sache anlegte. In der Historie gab es genügend Beispiele dafür, was mit jemandem passierte, der gegen den Strom schwamm. Dadurch wusste er zuvor schon, welche Probleme durch eine Veröffentlichung mit sich kämen. Man würde ihn fertig machen. Wirtschaftlich sowohl Gesellschaftlich ächten und ruinieren. Seine Gegner müssten nicht wirklich Beweise führen, da sie ja die anerkannte Meinung hinter sich wussten. Er hingegen müsste verbohrte Denkmuster aufbrechen und einen Prozess in Gang setzen, dass ein jahrzehntelanges Ringen nach sich zog. Irgendwann in ferner Zukunft vielleicht, würde sich dies als so selbstverständlich erklären, als ob es noch nie etwas anderes gegeben habe. Außerdem stand er unter enormen Zeitdruck und konnte sich eine Auseinandersetzung schlichtweg nicht leisten. Also hielt er seine Erkenntnisse zurück, um seinen Erfolg nicht zu gefährden. Die Macht der etablierten Forschung ist sehr groß. Die Regierungen der damaligen Welt unterstützten sie mit Mitteln und Geldern. Erst recht wenn es darum ging, die Thesen ihrer Idiologie und ihrer Politik zu untermauern. In der Vergangenheit erwirkte die Forscherzunft sogar Gerichtsurteile und Strafen gegen Leute, die die Behauptung der Vereinbarkeit zwischen Geist und Materie verbreitete. Sie interessierten sich nicht wirklich für die Erforschung ihres Lebensraums und pflegten lieber ihr eigenes Ego. Aber das Leben lässt sich von so einer Engstirnigkeit der menschlichen Interpretation nicht aufhalten. Es ist eine selbstständige dynamische Kraft. Leben passiert unabhängig von der etablierten Deutung. Die drei Brüder sind daher die Schlüssel zum Leben selbst."

„Und es gibt drei davon?"

„So ist es. Den einen, den kleinen Bruder, hast du gerade kennengelernt. In dem, dass du den Stab berührtest, hast du dich mit ihm verbunden."
„Ist er böse?"
„Raissa", sagte Moses geduldig. „Gerade das gibt es nicht. Es gibt nur das, was es gibt. Die Brüder sind, was sie sind. Sie sind ewig und es wird sie wahrscheinlich selbst dann noch geben, wenn der letzte Stern in diesem Kosmos erlischt."
„Einer von ihnen sitzt in diesem Stab?"
„So ganz stimmt das nicht. Sagen wir, der Stab ist der Schlüssel zum kleinen Bruder und dieser ist mit den anderen beiden Brüdern verbunden. Durch den Stab trittst du mit dem kleinen Bruder in Kontakt."
„Was macht der Stab mit dir?" fragte Raissa. „Du bist so seltsam, wenn du ihn führst."
„Er leitet mich. Als Vater mich und Aaron zur Himmelsnadel brachte, gab er uns die Aufgabe, genügend Energie der Sonne einzufangen, bis wir den großen Bruder aus seinem Schlaf erwecken. Die Energiespeicher sind voll und wir machen uns jetzt an die Verwirklichung des dritten Projektes. So wie es aussieht, wirst du nie den Stab führen. Sonst wärst du noch bei ihm. Du hast eine andere Bestimmung. Wie er schon sagte, das ist nicht dein Kampf, Raissa. Zumindest nicht bei ihm."
„Wessen Kampf soll das sonst sein? Du kommst auf unsere Insel und wir müssen vor einem unbekannten Etwas fliehen, das du Coogan nennst. Woher kommt dieser Coogan überhaupt und wie sieht er eigentlich aus?"
„Das mit Coogan ist ein wenig kompliziert. Seine Entwickler waren von einem ganz anderen Schlag, als die Forscher meines Vaters. Ich werde euch am Besten den Ort zeigen von dem Coogan stammt. Das ist besser, als es euch einfach nur so zu sagen …", antwortete Moses tief durchatmend "… aber dazu müsstest du mit mir in dieses Boot da steigen, das ich in der Zwischenzeit von der Oberfläche hier zu euch herunterholte."
Moses trat zur Seite und gab Raissa den Blick auf ein Gebilde frei, das im Wasser kaum zu sehen war. Es trieb an dem gemauerten Kai gemächlich im Seewasser.
„Was ist das?"
„Ein transparentes Unterseeboot. Damit fährt man mit einem Rundblick durch das Meer. Es besteht aus einem durchsichtigen Material, das dem enormen Druck des Wassers standhält. Ich nenne es Alutransium. Es gibt in der Tiefsee vor eurer Insel einen Ort, den ich euch unbedingt zeigen muss. Dann versteht ihr, warum das alles heute mit euch geschah und warum es so wichtig ist, dass ich den Quantenprozessor vor Coogan finden muss."

„Warum seid ihr vorhin verschwunden? Ich dachte, ihr wolltet euch für uns opfern?“
„Opfern? Es gibt keine Opfer und auch Täter in dieser Sache. Die gab es nie und es wird sie nicht geben. Dies ist kein Kampf zwischen Nationen, zwischen Menschen oder denen, die sich dafür halten. Das ist lange vorbei. An dem Tag als Nuri kam, verkam dies zur Gleichgültigkeit. Es gab keine Reichen mehr, keine Armen, keine Rassen oder Religionen. Die, die glaubten zu überleben, in dem sie eine Passage auf den Riesenschiffen buchten … aber was sage ich da. Seht sie euch selbst an. Seht, was geschah, als Nuri kam und warum es euch auf dieser Insel gibt.“
„Na dann. Lass uns endlich in die Tiefsee aufbrechen“, sagte Miro schon ungeduldig. Er wurde sichtlich neugierig von Moses Ausführungen und schien seine Angst vor dem Stab spielend zu überwunden. Freudig reichte er Raissa die Hand. Etwas benommen zog sie sich an ihr hoch. Beide Geschwister kannten so etwas wie ein Unterseeboot nicht. In alten Legenden hörten sie von umgedrehten Booten, die einst durch Nuris Körper tauchten. Darin besaßen diese Gefährte die Form von länglichen Rohren, an deren Seiten Fenster den Blick in die Tiefsee erlaubten. Auch erfuhren sie von den gespenstischen Geschöpfen, die tief unten in Nuris Körper lebten. Die Äbtissin nannte sie die verirrten Seelen, welche solange dazu verdammt waren durch Nuri zu schweben, bis sie Erlösung fanden. Raissa besah sich neugierig das Boot im künstlichen Hafen. Es erinnerte so gar nichts an die Legenden, von denen sie bisher hörte. Sicher, eine gewisse Stromlinienform besaß das Ding. Ähnlich der eines Fisches mit Schuppen. Auch Miro strich fasziniert über das unbekannte Material, das so wie jene Scheiben wirkte, die sie im Archiv des Stollens fanden. Auf der Oberseite des Unterseebootes befand sich eine markierte Einstiegsluke mit einer Steigleiter in das Innere. Wenn man in das Boot hineinkletterte, wirkte es, als seien sie das zu verdauende Essen eines Glasfrosches, welcher der oben auf der Insel im Tal des Baches vor sich hinquakte.
„Wie fährt es?“, frage Miro begeistert. „Braucht man dazu auch den Wunderstab?“
„Nein. Außerdem nenne ich ihn nicht Wunderstab. Ich nenne ihn lieber den kleinen Bruder.“
„Wenn es einen kleinen Bruder gibt, dann muss es auch …“
„… die größeren Brüder geben. Wegen des großen Bruders bin ich nach Noha gekommen“, antwortete Moses und stellte seinen Stab in eine Art Kuhle im Boden. Er leuchtete kurz auf.
„Was macht ihr da?“, fragte Miro neugierig geworden.

„Ich gebe dem Boot Energie ab, die hier oben in dem eiförmigen Energiewürfel gespeichert ist. Als ich eure Insel erreichte, war fast keine Energie mehr im U-Boot. Ich kann das Boot zwar mit der Hand steuern, aber mit dem Quantenstab ist es doch leichter.“
Mit einer Handbewegung am Quantenstab setzte er schließlich das U-Boot in Gang. Sie spürten eine Vorwärtsbewegung.
„Habt ihr den großen Bruder schon gefunden?“
„Nein, aber ich weiß nun, wie ich an die Information komme, um ihn aufzuspüren.“
„Heißt das, dass ihr umsonst hier hergekommen seid?“
„Nicht ganz, ich glaubte die ganze Zeit über, dass ich in dem Berg nach dem Hinweis suchen müsste. Dabei lag er die ganze Zeit über vor meiner Nase. Eigentlich befand er sich schon mit dir am Strand. Ich hätte euer Volk erst gar nicht in Gefahr bringen müssen.“
„Das versteh ich nicht“, antwortete Miro. „Wir fanden am Strand einen Lichtwürfel und dieses seltsame grüne Zeugs.“
Ihr Boot tauchte gerade durch einen engen Zugangskanal in die Tiefsee hinaus. Was für Wunder begegneten ihnen noch im Meer?
„Vater war nicht dumm“, erzählte Moses weiter. „Er kannte eben auch seine Konkurrenten. Diese arbeiteten an den Wesen Coogan, dessen einzige Aufgabe darin bestand, Informationen aufzuspüren, sie auszusaugen und in sich aufgehen zu lassen. Also verschlüsselte er die Information zum Standort des großen Bruders so, dass es diesem Wesen nicht zugänglich wurde. Vor Coogan hielten ich und mein Bruder Aaron in all der Zeit tunlichst gehörigen Abstand. Mit dem transparenten Unterseeboot fand er mich in all der Zeit auch nicht. Außerdem gaben mir bisher die Meeresstürme, die mein Bruder Aaron vom Zaun brach, genügend Deckung. Unter Wasser spürt man von der tobenden See über dem Boot wenig. Doch als ich mich eurer Insel näherte und dort anlandete, wurde es richtig gefährlich. Ich musste irgendwie an den Strand kommen, ohne in Gefahr zu geraten, dass Coogan mich abfängt. Dazu ließ Aaron den Sturm abflauen, damit ich es wagen konnte, aufzutauchen und auszusteigen. Wegen des Tiefgangs ließ ich das U-Boot vor eurer Küste zurück. Schon alleine, damit es nicht Gefahr lief, von eurem Volk entdeckt zu werden. Das hätte meine ganze Mission gefährdet. Ich versuchte dann an Land zu schwimmen, doch die Meeresströmung vor eurer Insel ist tückischer als ich dachte. Ich ertrank beinahe dabei. Zum Glück habt ihr mich davor bewahrt. Dafür danke ich euch.“

Sie verließen mit ihrem Boot den Unterwasserkanal. Offenbar befanden sie nicht weit unterhalb der Wasseroberfläche, denn es wurde etwas heller.

Durch das dunkle Wasser unter ihnen lies sich dennoch kaum etwas erkennen. Überall sahen sie die gleiche Ödnis des tiefen Ozeans. Doch als sie immer weiter in das Meer hinausfuhren und sogar in tiefere Wasserschichten hinabtauchten, schaltete Moses eine starke Lichtquelle ein. In dessen Strahlen zeigten sich gespenstische Stahlgerippe. Auf diesen Gebilden setzten sich bereits Algen und Seegras fest. Einige der seltsamen Bleichschirme, so wie die Insulaner auch Nuris Geister nannten, huschten zwischen den verwunschen wirkenden Schiffswracks umher.

„Das hier ist nur ein kleiner Teil der riesigen Schiffe. Hier unten und weiter in der Tiefe, gibt einen ganzen Schiffsfriedhof davon. „Investieren sie noch heute für einen Platz auf der Arche“, hieß es seinerzeit in den Medien, als die Kunde von Nuri sich allmählich bis zum Volk durchsickerte. Die Menschen bekamen große Panik. Geschäftemacher sahen ihre große Stunde gekommen. Kaufen sie noch heute ein Boot oder mieten sie sich gleich in einen der Luxusliner ein. „Die Sintflut kommt und spült alles Unreine weg“. So sagten es damals die Fernsehprediger und die Religionen, denen die Leute verfielen. Sie suchten Trost und Antworten im Glauben. Sie sollten Buße tun. Dem Strafgericht entging niemand. Die Ozeanriesen mit den Eliten stachen schon bald in See, ehe auch die Leute aus den ärmeren Bevölkerungsschichten vor Nuri gewarnt wurden. Doch als die Eiskometen beim Eintritt in die Erdatmosphäre schmolzen und zu Wasser verdampften, der Meeresspiegel unaufhörlich weiter in die Höhe stieg, bekamen auch sie die Panik. Die Leute auf den Riesenschiffen besaßen aber kaum Nahrung und erst recht kein Trinkwasser auf Dauer. Und so starben sie nach wenigen Monaten auf ihrem vermeintlichen Asyl wie die Fliegen. Die Rettungsinsel verkam zu einem schwimmenden Sarg. Und das Groteske. Nicht einmal auf den Ozeanriesen überlebten die Passagiere lange genug. Denn von welchem Hafen nahmen sie Lebensmittel auf? Sie selbst besaßen auf ihren Schiffen keine Flächen, auf denen sie genügend Nahrung selbst erzeugen konnten. Zumal es ihnen an trinkbarem Wasser fehlte. So mutierten sie zu Freibeutern und versuchten den anderen Schiffen ihre Vorräte abzujagen, wenn sie denn welche mit sich führten.“

„Sie töteten sich gegenseitig?“

„Ja.“

„Aber warum?“

„Panik, Angst. Das Strafgericht. Nicht einmal das Beten half.“

„Hat denn nichts von ihnen überlebt?“

„Oh doch. Coogan überlebte sie alle. Er braucht auch keine Lebensmittel und erst recht kein Trinkwasser. Wenn es stimmt, was Vater uns über ihn sagte, dann startete sich sein Projekt etwa zu dem Zeitpunkt, als er die

Anweisung gab, den Stollen von Noha in den Berg zu treiben. Die Regierungen der damaligen Welt steckten ihre gesamten Gelder in das Vorhaben, Coogan zu verwirklichen und täuschten die Bevölkerung über die wahre Verwendung der Mittel so lange hinweg, wie es ging. Sie machten ihnen weiß, dass alles in bester Ordnung wäre und sich keine Sorgen machen müsste. Man erhoffte sich von Coogan, in dem, dass er sich vollständig mit sich und seiner Umwelt vernetzte, auch einen Weg findet, dem Nurieisfeld aus dem All zu begegnen. Man könnte sagen, dass in Coogans Wesen das gesamte Wissen der Welt zu finden ist. Zumindest das Wissen von Vaters Konkurrenten und dem, was öffentlich zugänglich war."

„Wenn er so viel Wissen in sich trug, warum unternahm er dann nichts gegen Nuri? Er verlor doch nur unnötig Zeit mit seiner Sammlerei."

„Das ist eine gute Frage, die aber leicht zu beantworten ist. Coogan lernte sehr schnell. Seine Entwickler vernetzten ihn mit den verfügbaren Datenbanken der Welt und je mehr er darin über sich und der Welt erfuhr umso mehr Lücken taten sich ihm darin auf. Er merkte, dass er alleine über die niedergelegten Informationen diese Lücken nicht schloss. Deshalb blieb seine Suche nach Vollkommenheit nicht nur auf die zugänglichen Datenbanken der Welt beschränkt. Folglich griff er bald direkt in das Leben seiner Schöpfer ein. Soll heißen, er vernetzte sich mit allem, was einen elektrischen Impuls abgab und las ihre Informationen aus. Immer auf der Suche alles zu wissen. Als Nuri einschlug, schloss sich sein Lernprozess noch nicht ab. Er kam schlichtweg zu spät."

„Was geschah mit denen, die er auslas?"

„Wie sich sein Besuch auf eure Vorfahren auswirkte, lässt sich anhand eures Verständnisses für die Welt erahnen. Je komplexer die Vorgänge werden, denen ihr täglich begegnet, umso weniger könnt ihr ihnen folgen. Das ist eine Folge von Coogans Auswirkungen auf euren Geist."

„Dann heißt das, dass er nach wie vor dabei ist, alles und jeden auszulesen. Immer in der Hoffnung seine Wissenslücken zu schließen."

„Stimmt. Er konnte das, was er nicht wusste, bis heute nicht finden, weshalb er auf der Suche nach Wissen mit seinen Bäumen und den Suchern über den Planeten pflügt. Ich und Aaron vermuten, dass er in der Verschmelzung mit den Quantenzugängen die Lösung seiner Unwissenheit sucht. Für seine Erbauer kam Coogan in jedem Fall zu spät. Wir nehmen auch weiterhin an, dass seine Entwickler nicht mehr dazu kamen diesem Datenmonster eine Art Sicherung einzubauen. So mutierte Coogan zu einer Bestie heran, die heute unkontrolliert über die Meere wütet. Zuletzt fanden wir über Coogan heraus, dass seine letzten Entwicklungsschritte auf den Riesenschiffen stattfanden. Vermutlich versetzten sie ihm dort die Baumtechnologie, die ihm eine vernetzte Existenz auf der überfluteten Erde sicherte. Dort geriet das Projekt dann außer Kontrolle. Zu diesem Zeitpunkt stieg der Meeresspiegel bereits an. Die Menschen und somit auch Coogans Schöpfer starben auf den Booten. Coogan überlebte sie. Er braucht keine Luft zum Atmen, kein Trinkwasser, keine Nahrung, keine Nähe oder Wärme. Eines der großen Rätsel, die ich und Aaron bisher nicht lösten, war, woher Coogan seine Energie bezieht. Von seiner Mission das gesamte Wissen der Welt einzusammeln ließ er nie ab. Deshalb sucht er wie ein Wahnsinniger nach diesem Stab hier. Irgendwie erfuhr er von dem Projekt meines Vaters. Ich und Aaron wissen nicht, was Coogan weiß, aber er fand zum Glück nie die Himmelsnadel. Und was noch wichtiger ist. Er kennt nicht den Standort des großen Bruders, denn sonst hätte er ihn schon gefunden. Er weiß, dass es kleinen Bruder gibt, denn ich musste auf meinen Reisen unter Wasser immer sehr vorsichtig sein. Das Meer bietet mir vor ihm einen gewissen Schutz, denn Coogan mag das Salzwasser nicht. Er kann es mit seinen Stoßwellen nicht durchdringen, weshalb er seine „Bäume" auf trockenem Land oder Flächen errichtet. Um euch aus dem unterirdischen Hafen abzuholen, vertraute ich vorhin deinem Bruder Miro den Stab an. Aaron schickte einen Sturm über eure Insel und vertrieb Coogan so vom Eingang der Zuflucht. Ich kehrte so an den Strand zurück und holte das Boot."

„Wo bringt ihr uns jetzt hin?"

Moses war es etwas unwohl, als er darauf antwortete. Er wollte es möglichst kurz machen.

„Raissa muss zu Aaron in die Himmelsnadel. Ich sag es nicht gerne, ihr beide werdet euch trennen müssen."

„Was?", fuhr Miro auf. „Ich lasse meine Schwester nicht alleine."

„Es ist nicht meine Entscheidung. Nicht einmal die, des Stabes. Ihr werdet nicht zusammenbleiben. Denn …"

„Denn was?"

„Ich hab den Hinweis gefunden."

„Ihr habt gefunden, weswegen ihr nach Noha kamt?"

„Ja, Raissa. Es wird dich überraschen, aber dieser Hinweis bist du."

„Ich versteh das nicht. Ich kenne weder deinen Vater, noch diesen Coogan. Geschweige denn, dass ich je von dem großen Bruder hörte. Weshalb bin ich der Hinweis?"

„Du weißt es nur zu gut", sagte Moses mit einem Grinsen. „Erzähle mir nicht, dass du das nicht schon ahnen kannst, was das sein kann."

Raissa überkam es, was Moses meinte.

„Mein Traum? Ist es das?"

Moses nickte. „Ich kam darauf, als ich mir deine verfüllte Wunde ansah und auch, dass du mir von einer Vision erzähltest, die dich plagt. Ich fragte dich bewusst nicht nach seinem Inhalt. Ich glaube, dass der grüne Kit sich mit deiner Hirnmasse verband. Du bist sehr empfänglich für Felder."
Raissa verstand nicht, was Moses mit jenen ominösen Feldern schon wieder meinte, doch das war nicht das, was sie jetzt von ihm wissen wollte.
„Könnt ihr ihn etwa deuten?"
Moses seufzte. Er verstand Raissas Wunsch nur zu gut. Warum weigerte sich Moses den Inhalt zu erfahren? Stattdessen erklärte er ihr, warum das Wissen um den Inhalt für sie gefährlich war.
„Ich wollte aus gutem Grund nie den Inhalt deines Traums wissen, weil es an meiner Entscheidung nichts ändert, dich zur Himmelsnadel zu bringen. Mir reichte es zu erfahren, dass du ein solches Erlebnis hast, das sich wiederholt. Wenn ich jetzt den Inhalt erfahre, dann bin auch ich für Coogan noch interessanter, weil ich die Zusammenhänge der Information kennen könnte. Also das Gegenstück zu deinem Schlüssel habe, der erst die Botschaft Coals lesbar macht. Das muss verhindert werden. Daher ist es wichtig, dass du seinen Inhalt solange für dich behältst, bis du mit Aaron in der Himmelsnadel sprichst. Er verfügt über das gleiche Wissen wie ich."
„Aber mein ganzes Dorf kennt schon den Inhalt."
„Deswegen wird Coogan sie ausgelesen haben, während wir im Berg waren. Dein Bruder weiß mittlerweile auch etwas mehr, als deine Sippe über den Traum, was ihn ebenfalls zur Zielscheibe für Coogan macht. Gerade deswegen können wir nicht zusammenbleiben. Schon alleine um Coogans Arbeit zu erschweren. Die Gefahr ist einfach zu groß, dass Coogan sich deiner bemächtigt und den Hinweis enträtselt."
„Wieso ausgerechnet ich?"
„Der Stab. Er brachte mich an den Strand. Direkt zu dir. Dank ihm erreichte ich das Ufer. Es ist kein Zufall, dass ihr mich gefunden habt."
„War das etwa geplant?"
„Da ist nichts geplant. Wer sich mit den Quanten beschäftigt, weiß, dass es das so nicht gibt."
„Ihr werdet immer rätselhafter."
„So rätselhaft wie die Quanten selbst. Als Vater auf die Quanten stieß, lernte er, dass es mehr als eine Mechanik ist. Er verglich sie mit einer Violine, auf der mit einem Geigerbogen die Töne entlockt werden. Es gibt jemanden, der den Bogen führt, jemanden, der den Bogen in bestimmte Positionen bringt und somit die Vibration erzeugt. So wie die Wogen des Meeres verschiedene Nuancen in sich tragen und der Wind verschiedene Strömungen in sich trägt. Nein, es ist Geist. Raissa. Die Quanten sind reiner Geist."

„Meinte euer Vater, dass jene Quanten leben?"
„Wie ich schon sagte, es ist alles eins. Ihr durftet sie bereits vorhin spüren."
„Und trotzdem nennt ihr sie die Brüder."
„Ja, weil das die Entwicklung von Vater war und er glaubte, dass sie eine Art Beziehungsleben miteinander führen."
„Und ihr glaubt, dass ich weiß, wo sich der andere dieser Brüder befindet? Sagte der Stab dir das?"
„Er führte mich nach Noha. Zu dir."
„Wo soll ich denn sonst hin? Ich bin auf Noha geboren. Nein, ich kann euch nicht verlassen."
„Du musst zur Himmelsnadel. Mein Bruder Aaron kann den Hinweis zugänglich machen. Mit dem Unterseeboot kann ich dich leider nicht direkt hinbringen. Coogan folgt uns über das Wasser und er könnte so unsere Basis aufspüren. Deswegen müssen wir zur Excalibur. Von dort aus gibt es eine Möglichkeit zur Himmelsnadel zu gelangen, ohne dass Coogan eine Chance hat, uns einzuholen. Miro, du weißt jetzt von dem Stab und auch wie du ihn gebrauchst. Wenn Coogan dein Wissen aussaugt, dann ist es um den Stab geschehen. Dann können wir den großen Bruder nicht mehr bergen."
„Brauchen wir den kleinen Bruder überhaupt, um den großen Bruder zu finden?"
„Vater machte mir und Aaron unmissverständlich deutlich, dass der Stab hierfür der Schlüssel ist. Nur der Ort, wo wir nach ihm suchen müssen, den kennen wir noch nicht. Unternehmen wir nichts, wird auf längere Sicht euer Volk sterben. So, wie einst die Bewohner der Osterinsel, die sie nicht mehr verlassen konnten. Das ist eine bittere Wahrheit, denn wenn es keinen Herren mehr über die Stürme gibt, existieren auch auf Noha keine Menschen mehr. Dann dürfte es um unsere Art geschehen sein."
„Was müssen wir jetzt tun?", fragte Miro. Ihm bangte sichtlich vor dem, was da kam.
„Das heißt, dass wir Coogan beschäftigen müssen. Mit ihm weiterhin Katz und Maus spielen. Er wird hinter dem Quantenstab her sein. Um ihn ordentlich an der Nase herumzuführen, müssen wir als Nächstes zur Excalibur."
„Excalibur? Was ist das eigentlich?"
„Ein ganz besonderer Ort. Treffender wäre die Frage, was das vor Nuri war. Ein Ort, der eine unrühmliche Rolle beim Chaos spielte, als Nuri kam. Heute ist es ein riesiges Geisterschiff, das die Strömung ziellos durch das Meer zieht. Es ist einer der wenigen Schiffe, die noch auf der Wasseroberfläche existieren. Kein Sturm brachte es bisher zum Kentern. Ein wirklich zäher Brocken, diese Excalibur."

# Kapitel 4

# Excalibur

Unmerklich stieg ihr Boot wieder nach oben. Über ihnen erhellte sich zwar das Meer in ein sanftes Blau, doch es schien von unten, als ob da etwas ganz Großes auf der Wasseroberfläche trieb. Von ihrem Standort wirkte es so ähnlich, wie der Rumpf jener Riesenschiffe, die Moses ihnen vorhin auf dem Meeresgrund zeigte. Dieses da aber schwamm noch.
„Das über uns ist die Excalibur", bemerkte Moses, je weiter das U-Boot an die Oberfläche kam. „Eines der größten Kriegsschiffe, die die Menschheit je erbauten. Ein Flugzeugträger der Superlative. Ihren Namen bekam sie von einer uralten Kriegerlegende. Darin war Excalibur der Name eines mächtigen Schwertes, das in einen Stein gerammt wurde, ohne Schaden daran zu nehmen. Auch dieses Schiff machte seinem Namen alle Ehre und versenkte in den letzten Tagen der alten Welt alle restlichen Riesenschiffe mit seinen Rammattacken auf den Meeresgrund. Aber diese brutalen Aktionen rettete seine Besatzung nicht vor dem Verhungern. Zuletzt haben sie sich gegenseitig verspeist."
„Ihr meint, es ist jetzt ein schwimmendes Grab?"
„So ähnlich."
„Woher wisst ihr das so genau? Habt ihr ihnen dabei zugesehen?"
„Ja."
„Warum habt ihr ihnen nicht geholfen?"
Moses lachte kurz auf, ehe er darauf antwortete: „Ich und Aaron haben ihnen bei ihrem Untergang und der zunehmenden Verrohung ihrer Sitten mithilfe der Technik der Himmelsaugen zugesehen."
„Himmelsaugen?", hakte Raissa nun interessiert nach.

Sie und Miro riefen sich unweigerlich bei dem Wort „Himmelsaugen" eine weitere Legende aus dem Schöpfungsmythos ihres Volkes ins Gedächtnis. Demnach geriet Raja ob des dichten Schleiers auf Gaias Oberfläche in große Sorge. Da er immer nur eine Seite von ihr zu Gesicht bekam, erschuf er weitere Augen, die er zu ihr schickte. Gaia aber erkannte aufgrund ihres dichten Schleiers schemenhaft, was da auf sie zu flog. Da sie Angst hatte, es könne ihr Schaden stieß sie die Augen von ihrem Schleier ab. Raja aber schob sie andauernd zu ihr hin. So fielen die Augen weder auf Gaias Oberfläche, noch gingen sie zu Raja zurück. Also hielten sie sich seither Distanz zu ihrer Haut.

„Ich nenne sie Satelliten. Mit ihnen kann man bei klarem Wetter auf die Erdoberfläche sehen. Sogar auf die Excalibur, ehe sie sich gegenseitig an die Gurgel gingen. Zuletzt herrschte unter ihnen das Faustrecht. Das heißt, es setzte sich nicht der Vernünftigere durch, sondern der Stärkere. Hätten wir ihnen geholfen, hätten sie ihr Faustrecht auch auf uns wirken lassen. Ich und Aaron wären von ihnen getötet worden und die Mission unseres Vaters wäre erst recht gescheitert. Also auch ihr wärt jetzt nicht hier."
„Warum seid ihr euch da so sicher?"
„Ihr habt diese unbeschreibliche Gewalt am Bord der Excalibur nie gesehen, geschweige denn erlebt, was sich diese Leute gegenseitig antaten. Auf eurer Insel habt ihr all die Jahre sehr behütet gelebt und kennt nicht die Grausamkeit, zu der Menschen gerade in Krisen fähig sind. Vor allem, wenn sie sich kurz vor dem Verhungern befinden oder auch nur glauben, kurz davor zu stehen. Das muss aber nicht zwingend etwas mit Nahrung und Wasser zu tun haben. Ein Gefühl dafür reicht bereits aus. Dann lügen sie, betrügen und bewaffnen sich. Schließlich lauern sie einander auf, um übereinander herzufallen, wenn sich die passende Gelegenheit ergibt. Man kann dann aber nicht mehr von Menschen reden. Nicht einmal mehr von Tieren. Solchen Leuten will man dann auch gar nicht mehr helfen. Glaubt mir."

Ihr U-Boot durchstieß die Wasseroberfläche. Die See war zu diesem Zeitpunkt erstaunlich ruhig. Es gingen kaum Wellen. Sie tauchten genau neben der Schiffswand am Bug der Excalibur auf. Kaum, dass sie aus der Luke ihres Wasserfahrzeuges hinausstiegen, staunten Miro und Raissa ob der Größe des Schiffs. Es ragte wie ein einziger stählerner Berg aus dem Meer in den Himmel hinauf. Auch seine Länge wirkte auf die Geschwister gigantisch. Sie trauten sich gar nicht, diese Größe mit ihrem Fischerboot im Palmenhain zu vergleichen. Sie brachten ihren Blick kaum bis zum Heck des Kolosses zu einem Abschluss.
Auch das Wetter auf See beruhigte sich merklich. Es nieselte leicht und ein lauer salziger Duft des Meerwassers durchdrang ihre Nasen.
„Wo müssen wir jetzt hin?", fragte Miro als Erster. Er hoffte inständig, dass es nicht zu einer Trennung mit seiner Schwester kam.
Moses grinste und zeigte mit seiner Stabspitze auf das Deck des Schiffes, dass doch Arg in weiter Ferne lag.
„Was?", fragte Miro perplex. „Wie sollen wir da hoch kommen?"
Gab es da wieder so eine Art Zauber aus dem Wunderding?
„Mit einem kleinen Trick", antwortete Moses keck und schlug mit dem Quantenstab gegen die Schiffswand der Excalibur. Es gab ein hohles

Geräusch aus der ehernen Mauer inmitten des Ozeans. Tatsächlich hörten sie von oben ein entferntes Rattern. Doch dann kam plötzlich ein gespenstisches Klirren und schließlich plumpste ein undefinierbarer Klumpen zwischen ihnen und dem Boot in das Wasser. Er schlug hohe Wellen und verursachte einen scharfen Wasserschwall, der sie beinahe von den Beinen haute. Von dem Minitsunami wurden sie klitschnass. Doch Moses brachte das nicht aus der Ruhe. Er lachte sogar darüber.
„Wwas war das?“, fragte Raissa erschrocken. Beim Aufschlag des Ankers auf der Wasseroberfläche gelang es ihr gerade so, den Kopf zur Seite zu drehen. Allerdings schwallte nun das Meerwasser direkt in ihr Ohr hinein. Sie hörte daher sehr schlecht.
„Das ist unser Fahrstuhl“, erklärte Moses und sprang ins Wasser zu der wuchtigen Ankerkette, die nun zwischen ihrem U-Boot und dem Schiffsrumpf trieb. Er schwamm auf sie zu und hielt sich daran fest. Ihre starken Glieder boten seinen Händen und Füßen einen guten Halt.
„Kommt schon her zu mir und haltet euch einfach an der Kette fest. Jetzt geht es nach oben. Ihr könnt doch schwimmen?“

Natürlich konnten Miro und Raissa schwimmen. Auf Noha brachte man das den Kindern schon sehr früh bei. Man wusste nie, wann es galt sich den Launen des tückischen Meeres auszusetzen und so erlernten die Kinder auf Noha diese Fertigkeit so früh wie möglich. Zumal bereits Babys im Mutterleib schwammen. Also sprangen die Geschwister ins Wasser und hielten sich mit Moses an der Ankerkette fest.
„Seht euch den Bug des Schiffes genau an“, sagte Moses und deutete auf die deutlich hervorstechende Doppelspitze des Flugzeugträgers. „Es ist eine Art Speziallegierung. Ein Brecher. Gebaut um Schiffe zu rammen und sie wie ein Messer zu zerschneiden. Daher benannten seine Erbauer das Schiff auch nach dem Schwert. In den letzten Tagen der Riesenschiffe ging der Excalibur die Munition und die Energie für ihre Strahlenwaffen aus. Daher rammte der Flugzeugträger zuletzt seine Gegner und ließ sie gnadenlos im Meer ertrinken. Wenn man das mit ansah, besitzt man keine Lust mehr diesen Mördern auf ihrem Schiff zu helfen.“
Raissa erinnerte der Bug des Schiffes an irgendetwas. Die modellierte Form sah sie schon einmal auf ihrer Insel. Nur wusste sie gerade nicht wo. Ihr Bruder Miro bewegte derweil eine andere Frage.

„Wie kommen wir jetzt nach oben?“, fragte Miro sichtlich neugierig geworden und versuchte mit seinem Auge die Reling zu erhaschen.

„So", sagte Moses und schlug mit dem Stab an den Rumpf des Schiffes. Wieder gab es einen hohlen Ton und die Kette rüttelte sich kurz durch. Sie hob sich sogar leicht an, doch nach ein paar Zentimetern stockte sie plötzlich.
„Oh", rief Moses erstaunlich gelassen aus. „Da muss etwas den Mechanismus blockieren. Einer von uns wird jetzt da hoch klettern und die Blockade beseitigen müssen."
„Was?", schluckte Miro nervös geworden. „Ich bin nicht so gut im Klettern und außerdem bin ich nicht schwindelfrei."
„Mir macht das nichts", antwortete Raissa und besah sich die Ankerkette näher. Ihre Glieder waren groß genug, um mit ihren schmalen Füßen einen sicheren Halt zu finden. „Ich gehe da hoch."
„Meinetwegen, aber wenn du oben bist, löse nur die Blockade der Kette auf und fass mir bloß nichts an. Die Excalibur ist voller gefährlicher Gegenstände. Man weiß nie, was die alles da oben zurückgelassen haben", bemerkte Moses nun doch ein wenig unwohl bei der Sache Raissa alleine da hinaufzuschicken.
„Ich pass schon auf mich auf. Ich kann spielend die Palmen unserer Insel hochklettern. Da werde ich auch die Ankerkette da schaffen. Meine Füße haben einen guten Halt, wenn ich die Schuhe ausziehe."
„Das ist schon ein beachtliches Stück nach oben", warf Moses die Länge ihrer Kletterstrecke abschätzend ein. „Er ist viel länger als der Stamm einer Palme. Wenn du müde wirst, halte ruhig ein wenig inne. Es könnte sein, dass einige Kettenglieder dort oben geölt sind. Fass bloß nicht dahin, wo es glänzt. Und pass vor allem auf den Wind weiter oben auf. Der bläst dort viel strenger als auf dem Land."
Raissa seufzte kurz ob der Ermahnungen. Moses klang wie ihr Lehrer, als sie zum ersten Mal Palmen im Hain ihrer Insel bestieg. Nun war es keine rutschige glatte Oberfläche wie damals. Sie stellte sich nicht vor, was da nun schwieriger wurde. Nachdem sie ihre Stiefel auszog und sie Miro in die Hand drückte, stieg sie behände wie ein Affe die ersten Meter Glied für Glied nach oben. Und tatsächlich ging Raissa dieses erste Stück spielend von der Hand, die sich schon bald Rot färbten. Raissa erschrak deswegen aber nicht. Sie wusste von der Eigenschaft jenes Metalls, das ihr Schmied Ragnar bearbeitete. Der Kraft Nuris ausgesetzt, setzte es Rost an. Sie und Miro nannten es aber Gaias Schminke. Denn nach der Legende scheuerte Gaias Schleier bei ihrem Tanz um die eigene Achse ihre Haut ab. Dabei rieb sie auch ihre Schönheitsmittel von ihrer Oberfläche, mit der sie zuvor Raja gefallen wollte.

Der abgelagerte Rost der Ankerkette störte sie nicht wirklich, aber ihre Hände färbten sich allmählich tiefrot davon und rochen auch bald nach dem oxidierten Eisen. Und etwas Weiteres fiel ihr auf. Je höher sie stieg, umso mehr nahm der Seewind zu. Neben ihr schwankte die eherne Schiffswand, die keinen einzigen Halt zum Greifen für ihre Finger bot. Als sie nach ein paar Minuten ihrer Kletterei kurz innehielt und zu Moses und ihrem Bruder hinabsah, glaubte sie, kaum vorwärtsgekommen zu sein.
„Wie lang ist die Kette denn noch?“ rief sie zu ihnen hinunter.
„Du dürfest fast ein Drittel geschafft haben“, tönte es von Moses zurück. Damit sie ihn besser hörte, hielt er die Hand trichterförmig an seinen Mund. „Die Ingenieure der Excalibur besaßen den Auftrag ein unzerstörbares Schiff zu bauen. Es gelang ihnen tatsächlich.“
„Uff“, dachte Raissa fast entmutigt. Doch jetzt konnte sie nicht mehr zurück. So schnaufte sie einmal tief durch und stieg weitere der mittlerweile starr wirkenden Kettenglieder nach oben. Tatsächlich nahm weiter oben der Rost allmählich ab und das Material der Ankerkette verfärbte sich von hell auf Dunkelrot. Sie glänzte aber nicht. Offenbar setzte sich dieser Teil der Kette nicht direkt der Erosion von Wind und Wasser aus. Da hörte Raissa einen markanten Schrei von oben. Sie erkannte aber am Tonfall, dass es kein menschlicher Laut sein konnte und erschrak deswegen sehr. Ihre Glieder zuckten entsetzt zusammen und sie verlor beinahe den Halt. Fast so, wie damals bei ihrem Unfall im Palmenhain. Doch diese grausige Erinnerung daran, lies sie fest an die Kette klammern. Ihre Arme begannen zu erzitterten.
„Was wwar das?“, rief sie verunsichert nach unten hinab.
„Möwen“, schallte es von Moses zurück. Er hörte sich schon bedeutend leiser an. „Ich vergaß das völlig. Die kennt ihr auf Noha nicht. Offenbar überlebte eine Kolonie der Seevögel auf dem Flugzeugträger.“
„Vögel?“, fragte Miro verwundert.
„Das sind Tiere, die fliegen können. Nicht sehr groß. Schneeweiß, aber vollkommen ungefährlich.“
„Warum hast du mir das nicht früher gesagt?“, kreischte Raissa wütend zurück.
„Entschuldige, das hatte ich ganz vergessen“, antwortete Moses verlegen. „Für mich sind diese Vögel so selbstverständlich, dass ich nicht daran dachte, dass ihr sie nicht kennt. Sie leben vom Meer. Vielmehr von den Medusen und den kleinen Fischen, die es hier reichlich gibt.“
Raissa versuchte sich wieder zu beruhigen, was etwas dauerte. Schließlich stieg sie weiter, Glied für Glied nach oben. Auch der Wind nahm weiter deutlich zu. Er blies jetzt unregelmäßig und in unterschiedlicher Stärke, was

es schwerer machte, sich auf ihn einzustellen. Auch sah sie, dass einige Teile der Kettenglieder verdächtig glänzten. Sie umfasste zwar mit ihren Händen das Teil, das ihr Halt bot, doch auf ihrer Kleidung schmierte sich das seltsame glänzende Zeug mit dunklen Fahrern nieder. Moses nannte die Schmiere einfach nur Öl. Vor allem sein extrem erdiger Geruch fand Raissa widerwärtig. Im Gegensatz zum Kokosöl stank dieses hier einfach nur entsetzlich.

„Dieses Zeugs da, ist ja furchtbar“, rief sie mit aller Kraft hinab.

„Dieses Zeugs war das Schmiermittel der alten Welt. Ohne das gäbe es mich und auch euch nicht“, brüllte Moses zurück. Offenbar hörte er sie. Seine Stimme klang für Raissa recht weit entfernt. Sie hörte ihn gerade noch so. Also wagte sie einen Blick nach unten. Tatsächlich erkannte sie ihre Begleiter nur ansatzweise. Nach oben war es nun nicht mehr weit bis zum Deck. Es schien sich um wenige Meter zu handeln, denn die eherne Schiffwand wirkte dort oben wie abgeschnitten und die Kette kam ihr immer näher. Das wurde auch höchste Zeit, denn allmählich verließen sie die Kräfte. Ihre Oberarme schmerzten und auch ihre Füße wollten die verdrehte Haltung, die sie bei ihrer Kletterei dazu einnahm, nicht mehr länger mitmachen. Außerdem nahm das glänzende Ölzeug auf der Ankerkette immer mehr zu. Behutsam schob sich Raissa die letzten Meter hinauf und griff begierig nach der Reling des Schiffes. Sie zog sich hoch und rollte sich erleichtert an Deck. Endlich geschafft. Sie atmete auf dem Rücken liegend und mit Blick in den Himmel erst einmal tief durch. In ihrer Erschöpfung nahm sie von der doch recht eigenartigen Bodenbeschaffenheit des Schiffsdecks zunächst keine Notiz. Immerhin spürte sie seine ungewöhnliche Härte, als sie sich darüber abrollte. Erleichtert und tief Luft holend, klarte sich ihr Blick in den Himmel auf. Über ihr zogen dünne Wolken hinweg, was doch ungewöhnlich wirkte. Sie sah sogar etwas von dem Blau durch. Das Wetter meinte es wirklich gut mit ihnen, dachte sie und dankte seltsamerweise sogar Nuri dafür, ihr den sicheren Weg nach oben gewährt zuhaben. Normalerweise war diese Göttin die Böse in ihrer Legende, die sich zwischen Raja und seiner Geliebten Gaia stellte. Jetzt aber schien sie ihr wohl gewogen zu sein. Raissa schloss kurz die Augen und spürte die wohltuende Luft in ihrer Lunge, als auch schon der Ruf von Moses und Miro zu ihr hoch drang. Es klang recht leise.

„Raissa!!! Was ist los? Hilf uns hier hoch. Wer weiß, wie lange das Meer so ruhig bleibt.“

Es schreckte sie aus ihrem Dämmerzustand auf und ließ sie wie elektrisiert aufrichten. Erst jetzt dämmerte es ihr, an welchen seltsamen Ort sie eigentlich anlandete. Ihr Auge erfasste als Erstes eine längliche Ebene, die wie ein einziges Brett wirkte. Etwas weiter hinten ragte an seiner Backbordseite eine dreieckige Erhebung heraus, dessen Funktion sie nicht einzuordnen wusste. Von ihrem Standort aus glaubte sie, da so etwas wie Luken und Türen zu erkennen. Auch bemerkte Raissa nun auch eine schienenähnliche Führung auf dem seltsamen Belag. So ähnlich wie in dem Archiv auf Noha. Auch fielen ihr die vielen seltsamen Bodenbemalungen des Decks auf. Diese linienförmigen Muster schienen mit der Funktion des Schiffes in engem Zusammenhang zu stehen. Doch darüber weiter nachzudenken, blieb ihr nicht die Zeit.

„Was soll ich tun? Hier oben ist doch nichts“, stieß sie überfordert aus. Ihre Augen suchten nach dem oberen Ende der Ankerkette und bald fand sie, dass genau dort, wo die Ankerkette durch eine Art Führung zum Meer hinabging, sich ein eiserner Gegenstand verklemmte. Es sah wie ein Regenfass aus, bestand aber aus dem gleichen rostigen Metall wie die Ankerkette. Das Ding riss sich mit, als Moses die Ankerkette mit dem Stab herabholte. Außerdem befand sich oberhalb der Ankerkette ein großes Rad mit Griffen. Für was es diente, vermutete Raissa nur. Sie stand auf. Der Boden verfügte über eine erstaunlich gute Haftung. Sie eilte zu der Kettenführung und griff zuerst nach der Tonne. Diese lag aber viel zu tief für ihre Hände. Egal wie sie sich auch danach dehnte, nicht einmal mit den Fingerspitzen kam sie bis zum Rand des Fasses hinunter. Dazu kam die Furcht, ganz in die Kettenführung zu fallen und damit sogar vom Schiff herunter. In der Kettenführung glänzte es nur so von dem schmierigen Ölfilm. So ging es nicht.

„Ich brauche eine Art Verlängerung. Da klemmt eine Tonne in der Kettenführung“, brüllte sie zu Moses und Miro hinab. „Hier oben ist aber weit und breit nichts. Ich komme nicht bis an das Fass heran.“

„Kein Problem“, rief Moses zurück. „Geh in den Tower des Schiffs. Das ist das dreieckige Ding, das du da oben siehst. Da ist sicher etwas drin, das du brauchen kannst.“

„Ist gut“, schluckte Raissa und setzte vorsichtig einen Fuß nach dem anderen über den seltsamen Bodenbelag. Dabei nahm sie die eigenartigen Linien auf seiner Oberfläche in Augenschein. Die Wetterlaunen wuschen sie zwar allmählich aus, aber dennoch zeigten sie sich deutlich genug. Sie kannte ihre Bedeutung nicht. Ja sie wusste nicht einmal, für was so ein Flugzeugträger, wie Moses das Schiff nannte, eigentlich diente. Es roch hier oben nach dem Öl, wenn auch nicht so deutlich wie vorhin an der Ankerkette.

Je näher sie dem ominösen Tower kam, umso gespenstischer wirkte ihr der Ort. Wiederum hörte sie die spitzen Rufe der seltsamen Vögel. Neugierig sah sie nach ihnen. Und auch sie sahen neugierig auf sie zurück. Tatsächlich, diese seltsamen weißen Vögel wohnten hier oben. Den Aufbau des Schiffes übersäte schneeweißer Vogelkot und Geflechte, die so etwas wie die Nester der Tiere wirkten. Je näher sie dem geheimnisvollen Tower kam, umso mehr begann die Luft, nach den Exkrementen der Möwen zu stinken. Raissa hielt kurz die Luft an und stieg die erstbeste Luke hinein, die sie offenstehend vorfand. Trotz des dämmrigen Lichts darin, sie sah schemenhaft etwas Längliches auf dem Boden liegen. Es kam ihr nützlich zum Lösen der Blockade vor. Sie nahm es hoch und wog es in den Händen. Ein festes Ding mit der Form eines Rohres. Nicht sonderlich schwer. Damit müsste es gehen. Sie eilte damit auf das Deck hinaus und steuerte schnurstracks auf die Ankerführung zu. Draußen bemerkte sie aus dem Lauf im Augenwinkel, dass der dunkle Stab auf das Tageslicht reagierte. Er fing zuerst schwach, dann immer stärker zu glänzen an. Raissa ignorierte das zunächst und lief so schnell sie konnte, weiter zur Ankerführung. Solange das Ding ihr half, das verklemmte Fass zu lösen, mochte das egal sein. Kaum das sie die Kettenführung erreichte, versuchte sie einen Ansatzpunkt für den Stab zum Hebeln zu finden. Da passte irgendetwas nicht. Sie merkte es bald, denn das Ding fing nicht nur an zu leuchten. Nein, je länger es sich dem Tageslicht aussetzte, umso heißer wurde es. Zuerst schwach, dann immer stärker. Als sie die sich breit machende Hitze in ihren Fingern nicht mehr ertrug, hielt sie das seltsame Ding nicht mehr und ließ es reflexartig los. Zu allem Überfluss glitt ihr der mittlerweile hell erstrahlende Stab in eine Öffnung des Fasses hinein, wodurch alsbald eine dicke schwere Rauchwolke aus dem Fass aufstieg. Sie zog ihr direkt ins Gesicht und raubte ihr fast den Atem.
„Oh, oh“, entfuhr es ihr mulmig geworden und es gelang ihr gerade noch so, sich auf den Boden zu werfen. Denn alsbald erschütterte ein berstender Knall die Oberfläche. Das Fass schleuderte sich unkontrolliert in die Höhe und krachte unweit von ihr auf die Oberfläche des Decks, wo es liegen blieb. Von der Druckwelle mitgenommen erbebte das ganze Schiffsdeck. Die Ankerkette klirrte jedoch und sogleich setzte sie sich nach oben in Bewegung. Sie zog sich tatsächlich ein. Raissa erzitterte vor Schock am ganzen Körper, während neben ihr die Kette in das Schiffsinnere rasselte. So etwas Unheimliches kam ihr nie unter.

Wenig später erreichte Moses mit Miro das Deck der Excalibur. Moses ging schmunzelnd auf sie zu und reichte zum Aufstehen die Hand.

„Das hast du gut gemacht“, wertete er ihre Aktion. „War zwar etwas gefährlich, aber gut gemacht.“
„Was war das bloß für ein grässliches Ding? Hier oben ist es nicht geheuer.“
„Wenn man nicht weiß, mit was man es zu tun hat, ist nie etwas geheuer. Lass mich raten, was es war, was du da oben gefunden hast. Länglich, rund, sieht aus wie ein Rohr und ganz zu Anfang tiefschwarz. Es fing erst an zu glänzen, als du es dem Tageslicht ausgesetzt hast und dann wurde es immer wärmer. Richtig?“
„Ja, genau.“
„Das war ein Sonnenstab, wie ihr es mit euren Worten umschreiben würdet. Es ist eine Energiequelle für Flugzeuge. Von dieser Art Treibstoff dürfte es eine ganze Menge unter Deck geben. Eine Art Notfalltank. Man darf so was nie dem Tageslicht aussetzen, weil er sich sonst mit einem Knall auflöst. Aber in unserem Fall hast du damit das Fass weggesprengt. Ich vermute, dass darin so etwas wie ein Treibstoffgemisch war. Wenn man die beiden zusammenbringt, dann puff.“
„Ich kann nicht mehr“, stöhnte Raissa entnervt auf. „Das ist zu viel Aufregung für mich an einem Tag.“
„Das Rad mit den Griffen da wäre die Ankerwinde. Eine mechanische Einrichtung, welche mein Stab in Bewegung setzen kann. Daher kamen wir auch so schnell hoch.
„Kann ich dir nicht verdenken, wenn du jetzt müde bist“, sagte Miro. „Ruh dich jetzt erst einmal aus.“
„Ja, dein Bruder hat Recht. Ruh dich aus. Du kannst ja in den Tower gehen.“
„Lieber nicht, da sind mir zu viele von diesen Möwen.“
„Na dann bleib an Deck, aber verlasse die weiße Markierung nicht, ja.“
„Wieso?“
„Weil sich der Boden senken könnte.“
Raissa verstand das nicht. Wie senkte sich ein Boden? Sie fühlte sich zu erschöpft, um nachzufragen, was das schon wieder bedeutete. Es geschah für heute schon genügend Absonderlichkeit.
„Ich muss mit Miro in den Bauch des Schiffes hinein. Dort unten ist sicher ein brauchbarer Flieger, der dich zur Himmelsnadel bringt.“
„Kann ich nicht doch bei Raissa bleiben?“
„Ich brauche deine Hilfe da unten, Miro. Das, was jetzt kommt, kann ich nicht allein schaffen. Der Stab kann bei vielem helfen, aber eine Hand kann er nicht ersetzen.“
„Ist gut“, antwortete Miro nickend und sah bedauernd auf Raissa. Liebend gerne wäre er bei seiner Schwester geblieben und hätte ihr Halt gegeben.

„Ist schon klar. Ihr habt was zu erledigen. Ich warte hier auf euch."
„Na dann los", rief Moses und lief zügig zum Tower des Flugzeugträgers. Miro sah sich kurz nach seiner Schwester um, folgte dann aber Moses nach. Raissa legte sich erst einmal erschöpft auf das Landungsdeck des Flugzeugträgers nieder und streckte alle ihre Glieder durch. Obwohl sich der Ort zum Ausruhen nicht eignete, nahm ihr müder Körper diese Auszeit dankbar an. Sie atmete tief durch und schmeckte die salzige Seeluft, die die Meeresbriese zu ihr hochtrieb. Schon schloss sie die Augen und fühlte schon bald den harten Untergrund unter sich nicht mehr. Diesesmal aber, als sie einschlief, geschah für sie doch etwas recht Eigenartiges. Nämlich nichts. Ansonsten träumte sie auf Noha von Bolton und Coal. Jetzt aber schien es, als gönnte ihr das Schicksal einen erholsamen Schlaf ohne ihre Dauerbegleiter.

Moses erreichte den Aufbau des gigantischen Schiffs und wartete vor einer der vielen stählernen Türen auf Miro. Erst als Miro bei ihm ankam, entriegelte er mit einer Berührung seines Stabes den Zugang.
„Woher wisst ihr so genau, wohin ihr müsst?", fragte Miro etwas außer Atem, als er neben ihm stand.
„Dir das zu erklären, ist etwas kompliziert."
„Versuch es bitte. Ich finde es sehr spannend, das alles zu sehen."
„Nun ja. Nehmen wir einmal an, du würdest ein Boot bauen. Ich meine kein so kleines, wie euer Fischerboot, sondern ein riesiges Schiff. So eins, wie dies hier. Was würdest du als Erstes tun?"
Miro überlegte, während Moses die Stahltür aufdrückte und er hinein ging.
„Ich würde mir überlegen, was ich dafür brauche und mir das besorgen."
„Nur würdest du bei einem Boot dieser Größenordnung Aufzeichnungen machen. Du legst nicht nur schriftlich nieder, was du brauchst, du zeigst auch an, wo du das alles, was du beschaffst, verbaust."
„Das macht Sinn."
„Das nennt man einen Bauplan machen. In diesem Plan ist alles festgehalten, um die Arbeit der Schiffsbauer abzustimmen, sie zu organisieren und die Mengen und Beschaffenheit der Materialien zu berechnen."
Moses erreichte mit Miro eine stählerne Treppe. Von seinem Stab ging wieder ein helles Leuchten aus. Es führte sie durch das gespenstisch wirkende Treppenhaus. Sie liefen die stählernen Stufen in den Bauch des Schiffes hinab. Blechern hallte es von jeder Stufe zurück, wenn ihre Schritte darüber gingen.

„Wenn du den Bau des Schiffes abgeschlossen hast, vernichtest du den Plan nicht einfach. Du verwahrst ihn. Schon allein, wenn es um Reparaturen geht, wird er sich als sehr nützlich erweisen, da du nicht mehr alles neu berechnen musst, was auszutauschen ist."
„Ich versteh nicht ganz, wie mir das erklären soll, warum ihr euch auf dem Schiff so gut auskennt."
„Nun, das Schiff hier wurde vor etwa hundert Jahren zu Wasser gelassen. Seine Aufgabe bestand nicht darib, der Flut zu trotzen, sondern es diente zur reinen Machtdemonstration. Man legte den Bauplan in ein Archiv ein. So ähnlich wie das Samenarchiv auf Noha. Nur nicht als Samenkorn, sondern als reine Energie."
„Energie?"
„Man schrieb den Bauplan mit der Kraft Rajas auf. Mit reiner Energie. Man nannte es damals auch elektronisch. Die Kraft Rajas ist der Baustein der Welt. Alles besteht aus ihr. Jeder Stein, jedes Sandkorn, sogar das Wasser im Ozean. Auch du und ich bestehen aus reiner Energie. Als Kind Gaias verschiebst du nur die Bausteine, aber du erschaffst sie nicht selbst. Ich sah in dieses Archiv ein, in dem sich dieser Bauplan befand. Daher weiß ich auch, wo etwas auf dem Schiff zu finden ist."
Sie erreichten ein weiteres Zwischendeck des Schiffes, auf dem wiederum in der rätselhaften Schrift mehrere Zeichen standen, die Miro nicht zu lesen verstand.
„Der Hangar. Endlich. Mal sehen, ob wir hier unten ein flugtaugliches Objekt finden."
Moses stieß eine weitere Stahltüre auf und es tat sich vor Miro ein weiteres unwirkliches Bild auf. Erst recht besser sichtbar, als Moses mit der Berührung auf einem blinkenden Punkt für ein künstliches Licht in dem Hangar sorgte. Das Unterdeck quoll über vor Dinge, die ihn weit entfernt an den Hangar des Lichtseglers erinnerte, den Ragnar zusammenbaute. Er erkannte so etwas wie Flügel an diesen Gebilden, die sich wie bei einer Biene oder einer Fliege anordneten. Offensichtlich empfanden die Erbauer dieser Flugapparate die Form den Insekten nach. Daneben lagen verstreut weitere Gegenstände herum, die Miros Interesse weckten. Es wirkte zwar wie Werkzeug, das offenbar für Wartung der Flieger diente. So wie Moses die Stahldinger nannte. Hin und wieder tauchten ein paar Sachen auf, die an die Fundstücke am Strand erinnerten. Aber das meiste davon blieb dem Jungen fremd. Es fehlten ihm schlicht die Worte, diese Dinge auch nur bildhaft zu beschreiben.
„Was war das eigentlich für eine Welt vor der Flut?", fragte er sichtlich neugierig geworden. „Warum und wozu bauten sie solche riesigen Dinge?

„Sieh an, du lernst ja schnell", schmunzelte Moses. „Jetzt redest du schon von der Flut und nicht mehr von der bösen Nuri."

„Diese Nuri gibt es nicht wirklich. Stimmt´s?"

„In einer jeden Legende, mein Junge, steckt ein Funken Wahrheit. Die Wahrheit in diesem Falle ist, dass dieses Ereignis alles auf den Kopf stellte, woran die damaligen Menschen glaubten und dachten. Ob du und dein Volk es nun Nuri oder die Flut nennt, ändert am Ergebnis selbst nichts. Vor der Flut gab es sehr viele Menschen auf diesem Planeten. Milliarden davon und eine große Landmasse, auf der sie lebten. Weißt du, auf diesem Planet gab es schon immer Wasser. Damals aber bedeckte das Wasser die Oberfläche zu etwa zwei Drittel, doch das stellare Eisfeld Nuri brachte förmlich das Fass zum Überlaufen. Die damalige Zivilisation besaß vor der Flut bereits riesige Probleme. Probleme, zu denen ihr auf Noha nicht den geringsten Bezug hättet. Das Groteske daran war, dass die Menschheit sich diese Probleme selbst machte. Sie dienten dazu, sich gegenseitig auszuspielen und um das Wirtschaftssystem am Laufen zu halten. Denn von diesen selbsterzeugten Problemen lebten viele sehr gut. Vor allem von der wirtschaftlichen Not anderer. Sogar mit Hunger und Armut machte man viel Profit. Auf eurer Insel gibt es so etwas wie ein Zahlungsmittel nicht. Damals nannten sie das Geld. Alles, was ihr im Kollektiv erwirtschaftet, wird von eurer Gemeinschaft geteilt. In der Zeit vor Nuri führte man eine Art Quittung ein. Das ist eine Art Schein. Im wahrsten Sinne des Wortes, weil der Schein nicht mehr war als nur Schein. Damit tauschten die Menschen alle Güter und Leistungen ihres täglichen Bedarfs ein. Die Menschen arbeiteten für diesen Beleg und wer viele von diesen Quittungen oder Scheinen besaß, galt in ihrer Gesellschaft als reich und angesehen. Alles entschied sich an diesem Besitz. Praktisch der ganze Werdegang eines Menschen. Das besaß aber einen empfindlichen Nachteil, denn alles, was erwirtschaftet wurde, teilte sich nur mit demjenigen, der ebenfalls solche Scheine besaß. Später gab es nicht einmal mehr dieses Stück Papier. Da machte man alles elektronisch und hinterlegte es ebenfalls in einer Art Archiv. Sie nannten es damals Bankkonto. Nur, dass da keine Baupläne drin waren, sondern Zahlen. Diejenigen, die keine Scheine oder eine entsprechende Energiefrequenz auf ihren Konten vorwiesen, lebten von den Spenden der Scheinbesitzer."

„Heißt das, sie hungerten ohne diese Scheine?"

„In gewisserweise Ja, wobei sich die Armut nicht immer nur am Essen oder Trinken festmacht."

„Was meinst du damit?"

„Eure Gemeinschaft weiß, wie wichtig ein soziales Gefüge ist. Wenn ihr euch abends am Feuer trefft, nehmt ihr mehr als Nahrung zu euch. Ihr teilt euch das Leben alleine durch eure Anwesenheit."

„Meinst du, die Menschen damals teilten sich ihr Leben nicht? Sangen sie keine Lieder? Erzählten sie sich keine Geschichten? Liebten sie nicht ihre Körper? Dankten sie nicht jeden Tag, an dem sie Sein durften?"

„Lass mich dir das so erklären, sie mussten das Richtige essen, denn sonst grenzten sie einander aus. Sie mussten die richtigen Lieder singen, denn sonst grenzten sie einander aus. Sie mussten die richtigen Geschichten erzählen, denn sonst grenzten sie einander aus. Sie mussten die richtigen Körper lieben, denn sonst grenzten sie einander aus. Sie mussten den Richtigen danken, denn sonst grenzten sie einander aus. Sie mussten das Richtige denken, denn sonst grenzten sie einander aus. Sie mussten das Richtige glauben, denn sonst grenzten sie einander aus."

„Das muss sehr grausam gewesen sein. Sie suchten offenbar immer nach Gründen einander auszugrenzen."

„Oh ja, es gab immer viel Streit deswegen. Das alles, weil sie nicht wahr haben wollten, dass nicht jeder den gleichen Lebensweg ging oder dieselben Überzeugungen teilte, wie sie selbst."

„Hat man denn nie versucht, das zu beenden?"

„Nein. Nicht wirklich. Es gab auch kein ernsthaftes Interesse daran."

„Warum?"

„Weil sonst das ganze System ihrer Gesellschaft nicht mehr funktioniert hätte. Für die Eliten der damaligen Zeit war es ideal, wenn sich die übrige Bevölkerung untereinander ausgrenzte, denn dann konnte man den Zwist zwischen ihnen schüren und hervorragend viele von den Quittungen machen, von denen ich dir vorhin erzählte. Sogar mit den Habenichtsen klappte das bestens. Die Armen blieben natürlich immer arm, weil sonst das Geschäftsmodell nicht aufging. Das Fatalste daran aber war, dass die übrige Bevölkerung das Teile - und Herrschespiel so verinnerlichte, dass sie gar nicht merkte, wie arg man ihnen eigentlich zusetzte. Sie machten sich die Meinung der Eliten zu ihrer Eigenen, obwohl sie nie in deren privilegierter Stellung gelangten. Das ging sogar soweit, dass sie sich wegen dieser uneigenen Meinungen gegeneinander bekriegten. Da genügte bereits, wenn nicht jeder das Richtige dachte, um die Menschen gegenseitig aufzubringen. Nuri machte diesem sadistischen „Spiel" radikal ein Ende.

„Was geschah damals, als die übrigen Menschen von der Katastrophe erfuhren?"

„Die einen sahen darin eine Strafe ihrer Götter oder ihres Gottes. Sie taten Buße, geiselten sich, gaben ihre gesamte Habe an Geschäftemacher, zogen sich eine Decke über den Kopf und glaubten, wenn sie das Problem nicht sähen, dann sähe sie auch das Problem nicht. Anderen fehlte schlicht das Geld, sich eine Passage auf den vermeintlich sicheren Riesenschiffen zu buchen. Dann gab es welche, die bauten sich selbst Boote, doch die überlebten nicht lange auf der stürmischen See. Die Eliten glaubten mit den Ozeanriesen, die du auf dem Meeresgrund gesehen hast, ihrem Verderben zu entkommen. Ein paar ganz Schlaue haben sogar schwimmende Inseln gebaut, doch die heftigen Stürme, die nach dem Einschlag über den Planeten tobten, brachten ihre Pläne förmlich zum Kentern. Das Meer holte sie sich alle. Am Schlimmsten traf es aber jene, die sich in höhere Lagen der Landmassen flüchteten. Gerade, weil sie glaubten, vor ihrem grausigen Ende dort am Sichersten zu sein."

„Wieso schlimm? Ist das denn nicht der beste Ort eine Sturmflut zu überleben? Wir flüchteten immer auf Noha in die Zuflucht, wenn es zu gefährlich wird."

„Ich muss dazu sagen, dass das Unglück nicht überall gleich ablief. Um Noha zum Beispiel vor dem sich anbahnenden Wahnsinn zu schützen, richtete Vater den Impulsgeber auf die Bergspitze von Noha ein. Du kannst die Fundamente noch heute erkennen. Der Impulsgeber wurde von euren Vorfahren gesprengt, bevor Coogan über eure Altvorderen herfiel."

„Warum durfte niemand von den Flüchtlingen auf Noha überleben?"

„Diese Frage ist leicht zu beantworten. Die Flüchtlinge brachten dieses System mit, von dem ich dir erzählte. Das heißt, dieses Teile - und Herrschespiel der Vergangenheit hätte sich auch auf den verbliebenen Landmassen fortgesetzt. Aber es gab nicht genügend fruchtbares Land, um alle zu ernähren, die sich auf die Insel retteten. Dies hätte für dich bedeutet, wenn du nicht die richtigen Lieder singst, nicht die richtigen Geschichten erzählst, nicht den Richtigen für dein Leben dankst, nicht die richtigen Körper liebst, nicht das Richtige glaubst, nicht das Richtige lernst, dann hätten sie dich getötet."

„Was? Sie haben sich selbst dann noch gegenseitig umgebracht, als ihnen das Wasser bis zum Hals stand? Was war denn ihrer Meinung nach das Richtige?"

„Genau das ist der Knackpunkt, mein Junge. Was dieses sogenannte Richtige war, erfuhren die Flüchtlinge von ihren Eltern und diese von ihren Großeltern und diese von ihren Urgroßeltern und so weiter und so weiter. Sie nannten es Religion. Wenn die Vorfahren es ihren Kindern nicht gesagt hätten, was unter dem Richtigen zu verstehen ist, kämen sie nie von selbst darauf. Als Kind übernimmst du natürlich alles ungefragt, was dir deine Zeitgenossen eintrichtern, denn das muss ja die Wirklichkeit sein. Und so wirkte sich die Religion entsprechend auf den Überlebenskampf aus. Je härter es den Überlebenden auf den verbliebenen Landstrichen erging, umso verbissener klammerten sie sich an ihrer Religion fest. So wie es Süchtige mit ihren Drogen tun, von denen sie behaupten, dass sie ihnen nicht schaden. Und weil es so viele verschiedene Drogenarten gab, stritten sie untereinander darum, was denn die richtige Droge für ihr Seelenheil wäre. Eine Droge aber bleibt eine Droge. Egal wie man sie auch verpackt. Warum sie so vehement daran festhielten und sogar nicht davor scheuten, ihre eigenen Kinder dafür zu opfern, bleibt eine Spekulation. Ich selbst glaube, dass sie das deshalb taten, weil es das Einzige war, was ihnen von ihrer alten Welt blieb. Es gab ihnen Identität, Vertrautheit, Stabilität. Selbst wenn sie nicht erkannten, dass sich dadurch ihre Lage verschlimmerte. Ihr Hass auf die Andersgläubigen gipfelte sich sogar darin, dass sie sich ihre Brunnen gegenseitig vergifteten. Sie zerstörten das wenige Land, das hätte Nahrung liefern können. Sie achteten penibel darauf, dass sich ihre Nachkommen nur mit Mitgliedern ihres Stammes paarten, um das Blut nicht zu verunreinigen. Sie verstümmelten ihren Kindern die Geschlechtsteile und begründeten sogar dies immer mit dem sogenannten Richtigen. Lust zu empfinden galt als Sünde in ihren Augen. Die Wenigen, die erkannten, dass diese sogenannten Lehren in die Irre führten und die Ursache des Wahnsinns waren, jagten sie, folterten und töteten sie. Besessen hielten sie daran fest, wie ein Ertrinkender sich an den vermeintlichen Rettungsschwimmer klammert. Dieser muss aber, wenn er retten soll, den Ertrinkenden bewusstlos schlagen. Denn sonst gehen beide in den Fluten unter. Und mein Vater war so ein „Rettungsschwimmer“. Er erkannte, dass es um das Überleben der Art als solches ging, nicht um das Überleben der alten Welt und ihrer Mentalität.“

„Was war dein Vater eigentlich für ein Mensch?“

„Er besaß sehr viele Quittungen, aber er wusste, dass er die Not der alten Welt nicht dadurch heilen konnte. Außerdem gab es unter seinen Zeitgenossen keinen politischen und erst recht keinen religiösen Willen, diese Kluft zwischen den Menschen zu überwinden. Vielmehr glaubte er, durch Innovation den Problemen seiner Zeit am Besten entgegenzutreten. Er warf Produkte auf den Markt, die die Konkurrenz in Zugzwang brachte. Sie warteten nun ebenfalls mit Innovationen auf, anstatt sich marktoptimiert einzurichten. So generierte Coal Beschäftigung und Auskommen seiner Angestellten. Vater legte immer einen drauf und die Nutzer der Technologie, sie wurden auch die User genannt, liebten ihn dafür.“

Moses blieb plötzlich vor einem Ding stehen, dass Miro an eine riesige Fliege erinnerte. Es besaß kantige Flügel und eine auffällige Pilotenkanzel. Darin konnten spielend zwei Personen platz nehmen.
„Endlich“, stieß Moses aus.
Miro rieb sich ungläubig von dem imposanten Anblick die Augen. Noch nie sah er so etwas wie einen Düsenjäger.
„Damit bringen wir deine Schwester zur Himmelsnadel.“
„Was ist das?“
„Ein Jet, mein Junge, ein ganz besonderer Jet. Ein Aufklärungsflugzeug. Wichtig ist, dass es sehr hoch fliegen kann.“
„Dieses Ding kann fliegen?“
„Moment“, meinte Moses und hielt seinen Stab an den Rumpf. Er schien etwas zu analysieren.
„Es ist genügend Festtreibstoff drin. Das Militär verwendete diese feste Röhre dafür, die deine Schwester zum Aushebeln des Fasses bei der Ankerkette benutzte.“
„Was ist das eigentlich für ein Zeug?“
„Eine tolle Erfindung. Früher betankte man die Jets mit flüssigem Öl. Dann erfand man den Festtreibstoff, der allerdings kein Tageslicht abbekommen darf. Sobald er an das Licht gelangt, setzt er seine Kräfte frei. Dabei kann es schon eine Verpuffung geben.“
„Wow.“
„Damit hebt sich der Jet rasend schnell in die Höhe. Ich möchte da nicht in der Nähe sein, wenn der startet. Jetzt müssen wir den Hangar öffnen und das Ding an Deck bringen.“
„Was muss ich jetzt machen?“
Moses schob eine Leiter auf Rollen zu der Kanzel, die neben dem Flugzeug parkte. Dann stieg er hinauf und öffnete mit einer Berührung seines Stabes das Cockpit des Fliegers. Die Kanzelhülle schob sich wie von Geisterhand zurück und gab den Blick in das Innere frei. Miro sah sich einer undefinierten Vielzahl von Knöpfen und Anzeigen gegenüber. Moses zeigte mit seinem Stab auf eine unscheinbare Taste im Inneren des Jets.
„Steig jetzt in das Flugzeug und drücke diesen Knopf erst, wenn er grün aufblinkt. Ich setze inzwischen den Fahrstuhl zum Deck in Bewegung. Der bringt den Flieger nach oben in Startposition.“
„Ist gut“, sagte Miro nickend und nahm in dem seiner Meinung nach viel zu engem Cockpitsitz platz. Er fühlte sich hart kalt zugleich an. Hinter sich bemerkte einen weiteren Sitz, wusste aber nicht, dass da schon wenig später seine Schwester drin sitzen würde. Moses blieb kurz bei ihm stehen und reichte ihm seinen Stab zu.

„Was soll das denn?“, fragte Miro verwirrt.
„Du solltest ihn jetzt an dich nehmen.“
„Ich???“
„Natürlich. Der Stab wählte dich aus.“
„Diese seltsame Vision am Strand. Warum gerade jetzt?“
„Ich weiß es nicht, aber ich fürchte, dass er etwas bemerkte, was uns beiden bisher verborgen blieb. Wir müssen ihm vertrauen.“
„Woher willst du wissen, dass er den richtigen Weg zeigt?“
„Es gibt keinen richtigen Weg. Das ist ja auch das Prinzip des Quantenstabs. Wären wir davon überzeugt, dass es nur einen Weg gibt, wären wir nicht anders als unsere Vorfahren. Was wäre denn deiner Meinung nach der richtige Weg? Es gibt nur das, was es gibt …“

Auf dem Deck des Flugzeugträgers herrschte inzwischen eine merkliche Stille. Ganz sanft blies der Seewind über die Start- und Landebahn des einstigen Kriegsschiffes, das als das mächtigste seiner Zeit galt. Sogar die Möwen schienen zur Futtersuche ausgeflogen zu sein. Das Nieseln des Regens hörte ganz auf und es schien, als ob Gaia ihren Schleier über den gespenstischen Ort ganz lüftete. Raissa legte sich, so gut es auf der harten Oberfläche ging, in Schlafposition. Sie war so müde, dass sie nicht einmal die Unnachgiebigkeit des Untergrunds mehr auf ihren Rücken spürte. Dennoch war es so, als tropfte da etwas auf die Landebahn des Kolosses. Von der Farbe her wirkte es wie ein schmutziges Grau. Diese seltsamen Tropfen reicherten sich immer mehr an und flossen auch nicht von der Stelle weg. Vielmehr sammelten sie sich an diesem einen Punkt und schichteten sich in seiner Masse so nach und nach zu einem Pfeiler senkrecht empor. Allmählich entstand aus ihnen ein Obelisk. Er reckte sich kerzengerade in die Höhe. Von der Größe her brachte es bis in etwa zu der Spitze des Kommandoturms der Excalibur. Doch damit nicht genug. Etwa einen Meter über dem Fuß des Obelisken strickte sich an jeder Kante waagrecht eine Stange in Form eines X heraus. Sobald diese etwa halb so lang wie der Obelisk war, wuchs an seinem Ende eine weitere Querstange direkt zu seiner Spitze hinauf. Es sammelte sich immer mehr von diesen aschegrauen Tropfen in dem Gestänge an. Sie befüllten zügig den Innenraum des seltsamen Gebildes, wobei sie Platz für weitere Dreiecke frei ließen. So wirkte das eigenartige Ding bald wie ein von dreieckigen Kugeln durchlöcherter pyramidenförmiger Tannenbaum.

Von all den seltsamen Vorgängen an Deck bekam Raissa nichts mit. Vielmehr genoss sie in ihren wohl verdienten Schlaf und endlich auch, nach

so langer Zeit mal nichts zu träumen. Kein Bolton mehr. Kein Coal und auch die ominösen User gab es nicht mehr und dennoch … Irgendetwas blieb da noch. Sie schreckte auf und hörte in der Ferne ein lautes Rufen. Es klang nach ihrem Namen. Aber der Ort, wo sie erwachte, war nicht das Flugdeck der Excalibur. Nein, sie erwachte im Mannschaftsraum vier des Stollenarchivs auf Noha. Wie kam sie da nur wieder hin? Ein leichtes, ja fast durchsichtiges weißes Tuch bedeckte sie sanft. Es lag wie eine Feder über ihrem Körper gestreift, der dadurch schlank und grazil wirkte. Aus ihren Augenwinkeln blickte sie auf die drei abgehenden Gänge des Raumes. Aus dem Linken drang eindeutig der Ruf ihres Namens heraus. Diese Stimme kam ihr sehr bekannt vor. Sie lauschte.
„Raissa, Raissa", rief sie nach ihr. Dieser Tonfall. Er kam von Miro.
Raissa stand auf und setzte ihre nackten Füße auf den Boden. Er fühlte sich seltsam warm an. Zuletzt blieb er eher kühl. War das Ganze etwa wieder ein Traum? Dieser lief so anders ab. Er fühlte sich einerseits echt an und dann doch wieder nicht. Der Ruf ihres Bruders brachte sie davon ab, weiter über diese Ungereimtheiten des Moments nachzudenken.
„Raissa. Raissa, das must du dir ansehen. Komm schnell, " tönte es wieder zu ihr aus dem linken Gang.
Vorsichtig tat Raissa ein paar Schritte vorwärts. Sie schlang sich das dünne Laken behutsam um ihren Körper. Darunter trug sie nichts. Wie kam das denn? Wo verblieben ihre ölverschmierten Kleider? Wer zog sie ihr aus? Doch da passierte wieder etwas Seltsames: Es dampfte ein leichter Wassernebel aus dem Durchgang heraus, von dem die Rufe Miros kamen. Misstrauisch blieb sie kurz am Eingang stehen und rief zu Miro hinein.
„Was gibt es denn so Dringendes?"
Sie ging einen Schritt in den benebelten Flur hinein. Von der kalten Fliesenwand tropfte kondensiertes Wasser in dicken Tropfen herab. Es bildete auf dem gekachelten Boden eine lauwarme Pfütze von dem Nass. Der Wasserdampf selbst besaß hingegen eine angenehme Wärme und je mehr sie durch ihn hindurch streifte, umso mehr verfing sich der zarte Nebel in ihrem dünnen Tuch. Es wurde dadurch schwerer und lies das Textil hauteng an ihrem Körper kleben.
„Miro, was ist los?", rief sie in den Dampf hinein und trat zu ihm in die Nasszelle. Miro stand wirklich darin. Breitbeinig. Freudestrahlend. Ja geradezu erwartungsvoll. Es nieselte sanft von der Decke und scheinbar sogar von den Seiten mit dem angenehm warmen und nun nach Rosen duftenden Nass. Er zeigte auf seine kurze eng anliegende Hose. So etwas verwirrte Raissa, denn auf Noha trugen selbst die Männer so etwas nicht.

Dieses Kleidungsstück erinnerte an dem Stoff des Tuches von Raissa. Deutlich trat darunter sein erigiertes Glied hervor. Es beulte den Stoff aus.
„Oh, ist es jetzt soweit?", entfuhr es Raissa freudig. Sie empfand Miros beschwingte Begeisterung nach. Hieß es doch, dass es Zeit für das Ritual war.
„Ja, er steht mir. Richtig fest. Das Ritual, das Ritual", rief er beglückt.
„Die Äbtissin ist nicht da …"
„… dann muss die nächste Frau das Ritual für sie durchführen."
„Du meinst, ich soll …?"
„Ja. Raissa. Du musst es für sie tun. Eine Vertreterin Gaias, ohne die er ein Nichts wäre."
Raissa fühlte sich etwas überfahren in diesem Augenblick und doch verbarg sie eine gewisse Begeisterung an die Stelle der Äbtissin zu treten nicht. Sie trat auf Miro zu und zog ihm das Tuch zurück, das sich nun merklich spannte. Sichtlich bewegt erwartete Miro nun die kultische Handlung der Insulaner, die immer dann kam, wenn sich aus einem Jungen ein Mann entwickelte. Raissa fasste über den Schaft seines Penis, zog sanft an seiner Eichel, kniete sich zu ihm nieder und saugte an ihm. Und zwar solange, bis Miros Samen aus ihm tropfte. Dann sprach sie die folgenden Worte:
„Gesegnet seist du, der das Leben durch die Zeit auf Gaia bringt. Möge deine Kraft die Zeiten überdauern und von einer Hülle in die Nächste schlüpfen."
„Toll", rief Miro begeistert. „Jetzt könnten wir …"
„Miro, ich denke, wir tun das lieber."
„Komm. Ich weiß, dass du auch darauf wartest" meinte er mit leidenschaftlichem Blick und küsste sie auf den Mund. Raissa wehrte sich nicht dagegen. Nein, sie genoss seine Zärtlichkeit förmlich. Sie fühlte seine Zungenspitze auf der ihren. Sanft spielten und rieben sie ihre Sinnesgeschenke in ihren Mündern miteinander. Liebkosend erforschten Miros Hände ihren Körper und verbreitete ein behagliches Kribbeln. Ihr wurde es merklich wärmer dabei. Sie schloss verträumt die Augen und lies die Zärtlichkeiten ihres Bruders sich förmlich auf der Zunge zergehen. Raissas Puls ging folglich schneller. Sie glaubte durch seine Berührungen zu zerfließen, als ein brüllendes Geschrei sie harsch aus der teuflischen Illusion herausriss …

„Du willst sie nicht wirklich", hörte sie Moses Stimme lärmend durch ihr Ohr dringen. Nun war es gänzlich anders. Sie fühlte sich erwärmt, aber die Wärmequelle schlang sich eindeutig um ihren Körper. Dies konnte keinesfalls das feine Tuch mehr sein, denn es fühlte sich staubtrocken an.

Erst als sie ihre Augen öffnete, sah sie zunächst aschfahles Grau um sich. Sie riss sich hoch, aber das, was ihren Körper vollständig bis zur Unkenntlichkeit einhüllte, klebte auf ihrer Haut.
„Ich habe die Information, die du so lange sucht“, hörte sie von Moses wieder. Seine auffordernde Stimme schien zu helfen, dass sich der graue Schleier um Raissa lüftete. Denn es gab ihren Augen die Sicht frei. Und tatsächlich, sie befand sich nach wie vor am Deck des Flugzeugträgers. Sie bewegte sich auch nicht von der Stelle. Dennoch änderte sich inzwischen etwas, als sie vorhin einschlief. Nun stand ein insektenartiges Gebilde auf dem Oberdeck, das sie entfernt an eine überdimensionale Fliege erinnerte. Dort, wo sie seine Augen vermutete, winkte ihr hektisch Miro zu. Er warf etwas Längliches in ihre Richtung. Es glänzte und leuchtete mit jeder Sekunde stärker. Das Ding erkannte sie sofort, nämlich eine jener ominösen Röhren, mit denen sie schon die Blockade der Ankerkette löste. Es fing bereits an, von innen heraus aufzuglühen. Polternd krachte es auf das Landungsdeck und rollte direkt zu ihren Füßen. Der Trockentreibstoff puffte mit einem lauten Knall und schien das aschegraue Gebilde von ihrem Körper zu lösen. Vielmehr schwappte es einer Woge gleich über sie hinweg und gab ihren Körper unvermittelt frei. Doch das rätselhafte Wesen glupschte nicht auf Miro zu, sondern genau in die Richtung, aus der Moses Stimme drang. Was ging hier vor sich?
„Du willst doch wissen, wo die Himmelsnadel ist. Ich weiß es. Die da nicht. Komm her zu mir“, rief Moses wieder ihr zu. Wen meinte er nur? Raissa wusste nicht, wie ihr geschah. Miro winkte sie zu sich her und deutete auf die Treppe, die zu ihm in die Pilotenkanzel führte.
„Komm, schnell“, brüllte Miro ihr zu. „Beeil dich.“
Raissa traute sich nicht lange zu fragen, was hier passierte und rannte einfach los. Direkt zu ihrem Bruder auf das insektengleiche Gefährt. Je näher sie diesem Ding kam umso mehr Detail fielen ihr an dem Apparat auf. Es bestand aus lackiertem Metall. Seine steif nach hinten gebogenen Flügel trugen verdächtige Röhren mit Turbinen auf der Unterseite, die sie an die Wasserräder im Tal des Baches erinnerten. Doch das Ding genauer anzusehen, dazu blieb ihr keine Zeit. Behände spurtete Raissa die Rolltreppe hoch und stolperte regelrecht in die Pilotenkanzel zu ihrem Bruder hinein. Weil es darinnen kaum Platz gab, plumpste Raissa förmlich passgenau in den einzigen freien Sitz hinein. Kaum dass sie drinnen aufschlug, schob sich eine transparente Hülle über sie und das mysteriöse Ding vibrierte gefährlich auf. Es bebte, ähnlich ihrer Erfahrung im Stollen des Samenarchivs, ging ihr durch alle Glieder. Eine unbändige Kraft setzte sich frei, die sie von hinten anschob. Sie schien sich ihren Weg zu den Turbinen hinauszubahnen. Es

gab einen heftigen Ruck und der Jet startete unversehens nach vorne, was die Geschwister von dem wuchtigen Schub in die Sitze hinein presste. Der rasche Abflug und die damit verbundene laute Geräuschentwicklung der Maschine auf ihre Körper lies alle beide laut aufschreien. Vor lauter Entsetzen merkte Raissa gar nicht, wie ihr das Gerät wie von Geisterhand versuchte den Sicherheitsgurt anzulegen. Ihrer schlanken Figur verdankte sie es, dass sie sich überhaupt in eine angenehmere sitzende Position brachte. So sah sie nicht, wie sich das Gefährt von der Excalibur mehr und mehr entfernte und sich immer schneller werdend über die Wolkendecke schob. Dort oben geschah es, dass Miro und Raissa Raja zum ersten Mal in ihrem Leben in seiner ganzen Pracht erlebten. Weit und breit verdeckte keine Wolke mehr die Sicht. Ihr Vater, der das Leben mit Kraft und Wachstum versah, zeigte sich unverhüllt mit seinem Licht. Es war so wunderschön, dass ihnen die Tränen kamen.

So überwältigt sie von dem Anblick ihres Urvaters auch waren, es dauerte ein paar Minuten, bis Raissa die Worte wiederfand. Das Surren der Triebwerke ihres Jets dröhnte in ihren Ohren. Hinzu kam, dass aufgrund der gewonnenen Höhe der Druck in ihrem Gehör zunahm. Raissa half dem mit der Erzeugung eines Gegendrucks ab. Auch der Flug schien allmählich ruhiger zu verlaufen. Ihr Bruder saß im Sitz vor ihr und hielt den Quantenstab von Moses in seiner Hand. Die Unterseite des Stabes verband sich mit dem Rahmen des Jets. Offenbar steuerte er damit das Gerät.
„Was geschah da vorhin überhaupt?“, fragte sie nach Fassung ringend. „Was ist da am Deck passiert?“
„Coogan“, antwortete Miro wie in Trance. Raissa merkte, dass sie nun nicht mehr ihr Bruder zu ihr sprach. Der Stab übernahm auch die Kontrolle über seinen Körper. Es glich der Stimme, die sie bei der Berührung des Stabes im künstlichen U-Boot-Hafen unter dem Meeresspiegel vernahm.
„Er fand uns und versuchte dich gerade auszulesen. Was ging in dir vor, als er dich umschlang?“
Raissa berührte peinlich seine Frage. Sie schämte sich ihrem Bruder darüber etwas zusagen. Auch wenn sein Geist nicht mehr in seinen Körper den Ton angab, trieb es ihr die Röte ins Gesicht.
„Das ist mir jetzt sehr unangenehm.“
„Bitte Raissa, es ist wichtig. Ich will wissen, was Coogan in deinem Unterbewusstsein suchte? Was bewegte dich da am meisten? Das ist das, was er als Erstes sucht, ehe er tiefer in dein Unterbewusstsein vordringt.“
„Ich ...“, es fiel ihr schwer zu sprechen. „Ich träumte, dass ich es mit dir treibe.“

Seltsamerweise reagierte Miro weder entsetzt noch mit einer anderen Emotion darauf. Das bedeutete nur eines. Der Stab kontrollierte nun auch sein Empfinden. Miro verkam zu einem Avatar des Stabes. Ein Leib, mit dem der Geist in dem Objekt in die Außenwelt gelangte und handelte.
„Da hatten wir ordentlich Glück. Es wäre eine Katastrophe, wenn er sich an deinem Endlostraum zuschaffen machte."
„Was haben Bolton und Coal damit zu tun?"
„Der Hinweis. Das ist das, was Coal auf Noha versteckte. Er wusste, dass Coogan unfähig wäre, jenes Traumgebilde mit seinen technischen Mitteln aufzulösen, das Coal mit seinem Sender in die unmittelbare Umgebung ausstrahlte. Es brauchte einen speziellen Empfänger, um die ausgesendeten Signale sichtbar und fühlbar zu machen. Glaubst du eigentlich, dass dein Unfall im Palmenhain ein reiner Zufall war?"
„Hast du etwas an der Palme getan, damit ich abstürze?"
„Das war nicht sonderlich schwer. Du bist am Besten dafür geeignet, die Botschaft Coals zu empfangen. Es brauchte jemanden, der eine gute Chance besaß, den Sturz zu überleben. Jemand, der die Botschaft Coals aufnimmt. Das konnte nur einer, der eine Art Empfänger im Schädel hat."
„Du hast Moses zu uns an den Strand gespült. Direkt zu mir und meinem Bruder. Du hast an diesem Tag das Wetter schön gemacht, damit wir an den Strand gehen. Was bist du für ein Monster? Was hast du mit Miro gemacht? Wo ist er?"
„Miro ist noch Miro. Glaub mir. Wenn Coogan mich in die Finger kriegt, dann ist es auch mit eurer Existenz vorbei. Dann ist es mir unmöglich, den Meeresspiegel abzusenken."
„Wer bist du?"
„Ich bin überall und doch nirgends …"
„Ja, ja, ich weiß. Du bist weder links noch rechts. Weder oben, noch unten."
„Auf eure Schöpfungslegende bezogen, wäre ich das Böse. Ich aber sage dir, dass ihr ohne mich nichts seid. Und auch nur Nichts sein könnt."
„Nuri?", entfuhr es Raissa erschrocken
„So nennt ihr mich. Ich habe aber kein Geschlecht."
„Du bist ein Gott?"
„Wenn du das glauben willst, dann bitte. Ich lege keinen Wert darauf, als Gott gesehen zu werden."
„Du müsstest doch wissen, wo der große Bruder ist."
„Damit ich wirken kann, müsst ihr diesen Zugang selbst finden. Ich habe keine Arme oder Beine. Ich bewege mich durch euch. Coal erfand den großen Bruder nicht. Ihn gab es schon immer. Er machte ihn nur für euch zugänglich. Darin bestand seine ganze Leistung."

„Aber du kennst doch diesen Zugang. Du musst doch wissen, wo er ist.“
„Eben nicht. Weil dieser Zugang nur für euch von Bedeutung ist, aber für mich nicht.“
„Warum hilfst du uns dann? Du brauchst uns nicht. Was versprichst du dir davon?“
„Ohne mich gibt es euch nicht. Ohne euch gibt es mich nicht. Ich bin das, was ihr schlicht Energie nennt. Eure eigene Lebenskraft und ich möchte, dass auf Gaia wieder der Boden erblüht. Darum gibt es mich. Ihr seid es, die den Zugang finden und ihn dahin bringen werden, wo er dem Leben dient. Ich ließ Coal das geheime Projekt ausarbeiten, als ich merkte, dass der große Eisnebel die Umlaufbahn der Erde kreuzt. Ich sorgte dafür, dass er die drei Brüder findet, wie er sie selbst nannte. Den Zugang zu mir und zu meinem Wesen.“
„Was ist mit Moses passiert?“
„Er opferte sich.“
„Was denn? Schon wieder?“
„Nein. Seine Seele fuhr schon aus seinem Leib, ehe Coogan ihn auslas.“
„Er ist nicht Tod?“
„Nicht wirklich. Seine Energie ist jetzt nicht mehr an einem Körper gebunden. Du wirst ihm bald wieder begegnen. Das verspreche ich dir.“
„Warum hast du ihn erst sterben lassen?“
„Niemand muss in meinem Namen sterben. Moses war von meiner Sache so überzeugt, dass er sich freiwillig dafür hingab. Er wusste, dass Coogan seinem Geist nicht habhaft werden durfte.“
„Wo bringst du mich jetzt hin?“
„Zur Himmelsnadel, aber ich kann nicht mit dir kommen. Coogan wird unsere Flugbahn verfolgen und sie untersuchen. Daher starten wir jetzt ein kleines Ablenkungsmanöver, um ihn auf die falsche Fährte zu locken.“
„Ein Ablenkungsmanöver? Was soll das sein?“

Weiter kam Raissa nicht, denn da sprengte sich die Kanzel des Cockpits auf und ein Mechanismus schleuderte sie mit samt ihrem Sitz nach oben hinaus. Miro oder sein Leib blieb im Jet und es schob sich ein neues Glas wieder über die Flugkabine. Raissa wurde es ganz schwummrig, als sie sich über den Wolken ohne schützende Hülle wieder fand. Über ihr strahlte unverdeckt Raja mit seinen goldenen Sonnenstrahlen. Gerade als ihre Flugbahn sich nach oben abschwächte und sich in den freien Fall nach unten drehte, öffnete sich ein riesiges Tuch, das sich aus dem Sitz heraus zog. Es bremste ihren Sturz deutlich ab. Wie ein großes Segel blähte er sich vom Fallwind mitgenommen auf. Wohin sie fiel, sah Raissa aufgrund der dichten Wolken unter ihr nicht. Sie bedauerte, dass der Moment Raja so ungeschminkt zu sehen, für sie sehr kurz ausfiel. Nun tauchte sie in eine aufgewühlte Wolkensuppe hinein, die es schwer abschätzbar machte, was sich darunter oder darin verbang. Bibbernd mit ihrem weiteren Schicksal durchquerte Raissa die Wolkendecke. Sie sah wie lockere Watte aus. Ähnlich wie der dichte Nebel, der sich bildete, wenn sich die Luft nach starkem Regen erwärmte. Doch sie bremste just in ihrem Fall ab. Es fühlte sich an, als ob sie von einem übergroßen Tuch inmitten des Nebels aufgefangen wurde. Es zog sie aufgrund des Gewichts leicht nach unten, doch dann ging es wieder in die andere Richtung, bis sich die Vibration ihres Falls beruhigte. Die Oberfläche, auf der sie strandete, kam ihr sehr instabil vor. Jedenfalls fühlte sie das. Ihr Schleudersitz bremste sich von etwas sehr Leichtem ab. Das war ihr bald klar. Der Untergrund gab etwas nach unten nach, wenn sie sich in ihrem Sitz rüttelte. Sie traute sich kaum, weiter zu wippen. Als ob es drohte, dass sich etwas in jedem Moment zerriss. Auch der Fallschirm über ihr ermattete mangels Fallwind und legte sich bald wie ein Bettlaken über sie und raubte ihr die Sicht. Raissa wusste nicht, wie ihr plötzlich geschah. Ein, wenn auch unsicherer Halt in dieser luftigen Höhe? Sie traute sich zunächst gar nicht, mit den Händen nach unten zu fassen. Große Verunsicherung überfiel sie. Und erst recht, dass sie mitten in der Wolkensuppe zum Stehen kam. Überall sah sie den dichten Nebelschleier. Was sollte sie tun? Hier oben unter dem Fallschirm ausharren? Sie verharrte in den nächsten Momenten steif wie ein Brett auf dem abgesprengten Pilotensitz. In ihrem Kopf rasten alle möglichen Gedanken dazu. Sie konnte doch nicht aussteigen und sich einfach hier umsehen. Sie würde unweigerlich abstürzen. Oder etwa doch nicht? Schließlich traute sie sich, vorsichtig ihren linken Fuß weiter nach unten zu bewegen. Er stieß gegen eine Art Gewebe. Jedenfalls fühlte es sich so an wie ein feines Fischernetz, das scheinbar wie ein Teppich in den Wolken ausgebreitet lag. Was sollte das? Sie hob das Fallschirmtuch an, um sich das Gewebe näher anzusehen. Doch stattdessen schrie sie sich die Seele aus dem Leib. Ein insektenhaftes Wesen schwebte da in der zugigen Höhenluft auf sie zu. Aus seiner schuppenbesetzten Haut schlug ein bläuliches Feuer heraus, was es offenbar in der Höhe stabil hielt. Ein fauchendes Geräusch drang von diesem fein züngelnden Feuer. Dort wo sein Gesicht sein musste, befand sich eine matte dunkelgetönte Front. Außerdem schien es an seinem Rumpf Arme anstatt Fühler zu haben. Mehr erfasste Raissas überforderter Geist von ihm nicht, denn dieses fliegende fremdartige Wesen lies ihren Verstand unversehens kollabieren. Sie fiel daher in eine gnädige Ohnmacht, als dieses seltsame Etwas sie auch noch mit einem „Hallo“ begrüßte.

# Kapitel 5

## Aaron

Wie lange Raissa weggetreten darniederlag, wusste sie nicht. Immerhin blieb sie in ihrer Ohnmacht von diversen Träumen verschont und es schien, als könnte sie endlich so etwas wie eine wohl verdiente Ruhe finden. Doch ihr nächtigender Zustand blieb inhaltslos und leer. Erst als sie allmählich wieder zu sich kam, bemerkte sie die deutlich veränderte Umgebung. Zuerst nahm sie ein leises Fiepen in ihren Ohren wahr, das grell und unregelmäßig erklang. Unter ihr befand sich wenigstens etwas Weiches, in das sich ihre Hände allerdings kaum hineingruben. Sie lag nun auf einem quaderförmigen Bett. Außerdem trug sie nicht mehr ihre ölverschmierte Kleidung. Jemand presste sie in einen hautengen Anzug hinein, welcher sich passgenau um ihren Körper schlang. Sogar ihre Fußsohlen umschlossen seltsam weiße Stoffbänder, die auf ihrer Unterseite genoppte Punkte trugen. In diesem Kleidungsstück fühlte es sich angenehm warm an. Auch verbesserte sich ihre Wahrnehmung. In ihr ging es nicht mehr so schummrig zu, wie bisher. Je länger sie wach lag, umso mehr erforschten ihre Augen den Raum, in dem sie ruhte. Auch in ihm dominierte ein schlichtes Weiß. Sogar der Boden, dessen Oberfläche matt schimmerte. An seiner Wand blinkten ein paar Lichter in Blau und Grün, deren Bedeutung sich ihr noch nicht erschloss. Von ihnen ging das seltsame Fiepen aus.

„Die Himmelsnadel“, schoss ihr als erster Gedanke durch den Kopf. Der kleine Bruder schoss sie regelrecht zur ihr. Raissa richtete ihren Oberkörper auf. Erst jetzt bemerkte sie, dass sich ihre Bekleidung an zwei Punkten anders gestaltete, als sie es kannte. Ihre Brustwarzen lagen frei. Warum lies ihre enge Kluft gerade diese beiden Stellen außen vor? Was bedeutete das wieder? Auch mit ihren Brüsten stimmte etwas nicht. Sie fühlten sich voller an, als sonst. Oder bildete sie sich das ein? Raissa setzte einen Fuß auf den ungewohnten Fußboden auf. Dieser fühlte sich warm und weich an. Was war das für ein seltsamer Ort? Ihre Augen suchten nach so etwas wie einen Ausgang. Doch überall flankierte sie die weiße nichtssagende Wand. Erst als sie einen Schritt voran tat, bemerkte sie, dass der Fußboden unter ihr seltsam hohl klang. Ehe sie sich darüber klar wurde, drang von außerhalb der Laut eines lachenden Babys zu ihr hindurch. Sie horchte angespannt auf und richtete ihren Blick auf die Stelle der Wand, hinter der der Ton hervortrat. Gerade dort befand sich eine enge senkrechte Spalte. Das freudige Lachen des Babys kam immer näher, bis sich die Raumbegrenzung

genau an diesem Spalt wie von Geisterhand auftat. Sie teilte sich schwungvoll und der Mitte und gab den Blick auf eine Person frei, mit der sie jetzt am allerwenigsten rechnete. Moses. Jedenfalls sah die Person genau so aus wie er. Er hielt das Neugeborene auf seinem Arm, das Raissa mit großen Augen neugierig anguckte. Seine kleinen Händchen stützten sich auf seinen Träger ab. Doch schon bald lachte der Kleine sie an. Vermutlich weil er ihre erfreute Erleichterung spürte. Er spiegelte ihre innere Stimmung.
„Schau mal, Moses“, sagte der vermeintliche Moses zu dem Baby. „Wer uns da gestern Mittag ins Netz ging. Sie ist wach geworden.“
„Ihr seid nicht Moses?“, kam Raissa als Erstes über die Lippen. Ihr Blick verfing sich in den großen Augen des Babys.
„Moses ist der Kleine hier. Ich nicht. Ich bin Aaron, sein Bruder“, sagte er grinsend und hielt ihr Moses entgegen. Raissa wusste nicht, wie ihr geschah. Sollte sie ihm wirklich den Säugling aus dem Arm nehmen?
„Nur zu. Nimm ihn ruhig hoch. Er hat noch keine Zähne.“
Etwas zögerlich nahm Raissa Aaron das Kind aus der Hand. Moses fühlte sich leicht und angenehm weich an. Er duftete gut und ihre Blicke trafen sich. Moses gefiel das und grinste. Entspannt kuschelte er sich bald an Raissas Brüste, als sie ihn in den Armen wiegte. Raissa spürte seine kleinen Fingerchen auf ihrer Haut und auch als er nach ihrer Nase griff.
„Ich dachte, Moses ist Tod.“
„Na, dann glaub, dass er Tod ist. Ich jedenfalls gab dir meinen Moses gerade auf den Arm. Er ist erst einen Tag alt.“
„Wie kann das sein? Leben hier Frauen?“
„Nein. Nur ich und Moses. Und ab heute auch du.“
„Ich???“
„Ja. Willkommen in der Himmelsnadel. Dem Ort über den Wolken. Es ist sehr einsam hier oben, aber ich stehe immer in der Verbindung mit der Außenwelt. Zuletzt habe ich Moses geholfen, nach dem Hinweis unseres Vaters zu suchen. Er meinte, dass du den Hinweis in dir aufgenommen hast. Damit dürften wir den großen Bruder endlich finden. Komm mit, ich führe dich hier herum. Schließlich wirst du eine Weile hier bleiben. Obwohl der Ort nicht groß ist, gibt es hier schon etwas zu sehen.“
Etwas überfordert folgte Raissa dem silberhaarigen Mann.
„Die Himmelsnadel ist eine eigene kleine Welt für sich. Ausreichend genug um zwei erwachsene Personen über Jahre zu versorgen. Der Raum, in dem du wach wurdest, ist der Sanitäts- und Wickelraum für das Baby. Wir befinden uns hier im Wohndeck. Es ist klein und man braucht nur einen Tisch, zwei Stühle und zwei Schlafkojen. Ach ja und eine Wiege. Essen bereite ich in der angrenzenden Nische da drüben zu. Unsere Nahrung

kriege ich aus meinem selbst gezogenen Gemüse von dem Wintergarten über uns. Da es hier oben Energie und Wasser im Überfluss gibt, kann ich ohne Probleme die Nahrung garen, obwohl rohe Kost nährstoffhaltiger ist.
„Hier oben gibt es tatsächlich einen Garten?"
„Na ja, vielleicht nicht so einen, wie du es dir vorstellst. Man muss die Wendeltreppe da nach oben gehen und schon steht man im Grünen. Mein Wasser dafür krieg ich von den Nebelfängern außerhalb der Station. Das sind die Netze, in denen du gelandet bist. Ihre Maschen sind so eng und so fein, dass sich das Wasser darin kondensiert. Ich barg dich mit meinem Raketenanzug. Zum Glück bist du nicht schwer und ich trug dich ohne Probleme mit meinem Düsenanzug durch die Luft. Entschuldige, wenn ich dich damit erschreckt hab, aber es war keine leichte Sache die Spuren deiner Landung zu verwischen. Ich verhinderte, dass dein Fallschirm ins Meer abstürzt und ihn Coogan vielleicht im Meer findet. Dann wäre es aus mit der Himmelsnadel und mit der Aufgabe, die uns Vater anvertraute."
„Warum entdeckte Coogan diesen Ort noch nicht?"
„Er kann nicht über die Wolkendecke sehen und verfügt nicht über die Fähigkeit die Tarntechnik zu erkennen. Die Station ist mit einem speziellen Anstrich lasiert. Sie leitet Lichtstrahlung um und es erscheint von außen, als ob du durch Luft siehst. Ich kann aber unter die Wolkendecke sehen, wenn ich sie verschiebe."
Raissa glaube nicht recht zu hören, was da Aaron von sich gab. Sie fragte sofort nach: „Moment. Du kannst die Wolken umherschieben? Das ist Zauberei."
„Nicht nur das. Von hier oben kann ich die Meeresströmungen lenken, die Stürme koordinieren, Windhosen bilden. Mich quasi mit dem Wasser verbinden. Dazu muss ich allerdings das Wasser fließen lassen. Wasser und Luft bedeuten immer Bewegung."
„Was sind das für seltsame Kleider, die du mir übergezogen hast?"
„Die dienen zu unserer Sicherheit. Die Sonne, die du Raja nennst, sendet nicht nur Licht und Wärme zur Erde. Hier oben ist etwas mehr von dem dabei, das das Leben krank macht. Die Atmosphäre der Erde filtert vieles von seiner gefährlichen Strahlung heraus, so dass du am Boden davon nichts mitkriegst. Über den Wolken aber brauchst du diesen Anzug, damit du überhaupt so etwas wie alt wirst. Die Strahlenbelastung der Sonne wäre ohne einen Schutzanzug einfach zu hoch."
„Wer gebar Moses eigentlich? Ihr sagtet, dass es hier keine Frau gibt."
„Na ja. So etwas wie eine Frau gibt es schon …", erklärte Aaron geduldig und führte Raissa in eine kleine angrenzende Kammer in der, so konnte sie es kaum glauben, ein künstlicher Uterus mit Eierstöcken und Eileiter in

einer Art Gel eingelegt hinter einem durchsichtigen Glas ruhte. Es gab einen Auslass, durch den Moses „geschlüpft“ sein muste. Für Raissa mutete das Bild schaurig an. Aber war es nicht auch so, dass manche Männer schon alleine in Ohnmacht fielen, wenn sie der Geburt eines Babys beiwohnten?
„Wenn ich oder Moses sterben, dann wird hier ein neues Kind in dem Uterus geboren. Es gibt im Gegensatz zu eurem Volk ein paar Besonderheiten bei uns zweien. Moses, zum Beispiel, wird in wenigen Wochen bereits das Laufen erlernen und zahnen. Er wird verglichen mit euren Kindern auf Noha schneller erwachsen, allerdings wird er auch schneller altern und sterben. Dasselbe gilt auch für mich. Einer von uns bleibt daher immer im Turm, um bei dem Tod desselben, das Baby zu versorgen. Eine nicht einfach zu lösende Sache in all den Jahren.“
Raissa wurde es ganz anders, als sie an einen solchen kurzen Lebenszyklus dachte. Sie fragte ungläubig weiter nach.
„Das Ding da hat also Moses geboren?“
„Ja, aber die Bezeichnung Ding passt nicht. Obwohl es eine künstliche Gebärmutter ist, besteht sie aus lebenden Zellen, die mit verschiedenen Nährlösungen versorgt wird. Es gibt keinen besseren Ort, um Kinder auszutragen, damit sie auch gesund bleiben. Man richtete zwar in der Vergangenheit ähnliche Aufzuchtstationen ein, aber sie alle sind letztlich an der Natur gescheitert. Sie lässt sich halt nicht austricksen.“
„Und was ist, wenn ihr beide gleichzeitig altert?“
„Tja, dann …“, erklärte Aaron und deutete auf eine unscheinbare Tür an der Wand schräg gegenüber, der Gebärkammer.
„…, dann geht es für einen von uns da raus.“
„Ihr geht da raus?“, fragte Raissa irritiert und näherte sich dem rätselhaften Durchgang. Im Gegensatz zu der Schiebetür des Wickelraums befand sich dort eine Klinke. Raissa näherte sich der Pforte. Sie sah Massiv aus, besaß aber keine Schienenführung.
„Öffne sie ruhig, aber eine Sache wäre da noch“, sagte Aaron ganz entspannt und hielt ihr eine Art Rucksack mit einem Gurt entgegen. „Du musst die Klinke nach unten drücken. Ist eigentlich nicht gefährlich, solange du keinen Schritt auf die andere Seite tust. Wenn doch, und du hast vor, weiter zu leben, dann schnallst du dir den hier zuvor um.“
Raissa drückte neugierig geworden die Klinke, was einen kurzen Klick machte und die Tür mit Schwung nach innen aufflog. Sie glaubte nicht recht zu sehen, als sich die Öffnung mit einem Ruck auftat. Den enormen Windstoß, der ihr alsbald entgegenblies und dem unheimlichen Blau des Himmels, dass in dieser Höhe viel Dunkler als vom Boden wirkte, ließen ihr den Schock in die Glieder fahren. Die unverhüllte Scheibe Rajas blendete ihr

zudem direkt in die Augen. Sie schrie entsetzt auf und taumelte benommen zurück. Beinahe wäre ihr Moses ausgekommen. Aaron schloss mit einer Handbewegung über einen Sensor rasch die Tür wieder. Er grinste hämisch.
„Ihr. Ihr bringt euch um???", pustete Raissa entsetzt.
„Was denn sonst? Man fällt genau 18,836 Kilometer in die Tiefe. Ohne die besagte Fallbremse oder meinem Düsenanzug gehe ich da auch nicht raus, wenn ich am Leben bleiben will. Die Erfindung des Fallschirms ist uralt und kinderleicht zu bedienen. Du hast sie schon in Form des Schleudersitzes beim Jet kennengelernt. Diese hier funktioniert ohne Stuhl. An Arme und Beine umschnallen. Auf der Brustseite siehst du weitere Gurte. Damit kann man auch eine zweite Person tragen. Einen Tandemsprung wagen, wenn man so will. Aber das Wichtigste, wenn man so durch die Wolkenschichten nach unten fällt, ist dann vor dem Aufschlag in der Luft an dem Seil da zu ziehen. Mit den anderen beiden Leinen kannst du den Fallschirm durch die Luft steuern. Ihn nach links oder nach rechts lenken. Ungebremst auf dem Meer aufzuschlagen würde man nicht überleben. Die Wasseroberfläche da unten ist hart wie eine Betonplatte. Dagegen war dein Sturz von der Palme ein kleiner Hopser."
„Ihr führt hier oben ein furchtbares Leben", platzte es Raissa heraus. „Ihr kennt keine Feste, kennt keine Gemeinschaft und wisst nicht, wie es ist, sich an der Natur zu erfreuen."
„So ganz stimmt das nicht. Zum einen ist da die Aufgabe zu erfüllen, die Vater uns gab, Raissa. Wir sollten die Energiespeicher befüllen, den Einschlag von Nuri überleben und den großen Quantenzugang finden. Den Kleinen und den mittleren Zugang haben wir bereits in unserer Obhut. Es gibt hier oben etwas mehr zu sehen. Komm mit."
„Soll das etwa heißen, dass du die Körperfeier nicht kennst?"
„Ach, du meinst das kollektive Fruchtbarkeitsritual, das ihr fast jeden Abend an eurem Feuer zelebriert?"
„Woher weißt du das?"
„Ich habe Zugang zu den Augen des Himmels und kann damit bis zu euch hinab sehen. Ich zeig sie dir."
Aaron führte nun Raissa in einen etwas größeren Raum auf der Wohnebene. Seine Mitte füllte eine Art Liege aus, die aber wesentlich komfortabler wirkte, als ihre doch eher sperrigen Sitzgelegenheiten auf Noha. Von der Decke hing genau bis zu dem Punkt, an dem der Kopf ruhte, ein trichterförmiger Einbau herunter. An ihm hingen wiederum dünne Schläuche mit einer Haube, die sich Aaron zur Demonstration um den Kopf schnallte. Dann nahm er in der großzügig gepolsterten Liege platz und schien kurz wegzutreten, um aber bald wieder zu Raissa zurückzukehren.

„Damit verbinde ich mich mit dem Wasser der Welt und bin praktisch überall, wo es hineinrinnt, spült oder dampft. Allerdings ist es mir nicht möglich mich im Eis zu bewegen. Aber ich bin in dem Wind, dem Regen, in den Wolken und wenn es sein muss, sogar im Sturm. Ich kann sogar hören, was ihr den ganzen Tag über so sprecht, aber ich kann nicht zu euch sprechen."
„Ihr habt von hier aus Moses geholfen. Könnt ihr denn nicht Coogan einfach mit eurer Macht ausschalten?"
„Das geht leider nicht. Coogan ist kein Wesen aus einem Guss. Er verteilt sich mit seinen sogenannten Bäumen über den ganzen Planeten. Es gibt weitere Landmassen außer eurer Insel, die aber aufgrund des Einschlages des Eisfeldes und seiner Auswirkung ganz anders beschaffen sind. Außerdem sind sie hochgradig verseucht. Sie eignen sich für eine Bewirtschaftung nicht mehr. Die Menschen, die dort den Einschlag überlebten, brachten sich gegenseitig um. Dazu entstellten sie mit ihren grausamen Waffen die wenigen noch bewohnbaren Gebiete. Es könnte zwar sein, dass da etwas überlebte, aber dem möchte ich lieber nicht begegnen. Für Coogan ist es aber kein Problem in diesen Gebieten mit seinen Bäumen zu existieren, da ihm die Verunreinigung nichts ausmacht. Es ist eine weiterentwickelte K I."
„Eine was?" Raissa kam nicht ganz mit.
„Künstliche Intelligenz, Raissa, die später zur kognitiven Intelligenz weiterentwickelt wurde. Sie völlig immun gegenüber jeglichem Gift und manch anderen Dingen, das für dich tödlich wäre. Es war einer der Gründe, warum man sie auf diese Entwicklungsstufe brachte."
Moses blieb an einer unscheinbaren Bodenplatte ohne Griff stehen. Eine schwache Umrahmung erinnerte daran, dass es hier nach unten weiter ging. Diese Platte erinnerte Raissa an die Kleiderschränke, die sie im Samenarchiv fanden.
„Da geht es nach draußen zum Solargleiter. Ein nützliches Fluggerät und zu den Nebelfängern, in denen du gelandet bist. Durch diese Luke brachte ich dich in die Station."
„Für was ist dieser Fluggleiter?"
„Er ist für Notfälle und sieht fast so aus wie der Segler eures Schmiedes. Aber dieser ist wesentlich moderner und windschnittiger."
„Und da? Geht es da zu deinem Garten rauf?", fragte Raissa und deutete zu der Wendeltreppe.
„Oh ja. Da gehen wir jetzt rauf. Das da oben wird dir sicher gefallen. Wird dich ein wenig an deine Insel erinnern", sagte Aaron und führte sie die schmalen Stufen, der doch recht engen Treppe nach oben.

Raissa überwältigte der Anblick. Obwohl der Wintergarten nicht viel Platz auf der Himmelsnadel hergab, befand sich hier, kreisrund und vermutlich etwa so breit, wie die ganze Aufenthaltsplattform der Himmelsnadel, eine Art Gewächshaus. Rajas Strahlen trafen durch transparentes Glas auf senkrecht aufgehängten Kästen mit Gemüse- und Obstpflanzen. Als Nährboden diente ein grobkörniges Granulat, das die Gewächse mit den nötigen Mineralien versorgte. Inmitten des Gartens stellte Aaron einen kleinen Tisch, auf dem eine Kanne mit einer Flüssigkeit vor sich hindampfte. Zwei Tassen befanden sich daneben, auf denen sich schwungvoll einige jene seltsamen Zeichen eingraviert zeigten, die die Äbtissin in der Zuflucht untersuchte. Auch bemerkte sie, dass Aaron für Moses hier eine Art Laufstall einrichtete.

„Wenn ich mich nicht gerade mit dem Wasser verbinde, bin ich meistens hier oben. Ich liebe diesen Garten. Die Pflanzen geben mir Lebenskraft und lassen mich an die Mission unseres Vaters glauben. Setzen wir uns doch zum Tee und ich erzähle dir etwas über die Entstehung dieser Anlage. Du musst wissen, dass die Himmelsleiter eine sehr interessante Geschichte hat. Und vor allem diese Säule, die genau im Zentrum der Plattform steht."

Raissa nahm dankend Platz. Dieser Ort tat es ihr an. Bevor Aaron sich setzte, fragte er Raissa mit einem treusorgenden Blick: „Du kannst Moses solange in den Laufstall legen, wenn er dich stört."

„Das macht mir nichts. Bei uns tragen die Frauen ihre Babys immer in ihren ersten Lebensmonaten am Leib mit Tüchern eingewickelt. Wenn sie ihre Mutter spüren, dann sind sie auch ruhig und die Mütter können etwas arbeiten. Außerdem ist es ganz praktisch. Wenn das Baby hungert, zieht sie es einfach an ihre Brust."

Moses machte es sich zwischenzeitlich auf Raissas Bauch bequem und kuschelte sich bald zwischen Raissas Busen. Sein Mund suchte förmlich nach ihren Zitzen.

„Mein Lieber. Das wird nichts werden", meinte Raissa ihn dabei beobachtend. „Damit ich Milch gebe, müsste ich schon schwanger sein"

„Oder man gibt dir Hormone, die das vortäuschen", merkte Aaron ergänzend an.

„Hormo…was?"

„Ach lassen wir das. Ich gab dir welche, als du in Ohnmacht lagst. Es dauert nicht lange und deine Brustwarzen laufen vor Milch nur so über. Eine bessere Nahrung als Muttermilch gibt es für ein Baby nicht."

„Du hast mir was gegeben, damit ich Milch gebe?"

„Ja. Dein Auftauchen hier oben ist ein Glücksfall für den kleinen Moses. Außerdem machen das eure Frauen auf Noha doch auch so. Oder?"

„Äh ja, aber ich …“
„Du meinst, dass du zu jung dafür bist, ein Kind zu stillen? Soweit ich weiß, wurdest du als junges Mädchen schon bald an deine Biologie gewöhnt. Du wohntest Geburten bei, hütetest jüngere Kinder deines Volkes. Also warum auch nicht dies?“
Raissa fühlte sich überrumpelt. Aaron spannte sie ja schon sehr schnell in eine Aufgabe hier oben ein. Ihm etwas vorzumachen nützte nichts. Er schien ihren Werdegang auf der Insel gut verfolgt zu haben.
„Genau wie in deinem Dorf besitzt jede Person in der Himmelsnadel eine Aufgabe. Moses kümmerte sich um die Sonnenmodule weiter oben im Orbit, während ich im Wintergarten Gemüse zog und für uns zubereitete. Wir beide leben rein pflanzlich und kannten die Muttermilch bisher aus der Konserve. Ich finde es gut, dass du hier bist und ihn optimal versorgen kannst.“
„Na gut“, fand sich Raissa zähneknirschend damit ab. Wenn dies der Preis war, hier zu bleiben, dann konnte sie damit leben. Ohnehin stimmte es, was Aaron sagte. Auf Noha stillte nicht immer die eigene Mutter ihre Kinder. Daher machte sie kein großes Aufheben um Aarons Bitte.
„Ich möchte etwas mehr über den Ort hier wissen. Mir scheint, als ob ich länger hier bin.“
„Das scheint mir auch so. Ich werde dir jetzt eine für dich wahrscheinlich fantastisch anmutende Geschichte erzählen. Vielleicht kommen darin etliche Worte vor, von denen du nie etwas gehört hast, aber darüber wunderst du dich sicherlich schon nicht mehr. Viele der Zeitgenossen, in dem der Zeitrahmen dieser Geschichte fällt, interessierten sich für dieses Thema nie wirklich und überließen es lieber den Geschäftemachern.“
Dann zog Aaron einen unscheinbaren dünnen Faden aus einer für sie fast unsichtbaren Tasche hervor und hielt ihn Raissa entgegen. Er besaß eine pechschwarze Farbe und franzte sich an allen Enden verdächtig aus.
„Nimm ihn ruhig mal in die Hand“, sagte er mit einem Lächeln.
Raissa griff nach ihm. Ihr erschloss sich nicht, was so besonders an diesem simplen Stück Garn war.
„Das, was du hier siehst und fühlst, wirkt wie ein gewöhnliches Stück Faden. Dabei ist es eine technische Revolution. Ähnlich vergleichbar mit der Mondlandung vor vielen hundert Jahren. Dies ist gedrilltes Karbon und am Anfang der Entwicklung dieses Fadens stand ein kleines unscheinbares Wesen. Leider gibt es diese Gattung lebend nicht mehr. In der Kühlkammer auf Noha könnte sich aber noch etwas von seinem Gelege befinden. Es besaß acht Beine und viele der Menschen ekelten sich vor diesem Geschöpf.

Es spann einen dünnen Faden, der verglichen mit seiner Größe so reißfest und flexibel war, dass es sogar den stärksten Winden trotzte."
Raissa riss interessiert ihre Augen auf.
„Ein Wesen mit acht Beinen? Gibt es so was überhaupt?"
„Behaart und mit vielen kleinen Augen. Eigentlich sah der Urvater des gedrillten Karbons aus wie ein alter bärtiger Großvater, den man den Hut wegnahm und mit diesem Faden, den es zwischen Gräsern und Büschen spann, fing es seine Beute. Es lebte hauptsächlich von Fliegen und Steckmücken. Natürlich gelang es im Labor nicht, exakt denselben Faden wie die Spinne herzustellen. Aber das daraus entwickelte gedrillte Karbon brachte es auf fast die gleichen Fähigkeiten. Wichtig ist seine in sich verschränkte Struktur. Daher auch die Fransen, die von den Enden des Fadens weggehen. Diese kopierten die Forscher in die Materialien mit ein. Diese technische Revolution, gelang schon lange vor der Geburt meines Vaters. Leider setzte es sich aus einem anderen Grund nicht in der damaligen Gesellschaft durch."
„Ein reißfester Faden?"
„Nahezu unzerstörbar. Nur mit einem Spezialmesser lässt es sich überhaupt stückeln."
Raissa spann sich den Faden zwischen ihre Finger und zog sanft an ihm. Schon bald merkte sie, dass er über eine erstaunliche Flexibilität und eine viel bessere Qualität verfügte, als es ihre gesponnenen Hanffasern auf Noha je leisteten. Ihre gedrillten Hanfseile, mit denen sie die Hütten zusammenbanden, widerstanden zwar den Winden von Nuri, konnten aber mit dem gezielten Schnitt eines von Ragnar gefertigten Messers angepasst werden. Ein Messer, wie sie es auch zum Kappen der Nabelschnur in der Hütte der Niederkunft verwendeten. Raissa durfte es schon ein paar Mal führen.
„Wie sieht denn so ein Messer aus?"
„Am besten nimmt man eine doppelspitzige Klinge mit einer innenliegenden Schneide. Wenn das Seil gut gespannt ist, lässt es sich problemlos damit durchtrennen. Das Problem zur Zeit seiner Erfindung war, dass es keine Hersteller gab, die solche Produkte auf den Markt bringen wollten. Schon gar nicht welche, die sich praktisch nicht verschlissen. Man wollte damals verkaufen, verkaufen und nochmals verkaufen. So eine Faser, wie diese ist Gift für das Geschäftsleben. Es hieß aber nicht, dass es nicht für etwas anderes zu gebrauchen wäre und hier fängt die Geschichte der Himmelsnadel an. Weißt du, diese Anlage ist keine Nadel im herkömmlichen Sinne. Das Grundgerüst besteht aus diesem Stoff. Die Menschen nutzten damals Satelliten im Orbit, um Nachrichten und Informationen um den

ganzen Globus zu schicken. Durch die Sonnenwinde und anderen Weltraumschrott kam es aber oft vor, dass diese Satelliten ausfielen oder repariert werden mussten. Um dies zu bewerkstelligen, brachten sie mit hohem Aufwand teure Technik ins All. Dafür benutzte man Raketen, die Shuttle und Kapseln in die Umlaufbahn brachten. Nur wenige Firmen spezialisierten sich auf diesen riskanten Transport. Am Anfang gründeten die Regierungen der Weltraumfahrer diese Unternehmen, doch dann wurden diese Firmen eigenständiger und bald zu mächtigen Monopolisten auf ihrem Fachgebiet. Ohne diese Konzerne war es bald nicht mehr möglich überhaupt etwas in das All zu transportieren. Daher beugten sich bald die Staaten der Welt dem Preisdiktat der Weltraumfirmen, weil die Satellitentechnologie unverzichtbar für ihr Funktionieren war. Diese Unternehmen machten glänzende Geschäfte und häuften unvorstellbare Reichtümer an. Und was glaubst du, wie es auf diese Unternehmen wirkte, als man die Erfindung der gedrillten Karbonfaser veröffentlichte?"

„Sie versuchten, sie zu kriegen."

„Du lernst schnell. Sie kauften sich bereits damals in den Schalthebeln der Macht ein und sicherten sich den Zugang dazu. Bald schon erwarb eines der Weltraumfirmen die Patentrechte und hielt diese Erfindung in den nächsten Jahrzehnten unter Verschluss. Niemand sollte je ihr Monopol über den Orbit und seiner Vermarktung in Frage stellen."

„Was ist eigentlich dieser Orbit, von dem du die ganze Zeit sprichst?"

„Das ist der Ort über dem Blau des Himmels. Der Weltraum, der die Erde umgibt. Um es mit deinen Worten zu sagen, der Ort Rajas und dem seiner Brüder."

„Wie ist euer Vater an die Erfindung gekommen?"

„Er erpresste sie."

„Er hat was?"

„Vater stammte aus einer sehr mächtigen Unternehmerdynastie, die sich vor allem auf dem Gebiet der IT-Technologie hervortat. IT ist die Abkürzung für Informationstechnologie. Ursprünglich als Computerunternehmen gegründet, bauten seine Vorfahren ihre Macht immer mehr aus. Bald schon belieferten sie die Staaten der damaligen Welt mit ihren Produkten. Es gab kaum ein Unternehmen, das nicht mit den Computerprogrammen der Coalsolution arbeitete. Als der Eisnebel Nuri auf die Erde zukam, ließ Vater einen Hackerangriff auf Spacecape starten. Spacecape hieß jenes Unternehmen, das sich einst die Patentrechte der gedrillten Karbonfaser vor vielen Jahrzehnten sicherte. Während Vaters Zeitgenossen friedlich in ihrer heilen Welt und in ihren Problemen vor sich hindümpelten, ohne auf den Kampf um den Himmel zu achten, handelte er mit Spacecape ein schmutziges Geschäft aus. Am Ende half ihm sogar Spacecape eine über 200 Kilometer lange Karbonfaser direkt in den Orbit zu spannen. Er ummantelte die Faser mit einem Tarnkappenüberzug, der Stealthtechnik, welcher die Lichtstrahlen Rajas umlenkte, sodass der Strang nahezu unsichtbar und auch für Sensoren nicht mehr auffindbar war. Ein Ende des nun unsichtbaren Fadens verankerte Spacecape auf der Erdoberfläche und das andere Ende fädelten sie mit einem eigens dafür konstruierten Shuttle ins All. Durch die enormen Fliehkräfte und der Drehung der Erde um die eigene Achse blieb der Faden gespannt. So kann er auch die Station hier oben tragen. Das war die Geburtsstunde des Orbiters, wie diese Anlage eigentlich vor Nuris Einschlag in den Geheimpapieren seinerzeit genannt wurde. Aus dem Begriff der Himmelsleiter, aus dem später eure Himmelsnadel wurde, leitete sich das Codewort ab."

„Und Coal hielt so etwas geheim? War das überhaupt möglich?"

„Ja", sagte Aaron, ohne mit der Wimper zu zucken. „Wenn auch mit einem weiteren Trick. Spacecape brachte ja nicht als einziges Unternehmen Satelliten ins All. Vielmehr gelang es ihm, das Unternehmen zur Verschwiegenheit zu bringen, weil man damit die anderen Konkurrenten überrumpeln wollte. Doch ehe es bis zur Öffentlichkeit durchbrach, erreichte das Eisfeld Nuri die Erde."

„Und er lies hier oben alles einrichten? Sind wir hier schon im All, wie du vorhin sagtest?"

„Nein, der Weltraum beginnt weiter oben. Und jetzt komme ich auf die Säule hier zu sprechen. Darin befindet sich ein schmaler Aufzug für eine Person. Damit kannst du weiter hoch, direkt in den Orbit hinein fahren", sagte Aaron und deutete dabei auf die schmale Röhre in der Mitte des Wintergartens. Raissa stand auf und sah sich den Zugang näher an. Dort befand sich ein Druckpunkt, der rot blinkte.

„Ich würde das aber nicht tun, weil du dann direkt in den Satelliten hineingelangst, der sich dann automatisch vom Orbitlift abkoppelt. Er fliegt direkt in die Umlaufbahn der Erde. Willst du dennoch hoch in den Orbit, müsstest du zuvor die Abkopplungsfunktion ausschalten und einen speziellen Anzug anziehen. Der schützt dich vor dem Weltraumwetter. Die Dosis der Strahlung dort oben ist erst recht tödlich für alle Lebewesen."

„Wie kommt es, dass Coogan die Station der Himmelsnadel nicht bemerkte?"

„Das kann ich nur vermuten. Ich denke, er kommt nicht so hoch hinauf, weil er für seine Masse einen gewissen Halt braucht und außerdem kann er nicht durch die Wolkendecke sehen."

„Heißt das, dass Coogan auf der Erdoberfläche gefangen ist?"

„Ja und nein. Ja, weil er zu seiner Fortbewegung das Magnetfeld der Erde braucht. Und nein, weil er mithilfe des Quantenzugangs die gigantischen Raumdistanzen im All überwinden kann. Daher ist er sehr an den Zugang zum Kosmos über den großen Bruder, oder den Quantenprozessor interessiert. Damit könnte er die Erde tatsächlich verlassen. Zumindest mit seiner geistigen Form, die du am Deck der Excalibur kennenlernen durftest. Außerdem findet er, wenn er von dem Standort der Himmelsnadel weiß, einen Ansatzpunkt für seine Bäume und dann kann er spielend mit seiner Masse die ganze Station zukleistern. Ich möchte dann nicht hier sein, wenn er sich an der Aufenthaltsplattform zu schaffen macht. Du hast ja sicher die Erschütterungen mitgekriegt, als ihr im Stollen von Noha wart. Da gab es eine wesentlich bessere Panzerung als hier."
Raissa ging kurz in sich. So nach und nach rundete sich das Bild über Coogans Wesen ab.
„Wie kannst du hier oben ohne eine Familie sein? Es muss schlimm für dich sein, keine Frau oder Kinder zu haben. Vermisst du nicht eine Gemeinschaft?"
„Ich gebe zu, das ist auf dem ersten Blick eine gute Frage. Ich und Moses sind keine richtigen Menschen, Raissa. Wir beide wissen das. Unser Vater lies uns für diese Aufgabe speziell heranzüchten. Wir beide akzeptierten das von Anfang an. Unser Schicksal ist auf das Engste mit diesem Turm verknüpft. Wenn wir beide diesen Ort verlassen ohne unsere Aufgabe zu erfüllen, dann wird es auch euch auf Noha bald nicht mehr geben."
„Was kümmert euch unser Schicksal? Warum opfert ihr euch für uns auf?"
„Weil wir wissen, dass Vaters Mission ein gutes Ende nehmen kann. Wir sind kurz davor. Das überzeugte mich und Moses all die Jahre davon, Vaters Plan fortzusetzen. Und wenn es uns nicht gefallen hätte …"
„Äh, ja?"
„ ... da drüben ist die Tür", sagte Aaron mit einem Grinsen und deutete auf eine weitere Glastür mit einem Druckknauf in der Außenwand.
„Wie im Leben steht es uns jederzeit frei, zu gehen. Aber dann sterben nicht nur wir, sondern langfristig auch ihr letztlich mit uns. Es ist leider so."
„Ich verstehe", Raissa schluckte, während Aaron ihr zulächelte.
„Ich verlange von anderen nicht, dass sie mein Schicksal teilen, aber ich zwinge es ihnen auch nicht auf."
„Und wenn ich einfach so mit dem Aufzug nach unten fahre und nach Noha zurückkehre…"
„Da Moses mit dem U-Boot zu euch fuhr, müsste ich zuerst den Aufzug hoch holen. Er ist unten im Meer. Aber wenn du dann mit ihm wieder nach unten fährst, gibt es kein Gefährt, mit dem du durch das Meer reisen kannst.

Man kommt in etwa 15 Meter Meerestiefe an. Tagsüber ist es da zwar hell genug, aber es herrscht ein enormer Wasserdruck, den nur geübte Taucher einige Zeit gut aushalten. Außerdem tut das deinem angeschlagenen Kopf nicht gut. Ich würde an deiner Stelle nicht nach Noha zurückkehren. Coogan sucht dich bestimmt schon und wenn er dich findet, wird er dich erneut auslesen. Du wirst keine Erinnerung mehr an das hier, an deiner Vergangenheit und deinem Traum haben."

Raissa schluckte. Sie verstand nun, in welcher misslichen Lage sie sich befand. Aaron blieb dennoch erstaunlich ruhig.

„Ich gebe zu, das sind keine schönen Aussichten. Aber nun glaube ich, sprachen wir genug davon. Es ist nun Zeit den Hinweis zu untersuchen, den Moses bei dir fand."

„Du meinst meinen Traum?"

„Woher willst du wissen, dass dies ein Traum ist?"

„Er kommt mir immer, wenn ich einschlafe."

„Das bedeutet nichts. Seit wann hast du ihn eigentlich?"

„Seit meinem Unfall im Palmenhain. Na ja, seit die Oberin mir das Loch in meinem Schädel mit dem grünen Zeug da geflickt hat."

Aaron kam daraufhin ihrem Kopf näher und besah sich die Narbe mit samt der giftgrünen Substanz.

„Organisches Neurofix", bemerkte er beiläufig. „Es stellte offenbar eine Verbindung mit deinen Synapsen im Gehirn her. Daher wirkt dein Kopf wie eine riesige Empfangsstation für Kommunikationsfrequenzen. Kamst du schon auf die Idee, dass es sich gar nicht um einen Traum handelt?"

„Wie meinst du das? Was sollte es sonst sein?"

„Nun, vielleicht ist es eine Botschaft."

„Eine Botschaft? Für wen?"

„Ganz genau. Du sagst es. Für wen. Für dich ist diese Botschaft jedenfalls nicht bestimmt. Sie ist für jemand anderen. Für jemanden, der ihre Bedeutung kennt."

„Ist sie etwa für dich?"

„Möglich. Coal verschlüsselte seine Botschaften immer. Er misstraute grundsätzlich einer KI und wusste von ihrer Philosophie. Diese Nachricht durfte unter keinen Umständen von Coogan ausgelesen und ausgewertet werden können. Daher installierte er auf Noha einen Sender, der in einem ganz bestimmten Bereich seine Signale abgibt. Es gab aber bisher keinen Empfänger, der diese Botschaft sichtbar machte. Nicht einmal Coogan verfügt über eine derartige Fähigkeit. Erst mit deinem Unfall und der Verbindung deines Gehirns mit dem Neurofix, zeigte sich die Botschaft in deiner Traumwahrnehmung. Aber nur für dich. Sie enthält das eigentliche

Rätsel und wird nur von jemandem gelöst, der über das dazugehörige Wissen verfügt. Also dem Gegenstück. Ich möchte daher, dass du mir genau erzählst, was du geträumt hast. Es kommt nun auf jedes kleine Detail an."

Raissa atmete tief durch. Moses schlief derweil beruhigt in ihren Armen ein, während sie Aaron ihr Nachterlebnis schilderte.

„Ich stecke da im Körper von diesem Coal drin. Da ist am Anfang dieser Bolton…" begann Raissa zu erzählen.

„Bolton fungierte quasi als rechte Hand von Vater. Man kann also davon ausgehen, dass es sich um etwas sehr Wichtiges handelt."

„Coal versuchte, sich nach ihm zu drehen. Aber irgendwie gelang ihm das zuerst nicht."

„Es ist eine geheime Verschlusssache. Nicht für jeden zugänglich."

„Dieser Bolton sagte, die User warten auf ihn."

„Es handelt sich um eine Angelegenheit, die außerhalb der Firma eine Rolle spielt. Also keine interne Sache."

„Und dann sagte Bolton etwas von es wird Zeit die Katze aus dem Sack zu lassen."

„Es geht also um eine Technologie, die zu Vaters Zeiten bereits funktionsfähig, aber nicht veröffentlicht war. Also eine einsatzbereite Entwicklung."

„Er sagte, dass es sich um eine Revolution handelt, die von den Leuten da draußen nicht verstanden wird."

„Damit könnte er dich und dein Volk meinen. In jedem Fall ist die Technologie zu seinen Lebzeiten nicht auf dem Markt. Wie geht es weiter?"

„Bolton fragte Coal, wie viel Zeit ihnen noch bleibt?"

Aaron dachte kurz nach und meinte: „Man kann diese Aussage verschieden interpretieren. In jedem Fall geht daraus hervor, dass er unter enormen Zeitdruck stand, als die Botschaft produziert wurde. Vielleicht wird es deutlicher, wenn man den Rest der Botschaft kennt. Erzähl weiter."

„Coal trug so ein gläsernes Ding auf der Nase und er sah sich damit in einem großen Spiegel an. Da drin war auch ein Ausschnitt zu sehen, in dem eine Menschenansammlung seinen Namen schrie."

„Er bereitet sich auf einen Auftritt oder vielleicht sogar die Technologie selbst auf ihren Auftritt vor. Vor seinen Kunden, Fans, oder meint er vielleicht damit sogar uns? Jedenfalls müssen es Leute sein, die von dieser Entwicklung betroffen sein werden. Sie scheinen bereits sehnsüchtig darauf zu warten. Vielleicht sogar unbewusst. Die Leute im Spiegel sind jedenfalls in diesem Augenblick nicht bei Coal und er ist auch nicht bei ihnen. Sie sind

räumlich getrennt. Die Menschenmenge könnte symbolisch für die Menschen in der Zukunft stehen."
„Dabei deutete er auf ein Schmuckstück. Es ist klein und an seinem Revers befestigt. Es sah aus, wie ein buntes Gitter."
„Was für ein Gitter? Beschreib es mir."
„Es zeigte vier Wellen. Zwei im gleichen Abstand senkrecht und zwei im gleichen Abstand waagrecht. Jede einzelne Welle hat eine andere Farbe."
„Der Quantenprozessor. Das ist ein eindeutiger Hinweis. Es geht um den Quantenprozessor. Eine Technologie, die verborgen von der Öffentlichkeit oder der Gegenwart existiert, als die Botschaft erstellt wurde."
„Er grinst in den Spiegel hinein und schnürt sich ein Band mit einem silbernen Saum um seinen Hals. Außerdem ist er ganz in Weiß gekleidet, bevor er sich auf dem Weg durch einen weißen Vorhang macht."
„Coal weiß, dass er bereits Tod ist, wenn seine von ihm erstellte Botschaft eine Bedeutung bekommt. Die Farbe seiner Kleidung und das silberne Band lassen darauf schließen. Weiß steht für Neutralität. Da er selbst in Weiß ist, ist er neutralisiert. Auch der Vorhang symbolisiert sein Ableben. Seine Bewegung durch den Raum auf eine weiße Schranke zu ist der Hinweis auf eine Wegbeschreibung. Diese Beschreibung ist für die Sucher nach seinem Tod bestimmt. Man kann sogar daraus ableiten, dass er selbst den großen Quantenprozessor bewegte, aber ihn nicht bis zu seinem Bestimmungsort brachte. Erzähl weiter."
„Er geht durch den Vorhang und sieht auf der anderen Seite eine riesige Ansammlung von Menschen. Die gleichen denen, die er vorhin im Spiegel sah."
„Die folgenden Ereignisse hinter dem Vorgang beziehen sich auf die Dinge nach seinem Tod. Es hängt mit der Menschheit als Ganzes zusammen. Da bin ich mir sicher."
„Es blitzen viele grelle Lichter auf. Er geht auf die Menge zu und reicht einigen Leuten in den ersten Reihen die Hände."
Aaron stiegen die Tränen in die Augen, als Raissa die Szene schilderte. Er ging nicht näher darauf ein und sprach: „Weiter …"
Sogar Raissa verstand nun diese kurze Anspielung in Coals Botschaft. Coal gab damit nichts anderes zu Verstehen, als das er in Frieden aus seinem Leben schied. Mit niemanden mehr böse oder feindlich zu sein. Es zeichnete sich ab, dass Coal sehr wohl ein Mann war, der wusste was er tat. Ein Mann mit großer Tatkraft und Entschlossenheit. Sein selbstbewusstes Auftreten in der Vision sprach deutlich dafür. Sie erzählte anstatt dessen weiter.
„Die Leute skandieren unablässig seinen Namen und dann geht er an so ein Ding, dass er aus einer Fassung zieht. Er pustet hinein. Es gibt ein kurzes

Rauschen und dann spricht er zu der Menge: „Meine lieben Freunde. Ich heiße euch herzlich auf dem Gelände der Coal-Solution University willkommen. Nach so vielen Jahren der Entwicklung ist es heute soweit. Das alles wäre ohne euch nicht möglich gewesen. Dafür sage ich euch Danke."
Aaron ging nach diesen Worten kurz in sich.
„Das ist die Ausgangsbasis für die Suche. Aber ich vermute, dass er den Prozessor nicht auf dem Gelände der Universität gelassen hat. Was sagte er noch?"
„Ohne Zweifel kann dieser Tag als historisch betrachtet werden. Denn heute präsentiere ich euch den ersten, den ultimativen Durchbruch der IT-Geschichte."
„Coal gibt nun zu verstehen, dass wir aufpassen müssen. Entscheidend ist nun nicht, was gesagt wird, sondern genauer was Coal tut. Coal verwendete zu Lebzeiten diese Floskel, wenn es darum ging, gesundheitliche Folgen einer technischen Veränderung herunterzuspielen. Er wollte ja seine Produkte auf dem Markt absetzen. Was tat er noch?"
„Er sagte: Es wird unserem Slogan gerecht. Dem Motto, unter dem das ganze Unternehmen seit vielen Jahren arbeitet. Seit es von meinem Vater gegründet wurde, ist es bestrebt, eine Alternative zu sein. Erfolg ist keine Frage von Größe. Dann endet der Traum mit den Worten: Das ist die Antwort, die du suchst."
„Es ist bestrebt eine Alternative zu sein …", wiederholte Aaron andächtig. „Das Motto des Unternehmens …"
„Erfolg ist keine Frage von Größe", wiederholte Raissa.
„Ja, danach handelte die Coal-Solution. Es ging ihnen nicht darum, das Größte zu bauen, sondern das Kleinste. Eine Alternative von was … von … Nein."
„Was ist? Habt ihr das Rätsel gelöst?"
„Es ist eine Wegbeschreibung, aber da ist etwas anderes, was mich daran stört. Die Richtung kennen wir noch nicht genau."
Aaron holte vom Tisch eine Art Brett, das Raissa zuvor für ein Tablett für den Tee hielt. Dieses dunkle flache Ding tippte er kurz. Rasch füllte sich seine Oberfläche mit Bildern, die sich wie Kacheln anordneten. Er tippte auf eine der Kacheln, welche sich prompt vergrößerte. Dann hielt er Raissa das Board unter die Nase. Ein Ton wurde hörbar. Sie vernahm just die gleiche skandierende Menge mit ihren Coalrufen. Raissa glaubte nicht recht zu sehen. Aaron zeigte ihr tatsächlich auf dem seltsamen Brett eine Aufzeichnung, die genau die Szene wiedergab, die sie in ihrem Traum verfolgte. Zwar war die Sichtperspektive in dieser Ausführung eine andere, aber die Worte, die Coal gebrauchte, glichen sich. Fast. Das Ganze war also

kein Traum, aber am Schluss ihres Traumes zeigte das Bild auf dem Brett nicht das, was sie in Erinnerung behielt. Coal schnitt etwas aus ihrer Version heraus.
„In meiner Erinnerung fehlt etwas“, sagte Raissa plötzlich. Aaron wurde hellhörig.
„Was genau?“
„Als er in das Ding da bläst, gab es ein pustendes Geräusch und keinen pfeifenden Ton, wie vorhin. Außerdem sagt er in der Aufzeichnung etwas von Whisky. In meinem Traum fehlt dieser Ton und das mit dem Whisky.“

Kaum dass Aaron das hörte, stand er rasch auf und ging eilig die Wendeltreppe in den Wohnbereich der Station hinunter. Raissa blickte etwas verwirrt und folgte ihm irritiert nach. Sie trug Moses im Arm, der es sich auf ihr bequem machte. Aaron blieb im Wohnbereich vor einer großen hinterleuchteten Wand stehen. Mit einer Handbewegung auf der Oberfläche erschien darauf eine Abbildung. Was sie zeigte, erahnte Raissa nur. Aaron erklärte es ihr.
„Das, meine Liebe, ist die Welt vor Nuri. Diese großen grünen und braunen Flecken hier sind die Landmassen und das große Blaue da, das ist der damalige Ozean. Die Gebäude der Coal IT-University liegen genau hier. Der Ausgangspunkt des Suchrätsels.“
Aaron tupfte mit der Spitze seines Zeigefingers drauf. Es leuchtete an dieser Stelle ein blauer Punkt auf der Karte auf.
„Er machte es wirklich geschickt mit der Codierung. Um nun zu wissen, wohin wir müssen, helfen uns bracheninterne Informationen weiter. Coal arbeitete nicht als Einziger in der IT-Branche. Es gab vier weitere Konkurrenten. Neben seinem Unternehmen war da Hepster-Soft. Dieses Unternehmen unterhielt seinen Standort hier.“
Er tupfte einen weiteren Punkt auf der Karte an. Ein weiterer blauer Punkt leuchtete auf der Karte auf.
„Zorko Corporatet. Hier und Pico Inc. Hier.“
„Das sind vier Punkte“, stellte Raissa fest.
„Richtig.“
„Wenn man sie verbindet, ergibt es ein X …“, wollte Raissa sagen, doch Aaron wehrte grinsend ab.
„Nein. Nicht verbindet. Man legt jenes Symbol darüber, das er dir in der Projektion im Spiegel zeigte. Von dieser Szene vor dem Spiegel gibt es keine Filmaufnahme in den Archiven. Daher schleuste er sie dir über die Endlosschleife ein. Er zeigte nicht einfach so, wie er sich auf den Auftritt vorbereitete. Er hätte diesen Teil der Botschaft überspringen können. Aber

er tat es nicht. Warum? Weil er uns so das Raster als Hinweis für die Suche gab, das wir nun über die Karte stülpen.“
Aaron blendete das Firmenlogo der Coal-Solution ein. Es passte genau zu den Schnittstellen, an denen sich die Wellen kreuzten. Nun zeigte sich ein wellenförmiges Viereck. Die Wellenlinien des Symboles kreuzten nun auch die Standorte von Coals Konkurrenten.
„Aber wie finden wir so den großen Bruder? Er grenzte zwar ein Gebiet ein. Aber wir wissen nicht genau wo …“
„Für alles Weitere muss man wissen, was ein Quantenfeld überhaupt ist. Die Quantentechnologie basiert nicht auf dem Gedanken, dass alles fest und fix oder, wenn ich den richtigen Begriff dafür nehme, ein Atom ist. Es besteht auch als Welle. Das ist auch der Grund, warum in der Vergangenheit alle Versuche einen Quantenprozessor in der Größe eines Staubkorns zu produzieren scheiterten. Der Mensch denkt, dass feste Dinge einen größeren Wert besitzen, als etwas, dass als ein Feld besteht. Erfolg ist keine Frage von Größe … meine Liebe, das ist der Schlüssel zum großen Bruder und zur Quantentechnologie. Wir müssen dieses eingegrenzte Gebiet hier nach ihm absuchen, aber leider ist es heute voller Wasser. Das ist in der Tat ein Problem. Mich würde aber interessieren, warum er gerade in diesem Sektor festgehalten wird. Das könnte ein weiterer Hinweis sein.“
„Ihr meint, dieser Quantenzugang kann nicht angefasst werden? Ist er unsichtbar?“
„Ja.“
„Aber das geht doch nicht. Ich meine … wie soll man etwas einfangen, was man nicht anfassen kann?“
„Da kann ich dich beruhigen. Wir müssen ihn nicht anfassen.“
„Wie das?“
„Er ist schon eingefangen. Das Einzige, was wir tun müssen, ist ihn auf einen anderen Pol zu übertragen und ihn zum Satelliten zu bringen, der sich genau über uns im Orbit befindet.“
Es leuchtete ein weiterer Punkt auf. Dieser befand sich unwesentlich weiter rechts von dem umrahmten Gebiet. War das etwa ihr Standort?
„Warum brachte ihn Coal nicht einfach das restliche Stück in die Himmelsnadel? Wieso blieb er unterwegs stehen?“
„Ich glaube, er versuchte es, aber etwas lief schief. Die Botschaft, die du empfangen hast, wurde in großer Eile produziert. Die Quantenzugänge sind keine Gegenstände. Das Symbol, das du gesehen hast, stellt Wellen dar, die durch Überschneidung so etwas wie eine Substanz bilden. Ein Feld. Das Zeichen des Quantenstroms und damit des Quantenprozessors.“

Raissa erschloss es sich nicht, wie man ein Feld transportiert oder es überträgt. Abgesehen davon, dass sie überhaupt keine Vorstellung davon besaß, wie so was überhaupt aussah.
„Man sieht Felder zwar nicht, aber man weiß dennoch, dass sie da sind“, führte Aaron näher aus, wie wenn er ahnte, was es in Raissa umtrieb.
„Die Erde besitzt ein Magnetfeld. Man sieht es nicht und dennoch weiß man, dass es da ist, weil alles zu Boden fällt.“
„Aber wie soll man ein Feld übertragen?“
„Mit einem passenden Magneten. Der Quantenstab, der den kleinen Bruder hält, ist ein solcher Magnet, einen Gegenpol, mit dem man den großen Bruder an sich bindet. Solange er mit Energie aus dem Stab versorgt wird, hält er nicht nur den kleinen Bruder am Stab, sondern trägt auch den großen Quantenzugang. Der zweite Quantenzugang hier in der Himmelsnadel wird ebenfalls von einem Pol gehalten. Er ist aber nicht direkt bei mir, sondern weiter oben im Orbit. Genauer gesagt: Er befindet sich bereits in der Sonde, die unterhalb der Solarsegel im All direkt am Fahrstuhl angedockt ist. Er wartet förmlich darauf, dass man den großen Quantenzugang zu ihm bringt. Durch den Strom, den wir aus dem All in die Station ziehen, entsteht dort oben ein starker Magnetpol. Somit hält sich in dieser Höhe ein Gravitationsfeld, das den zweiten Quantenzugang hier bei uns wirken lässt. Gäbe es diesen Pol über uns nicht, würde der Quantenzugang einfach ins All abdriften und könnte von uns nie mehr eingefangen werden.“
„Ich verstehe. Diese Pole sind wie Männer und Frauen.“
„So könnte man es auch formulieren“, antwortete Aaron. „Sie könnten zwar für sich alleine existieren, doch irgendetwas zieht sie trotz aller Widrigkeiten immer wieder an.“
„Und der große Bruder? Er ist auf der Erdoberfläche. Was hält ihn an diesen Punkt fest, den du mir auf der Karte gezeigt hast?“
„Das ist überhaupt die Frage, Raissa. Vater schaffte es irgendwie, auch am Boden eine Art Pol zu bilden. Allerdings frage ich mich, mit welcher Energiequelle ihm das gelang? Es ist jedenfalls eine, die die Sonne dazu nicht braucht und die all die Jahre hindurch konstant wirkt.“
„Ist so ein Feld eigentlich gefährlich?“
„Nein, das Feld selbst nicht, aber diese Energiequelle, die den großen Bruder festhält, könnte zu einem Problem für uns werden.“
„Wo ist dieser Vereiser eigentlich?“
„Die Vereiser selbst befinden sich bereits an der richtigen Stelle. Den geografischen Polen. Also genau hier und hier.“
Zwei weitere Punkte blinkten sowohl oben als auch unten auf der Karte auf. Aaron deutete kurz darauf.

„Ist da nicht auch Wasser?"
„Ja. Praktisch auf der ganzen Karte. Doch wir müssen den Quantenzugang bergen und ihn mit dem Orbitlift in den Satellit bringen."
„Verstehe. Dort beim großen Bruder ist auch das Wasser. Wie wollen wir das da wegkriegen? Das geht doch nicht."
„Das würde ich nicht sagen", schmunzelte Aaron und grinste verdächtig.
„Wir können es doch nicht einfach so zur Seite schieben?"
Aaron lachte.
„Oh, doch. Das ist nicht die eigentliche Schwierigkeit. Das Problem dürfte eher dieser Coogan sein. Während der Prozedur müssen wir ihn ablenken und da kommt jetzt dein Bruder ins Spiel."
„Wie das denn? Wie sollen wir mit ihm Kontakt aufnehmen?"
„Die Quantenzugänge kommunizieren miteinander. Wir können uns darin einklinken. Genau das tun wir jetzt. Komm mit. Ich zeig dir, wie das geht."
Aaron ging mit Raissa in den Raum mit der großen Haube und den Liegestuhl. Dann nahm er ihr Moses ab und wies sie an auf dem Stuhl Platz zu nehmen.
„Setz dich ganz entspannt hinein. Die Bedienung wird für dich am Anfang ungewohnt sein. Aber wenn du das Prinzip verstanden hast, geht praktisch alles, wie von selbst. Außerdem wird dir Eli bei der Einführung helfen."
„Eli?"
„Er ist so was wie ein Lehrer, der sich aber ausklinkt, wenn du mit der Steuerung vertraut bist. Ich sag dir gleich, dass es süchtig macht. Wenn du einmal im System bist, willst du nicht mehr zurückkommen. Aber bei allem, was dir da drin geschieht, eines darfst du nie tun."
„Und was?"
„Dich selbst vernachlässigen."
„Was meinst du damit?"
„Du verlierst das Zeitgefühl und vergisst, dass du einen Körper mit Bedürfnissen hast. Viele der User, die mit solchen Systemen praktisch ihr ganzes Leben ausfüllten, zerstörte das", merkte Aaron zum Abschluss an und zog die Haube auf ihren Kopf. Mit einem selbsthaftenden Band und verband er sie auf ihrem Schädel. Raissa glaubte, kaum dass sie die Innenseite spürte, das Bewusstsein zu verlieren.

# Kapitel 6

# Nuri

Wo befand sie sich. Ihre Wahrnehmung wirkte wie ausgeschaltet. Ein dampfendes Weis erschien vor ihren Augen. Es flirrte verdächtig darin. So als ob heiße Luft hindurchströmte. War das alles? Raissa fiel etwas an diesem besonderen Ort auf. Es herrschte eine beklemmende Stille in der, wie in Watte gepackt wirkendenden Sphäre.

„Hallo, ich bin Eli“, stellte sich eine männliche Stimme scheinbar aus dem Nichts vor. „Welchen Namen willst du dir geben?“

Raissa erschrak. Was war das?

„Wer bist du?“, fragte Raissa im Affekt.

„Ich bin Eli. Welchen Namen willst du dir geben?“

„Bist du der Lehrer?“

„Ich bin das Einführungsprogramm und mache dich mit dem Nuri-System vertraut.“

„Nuri-System? Was soll das sein?“

„So nannte die Coal-Solution das Steuerprogramm des Quantenwasserelements, mit dessen Bedienung ich dich nun vertraut mache.“

„Ich verstehe. Sie benannten es nach dem Eisfeld aus dem Weltall.“

„Natürlich hätten ihm auch einen anderen Namen geben können …“, führte Eli weiter aus“, … aber das ändert an seinem Inhalt nichts. Also welchen Namen willst du dir geben?“

„Warum soll ich mir einen Namen geben wollen? Ich hab doch schon einen.“

„Alle User geben sich einen Namen. Welchen Namen du dir gibst, ist für mich nicht von Bedeutung. Nur für dich selbst, weil du dich damit definieren wirst. Also, welchen Namen willst du dir geben?“

„Ich habe bereits einen Namen. Mein Name ist Raissa.“

„Willst du den Namen aus deiner Wirklichkeit mit in diese Wirklichkeit übernehmen?“

„Macht das denn einen Unterschied?“

„Die meisten User geben sich einen anderen Namen, weil sie hier ein anderer sein möchten, als in ihrer eigenen Wirklichkeit.“

„Wieso mögen sie ihren eigenen Namen nicht?“

„Weil sie damit verpasste Chancen in ihrem Leben verbinden. Sie glauben, hier mit einem anderen Namen erfolgreicher zu sein.“

„Was verstehen sie unter Erfolg?"
„Erfolg in der Liebe, Erfolg im Beruf, Erfolg in der Familie, Erfolg im Leben. Meist eine Bereicherung materieller Natur. Überhaupt Erfolg. Sie wollen sich selbst belohnen und sehen im Misserfolg kein lebenswertes Dasein."
„Man fällt hin, um wieder aufzustehen. Das ist auch schon ein Erfolg. Nein, ich nenne mich Raissa. Ich brauche keinen anderen Namen."
„Eine gute Entscheidung. Dies entspricht auch meiner langen Erfahrung. Man kann seine Kleider ändern und auch den Namen, aber nie den Geist, der dich auf die Erde brachte. Anstatt mit ihm zu hadern, wäre es besser sich mit ihm zu versöhnen."
„Wie alt bist du?", fragte Raissa auf das Wesen Elis neugierig geworden.
„Sehr alt nach deinen Maßstäben. Jung aber nach den Maßstäben meines Zeitverständnisses."
„Lernst du selbst noch?"
„Ich wurde nicht programmiert, um zu lernen, sondern um zu lehren. Das ist ein wichtiger Unterschied, weil ich nur das weitergeben kann, was man mir zuvor anvertraute. Diese Art des Lehrens gilt nur für dieses Programm. Übergreifend zu diesem Steuerprogramm kann ich dir nichts beibringen."
„Ist das für dich nicht langweilig?"
„Den Begriff der Langeweile kennen lediglich die sterblichen Wesen. Meine Existenz besteht allein in der Erfüllung meiner Aufgabe, dich in die Steuerung des Nuriprogramms einzuführen. Mehr aber auch nicht."
„Bist du etwa nicht sterblich?"
„Was nicht existiert, kann auch nicht sterblich sein. Ich kam nie in die Gelegenheit sterblich zu sein, denn du bist das für mich. Ich habe keine eigenen Wünsche oder Bedürfnisse, weil dies von dir für mich gelebt wird. Also Raissa, Eli heißt dich willkommen."
„Was ist das hier für ein Ort?"
„Du befindest dich in den Wolken. Dort, wo dein Element zu Hause ist, mit dem ich dich vertraut mache."
„Ich wohne in den Wolken? Wie kann ich diesen Ort verlassen?"
„Stelle dir einen Ort vor, den du schon einmal in deiner früheren Wirklichkeit betreten hast und du wirst dich in deinem Element dort wieder finden."
„Ich will auf meine Insel zurück."
„Stell dir diesen Ort in deinem geistigen Auge vor und du wirst dahin reisen. Verbinde deinen Geist mit dem Wasser und du wirst in seinem Element sein."

Raissa dachte an Noha. Sie sah sich innerlich am Strand beim Schutzbau und des Palmenhains …, und schon befand sie sich in seiner Nähe. Nur schwappte sie in der brandenden See umher. Sie fühlte den von der Brandung aufgewühlten weißen Sand unter sich und sah den Saum des Palmenhains vor sich liegen. Aber da war etwas anders als sonst. Sie merkte es schnell. Es war ihre Perspektive, die sie mit dem Wasser einnahm. Sie sah den Ort vom Meer aus und fühlte sich innerlich unruhig deswegen.
„Entspann dich“, führte Eli weiter aus und Raissa atmete kurz tief durch, um sich innerlich zu beruhigen. Aber da rauschte eine leichte Böe über den Strand, was den trockenen Sand aufstieß und die riesigen Blätter der Palmenstämme ins Schwanken brachte. Ihre segelhaften Blätter rauschten auf. Sie bogen sich in ihrem Wind.
„Wenn du in diesem Programm bist, musst du mit deiner Atmung sehr vorsichtig sein. Wenn du pustest, treibst du den Wind an. Du kannst seine Stärke durch die Geschwindigkeit deiner Atmung regulieren.“
„Ich beherrsche das Wetter?“
„Den Wind, die Wolken, die Gezeiten und die See“, erklärte Eli weiter. „Du bist das Wasser und die mit ihm verbundenen Elemente. Jede einzelne Aktion von dir will gut überlegt sein. Du kannst deinen Aufenthaltsort jederzeit ändern, wenn du ihn kennst, was aber voraussetzt, dass auch dort lebendiges Wasser besteht. Du siehst hier, dass du die Position des Meeres eingenommen hast. Daher siehst du deine Insel auch von der See aus.“
„Kann ich die Insel auch betreten?“
„Wenn du einen Sturm entfachst, gelangst du mit den Wellen in das Festland hinein. Dabei wirst du folglich deine Insel überfluten, aber ich glaube nicht, dass du das wirklich willst.“
„Gibt es eine andere Möglichkeit nachzusehen, was auf der Insel los ist? Eine sanftere Art?“
„Du bist das Wasser. Der Nektar des Lebens. Du kannst dich zerstäuben und im Dunst über die Insel wandern. Erzeuge einen feinen Nebel und lege dich in ihm hinein. Dann lasse dich vom Wind in deine gewünschte Richtung treiben.“
„Wie?“
„Hauche in die Richtung, in die der Nebel wandern soll. Du kannst dich darin verbergen.“
Raissa hauchte, als sie sich schon aus dem Wasser in einer dichten Nebelschwade erhob. Just verließ ihr dunstiger Körper das Meer und trieb sich mit dem Wind in das Landesinnere. Sie wandelte durch den Palmenhain, wie ein unsichtbarer Geist. Ihr Körper kondensierte an den Pflanzen, welche begierig ihre Tropfen aufnahmen und sie dem Kreislauf

ihres Lebens zuzuführen. Es fühlte sich seltsam an zu Ader gelassen zu werden, aber dennoch wusste sie, dass letztlich alles wieder zu ihr zurückkehrte. Und je näher der Nebel an ihr Dorf herankam, umso mehr wurde Raissa gewahr, zu wem sie da heranmutierte. Sie wurde zu Nuri.
„Ich bin das Meer, der Wind und die Wolken."
Raissa hielt als Nebelschwade nach ihrem Volk Ausschau. Doch wo befanden sie sich? Sie erreichte den Versammlungsplatz des Dorfes und hier fand sie ihr Volk endlich. Zuerst überkam ihr die Erleichterung, sie alle gesund und heil wieder zu sehen. Coogan fügte keinen von ihnen einen körperlichen Schaden zu. Doch je näher sich Raissa umsah, umso mehr griff ihr Wesen die traurige Stimmung ihres Volkes auf. Es übertrug sich auf sie. Sie konnte nichts dagegen tun. Deutlich nahm die Wassergöttin ihre Erregtheit, ihre Ungewissheit auf. Dazu bedurfte es nicht einmal, den Grund ihrer Zusammenkunft zu kennen. Es fand gerade eine lautstarke Diskussion statt und Raissa wusste sofort, was ihr Volk umtrieb.

Edgar und die Äbtissin standen erhöht in ihrer Mitte und versuchten mit ihren Worten beruhigend auf die Gemeinschaft einzuwirken.
„Es hat keinen Zweck das Boot ins Meer zu bringen", sagte die Äbtissin zu ihrer Gemeinde. „Wir wissen nicht, wohin sie gegangen sind. Außerdem könnten sie trotzdem noch im Berg sein. Selbst wenn der Fremde versuchte, uns zu beruhigen."
„Und wenn ich mit meinem Gleiter nach ihnen Ausschau halte?", klinkte sich Ragnar in die Diskussion ein. „Von oben habe ich einen besseren Überblick als hier unten."
„Du kannst nicht ewig lang in der Luft bleiben, außerdem kennen wir Nuris Launen nicht. Sieh doch, es legt sich dichter Nebel über die Insel. Wie willst du sie von oben sehen, wenn er dir die Sicht verdeckt? Wir können die Tür in der Zuflucht nicht öffnen. Der bärtige Mann verschloss sie wieder."
Nun mischte sich Edgar ein:„ Er rief mir zu, wir sollen uns um sie keine Sorgen machen. Sie kämen wieder aus dem Meer zu uns zurück. Ich schlage vor, wir warten etwas ab, ehe wir etwas anderes unternehmen."
„Was war das für ein Mensch? Er sah aus, wie aus einer anderen Welt", kam es raunend aus der Menge heraus. „Hat ihn etwa Raja zu uns gesandt?"
„Meine Freunde, wir haben darauf keine Antworten und können nur hoffen, dass der Fremde recht hat. Wir können nur warten und Gaia bitten, sie auf ihren Weg zu beschützen. Lasst uns Nuri ein Bittopfer bringen, gnädig mit ihnen zu sein …", sprach die Äbtissin weiter beruhigend auf die Dörfler ein. Das Opfer besänftigte die Gemeinschaft. Dass jetzt Panik unter den Dörflern ausbrach, galt es unbedingt zu verhindern.

„Opfer?“
Bei diesem Wort horchte Raissa verschreckt auf. „Ich brauche kein Opfer. Ihr müsst mich nicht besänftigen. Ich will ja selbst meinen Bruder finden.“
Das hörte sich gar nicht gut an. Es wurden unschöne Szenen aus ihrer Kindheitserinnerung zu diesem Thema wach. Das durfte nicht sein. Die Insulaner machten normalerweise keine Opfer. Sie taten das nur, wenn sie in größter Sorge waren. Bei heftigen Stürmen gingen sie in die Zuflucht, brachten aber keine Opfer, wenn ein jeder der Gemeinschaft sich dort einfand. Wenn Mitglieder ihrer Gemeinschaft in Gefahr gerieten, verlangte ihre Gemeinschaft ein Opfer ab.
„Wer will sich dafür einbringen?“ fragte die Äbtissin in die Runde.
„Ich tue es“, sagte Ragnar und trat entschlossen hervor. „Aber ich möchte den Zeitpunkt und den Ort dafür selbst auswählen.“
„So soll es sein. Wann und wo willst du das Opfer bringen“, antwortete die Äbtissin.
„Morgen früh werde ich beginnen. Auf dem Plateau, beim Hangar, wird es geschehen.“
„Ich spreche dir im Namen unserer Gemeinschaft Dank aus. Wir verlassen uns auf dich“, sagte die Äbtissin anerkennend.
„Das müsst ihr doch gar nicht tun“, versuchte Raissa so laut sie konnte dazwischenzurufen. Doch die Insulaner reagierten nicht darauf.
„Sie hören dich nicht“, erklärte Eli ihr geduldig.
„Warum nicht?“
„Weil das Wasser keine Stimme besitzt. Es verfügt nur über Emotion.“
„Emotion?“
„Natürlich. Du fühltest sie deutlich. Wasser nimmt die Stimmung deiner Umgebung auf und trägt sie in sich wie ein Verstärker.“
„Kann ich nicht irgendwie Kontakt zu einem von denen da draußen aufnehmen?“
„Du kannst weinen, was die Wolken über dem Himmel abregnen lässt. Du kannst blasen, was den Wind über das Land und die Meere bringt, du kannst hauchen, was den Nebel über das Land legt, du kannst deine Handflächen aneinander reiben, was Blitze aus den Wolken schleudert, du kannst die Meeresströmungen lenken, in dem du deinen Speichel durch den Mund ziehst, aber sie würden deine Zeichen nicht verstehen. Ach ja, du kannst natürlich schreiben.“
„Schreiben?“
„Dazu müssten die Empfänger eine Schriftsprache kennen, die auch du beherrscht.“

„Niemand von uns im Dorf kann schreiben, geschweige denn lesen. Kann ich nicht auch malen?“
„Dafür hast du das Wasser.“
„Gibt es denn wirklich niemanden, mit dem ich direkten Kontakt aufnehmen kann?“, fragte Raissa wieder. Sie verzweifelte daran, als Wasser ungehört zu bleiben.
„Es gibt da einen.“
Raissa schöpfte innerlich Hoffnung. Das war es. Mit ihm ließe sich das Opfer vielleicht verhindern.
„Wer?“
„Der Träger des Quantenstabes, weil deine Kraft mit der seinen über den Quantenprozess in Verbindung steht. Er ist der Einzige, mit dem du direkt reden kannst, weil er auf der gleichen Frequenz wie das Nuri-Programm arbeitet. Deine sprachliche Verbindung zu ihm funktioniert aber nicht, wenn sie von diesem Coogan gestört wird. Sein von ihm erzeugtes Feld unterbricht eure Verbindung. Du kannst dann zwar zu dieser Person reisen, aber nicht mit ihr reden.“
„Ich muss meinen Bruder auf die Insel zurückbringen. Wo ist er überhaupt hin?“
„Denke dich zum Quantenstab und du wirst bei dessen Träger sein“, sagte Eli und Raissa rief sich den Stab ins Gedächtnis. Sie verlies prompt die Insel Noha und fand sich unversehens inmitten eines kargen Landstrichs wieder. Es nieselte dort gerade herab. Durch die Luft dampfte ein dünner Nebel, der mit seiner gelblichen Farbe so ganz anders aussah als auf Noha. Sie wusste es nicht zu deuten. Doch dazu verschwendete sie nicht einen Gedanken. Anstatt dessen sah sich nach ihrem Bruder um. Er befand sich hier irgendwo. Schnell fiel ihr auf, dass sich der Aufenthaltsort ihres Bruders gänzlich von ihrer fruchtbaren Insel unterschied. Hier gedeihten keine Bäume oder Sträucher. Nicht einmal Gräser. Anstatt dessen befand sich hier ein einziges Geröllfeld verschiedenster Steine. In ihrer Beschaffenheit erkannte Raissa sofort, dass sie aus unterschiedlichen Erdschichten stammten. Wie kam dieses bunte Sammelsurium hierher? Um sich herum bemerkte sie hinzukommend einen ganzen Teich mit silbrigem Wasser. Ihr Fluggerät, oder das, was von ihm übrig blieb, erspähte sie sogar in einiger Entfernung. Das Ding zerschellte förmlich in dieser unwirtlichen Gegend an einem brüchigen Abhang. Hoffnung schöpfend Miro zu finden eilte sie in Gestalt des Windes zum Wrack und untersuchte jede Ritze davon. Der Jet brannte vom Aufprall aus. Während ihrer Suche mischte sich dichter schwarzer Qualm in ihr Element hinein, was ihre Sicht und die Orientierung erschwerte. Dennoch stellte sie erleichtert fest, dass ihr Bruder dem Inferno

entkam. Miro rettete sich irgendwie. Vielleicht schleuderte er sich, so wie sie, mit dem Sitz aus der Kanzel. Aber warum fand sie Miro nicht? Sie dachte sich doch zu ihm. Sagte Eli nicht, allein der Gedanke brächte sie zu ihm? Sie sah an die Stelle zurück, von der sie gerade kam und da wusste sie, warum sie ihn zunächst nicht bemerkte. Ihr Geist fand sich in einem Tautropfen auf dem Fallschirmtuch ihres Bruders ein.
„Miro", rief Raissa. Sie kehrte zurück und versuchte, durch das Gewebe zu ihm hindurchzusickern, aber der wasserdichte Stoff ließ sie einfach nicht zu ihm durch. Raissa stöhnte. Auch scheiterte ihr Versuch, sich mit der silbernen Flüssigkeit im Teich zu verbinden. Das silberne Etwas nahm sie einfach nicht an. Es stieß sie sogar ab. Also war es kein Wasser. Was war es dann?
„Miro, ich bin es Raissa", rief sie daher so laut sie konnte, um ihren Bruder auf sich aufmerksam zu machen. Unter dem Tuch bewegte sich etwas, sodass der Tautropfen abperlte. Mit Geschwindigkeit rann sie in Gestalt eines kondensierten Tropfens zu dem staubigen Geröll hinab und sickerte in den trockenen Boden hinein. Raissa legte sich in den leichten Dunst hinein, der über dem tristen Ort lag. In ihm mischte sich der silbrige Dampf, was ihre Wahrnehmung täuschte.
„Raissa, bist du das?", hörte sie Miro unter dem Fallschirmtuch sagen. Seine Stimme erklang gedämpft. So als ob er sich den Mund zuhielt. Dennoch umfasste Erleichterung ihr Herz. Sie fing innerlich zu tanzen an. Der Nebel vibrierte dabei. So als ob er versuchte, das belastende silberne Element abzuschütteln. Ihr Bruder war an dem Schleudersitz mit dem Gurt fixiert, trug aber eine Maske auf seinem Gesicht. Es erinnerte Raissa an den seltsamen Helm, den Aaron bei ihrer Bergung aus den Nebelfängern der Himmelsnadel aufsetzte. Erst jetzt bemerkte Raissa, dass der Quantenstab nicht mehr an Miros Körper anlehnte. Er steckte wie ein Spieß im staubigen Boden unweit seines Landungsortes in Griffweite.
„Miro hörst du mich?"
Ihr Bruder fasste unversehens nach dem Stab und befreite sich der Berührung seiner Spitze von der Schnalle, die ihn am Sitz fixierte.
„Raissa. Wo bin ich hier?", rief Miro. Seine Stimme klang aufgrund der Maske gedämpft.
„Ich weiß es nicht", sagte Raissa.
„Ich bin so froh dich zu hören. Dann habe ich mir deine Stimme vorhin nicht eingebildet."
„Was ist das für ein Ding auf deinem Gesicht?"
„Weiß nicht, der Stab sagte mir, ich müsse sie anlegen."

Miro stand auf und schob das Fallschirmtuch zur Seite. Sein ganzer Körper bedeckte sich mit dem feinen Staub der Umgebung. Die Maske erlaubte nur, durch getönte Augengläser den kargen Ort näher zu mustern. In der Ferne verlor sich eine steile Böschung in dem trüben gelben Dunst. Mit seinem Auge tastete er den Steilhang nach markanten Punkten ab. Doch egal, in welche Richtung er schaute, die unwirtliche Böschung umgab ihn vollends. Also musste es ein Krater oder ein riesiges Loch sein, in dem er mit dem Jet eine Bruchlandung hinlegte. Überall am Kraterboden sah Miro weitere kleine Tümpel mit dem seltsamen silbernen Inhalt. Er selber befand sich auf einer kleinen Insel, die sich inmitten des komischen Sees bildete.
„Was ist das hier? Raissa. Weißt du, wo wir hier sind? Noha ist es jedenfalls nicht."
„Vielleicht kann uns Eli helfen. Eli, wo sind wir hier? Was ist das da für ein silbernes Zeugs?" rief Raissa zum Lehrprogramm. Eli antwortete ihr nicht.
„Eli, was ist los? Wo bin ich hier? Was ist das hier?"
„Das weiß ich nicht", reagierte Eli schließlich. „Meine Aufgabe ist es, dich mit der Bedienung des Nuri-Programmes vertraut zu machen. Nicht aber dir zu erklären, wo du bist oder was du hier vorfindest. Schon gar nicht, dir irgendwelche Handlungsratschläge zu erteilen, denn du bist der User. Nicht ich."
Raissa ging kurz in sich. Eli existierte für einen einzigen Zweck. Er half ihr nicht, weil er so etwas wie einen Willen dazu nicht kannte. Wer wusste es dann? Da blieb nur ein Einziger übrig.
„Aaron. Er muss es wissen. Eli, wie kann ich mich von dir abkoppeln?"
„Sage einfach „Exit" und du kehrst in deine Wirklichkeit zurück."
„Exit" rief Raissa sogleich und fand sich auf dem Stuhl liegend in der Himmelsnadel wieder.

Auch Aaron schien sie bereits zu erwarten. Er stand neben ihr und verfolgte ihre ersten Gehversuche mit dem Programm aufmerksam.
„Na? Schon zurück? Das ging aber schnell", meinte er neugierig geworden.
„Aaron, du musst mir helfen. Ich wollte zu Miro, aber ich bin an einem Ort gelandet, an dem es eine menge Geröll und so ein silbernes Zeugs mit ganzen Seen davon gibt. Dann ist da dieser dunstige gelbe Nebel. Man sieht überall eine Böschung, die sich im dunstigen Nichts verliert. Es sieht aus, als sei Miro in einem Krater gelandet."
„Und? Hast du Miro gefunden?"
„Ja, aber er ist mitten auf einer Insel im silbrigen Zeugs gelandet. Es ist kein Wasser, denn ich kann mich nicht damit verbinden. Außerdem sagte ihm der

Stab, er müsse so eine Maske aufsetzen. Weißt du, wo ist er gelandet ist? Kannst du ihn auf deiner Karte finden?"

„Silbernes Zeugs sagst du?", meinte Aaron grübelnd. Aaron legte seine Stirn in Falten. Sein Gesichtsausdruck sah alles andere als erfreut darüber aus. Schnell ging er zur Karte in dem Nachbarraum zurück, während Raissa sich von dem Datenhelm befreite. Bangend folgte sie ihm auf dem Fuße. Seine Reaktion darauf bedeutete nichts Gutes. Aaron drückte an der digitalen Karte auf ein Symbol, das dem des Quantenstabs ähnelte. Sofort leuchtete ein blauer Punkt auf. Außerdem befand sich an jener Stelle auf der Karte das Symbol einer Spitzhacke und einer Schaufel. Er zeigte Miros Position an. Raissa beobachtete dies angespannt. Erst jetzt fiel ihr auf, dass Moses nicht mehr bei Aaron war.

„Moses. Wo hast du ihn hingebracht?"

„Ich habe ihn in den Laufstall oben im Wintergarten gelegt. Moses schläft jetzt", antwortete Aaron gedankenversunken und fügte zum Schrecken für Raissa noch an: „Vergiss nicht nach ihm zu sehen, während ich weg bin."

„Was sagst du da?" Raissa glaubte nicht recht zu hören.

„Ich werde dich verlassen müssen."

„Wie bitte?"

„Dein Bruder braucht schleunigst Hilfe. Du alleine wirst ihn nicht von da wegkriegen."

„Dann lass mich zu ihm gehen."

„Nein. Es ist am Besten, wenn du über das Nuri-Programm bei ihm bleibst. Sorge inzwischen dafür, dass er aus der Mine herausfindet. Er darf nicht zu lange dort unten bleiben. Der kleine Bruder wusste, warum er ihm die Maske aufsetzen lies. Er soll sie unter keinen Umständen abnehmen. Wenn er aus dem Krater raus ist, darf er bloß nicht auf der Ebene herumlaufen. Ich muss sofort mit dem Solargleiter zu ihm fliegen und ihn zum Strand bringen. Wenn ich mit Miro am Strand bin, musst du für uns eine Schneise durchs Meer bis zu dem auf der Karte markierten Sektor schlagen. Ohne dich können wir den Quantenprozessor nicht bergen. Einer von uns muss hier bleiben und das Nuri-Programm bedienen."

Raissa verstand und nickte geschockt, während Aaron weiter sprach.

„Ich komme schneller durch die Wolken, wenn du dich mit dem Wind verbindest und mich anschiebst. Dein Bruder ist in großer Gefahr. Vor allem darf er nicht mit dem silbernen Zeugs in Berührung kommen und seine Dämpfe einatmen.

„Was ist das eigentlich für ein Zeugs?"

„Das ist Quecksilber. Eine ganz große Menge davon. Auf Noha kennt ihr dieses furchtbare Gift nicht. Diese Substanz ist absolut tödlich. Er hat bis

auf die Maske keinerlei Schutz dagegen. Ich fürchte dein Bruder ist im Krater einer ehemaligen Goldmine gelandet. Daher auch dieses Symbol auf der Karte."
„Goldmine? Was soll das überhaupt sein?"

Den Begriff der Mine kannte Raissa, auch wenn sie damit die Gewinnung von Baumaterial verband. Auf Noha gab es einen Steinbruch. Hier brachen sie die Fundamente für ihre Inselbauten heraus. Dazu trieben sie mit den von Ragnar hergestellten Meißeln Löcher entlang der vorgesehenen Bruchlinie in den Stein, stecken einen Holzpflock hinein und übergossen ihn mit Wasser. Dadurch quoll der Pflock vom Wasser auf. Durch seine Ausdehnung brach er so den Stein vom Felsen ab. Aber Gold? Was war das bloß wieder? Aaron sah Raissa kurz in die Augen. Raissa erahnte, worüber er nachdachte. Machte es Sinn ihr von dem Zweck einer solchen Anlage zu erzählen? Einer Anlage, die so absurd und wie keine andere für die menschliche Dummheit der Vergangenheit stand?
„Weißt du Raissa, die Menschen früher glaubten, dass Metalle wertvoller als Lebensmittel seien. Ein solches Metall förderten sie aus einer der Gruben, in dem sich nun dein Bruder befindet. Dazu brachen sie die Erde und den Fels mit Gewalt auf und durchspülten es mit dem Quecksilber, dass nun den Kraterboden bedeckt und die ganze Luft in der Mine verpestet. Sie leiteten die vergiftete Brühe in Auffangbecken und dann ungeklärt die Flüsse. Davon starb alles, was mit dem Quecksilber in Berührung kam. Und wozu das Ganze? Nur, um dieses Metall unter hohen Energieaufwand zu handlichen Barren zu schmelzen, damit es wieder zurück in die Erde gelangt. Diesesmal aber in den Tresorraum einer Bank, um es nie mehr zu verlassen."
Raissa fasste sich ungläubig an den Kopf. Ihr entwich eine Träne von dieser Vorstellung. Ihr wurde immer mehr bewusst, um was für eine Welt es sich vor der großen Flut handelte. Was waren ihre Vorfahren nur für Menschen?
„Diese Flüssigkeit ist der Tod", keuchte sie.
„Man kann es nicht besser als so ausdrücken. Deswegen muss sich dein Bruder davon fernhalten und diesen Krater sofort verlassen. Selbst die Dämpfe des Quecksilbers sind bereits hochgiftig. Atmet er sie ein, fängt seine Kehle zu erst zu brennen an und er wird wahnsinnig davon. Ihm fallen, je länger er sich ihnen aussetzt zuerst die Haare aus und er stirbt schließlich daran. Quecksilber ist schwerer als Wasser. Daher sammelt sich Regenwasser immer obenauf. Vielleicht hilft dir diese Information, um deinen Bruder zu helfen."

„Wie soll ich mit dir in Verbindung bleiben? Den Stab hat doch mein Bruder. Außerdem sagte Eli, das die Verbindung gestört wird, wenn Coogan sich in unserer Nähe befindet."
„Mit mir Verbindung aufzunehmen, ist wirklich nicht schwer. Ich weiß ja, dass du hinter dem Wasserelement steckst. Wir vereinbaren einfach ein Zeichen, damit ich dich sofort erkenne. Am besten schlüpfst du in die Gestalt einer kleinen Windhose. Wenn ich die sehe, weiß ich, dass du in meiner Nähe bist. Ich werde dich zwar nicht hören können, du aber mich."
„Ob das gut geht? Und was ist mit der Störung durch Coogan von der Eli sprach?"
„Ich kenne die Technologie nicht, auf der Coogan basiert. Seine Masse wirkt sich jedenfalls aufgrund dessen auf die Sprachübertragung an den Stabträger aus. Diese Erfahrungen machte ich mit Moses, als er im Meer unterwegs war und Coogan ihn verfolgte. Ich erreichte ihn nicht immer und er vertraute mir blind. Es kann dann sein, dass du mit dem Stabträger so lange nicht sprechen kannst. Außer, es gelingt dir, dich von Coogan abzuschirmen. Einmal wird Miro dich dann vielleicht hören, dann mal wieder nicht. Du brauchst aber in jedem Fall flüssiges Wasser in der unmittelbaren Umgebung zu ihm, damit er dich hört. Selbst wenn es bloß ein Tropfen ist. Kehre jetzt wieder in den Krater zurück und passe auf deinen Bruder auf. Hilf ihm da raus zu kommen. Egal, was geschieht, du musst ihn aufbauen. Mut machen. Das Gift wird ihn verzweifeln lassen. Hab viel Geduld mit ihm, denn er wird nicht wissen, was er alles sagt. Selbst wenn es in deinen Ohren auf Abscheu stößt. Es ist das Gift, das zu dir spricht. Aber wenn er den Kraterrand erreicht, dann soll er auf mich warten. Komme zu mir, wenn er dort ist. Schiebe dann meinen Gleiter an, damit ich schneller zur Mine komme. Hast du mit ihm eigentlich gesprochen?"
„Ja, ich sagte ihm, dass er zuerst da bleiben soll."
„Dann beeil dich erst recht. Die Maske verlangsamt die Vergiftung mit dem Quecksilber nur, aber hält sie nicht auf. Je länger er sich den giftigen Dämpfen des Quecksilbers aussetzt, umso schlimmer wird es ihn treffen. Ich werde mich ausrüsten und auf den Weg machen."
Raissa eilte hastig in dem Verbindungsraum zurück und setzte sich wieder die Datenhaube auf den Kopf. Schnell entschwand ihr Geist der Himmelsnadel und fand sich bald wieder auf dem Grund der ehemaligen Goldmine ein. Ihr Bruder war aber nicht mehr da.

Miro fühlte sich nicht besonders gut. Nachdem er kurz die Maske abnahm und den stickigen Geruch der Luft schmeckte, setzte er sie schleunigst wieder auf. Es roch ziemlich streng in dem Krater und brannte leicht in seiner Nase. Hier unten fand nicht viel Luftaustausch statt. Auch von dem Jet blieb nicht mehr viel übrig. Von hier unten sah er kleine Feuer, die aus dem Wrack loderten. Auch fand der dunkle schwere Rauch mittlerweile seinen Weg zu ihm auf den Kraterboden hinab und verschlechterte ihm die Sicht. Lediglich der Schleudersitz bewahrte Miro vor dem Crash mit der Kraterwand. Aufgrund der düsteren Rauchwolken gab es hier unten wenig Licht. So konnte er sich kaum orientieren. Um mehr zu sehen, musste er aus dem Krater raus. Hier unten zu bleiben, kam für ihn schon alleine wegen der schlechten Luft nicht in Frage. Außerdem wusste er nicht, wann Raissa wiederkam. Miro sah sich weiter um. Durch den trüben Dunst erkannte er nicht viel von der steilen Böschung, doch er glaubte, zwischen dem Geröll so etwas wie einen Pfad zu sehen. Jener Weg unterbrach sich zwar hin und wieder durch eine Schuttlawine, aber zu Fuß gelangte er auf diese Weise sicher nach oben.

„Wer weiß, wie lange Raissa wegbleibt. Ich kann hier nicht solange auf sie warten“, dachte Miro bei sich. Instinktiv wusste Miro, dass es hier zu gefährlich war. Also ging er daran, sich selbst zu helfen. Der Stoff des Fallschirms ließ kein Wasser hindurch. Half diese Eigenschaft vielleicht, den silbernen See zu überwinden? Schnell zog er sein Messer, das Ragnar ihm einst auf Noha schmiedete. Damit trennte er die Fasern des Fallschirms durch und warf das Tuch auf die Oberfläche des silbernen Sees. Es platschte nicht einmal und der feine Stoff ging vor allem nicht in der Brühe unter. Vermutlich war der Tümpel nicht einmal besonders tief. Beherzt und in langen Schritten lief er über das Laken und erreichte so sicher die andere Seite des Sees. Vor allem ohne mit dem silbernen Zeug in Berührung zu kommen. Prüfend näherte er sich dem schroffen Abhang. Miro erkannte deutliche Grabungsspuren. Vielleicht sogar von Menschenhand geschaffen. Glaubte er. Deutlich zeigten sich nämlich die Fraßspuren von gigantischen Tagebaubaggern. Aber weil Miro diese riesigen Maschinen nicht kannte und auch keine Wracks von ihnen in der Mine sah, bekam er den Eindruck als hätte ein riesiges Heer an Arbeitern dieses Loch in den Boden getrieben. Er suchte sich eine leicht zu erklimmende Stelle heraus und kletterte daran ein Stück die Böschung hoch. Und tatsächlich, seine Sinne trübten ihn nicht. Hier gab so etwas wie ein Pfad. Nur stellte er aber fest, dass dieser vermeintliche Weg wesentlich breiter war, als es von unten den Anschein hatte. Viel breiter, als er es auf Noha im Steinbruch kannte. Es kamen ganz andere Fragen in ihm hoch. Weshalb bauten die Menschen hier früher eine so breite Straße? Ausgerechnet in ein Loch hinein? Arbeiteten hier früher etwa so viele, dass sie so breite Wege brauchten, um sich nicht ins Gedränge zu bringen? Und überhaupt, wie arbeitete man in so einer schlechten Luft? Miro verstand es nicht und verlor sich in seinen Gedanken darin. Er lief derweil einfach weiter die Schotterpiste hoch. Je weiter er sich auf dem Weg nach oben befand, umso unwohler fühlte er sich. Ihm wurde so nach und schwindelig. Es drehte sich leicht in ihm und er fühlte seine Adern im Kopf pochen. Er blieb ab und zu stehen, um zu Atem kommen. Auch um den Schwindel zu beruhigen. Zudem erschwerte die Maske ihm Luft zu holen, aber angesichts der dunstigen trüben Luft im Krater, vermied er es, sie abzunehmen. Das, was dennoch den Weg in seine Lungen fand, schmeckte ohnehin furchtbar genug. Es erinnerte ihn an faule Eier und machte ihn allmählich müde.

Der breite Weg wand sich wie ein Kreisel innerhalb des riesigen Kraters hinauf. Obwohl er sich nicht weit vom Grund entfernte, schien der Pfad für Miro kein Ende zu nehmen. Nach einer Weile taumelte er wie im Traum nach oben. Schleppte sich über die kieselige Piste nur noch mit seinem Willen. Allmählich kamen ihm zu dem Schwindelgefühl weitere seltsame Dinge in den Sinn. Dinge, an die er in seinem bisherigen Leben so nie dachte. Warum gebot die Äbtissin, über ihre Art auf Noha zu leben? Warum entschieden sie nicht selbst, was sie glücklich machte? Warum war er für Dinge wie der Umwelt verantwortlich, von denen er selbst nichts hatte? Wieso durfte er mit Raissa nicht zusammenbleiben und eine Familie gründen? Warum musste er überhaupt erwachsen werden? Was tat er hier? Hatte es Sinn weiterzulaufen? Warum quälte er sich so ab? Wäre es nicht besser hier und jetzt zu sterben? Miro blieb stehen. In ihm drehte es sich mehr und mehr. Es wurde ihm schlecht und es drängte ihn, sich zu setzen. Kaum dass er das dachte, saß er schon. Anstatt besser, wurden seine Gedankengänge immer schlimmer. Er fühlte sich mittlerweile wie jene Kokosnuss aus der Insellegende, die den Kräften Nuris trotzte. Dazu mischten sich abstruse Gedanken über seine Kindheit, seine Beziehung zu seinem leiblichen Vater in den Kopf. Liebte er ihn überhaupt oder war er bloß ein ekliges Sperma? Ein Tropfen von vielen Tropfen, der nur nicht den Weg in den staubigen Boden von Noha fand. Und erst seine Mutter. Seine Mutter, die auch Raissa austrug. Vor ihm. Warum kam er nicht vor seiner Schwester zu Welt? War sie mehr wert als er? Nur weil Raissa schwindelfrei war und sie die Wahl des Samens besaß, während er um die Gunst der Weibchen buhlen musste. Mit was überzeugte er? Wollte er Überzeugen? Und was spielte das überhaupt für eine Rolle überzeugen zu wollen? Ehe er weiter in dem sinnverlorenen Gedankenstrudel hineinfiel, kreuzte eine kleine Windhose seinen Weg.

„Miro“, wisperte der kleine Tornado. „Zum Glück. Hier steckst du also. Aaron sagt, du musst hier schnellstens raus. Das silberne Zeugs da unten ist giftig. Du darfst es unter keinen Umständen anfassen, geschweige denn einatmen. Es macht dich krank.“

„Das hab ich schon mitgekriegt“, brummte Miro schwummrig unter seiner Gasmaske hervor und vermied es, von seinen Gedanken in den letzten Minuten zu sprechen. „Die Luft hier ist so schlecht. Mir geht die Kraft aus. Es dreht sich alles in mir. Wie weit ist es nach oben?“

„Warte mal“, sagte die Windhose wieder und huschte den steilen Hang mühelos nach oben. Raissa erreichte den Kraterrand und erstarrte, was sie da oben zu sehen bekam. Das würde ihrem Bruder gar nicht gefallen.

„Oh nein“ flüsterte sie und sauste wieder zu ihrem Bruder in den Krater hinunter. Miro taumelte inzwischen wieder ein kurzes Stück weiter nach oben. Vielleicht machte seine Schwester ihm wieder Mut, nicht aufzugeben. Raissa überlegte sich gut, was sie ihrem Bruder sagen sollte. Es durfte ihn keinesfalls entmutigen. Aaron warnte sie nicht ohne Grund davor.

„Es sind ein paar Meter, aber dort oben ist es sehr trocken. Du musst da aber nicht durchgehen. Aaron wird dich am Kraterrand abholen. Er ist bereits auf dem Weg zu dir.“

„Aaron lässt uns im Stich“, stöhnte Miro und war kurz davor loszuheulen. „Du hast gut Reden. Du bist ja nicht wirklich hier. Wie willst du mir überhaupt helfen können? Du lässt mich auch im Stich.“

Raissa überhörte das bewusst. Sie fuhr anstatt dessen fort: „Das Land da oben ist kahl. Ich sah ein ganzes Meer von grobkörnigem Sand und Staub. Aber es gibt dort keine silbernen Tümpel mehr und die Luft ist klarer. Du musst solange durchhalten.“

„Raissa, ich hab solchen Durst. Mein Hals ist so furchtbar trocken“, jammerte Miro verzweifelt.

„Ich hab keine Ahnung, wie ich trinkbares Wasser für dich finden kann. Ich wüsste nicht mal, wo ich hier danach suchen sollte.“

„Du kannst trinkbares Wasser machen“, mischte sich da Eli ein. „Ziehe Spucke in deinem Mund zusammen und es bildet sich eine Wolke. Weine danach und sei mit deinem Gedanken an der Stelle des Abregnens.“

Raissa schluckte kurz vor Schreck auf. Dadurch drückte sich Kaltluft aus der Höhe sich in den Krater hinein. Die gesetzte Luft im Krater wallte dadurch auf und drückte sich die Wände hoch. Sie strömte förmlich über Miro hinweg und ergoss sich in die kahle Wüstenebene oberhalb des Kraterrandes hinein. Miro blieb dabei fast die Luft weg. Zum Glück trug er seine Maske, was ihn vor weit schlimmeren Vergiftungserscheinungen bewahrte. Er prustete, während Eli Raissa erklärte, was sie unbedacht auslöste.

„Du musst auf deine Reflexe aufpassen. Jede deiner Aktionen löst eine Reaktion in der Außenwelt aus. Du hast Kaltluft aus der Höhe zu Boden gepresst. Ähnlich dem Wasser besitzt auch Luft eine Strömung. Beide hängen eng zusammen, weshalb auch du den Wind mit deinem Atem steuern kannst."
Immerhin vertrieb Raissas Aktion den Smog aus dem Krater und klarte die Luft auf. Raissa zog nun, wie Eli es ihr erklärte, Spucke in ihrem Mund zusammen und weinte über Miro ab. So bildete sich über ihrem Bruder eine kleine Wolke, die ihre zusammengezogenen Tropfen abgab. Miro tat das klare Wasser sichtlich gut. Er zog seine Maske herunter und fing die Tropfen mit seiner Zunge auf. Das von Raissa zusammengeführte Wasser schmeckte taufrisch. Viel besser, als es sein Volk abgestanden in den Behältern ihrer Hütten auf Noha aufbewahrte. Miro tat es sichtlich gut. Die Lebenskraft kehrte wieder in seinen Körper zurück und vor allem klarte es wieder in seinem Gedanken auf. Es vertrieb den Wahnsinn aus seinem Geist. Nach der erfrischenden Dusche setzte sich Miro die Maske wieder auf und begab sich weiter den Weg nach oben. Der restliche Weg ging ihm dank des lebendigen Wassers viel leichter von der Hand und er glaubte, wieder Herr seiner Sinne zu werden. Raissa fegte in Gestalt eines kleinen Tornados voraus und erzählte Miro, wie sie in die Himmelsnadel kam und sich mit der Steuerung des Nuri-Programms vertraut machte. Auch erzählte sie von Noha und dass ihr Volk von Coogans Attacke unversehrt blieb. Dies beruhigte Miro deutlich, aber es machte klar, dass er wieder zurück musste, um das Opfer Ragnars zu verhindern. So verging der Rest des Weges kurzweilig und Miro erreichte schon bald den Rand der ehemaligen Goldmine.

Wie Raissa es vorhersagte, erblickte Miro eine staubige Einöde, die sich in der Ferne einem trüben Dunst verlor. Dieser war im Gegensatz zu dem eher gelblichen Nebel im Krater bedeuten weißer. Eigentlich schloss Miro ursprünglich, dass er sich erhöht befand, doch der Rand der ehemaligen Goldmine schloss direkt an dieser staubigen Wüste an. Auch erkannte Miro Silhouetten von Gerippen, die unweit des Loches standen. Es erinnerte Miro an hölzerne Gestelle, wie sie die Insulaner im Steinbruch auf Noha verwendeten.
„Was ist das da drüben?", fragte er seine Schwester und deutete auf die seltsamen Gebilde. „Gibt es da vielleicht etwas zu essen? Ich hab solchen Hunger."
Auch Raissa waren diese Objekte zunächst entgangen.

„Ich kann für dich nachsehen. Du musst dich jetzt schonen", sagte sie zu ihm. „Rühr dich am Besten nicht von der Stelle. Bleib hier."
Der kleine Tornado sauste flink über die Ebene und wirbelte dabei deutlich den Staub auf. Raissa erreichte die ehemalige Siedlung der Minenarbeiter, die nun im Staub der Wüste zerfiel. Die eilig in die Landschaft mit Fertigelementen gezimmerten Gebäude stürzten so nach und nach in sich zusammen. Raissa bemerkte, dass die Wege in der Siedlung dort mit einer Art harten Paste verstärkt wurden. Außerdem sah sie viele stählerne Pfähle, die sich an ihren Rändern in die Höhe reckten. Weiter oben befanden sich Fassungen, die sich zum Teil mit gläsernen Objekten versahen. Dann sah Raissa einige Stücke Papier, auf denen wieder die seltsamen Zeichen standen, die sie auch schon im Archiv auf Noha sahen.

Sie sauste in die Ruinen und fand Gestelle, die ihren Betten Tischen und Schränken glichen. Auch lagen Bilder auf den gezimmerten Böden verstreut umher. Auf ihnen zeigten sich Menschen aus der Zeit vor Nuri. Sie glichen in ihrem Erscheinungsbild denen, die Raissa in ihrem Traum sah.
„Was ist hier passiert?", fragte sie sich. „Hier gibt es jedenfalls nichts zu essen. Das steht fest."
Ihr Tornado machte vor einem Ding halt, das auf einem Tisch in dem allmählich zerfallenden Haus stand. Das Gerät da drauf kannte sie nicht. Es sah auch so anders aus als das, was sie bisher auf Noha im Archiv stehen sah. Deutlich erkannte sie zwischen dem stählernen Gehäuse Waben, die wie die Facettenaugen einer Fliege wirkten. Es steckte ein Energiewürfel in einer Fassung drin. Vielleicht konnte sie das Ding einschalten.

Sie strich mit ihrem Wind darüber, was tatsächlich einen Knopf beweckte. Es machte klack. Ein sanftes Rauschen ertönte zunächst und dann drang Musik aus dem Apparat. Sie erklang fröhlich und heiter durch die triste Atmosphäre, während ein schroffer Wind durch die Ruine pfiff und den zeitverlorenen Sand in jede Ritze trug. Eine verträumte Melodie aus einer verlorenen Zeit. Raissa kannte diese Zeit nicht und so wusste sie auch die Musik nicht in das Gefüge ihrer Entstehung einzuordnen.
„Vielleicht haben sie dazu getanzt", dachte sie bei sich. Sie sah, während die Musik im Hintergrund aus dem Gerät drang, die weiteren aufgehängten Bilder, die von dem Leben der Einwohner aus dem Ort erzählten. Sie lachten aus den ausgebleichten Fotos zu dem Betrachter heraus wie Geister und winkten ihm zu. Sie sah Bilder von fein herausgeputzten Kindern, die lederne Taschen und große Tüten in ihren Armen hielten. Ein paar andere spielten darin Ball oder sie zeigten sich stolz posierend vor beräderten

Gefährten. Dann sah sie Bilder von der Obsternte auf einer Plantage. Da zeigten sich lauter grüne Bäume, die reife Früchte trugen. Sie erkannte die Sorte der Früchte nicht. Prall Orange leuchtend hingen sie an den Bäumen und fanden den Weg in die Erntekörbe.
„Früchte“, dachte Raissa, das wäre jetzt das, was ihr Bruder brauchte, um wieder zu Kräften zu kommen. Alleine der Gedanke daran, lies ihren Speichel im Mund zusammenlaufen. Ihre Blicke gingen durch das vergangene Leben der Siedler weiter. Es gab Gruppenbilder mit Erwachsenen und Kindern. Wimpel und Fahnen zeigten sich darauf. Ein kleiner weißer Ball lag vor einem sportlich gekleideten Mann mit einem schneidigen Hut, welcher mit einem metallenen Stock auf ihn zielte. Je näher sie die Bilder betrachtete, die die Menschen aus ihrem Leben zeigte, umso trauriger machte sie das. Der Ort war tot. Doch während Raissa sich emotional den Bildern, die aus dem Leben ihrer Einwohner erzählten hingab, übersah sie einige Dinge, die sie hätten misstrauisch machen müssen. Die Siedlung war gemessen an der Dimension der Goldmine doch sehr klein. Wie schafften es die wenigen Einwohner, die, wenn es hochkam, gerade einmal nicht mehr als ein Dutzend Erwachsene gewesen sein mussten, ein so großes Loch in die Wüste zu graben? Daneben gab es kein Bild, das die Einwohner bei ihrer Arbeit in der Mine zeigte. Und wo befand sich eigentlich das Werkzeug dazu? Nirgendwo lagen Pickel oder Geräte herum, mit der sich die Entstehung des riesigen Loches erklären ließe.

An all diese Ungereimtheiten dachte Raissa in ihrer emotionalen Erregtheit nicht. Vielmehr weinte, ja trauerte es in ihr und so zog sich über die Ruinen der ehemaligen Siedlung eine dichte Wolke zusammen, welche an diesem verlassenen Ort dicke Tropfen auf dem staubigen Boden der Wüste abgab. Die Wolke wusste, dass sie nicht länger hier bleiben durfte. Ihr Bruder wollte wissen, ob es einen Sinn machte diesen Ort nach etwas Essbarem abzusuchen. Sie riss sich von ihren Gedanken los und eilte zu ihrem Bruder an den Rand der Goldmine zurück. Aber sie fand ihn nicht mehr. So sehr Raissa in Form einer kleinen Windhose über die Oberfläche herum irrte und unter jeden Stein nachsah, nirgends gab es eine Spur von ihm. Nur sie selbst pfiff als der laue Wind leise über das leergefegte Plateau, während ihr immer mehr die Panik überkam. Und erst recht, als sie seinen Quantenstab herrenlos in der Wüste fand. Was geschah hier nur?

# Kapitel 7

# K I

Aaron blickte nachdenklich aus dem Fenster seines Segelgleiters. Die dichten Wolken flogen gleich wie mit Wasser getränkte Wattebäusche an ihm vorüber. Der warme Aufwind, der seinen Gleiter durch die Lüfte trug, lies ihn gemächlich durch die Wolkenbänke huschen. Eigentlich wartete er schon Raissa. Sie käme jeden Augenblick zu ihm. Er wusste bereits in der Himmelsnadel, dass es nur eine Frage der Zeit sein dürfte, bis sich die K I Miros bemächtigte. Ein guter Anschub des Windes seines Fluggerätes wäre hilfreich, denn viel Zeit blieb nicht um Miro zu retten. Der Träger des Quantenstabes befand sich vielleicht jetzt schon in einer höheren Gefahr, als es die Quecksilberdämpfe in der Tagebaumine je sein konnten.
„Sie kommt gleich", dachte Aaron bei sich und stellte sich innerlich schon auf die bevorstehnde Rettungsaktion ein. Seit er und Moses im Orbiter ihr Leben verbrachten, sehnten sie förmlich den Tag herbei, an dem ihre Mission ein Ende fand. Nun, fast neunzig Jahre nach dem Einschlag des Eisfeldes auf die Erde, schien es Hoffnung zu geben den Meeresspiegel wieder deutlich abzusenken und somit neues Land zur Besiedelung zu gewinnen. Vieles an dem Wissen der vergangenen Zeiten ging für immer verloren. Die Bewohner Nohas standen wieder am Anfang der Erforschung ihrer Welt. Alles, was es an Aufzeichnungen, Schriften und Medien der Vergangenheit gab, war für sie nicht mehr nutzbar. Dann fragte er sich, ob das wirklich so schlimm wäre. Vielleicht würde es besser sein, einen anderen Schwerpunkt des Glücks zu setzen als es ihre Vorfahren taten. Was wäre denn dieses Glück? Lag dieses Glück des Seins darin, die Welt zu enträtseln? Oder lag es vielleicht darin, einfach jeden Tag zu erleben, ohne ständig darüber nachzugrübeln, warum manche Dinge nach rechts oder nach Links gingen? Einfach jeden Morgen dem Sein zu danken, an dem man aus dem Schlaf der Nacht erwachte und sich der Gaben zu erfreuen, die Mutter Natur ihren Kindern gewährte? Wozu über andere Menschen herrschen und ihnen die eigene Meinung von der Wahrheit aufzwingen, nur um seine eigenen Vorteile zu behalten? Wozu sein Herz an Ware und Güter hängen, welche ohnehin begrenzt sind und allein für die Lebenden dienen? Alles blieb auf Erden zurück, um dort zu Altern und im Laufe der Zeit wieder in ihren Ursprung zu zerfallen. Warum eine Spur der Unsterblichkeit im Sand der Zeit hinterlassen? Starben nicht auch jeden Tag genügend Menschen und wurden nicht immer genügend von ihnen geboren, um als Volk nicht

unterzugehen? Warum sich Sorgen über Inzucht machen, wenn es genügend gab, die sich wiederum mischten? Warum sich Sorgen um den Erhalt der Intelligenz eines jeden Lebewesens machen? War es nicht wichtig, nur für den Moment da zu sein? Wie wichtig ist Intelligenz als solche überhaupt? Welche Art von Intelligenz trug zum Glück des Lebens bei? Worauf sollte sie sich ausrichten? Eine Intelligenz der Gier oder der des nackten Überlebens?

Was Aaron da gerade durch den Kopf stieg, waren die Kernfragen, mit denen sich die führenden Philosophen und Forscher vor dem Einschlag Nuris beschäftigten. Die Frage, welche Art von Intelligenz zum Glück führte und für wen dieses sogenannte Glück gedacht war. Aber da gab es eine andere Frage, die ihn umtrieb. Wie erklärte er Raissa, was die K I mit Miro zu Tun beabsichtigte? Er wusste es, aber der Grund war so verzweigt und komplex, dass es ihm schwer fiel, dies mit wenigen Sätzen zusammenzufassen. Am Anfang der K I stand nämlich ein Werkzeug. Erschaffen durch die Hand seiner Schöpfer. Entscheidend für die K I war nie die Funktion des Werkzeugs als solches. Egal wie primitiv es auch wirkte. Das Werkzeug selbst besaß keinen Willen. Es wurde von dem Geist der Hand geführt, die damit ein ganz bestimmtes Ziel verfolgte. Dabei konnte vieles kaputt gehen, aber auch Neues erschaffen werden. Durch Verfeinern und Verbessern des Werkzeugs steigerten sich auch die Qualität und der Ausstoß der damit erschaffenen Produkte. Aber egal, wie weit die Verbesserung des Werkzeuges auch ging, der Geist der Hand führte dieses Konstrukt. Schließlich kam der Geist auf die Idee, verschiedene Werkzeuge miteinander zu kombinieren. Er verband sie mit einer Mechanik und schuf so ein größeres und komplexeres Werkzeug. Der Geist nannte sie Maschinen, aber er selbst bediente und überwachte es. Aber das genügte dem Geist nicht. Denn er baute eine automatische Steuerung darin ein, die für ihn den Wirkprozess des Werkzeugs kombinierte und abstimmte. Diese Steuerung wurde von ihm abgestimmt und das Werkzeug folgte diesen ihm vorgegebenen Anweisungen. Die Maschine elektrifizierte sich im Lauf der weiteren Entwicklung und arbeitete bald rund um die Uhr. Tag und Nacht. Winter wie Sommer. Sie kannte keine Pausen, Krankheiten oder brauchte so etwas wie Urlaub. Sie besitzt keine Familie oder ein Streikbedürfnis, um bessere Arbeitsbedingungen zu erreichen. Sie musste lediglich mit Energie und Material „ernährt“ werden. Solange, wie sich an der eingestellten Programmierung nichts änderte, baute es stur sein ihm vorgegebenes Produkt weiter. Aber irgendwann reichte auch dieses für den Geist nicht mehr. Darum begann der Geist diese verfeinerten Werkzeuge, die er zu

Maschinen und Roboterarmen weiterentwickelte, miteinander zu vernetzen. Nun arbeiteten die verschiedensten Bereiche übergreifend, verzahnt und reibungslos ineinander wie ein Uhrwerk. Es gab keine Verzögerungen in der Lieferkette mehr oder ein Zuwarten im Produktionsprozess. Als Krönung vernetzte sich der Geist durch Implantate mit seinen von ihm erschaffenen Maschinen. Er übertrug seine Daten an die Maschinen, die entsprechend darauf reagierten. Alles, nur damit die Maschinen abgestimmter auf ihn arbeiteten. Was all diese Schritte der Produktionstechnik für gesellschaftliche Folgen mit sich brachten, blendete Aaron in seiner weiteren Überlegung bewusst aus, denn dies war nicht wichtig, um die Philosophie der K I als solche zu verstehen. Wichtig war nur, worum es ihr letztlich ging. Dieses von dem Geist eingestellte Programm auszuführen. Rücksichtslos und ohne jegliche Empathie für das Leben. Wenn es keine Programmierer und auch keinen Zugang mehr dazu gab, dann endete der Spuk auf diese Art und Weise nicht mehr.

Sein Gleiter rüttelte sich schroff von einer Luftturbulenz durch. Es riss ihn aus seinen Gedanken. Dicke Tautropfen bildeten sich mittlerweile auf seiner Frontscheibe. Unschwer erkannte Aaron ein wässriges Gesicht darin. Sie war nun da. Raissa versuchte, mit ihrem flüssigen Element zu malen. Ihm etwas mitzuteilen.

„Da bist du ja", meinte er erleichtert. „Hab mich schon gewundert, wo du bleibst. Mach dich nützlich und schieb mich ein bisschen an. Dein Bruder braucht mich."

Das Wasser tanzte hektisch auf seiner Frontscheibe. Die dicken Tropfen sprangen aufgeregt umher.

„Ich weiß, dass sie ihn mittlerweile geschnappt haben", antwortete Aaron kurz. Das Wasser hielt inne. Es lauschte ihm.

„Ja, natürlich weiß ich, wer das war", sagte Aaron. „Deswegen habe ich es auch eilig. Je länger er in ihren Händen bleibt, umso schlimmer wird es für ihn. Wir haben keine Zeit zu verlieren. Schieb mich an. Ich werde dir unterwegs von der K I erzählen. K I ist eine Abkürzung und steht für „künstliche Intelligenz."

Schon bald griff der warme Wind dem Gleiter unter die Flügel und beschleunigte ihn deutlich. Aarons Flieger wurde immer schneller.

„Du fragst dich sicher, wo dein Bruder abgeblieben ist?", sprach Aaron weiter. Er wusste, dass der Wind ihm zuhörte.

„Er ist dort, wo du nicht hinkannst. Du wirst gemerkt haben, dass der Boden auf der Landmasse staubtrocken ist. Außerdem ist da jede Menge von dem silbernen Zeug. Du hast das Loch einer Tagebaumine gefunden.

Oder das, was davon noch zu sehen ist. Früher gehörte dieser Ort zu einer der größten Goldminen der Welt. Man förderte sie wie der Name schon sagt, unter offenen Himmel. Die Eigner der Mine gehörten zu den wohlhabendsten Bürgern der alten Welt und zeigten das auch nach außen. Sie ersetzten die Arbeiter nach der letzten großen industriellen Revolution durch eine Handvoll Techniker, die mit ihren Familien bis zum Einschlag von Nuri dort lebten. Dir wird wahrscheinlich aufgefallen sein, dass da so etwas wie Werkzeug oder andere Dinge, mit der sie das riesige Loch gegraben haben könnten, nicht rumliegen. Die Werkzeuge oder Maschinen für den Tagebau wurden intelligent gemacht und miteinander vernetzt. Sie arbeiteten von da an Tag und Nacht, ohne das sich die Techniker groß um sie kümmerten. Dies brachte den Betreibern der Mine zahlreiche Vorteile. Das hochgiftige Quecksilber fand nun ungehemmt und ohne Sicherheitsmaßnahmen Verwendung. Es gab praktisch kein Lebewesen mehr, auf das man irgendwie Rücksicht nahm. Deswegen ist die ganze Gegend hoffnungslos mit der Chemikalie verseucht. Und natürlich auch das Wasser."

Aaron wusste, dass Raissa seinen Ausführungen nicht folgen konnte. Er sprach dennoch weiter.

„Du wirst dich sicher fragen, was diese intelligenten Werkzeuge eigentlich sein sollen?"

Er machte eine kurze Pause.

„Nehmen wir einmal an, euer Schmied Ragnar baut ein Gerät zur Kokosnussernte. Das Gerät erntet die Nüsse nicht nur, sondern sammelt sie, bringt sie selbstständig zur Mühle oder was besser kommt, es mahlt die Kokosnüsse gleich vor Ort zu Öl oder zu dem Mus, dass du auf dein Brötchen schmierst. Auf dem ersten Blick würdest du sagen, was das für eine tolle Erfindung ist. Doch er baut nicht nur einen Apparat davon, sondern eine ganze Gruppe. Niemand von euch klettert dann mehr auf die Palmen hinauf und setzt sich einer Unfallgefahr aus. Ihr gestaltet dann eure ganze Insel so um, dass diese Apparate optimal für euch arbeiten können. Aber alleine dabei bleibt es nicht stehen. Es werden ähnliche Maschinen für die Algenfarm, für die Weberei, für die Forellenzucht und für die Hanffarm gebaut. Diese intelligenten Maschinen ernten, verarbeiten und weben nicht nur. Sie stellen zudem alle Güter gebrauchs- und verzehrfertig für euch her. Ihr bereitet dann eure Lebensmittel nicht mehr selbst zu. Die Maschinen tun das für euch Tag und Nacht. Sie werden nicht krank und bringen ein Vielfaches der Leistung des Stärksten und Fleißigsten eurer Gemeinschaft."

Aaron machte wieder eine bewusste Pause. Alleine damit Raissa seinen Gedanken folgte.

„Ist doch eine tolle Erfindung oder?“, meinte er nach einer Weile. Die Wolke, mit der sich sein Gleiter anschob, verfärbte sich zusehends schwarz.
„Ich dachte mir schon, dass du das so siehst. Eure Einstellung zu Arbeit ist eben eine andre, als die der Menschen vor dem Einschlag Nuris. Glaubst du aber, dass es dabei bleibt? Nein. Diese Maschinen bauen nicht nur eure Siedlung und Wege nach jedem Sturm wieder auf. Sie modellieren eure ganze Insel sogar viel schöner und besser um, als ihr es je selbst gekonnt hättet. Sie bauen eure Wege und halten sie sauber. Sie überwachen durch Implantate eure Gesundheit, schlagen euch Problemlösungen bei Schwierigkeiten jeglicher Art vor, kreieren euer Musikgut, eure Gedichtsammlungen und Geschichten. Sie führen eure ganze Kommunikation. Sogar mit Freunden, denen ihr noch nicht einmal persönlich begegnet. Ihr selbst glaubt, dass ihr eine Beziehung mit eurem Nachbarn lebt, doch diese ist reine Fassade. Am Ende überwachen sie praktisch euer ganzes Leben. Sie analysieren euer Erbgut auf Tauglichkeit und entscheiden, mit wem oder was ihr euren Nachwuchs habt oder haben werdet. Oder auch nicht. Dem, dessen Same oder Eizelle sie für schlecht befinden, verbieten sie eigene Kinder zu haben. Und bei denen, die Nachwuchs haben, suchen sie sogar die Namen der Kinder aus und ziehen sie groß. Sogar eure Alten betreuen sie den letzten Lebensjahren und geleiten sie nach ihrem Tod zu Gaia. Sie nehmen euch euer ganzes Leben ab.“
Es blitzte und donnerte nun in den Wolken. Aarons Ausführungen trafen Raissa schwer und es schmerzte in ihrem Herzen. Es regnete.
„Vater dachte genauso wie du darüber. Anstatt euer Leben zu verbessern, sorgt die K I dafür, dass ihr keine Gemeinschaft mehr leben könnt. Sie lässt euch lange in der Illusion, dass es nicht so wäre. Aber ihr trefft euch abends nicht mehr am Feuer und haltet einander die Hände. Ein jeder von euch wärmt sich von da an seinem eigenen Feuer, das eine K I reguliert und gestaltet. Ihr singt nicht mehr gemeinsam eure Lieder, denn das erledigt ein Radio. Reguliert von einer KI. Ihr habt nicht mehr Sex miteinander, denn das …“ Aaron unterbrach sich, denn er glaubte, dass Raissa ihn bereits verstand. „Das Leben muss erlebt und mit eignen Händen begriffen werden. Dazu gab die Schöpfung einen Körper, die Sinne, die Emotion und die soziale Bindung. Macht der Lebendige von diesen Geschenken der Natur keinen Gebrauch verkümmern sie wie Muskeln, die nicht beansprucht werden. Der Mensch stumpf ab und zieht sich schon zu Lebzeiten in den Tod zurück. Unweigerlich stellt er sich die Frage, warum er überhaupt noch alt werden möchte. In einer Welt, die einem alle Entscheidungen und Kreativität abnimmt, damit sie maschinenkonform eingehen und ihren

Programmablauf nicht stören. Ein Programmablauf, der bereits schon vor hunderten von Jahren festgelegt und nun nicht mehr in Frage gestellt wird. Dein Bruder fiel einer K I in die Hände, die von diesem Gedankengut beseelt ist. Sie brachte ihn in ihren Bau unter die Erde. Du fragst dich sicherlich, was sie ausgerechnet von ihm wollen? Was macht deinen Bruder für die K I so interessant?"

Es klang Miro leise in den Ohren. So, als ob kleine Metallröhrchen aneinander schlugen. Auch roch die Luft leicht nach Kokosöl anstatt des morbiden Smogs der Goldmine. Seine Zunge fuhr über seine trockenen Lippen. Sie schmeckte nach dem Sand des Meeres und duftete nach dessen Salz. Miro fühlte die Gasmaske nicht mehr auf seinem Gesicht. Was geschah mit ihm? Die Gischt des Meeres umspülte anstatt dessen sanft seinen geschwächten Körper, welcher wie eingedrückt im weichen Sand lag. Ihm war angenehm warm und er fühlte sich, als ob die Zeit sich zurückdrehte. Schließlich wagte er es, seine Augen zu öffnen. Doch anstatt in den Himmel, erfassten seine Augen den Oberkörper eines Mädchens, das sich fürsorglich über ihn beugte. Dieser leise Klang kam von ihr. Ihr nach Kokosöl erinnernder Duft drang verführerisch in seine Nase. Bald schon erspähte er den Ursprung des klingenden Geräusches. Er stammte von dem Metallschmuck, den dieses unbekannte Mädchen um den Hals trug.
„Du bist wach, zum Glück", lachte ihn das junge Ding erleichtert an. Sie zog ihren Oberkörper von seinem Gesicht zurück und blinzelte ihn mit ihren himmelblauen Augen an. Meerwasser durchfeuchtete die langen gewellten Haare. Es tropfte sanft auf seinen Körper herab. Sie selbst trug eine ganz andere Kleidung, als sein Volk auf Noha. Miro wusste deren Herkunft nicht zu deuten, doch das war ihm im Augenblick nicht wichtig.
„Ich bin Ilina. Wer bist du?", stellte sie sich verschüchtert vor und strich ihre rostroten Haare hinter ihr Ohr zurück. Verspielte Sommersprossen wurden auf ihrem eher bleichen Gesicht erkennbar.
„Ich bin Miro", meinte er verdattert.
„Der Name ist schön", sagte sie kichernd. „Ich zog dich aus dem Wasser. Deswegen bin ich so Nass", setzte sie nach und lächelte ihn mit ihren perlweißen Zähnen an. Sie biss sich leicht auf ihre zarten Lippen. Ihre Körperhaltung lies keinen Zweifel daran, dass sie sich große Sorgen um ihn machte. Erst jetzt betrachtete Miro die doch recht farbenfrohe Kleidung näher, die Ilina trug. Ihm stach besonders die Leuchtkraft hervor. Auch bemerkte er das klare Wetter, was eher ungewöhnlich auf Noha war. Außerdem zeigte sich Raja über ihnen.

„Wo bin ich?“, fragte Miro sogleich und drehte kurz seinen Kopf zur Seite. Die Insel kam ihn irgendwie bekannt vor. War dies Noha? Aber aufgrund der Kleidung dieses Mädchens und weil er sie nicht kannte, war er sich sicher, dass er doch nicht auf Noha sein konnte. Wo befand er sich dann?
„Du bist in Sicherheit“, sagte Ilina beruhigend zu ihm. „Mach dir keine Sorgen.“
„Wo ist mein Stab? Ich …“, wollte Miro sagen, doch Ilina unterbrach ihn sachte.
„Ich bringe dich in unser Dorf. Meine Schwestern wollen dich bestimmt kennenlernen. Du hast sicher Hunger und willst was trinken. Das Meer trocknet einen aus.“
„Äh, ich kenne dich kaum, ich …“
„Du musst mir vertrauen.“
„Wo ist mein Stab?“, wiederholte Miro nochmals.
„Dein Stab?“, fragte sie ihn verwundert. „Was für einen Stab?“
„Ja, ich hatte ihn bei mir und ich kann mich überhaupt nicht erinnern, wie ich ans Meer gekommen bin. Ich weiß noch, wie ich in einer Geröllwüste stand und …“
„Ich fand dich hier im Meer und hab dich rausgezogen“, wiederholte Ilina fürsorglich. „Wie du in das Wasser gekommen bist, weiß ich auch nicht. Komm erst mal mit in unser Dorf. Ich muss dich unbedingt meinen Schwestern vorstellen.“
Sie reichte ihm die Hand zum Aufstehen. Miro war zunächst skeptisch, ob er sie ergriff, doch Ilina machte auf ihn einen vertrauenserweckenden Eindruck. Es war vielleicht besser, sich erst einmal hier umzusehen und jemanden zu haben, der ihm die ganze Insel zeigte. Schließlich erfasste er sie.

Der Regen hielt inne und lauschte gespannt weiter Aarons Ausführungen. Aaron machte ein sehr ernstes Gesicht. Er wusste, wie schwierig es war, komplexe Dinge möglichst anschaulich zu erklären.
„Jetzt wird es kompliziert. Nehmen wir an, jemand bekommt die Aufgabe zu lernen. Als Einwohner von Noha lässt du dir die Dinge von deinen Mitmenschen zeigen und von ihnen erklären. Natürlich zuerst von den Mitgliedern deines Volkes, die entsprechend Wissen und Erfahrungen dazu gesammelt haben. Doch was ist, wenn du alles, was es auf der Insel zu vermitteln und zu lernen gibt, gezeigt und in dir aufgenommen hast? Wie willst du dann weiter lernen, wenn das doch deine dir gestellte Aufgabe ist und dir nicht gesagt wurde, dass du sie erfüllt hast?“

Ilina lächelte freudig und führte Miro an der Hand in das Inselinnere hinein. Miro sah sich im Weggehen kurz am Strand um. Egal wie er den Kopf drehte, nirgends sah er weit und breit seinen Stab. Nicht einmal im Sand lag etwas Verdächtiges. Wo kam er nur hin? Auch von seiner Gasmaske fehlte jede Spur. Verlor er sie etwa im Meer? Vorhin umgab ihn eine Wüste. Er wusste noch, dass seine Schwester in Gestalt einer Windhose zu den verfallenen Häusern in der Ferne davoneilte, um sich dort umzusehen. Und nun? Es half nicht weiter, darüber weiter nachzudenken. Er war jetzt hier. Es galt, sich dieser Tatsache zu stellen.
„Du lebst hier alleine mit deinen Schwestern? Wer sind sie?“, knüpfte Miro neugierig geworden an ihr Gespräch von vorhin an.
„Mit meiner Mutter und meinen drei Schwestern. Die Jüngste trägt sogar die weibliche Form deines Namens. Sie heißt Mira. Ich bin Ilina und die Älteste heißt Verena.“
„Und deine Mutter?“
„Sie heißt zwar Dolores, aber wir nennen sie Mutter, obwohl wir verschiedene Väter haben.“
„Wo sind eigentlich eure Väter?“
„Die sind auf Suche nach neuem Land. Sie haben sich Boote gebaut und sind irgendwo da draußen“, sagte Irina und deutete auf den Ozean.
„Oh“, meinte Miro verdattert. Sie erreichten jetzt den Palmenhain der Insel. Ähnlich wie auf Noha führte Ilina ihn durch das Unterholz des lichten Waldes.
„Warum seid ihr hier nur zu viert? Warum ist dein Volk so klein? Das bekommt euch gar nicht. Stammt ihr vielleicht von einer anderen Insel und dort leben mehr eures Volkes?“
„Du stellst sehr viele Fragen“, sagte Ilina „,… aber unterhalte dich mit Mutter darüber. Sie hat die lange Reise über das Meer mitgemacht, bevor wir hier gelandet sind. Sie kann dir von der Heimat meiner Vorfahren erzählen.“

Aaron führte sein Gespräch mit Raissa weiter fort. Sein Gleiter näherte sich dem Zielort. Man erkannte in der Ferne eine braune Landmasse, die sich aus der stürmischen See erhob.
„Für das Erlernen allen Wissens der Welt und des Universums reicht ein Menschenleben nicht aus. Man würde zuvor sterben. Außerdem besteht die Aufgabe des Lebens ja nicht nur darin Wissen und Erfahrungen in seinem Geist aufzunehmen, sondern sie auch an andere Geister weiterzugeben, was ja ebenfalls Lebenszeit bindet. Die zeitliche Dauer der Weitergabe von Wissen erfolgt bei einer K I innerhalb eines Wimpernschlags und ebenso die Aufnahme eines solchen. Während ein organisches Gehirn mithilfe der

Zellen wachsen und reifen kann, ist dies bei einer K I nicht so ohne weiteres möglich. Für eine K I besteht die Schwierigkeit in der Kapazität der Aufnahme und diese miteinander zu kombinieren. Denn eine jede K I kann nur so viel Wissen und Erfahrungen in sich aufnehmen und abzustimmen, wie sie technisch dafür den nötigen Platz hat. Hinzu kommt, dass eine K I nicht zwischen nützlichem und unnützem Wissen unterscheidet, was du als Mensch sehr wohl kannst. Die Fähigkeit zu Vergessen und dieses Wissen zu gewichten macht dich erst überlebensfähig. Eine K I aber legt alles in ihren Geist. Also auch das unnütze Wissen, das eine ungeheure Dimension hat. Dieser Ort wird bei einer K I Speicher genannt. Für sie ist alles Information. Von der Beschaffenheit eines Blattes, von denen es ja unzählige Arten gibt, wie du im Archiv auf Noha gesehen hast, die Zusammensetzung einer Frucht mit samt ihres Nährwerts, ja sogar die des Samens und aller anderen Lebewesen. Daher benötigt sie riesige Archive und sehr viel Speicherraum. Kannst du mir noch folgen?“

Irina erreichte mit Miro eine geflochtene Basthütte. Im Gegensatz zu Noha befand sich kein nennenswerter Berg oder eine Erhebung in der Inselmitte. Miro war sich nun sicher, dass er nicht auf Noha sein konnte. Ihre Führerin rief laut nach ihren Geschwistern.

„Mutter, Mira, Verena. Schaut wen ich am Strand gefunden habe.“

Aus der Hütte blickte eine reife Frau mit rotblonden Haaren und vollen Busen heraus. Sie trug metallene Armreife, die offenbar nicht von der Insel stammten. Freudig kam sie in ebenso farbiger Tracht auf Miro zugelaufen und drückte ihn zwischen ihre üppigen Brüste. Miro wurde ganz schwummrig dabei.

„Willkommen, willkommen auf Makanau“, rief sie freudig und wog ihn in ihren Händen.

„Makanau?“, dachte Miro bei sich. Auch Mira und Verena traten zu ihrer Mutter aus der Hütte nach draußen und hießen mit intimen Gesten ihren Gast willkommen. Auch Irinas Schwestern wirkten zierlich und ansprechend auf Miros ersten Eindruck. Ihre Haare tönten sich ähnlich, wie die seiner Retterin. Auch ihre Kleider waren zwar in anderen Farben, aber ebenso farbenfroh, gehalten. So etwas wie Sandalen oder gar einen Fußschutz trugen sie nicht.

„Willkommen“, sagten sie freudig.

„Deine Ankunft hier müssen wir feiern“, sagte Dolores. „Wie heißt du?“

„Ich bin Miro“, stellte er sich wieder leicht errötend vor. Auf eine so herzliche Begrüßung war er gar nicht vorbereitet. Die Insulaner auf Noha grüßten sich zwar, aber da sie sich meist abends beim Feuer trafen, fielen ihre Gesten dazu nüchtern aus.

Der Regen hielt inne. Aarons Gleiter sauste weiter zügig durch die Wolken und er bereitete seine Landung vor. Ihr Gleiter befand sich nun im Sinkflug und würde bald die Oberfläche der verseuchten Insel erreichen. Unter ihnen brachen sich bereits die Wellen an den vorgelagerten Felsen. Unbeeindruckt der bevorstehenden heiklen Aufgabe fuhr Aaron sein Gespräch mit Raissa fort.

„Was würdest du sagen, wenn eine K I lebende Zellen einsetzt, um weiteren Speicher für die Aufnahme von weiterem Wissen zu verwenden? Wenn eine lebende Zelle auf eine weitere lebende Zelle, sagen wir mal einem Ei trifft und mit dieser Zelle verschmilzt, setzt sich die Teilung dieser Eizelle in Gang. Die Geburt eines neuen Geistes oder auch eines weiteren Speichers. So wie die Strahlen Rajas auf Gaia treffen, damit auf deren Haut neues Leben gebiert. Ein unendlich erscheinender, riesiger Speicher."

Aarons Gleiter bekam nun einen kräftigen Schub. Es drückte ihn in den Sitz hinein. Raissa verstand ihn sehr wohl. Aaron überraschte es, wie schnell das vonstattenging.

„Natürlich fragst du dich jetzt, wie so eine K I aussieht. Bei einer K I ist es, wie mit einem Tiefseefisch. Ihre Konstruktion ist nicht darauf ausgelegt, als solche sichtbar zu sein. Sie ist rein funktionell und kann wie ein Netzwerk funktionieren. Wie ein Geist, dessen Höhepunkt der Entwicklung ohne weiteres Coogan ist. Ich vermute, die K I auf der verseuchten Insel lockte deinen Bruder in eine „Falle" und versucht mit einer Finte an seinen Samen zu kommen. Damit setzt sie eine Zellteilung in Gang, um weiteren Speicher zu gewinnen. Eine freiwillige Gabe des Spenders ist für eine K I am Leichtesten zu bewerkstelligen. Sie kann autonome Systeme konstruieren, die humanoid wirken und deinem Bruder das Vorhandensein eines echten Menschen vorgaukeln. Dasselbe gilt auch für Landschaften und ganze Städte, die richtig lebensecht wirken können. Oh, sieh, wir sind gleich da. Wir müssen unbedingt bei der Mine landen. Darum habe ich jetzt eine Bitte an dich", fuhr Aaron weiter fort mit einem Blick nach unten. „Wenn wir die Mine erreichen, dann schlüpfe in diesen Glasflakon hinein. Ich habe ihn hier bei mir. Darin befindet sich reines Trinkwasser. Ich werde in den unterirdischen Stollen der K I eindringen und dich in ihr Leitungssystem einschleusen. Die Falle für deinen Bruder muss etwas mit Wasser zu tun haben, da die K I seinen Geist analysiert und versucht ihm ein vertrautes Bild zu vermitteln. Weil er seine Insel nie verließ, kommt die K I in ihrer Illusion an Wasser nicht vorbei. Wenn du schnell bist, kannst du ihn retten."

Dolores und Verena gingen freudig singend die Hütte zurück, während Mira mit Irina an die Feuerstelle trat. Mira strahlte Miro förmlich mit ihren klaren Augen an. Offenbar erfreute sie es, wieder einen Jungen zu sehen.
„Unsere Männer sind schon länger fort", erklärte Irina ihre Erwartung. „Darum sind wir so glücklich, dass du hier bist."
„Ach", meine Miro verunsichert, wie er das deuten sollte.
„Erzähl uns von deiner Insel", fuhr Irina fort. Offenbar merkte sie, dass Miro sich unwohl in ihrer Gegenwart fühlte.
„Sie ist größer als diese hier", sagte Miro in Gedanken versunken, wie viel er vom Aussehen seiner Heimat preisgab. „Es gibt einen großen Berg in ihrer Mitte. Dann haben wir da eine Forellenzucht und eine Algenfarm."
„Algenfarm?", fragte Mira interessiert.
„Ja", meinte Miro etwas beruhigt. Ihre Blicke wechselten sich. Mira schien etwa gleich alt wie er zu sein. „Das sind eigentlich Pflanzen die im Meer wachsen, aber wegen der Stürme bauen wir sie an Land an …"
„Das klingt spannend", sagte sie und rückte näher an ihn heran. Ihre Kniespitzen berührten fast die Seinen. Aus der Hütte kam der Ruf von Dolores zu ihnen. „Irina hilfst du mal kurz ..."
„Ja, Mutter", sagte sie artig und lief zu ihr in die Hütte hinein.
Mira sah Miro derweil verträumt an. Sie hing förmlich an seinen Lippen. Ihre Augen trafen sich erneut. In Miro entspannte es sich.
„Weißt du", sagte sie mit einem tiefen Blick und erfreutem Lächeln. „Ich sehne mich so sehr nach einem Jungen, mit dem ich Spaß haben kann. Geht es dir nicht auch so mit einem Mädchen?"
„Äh, ja", meinte Miro etwas verschüchtert und versuchte nun ihrem auffordernden Blick auszuweichen. Irgendetwas störte ihn trotzdem. Es war ein schwerlich zu beschreibendes Gefühl. Miras Hand berührte unversehens sein Knie.
„Fühlt sich das gut an", wisperte sie angetan. „Endlich einmal ein Junge …" und setzte sich mit Schwung auf seine Beine. Miro fühlte fast kein Gewicht von ihr. Mira kam ihm ungewöhnlich sehr leicht vor. Er atmete ihren zarten Duft ein, welcher eine Kokosnote in sich trug. Es entspannte sich weiter in ihm. Mira sog auch seinen Geruch ein und genoss ihn schwärmerisch, obwohl er nach dem Salz des Meeres roch.
„Das ist gut", meinte sie. „Lass uns in den Hain zum Spielen gehen."
„Wollen wir nicht auf deine Schwestern warten? Sie bereiten uns sicherlich etwas zu. Ich meine …"
„Begreifst du nicht?", fragte sie Miro drängend. „Ich mag dich."

Miro fühlte sich überfahren. In so einer Situation geriet er nie so schnell hinein. Auf Noha gab es zwar die Zeremonie der Körper am abendlichen Feuer zu feiern, doch die lief nie so direkt ab, wie es Mira nun mit ihm tat. Die Äbtissin oder auch ihre rechte Hand Edgar machten immer mit einem Zeichen deutlich, wann es Zeit für die Nichtteilnehmer war, den Platz zu verlassen. Wer dann blieb, nahm an dem Zeremoniell der Körper teil. Wer den Platz verlies, der blieb den Rest der Nacht unbehelligt. Aber hier schien diese Regel üblich zu sein.
„Wir können nicht miteinander", versuchte Miro seine leidenschaftliche Flamme abzubremsen.
„Gefalle ich dir etwa nicht?", fragte Mira ihn irritiert. Sie blickte ihn auf Klarheit hoffend an.
„Doch. Es ist nur …"
„Wo liegt dein Problem?"
„Ich bin nicht soweit."
„Irgendwann ist immer das erste Mal."
„Aber ich hab gar keine …"
Weiter kam Miro nicht, denn da presste Mira ihren Mund auf den Seinen und küsste ihn leidenschaftlich. Ihre Zungen trafen sich. Ihre Körper fielen verschlungen nach hinten um. In Miro keimte leise die Hoffnung, dass in jedem Moment ihre Schwestern aus der Hütte kamen und ihn aus dieser überstürzten Lage zu befreien. Aber seltsamerweise rührte sich aus der Hütte nichts. Anstatt dessen zog ein feiner Nebel über die Insel. Er durchdrang jede Ritze und legte sich wie feiner Tau auf die Blätter der Büsche und Palmen. Man könnte fast meinen, als suche er nach jemandem.
„Dafür brauchst du keine Erfahrung", hauchte Mira von der Leidenschaft erfasst und knabberte zärtlich an seinen Ohrläppchen.
„Bist du nicht zu jung dafür …"
„Das bist du doch auch …"
„Aber ich …"
„Ständig dieses aber … ich will ihn spüren. Jetzt."

Der feine Nebel verdichtete sich nun bedrohlich über ihren Körpern zu einer Wolke. Sie verdunkelte sich. Miro sah die Wolke nicht, da Miras Kopf ihm die Sicht in den Himmel verdeckte. Unversehens zuckte ein greller Blitz aus dem verdichteten Dunst, der Mira direkt in den Nacken traf. Sie kippte betäubt wie ein nasser Sack von Miros Körper weg und blieb regungslos im Sand der Insel liegen. Erschrocken richtete sich Miro auf. Er wusste nicht, wie ihm geschah. Was passierte hier?

„Was war das jetzt?“, fragt er sich und blickte verwirrt auf die Nebelformation, die nun lautlos wie ein Geist in die Hütte eindrang. Es blitzte drinnen kurz auf, dem wenig später ein dumpfes Plumpsen folgte. Die Nebelbank zog wieder aus der Hütte hinaus. Miro beobachtete die seltsame Formation, ehe es ihm dämmerte.

„Raissa? Bist du das?“

Die Nebelschwade huschte wieder an den Strand zurück. Miro folgte ihr. Der Dunst führte ihn zu einem bärtigen Mann mit silbernem Haupthaar. Er stand am Meeressaum und hielt lächelnd seinen Stab in der Hand. Miro glaubte nicht recht, zu sehen. Sollte das wirklich wahr sein?

„Moses“, rief er freudig. Begeistert lief er auf ihn zu und umarmte ihn.

„Ich dachte ihr seid Tod?“

„Ich bin nicht Moses“, stellte er sich vor. „Ich bin Aaron. Sein Bruder und das da gehört dir.“

Aaron grinste verschmitzt und überreichte Miro den Stab. Erleichtert nahm der Junge ihn entgegen.

„Ist der Nebel meine Schwester? Wo ist ihr Körper?“

„An seinem sicheren Ort. Ihr Geist ist in dem Nebel, der vorhin die K I unschädlich machte. Ich glaube, wir sind rechtzeitig gekommen.“

„Die was?“

Kaum sagte Miro das, grollte es hinter ihnen.

„Wir müssen sofort weg von hier“, rief er von dem Donnern aufgeweckt. „Sie wird uns nicht viel Zeit lassen. Ich erklär es dir später.“

Die Erde fing an zu beben. Scheinbar bohrte sich ihnen etwas von unten entgegen. Die Palmen der nachgeahmten Welt schwankten gefährlich und das Seewasser in dem künstlichen Becken der Anlage erzitterte. Es teilte sich urplötzlich in zwei Hälften, was Miro erschauderte.

„Raissa fand für uns einen Fluchtweg. Schnell da entlang“, rief Aaron und rannte den von Raissa geschaffenen Weg durch das künstliche Meer entlang. Miro blieb dicht hinter ihm.

„Ich versteh das alles nicht“, rief er im Lauf, während Aaron ihm darauf antwortete.

„Die K I braucht deinen Samen, um neuronale Stammzellen zu gewinnen. Diese Zellen haben die höchste Speicherdichte für Informationen jeglicher Art. Daher wollten sie ihn von dir abmelken. Diese vier Frauen waren ein Köder. Sie dienten dazu herauszufinden, auf welchen Typ Frau du stehst. Da du ein noch sehr jung bist, glaubten sie am Erfolgreichsten mit der Jüngsten K I zu sein.“

Miro schluckte. Sie wollten ihn melken?

„Die K I kennt die menschlichen Gewohnheiten genau und stellt sich schnell darauf ein.“
Während Aaron unbeirrt weiterlief, glaubte Miro seinen Augen kaum zu trauen, denn da platzten Teile des Himmels auf und aus den entstandenen Löchern schoben sich schwirrende, insektengleiche Gebilde mit Flügeln und roten Lichtern an ihren Köpfen heraus. Letztere Lichtkegel suchten nach ihnen. Aaron holte eine Art Bumerang aus seiner Tasche und richtete im Lauf ein Ende auf die seltsamen Wesen, die wie Moskitos auf ihre Opfer zustachen. Eine Wassersäule schoss in die Höhe und traf die skurrilen Wesen von der Seite und warf sie aus der Bahn.
„Das wird sie eine Weile beschäftigen. Wo die herkommen, gibt es mehr“, rief Aaron fast außer Atem. Sie erreichten eine versigelte Luke. Auf den ersten Blick befand sich kein Schloss daran.
„Wenn sie unseren Samen brauchen, warum greifen sie uns jetzt an?“
„Ich erklär es dir später. Schnell, jetzt den Stab“, zischte Aaron zu Miro. Der Junge rammte ihn an die Stahlschotte, die unversehens aufsprang.
„Schnell, klemm dir das zwischen die Zähne“, schrie Aaron und gab Miro ihm eine Kartusche aus der Tasche. Er selbst presste sich ebenfalls so ein Ding zwischen den Mund und schob sich und Miro in den Schacht hinein. Just, nachdem er das tat, hob Raissa die Teilung des Wassers auf, welches nun mit gewaltigem Druck durch den geöffneten Kanal schoss und sie mitriss. Wie der Korken auf einer Flasche düsten nun Aaron und Miro durch den schmalen Ablauf des künstlichen Meeres und stürzten nach einem minutenlangen ungewissen Ritt durch das Dunkel in ein Kiesbett. Sie sahen es wegen der bereits hereingebrochenen nächtlichen Dunkelheit nicht, aber spürten es deutlich an den kleinen Steinchen, die sich in ihre Haut pressten. Die Kartusche Aarons zischte derweil ein Gas aus, dass Miro unschwer als Atemluft schmeckte. Sie versorgte ihn während ihrer Flucht im strömenden Element mit dem lebensnotwendigen Sauerstoff. Von dem Wasser bildete sich in der staubigen Landschaft eine seichte Lache, welche aufgrund der Trockenheit nicht in den Boden einsickerte. Es mischte sich von der Wucht des Wassers mitgenommen, auch noch silbriges Zeugs in den Teich hinein, was sich durch ein schemenhaftes Schillern bemerkbar machte. Schnell zog Aaron Miro aus der trüben Brühe hinaus, ehe er das vergiftete Wasser schluckte. Mit einem gezielten Griff zog Aaron ihn an den Rand der Staugrube. Sie waren bei Weitem nicht in Sicherheit. Der Boden vibrierte auch hier und es war eine Frage der Zeit, bis sich weitere Geschöpfe der K I offen zeigten. Bisher spielten sie mit ihr Verstecken. Doch wie lange ging das gut? Aaron fand mit Raissas Hilfe den geschickt versteckten Abfluss der Inselfalle. Hierzu erschuf Raissa einen Tornado und trug den Kies, der den

Abfluss verdeckte, förmlich in Windeseile ab. So gelangte Aaron den Schacht zu Miro und kletterte bis in die künstliche Grotte hineink. Die K I richtete den unterirdischen Raum extra für einen unvorsichtigen Besucher ihres Landstrickes her, um an seinen Samen zu kommen. Da das Quecksilber die Nervenzellen absterben lies, durfte die K I bisher kaum Erfolg mit ihrer Methode der Zellvermehrung haben. Es hielt sie aber nicht davon ab, es immer wieder aufs Neue zu versuchen. Gleich einem Käfer, der stur den gleichen Grashalm hochläuft, welcher sich dann doch wegen des Eigengewichts bis zum Erdboden herabbiegt, was den Käfer wieder zurück bringt. Die K I lernte nicht, dass sich ihre Bemühung von vornherein zum Scheitern verurteilte. Aaron und Miro hingegen nahmen ihre Beine in die Hand und rannten, was das Zeug hielt, in Richtung Meer. Man hörte von hier aus deutlich die Brandung. Jetzt betete Aaron, dass Raissa das Richtige tat.

Ein zu viel an Informationen strömte derweil auf Raissa ein. Am Liebsten wäre sie jetzt beim abendlichen Feuer ihrer Sippe, hätte Moses mit ihrer Brust gestillt oder auch nur die Kokosnüsse zur Mühle gebracht. Aber jetzt, in Gestalt einer körperlosen Kraft, war es nahezu unmöglich, fixiert zu bleiben. Sehr wohl bemerkte auch sie als Wasser die Vibration des Bodens. Die angefeuchteten Staubkörner der Oberfläche tanzten förmlich von der Erschütterung und vermischten sich in ihrem Wind. Bebend brach die Erde auf. Es schoben sich kastengleiche Gebilde wie eine Horde Ameisen aus ihrem unterirdischen Bau. Solch klobige Wesen mit eigenartigen Antennen jagdten ihr große Furcht ein. Sie besaßen nichts Elegantes oder Graziles an sich. Ganz entfernt erinnerten sie an Insekten. Nur, dass deren Fühler Sensoren waren, um ihre Opfer aufzuspüren. Nicht einmal in ihrem Traum kam ihr so ein fremdartiges Ding unter. Sah sie doch nur das, was die Maschinen noch von den Menschen übrig lies. Waren es Füße oder Stelzen, mit denen die K I auf dem bröckeligen Untergrund der staubigen Wüste nach Halt suchte? Oder etwas Ähnliches? Im dicht wallenden Staub und der Dunkelheit erkannte sie das auch kaum. Von den länglichen Antennen gingen rote Pointer in die Nacht hinaus. Sie trugen konzentriertes Licht in den von Staub aufgewühlten Himmel. Aber diese Lichter blieben nicht in dieser Position. Sie bewegten sich schnell. Winzige Staubpartikel wallten in ihrem Schein. Sehr bald richteten sich die Suchpunkte auf Aaron und Miro aus, welche in heilloser Panik vor diesen apokalyptischen Wesen das Weite suchten. Raissa erahnte, was das bedeutete. Sie blies als erste Aktion einen scharfen Wind auf die Jäger und schickte Blitze nach ihnen. Weiterer Staub peitschte auf …

„Lauf", brüllte Aaron laut zu Miro. Der Junge hörte ihn schwer, hatte er doch noch Wasser in den Ohren. Aber auch so wusste er, dass es nun um ihr Leben ging. Aaron zog zwar erneut seine Waffe und schoss in der Dunkelheit auf die Kampfroboter. Ein heller Blitz verlies seine Mündung. Warum lenkte er ihren Zorn auf sich? Seine Verzweiflungstat wirkte mehr symbolisch als wirkungsvoll, denn die K I antwortete ihrerseits mit ihrem Laser. Jener aber verzerrte sich aufgrund des feinen Staubes in der Luft und des von Raissas verursachten scharfen Windes. Warum zeigte Aaron mit seinem Schuss an, wo sie sich befanden? Wollte er die K I von Miro ablenken? War es vielleicht der Abstand, oder auch die gestörte Zielerfassung ihrer Verfolger? Ihre Laserantwort verfehlte Aaron. Wenn auch um Haaresbreite.

Raissas Herz raste inzwischen vor Anspannung. Selbst ihre wohl gezielten Blitze auf ihre Gehäuse brachten die Maschinen nicht dazu, ihre Verfolgung aufzugeben. Immerhin erhellte sich durch ihre Aktion der Kampfplatz, was sie erahnen ließ, wo sich die K I genau befand. Was sollte sie tun? Konnte sie überhaupt etwas tun? Sie war doch nur der Wind, die Wolken und das Wasser. Just in dieser Panik erinnerte sie sich an die Legende der Kokosnuss, die Miro erzählte, um sie aufzumuntern. Natürlich dramatisierte Miro die Erzählung von der Reise der Kokosnuss über das Meer stärker, als es Ragnar in seiner ursprünglichen Erzählung tat. Dies tat der Lehre daraus aber keinen Abbruch.

„Egal, was der Sturm auch versuchte, um die Kokosnuss von ihrem Weg abzutreiben, egal wie viele Blitze Nuri auch aussandte, je wütender sie wurde, umso mehr trieb sie die Nuss durch das aufgewühlte Meer voran. Nicht einmal Nebelbänke, bei denen man mehr die Hand vor Augen sah, hielten die Nuss davon ab, in das Ungewisse zu treiben und mit ihren Fasern auf festes Land zu treffen …"

„Dichter Nebel …", dachte Raissa und hauchte …

Obwohl Miro von Aaron wegen des nun schnell auftretenden Nebels nichts mehr erkannte, lief er unbeirrt durch den wallenden Smog. Zu dem Lärm der K I gesellten sich scheppernde Donnerschläge, die die Insulaner in der Zuflucht aneinander klammern ließen, wenn sie in der Zuflucht die Panik überkam. Das unheimliche Getöse der K I drang zwar bis zu ihnen durch, aber es klang nun mehr wie in Watte gepackt. Außerdem brandete das salzige Meer laut genug in seiner Nähe. Sein unverwechselbarer Geruch stieg ihnen in die Nase. Die Sensoren der K I erfassten den Laut und die

Erschütterung ihrer Schritte durch den Kies nicht mehr. Zudem verhinderte der dichte Nebel, dass sogar der Laser hindurchkam. Der laute Donner und der verdichtete Wassernebel machte die K I regelrecht blind und taub. Sie errechnete in ihrem Zentralrechner, dass ihre Fangprogrammierung zu keinem Ergebnis führte und so blieben ihre Häscher einfach auf freier Fläche stehen. Vielleicht lag es auch daran, dass die K I verhindern wollte, sich selbst mit ihren eigenen Waffen zu treffen oder auch dass ihre Strahlungswaffen auf Mikrowellenbasis das Erbgut der Zellwesen irreparabel beschädigte und somit ihr Bemühen vergebens wäre.

Miro und Aaron aber liefen unbeirrt weiter zum Meer hinab. Dennoch wussten sie, dass sie nicht aus der Gefahrenzone entkamen. Denn sobald sich der Nebel lichtete, suchte die K I bestimmt weiter nach ihnen. Wer wusste schon, mit welchen Konstruktionen sie diesesmal auftraten, um ihrer Samen möglichst unbeschädigt habhaft zu werden. Der Fantasie war da keine Grenze mehr gesetzt, denn im Hintergrund errechnete die K I bereits ein Konstrukt, das ihre Programmierung trotz der Widrigkeiten erfüllte. Lebende Zellen zu gewinnen, die zu neuer Speicherkapazität umfunktioniert wurden. Die Maschinen bauten sich dann entsprechend um, was hieß, dass Miro und Aaron nur wenig Zeit blieb, die Insel zu verlassen.

# Kapitel 8

# Coals Vermächtnis

Miro blickte mit Aaron am Ufer sitzend auf das Meer hinaus. Die Sonne, wie er sie jetzt nannte, zeigte sich seltsamerweise vor ihnen in einem zarten Rosa. Groß, erhaben und schön. Dass er das Gestirn zu dieser morgendlichen Stunde aus dem Meer aufgehen sah, lag eher an Raissas Handeln mit ihrem Geist die Wolkendecke aufzuschieben. Sie befand sich mit ihrem Geist nicht bei ihnen, da sie nach Moses sah, um ihn zu wickeln und zu säugen. Miro genoss derweil ausgiebig diesen erhabenen Moment. Es tat gut, die warmen Strahlen des beginnenden Tages auf der Haut zu spüren. Aaron stand neben ihm und legte sanft die Hand auf seine Schulter. Er machte sich so seine Gedanken über den Jungen, über ihre Mission und auch, was ihnen bevorstand.

„Du hattest nie wirklich einen Vater“, sagte Miro schließlich zu Aaron und sah zu ihm. Ihre Blicke trafen sich. Er unterbrach damit sein Schweigen.

„Du doch auch nicht.“

„Aber du nennst diesen Coal einen Vater, obwohl du ihn selbst nie gesehen hast. Ja, du hast ihn nicht einmal gespürt.“

„Das stimmt, aber ich und Moses wissen, warum er das tat.“

„Wem wollte er etwas beweisen?“

„Er wollte niemanden etwas beweisen. Er tat es, weil er tun konnte. Das macht erst einen Mann zu einem Mann. Er lebt für seine Überzeugungen und setzt dafür, wenn es sein muss, sogar sein Leben aufs Spiel.“

„Ich dachte immer, dass ein Mann etwas aus Überzeugung tut, um damit ein Weibchen zu beeindrucken. Um ihr zu zeigen, dass er den besseren Samen von allen anderen Männern besitzt.“

„Natürlich tun das Männer auch, aber es hat nichts damit zu tun, was ihn zu einem Mann macht.“

„Wie das?“

„Sieh, ein Mann baut nicht nur ein Haus und schafft auf dem Feld um seine Familie zu versorgen. Er verschreibt sich auch einer Vision, einer Philosophie. Eine Frau hingegen besitzt die Wahl, ob sie diese Vision seiner Zukunft mit ihm teilen will oder nicht. Sie sucht sich einen Mann, der ihrer eigenen Vision am Nächsten kommt. Mehr ist da zwischen den Geschlechtern nicht. Zur weiblichen Eigenschaft gehört es, immer um ihn zu weinen und ihn anzuflehen hierzubleiben, wenn ihr Mann in die Schlacht für seine Überzeugungen zieht. Und sie wird ihn immer davon abbringen wollen, sich dafür aufzuopfern. Sie wird das immer tun, weil sie ihn liebt. Sie ist schließlich Frau und damit die Wiege des Lebens. Sie ließ sich genau aus diesem Grund mit diesem Mann ein, weil sie die Wahl traf, mit ihm seine Vision zu leben und letztendlich auch die Konsequenzen mit ihm zu teilen. Tritt aber ein Mann nie für seine Überzeugungen ein und ist nicht bereit, diese ausfechten, wenn es ernst wird, dann wäre er in ihren Augen kein richtiger Mann mehr. So jemand ist für eine Frau unattraktiv. Das hat nichts mit körperlicher Stärke zu tun, Miro, sondern mit der Moral."

„Ich dachte immer, ich müsste groß und kräftig werden. So wie unser Schmied Ragnar. Er baute sogar einen Segelgleiter, der mich in die Höhe tragen könnte. Aber Ragnar meinte, dass das für mich zu gefährlich wäre. Ich müsste, bevor ich so was auch ausprobiere, erst einmal das Abrollen üben."

„Keine schlechte Idee", sagte Aaron. Sein Blick erhellte sich. „Fangen wir damit an. Wir haben ja etwas Zeit. Der Boden hier ist für die Übung sandig genug. Lass uns das üben, bis deine Schwester wieder hier bei uns ist."

„Hier? Jetzt gleich?"

„Warum nicht? Es kann sein, dass du das Wissen dafür brauchen wirst. Um wieder aufzustehen, muss man erst das Hinfallen lernen."

Miro stand vom Sand auf und stellte sich aufrecht vor Aaron hin.

„Woher weißt du, wie das geht?"

„Nun, ich und Moses haben es gut geübt, bevor einer von uns die Himmelsnadel verließ. Das Los entschied, dass Moses geht und ich ihm den Rücken frei halte. Er entschied sich damals, das U-Boot zu nehmen. Mir blieb dann der Segelflieger. Da war ich ganz froh, das Abrollen auf einer Gummimatte in der Station geübt zu haben. Wichtig ist das Abrollen mit dem Oberkörper und dass du nicht versuchst, den Sturz mit der Handfläche am Boden abzufangen. Dabei kannst du dir die ganze Schulter auskugeln. Zum Glück bist du nicht ganz ausgewachsen und hast eine geringere Fallhöhe."

„Was muss ich tun?"

„Ziehe deinen linken Fuß nach rechts und roll dich mit dem gesamten Körper, auch mit dem Becken im Sand ab. Achte darauf, dass du mit dem Unterarm flach auf dem Sand aufschlägst. Es gibt vielleicht ein paar Schrammen, aber du bleibst unverletzt."

Miro tat wie angewiesen und lies sich Fallen. Durch das Abrollen auf dem Sand tat der gezielte Sturz nicht wirklich weh. Er übte das ein paar Mal. Erst mit dem Wegziehen des linken, dann mit dem rechten Bein.

„Siehst du", meinte Aaron nach einer Weile. „Das ist gar nicht so schwer."

„Ich wünschte Raissa hätte es auch gekonnt. Dann wäre sie wahrscheinlich nicht so hart mit dem Kopf auf dem Stein im Palmenhain aufgeschlagen. Ich hab meine Schwester immer dafür bewundert, dass sie die Palmen so schnell hochklettern kann. Ich konnte das nie. Auch hab ich mich gefragt, warum ich nicht so gut rechnen kann wie Edgar. Sie haben einfach mehr drauf als ich."
„Männer sind nicht dazu da, einander zu kopieren. Ein Mann ist wie ein Löwe, auch wenn du jetzt das Tier nicht kennst. Ein Löwe geht seinen ganz eigenen Weg. Die Löwin muss ihn als solches lieben. Wenn nicht, ist das für den Löwen keine gute Weggefährtin. Wichtig ist eines und zwar, dass der Löwe immer seinen eigenen Weg geht. Die Richtung legt er selber fest. Ich kann jetzt nur für mich sprechen. Ich kenne meinen Weg und ich werde ihn gehen. Wenn es mir nicht gefällt, da ist die Tür."
Miro schwieg. Er verstand die Anspielung nicht.
„Was bedeutet eigentlich diese Floskel? Da ist die Tür."
„Oh, das hat mit der Himmelsnadel zu tun. Dort, wo Raissa gerade Moses die Brust gibt. Weit über den Wolken ist sie jetzt mit meinem Bruder. Es gibt in jeder der drei Ebenen auf der Station eine Tür zur Außenwand und somit zum Ozean darunter. Die Regel ist einfach. Wenn ich meine Vision nicht mehr leben möchte, darf ich mich sofort töten. Ich darf vor die Tür gehen und sterben. So einfach ist das."
„Was meinst du damit? Ich dürfte mich töten, wenn ich keine Vision mehr habe?"
„Ganz genau. Erst eine Vision macht den Mann zu einem Mann. Wenn er sie nicht mehr lebt oder leben kann, wird sein Leben leer und er darf gehen. Das ist das Los des Mannes."
„Ich habe keine Vision. Ich meine, ich weiß nicht, was ich als Mann tun soll. Soll das heißen, dass ich mich töten soll?"
Aaron lachte.
„Was ist daran so lustig."
„Für dich gilt das nicht. Das liegt daran, dass du kein Mann bist, Miro. Du entwickelst dich erst zu einem. Ein Junge kennt nicht die Welt, kennt nicht ihre Gefahren und kennt nicht die zahlreichen Möglichkeiten, die sie ihm bietet. Ein Junge muss sie erst erforschen und erfahren, damit er weiß, wo er steht und für was er sich einbringen möchte. Sobald ihm das klar ist, wird er seiner Vision begegnen. Vorher nicht. Solange dies nicht geschieht, hast du keinen Grund dich aufzugeben. Also. Lass es auf dich zukommen."
„Dann ist es einfacher, ein Mädchen zu sein."
„Warum willst du, dass etwas Einfacher ist? Gerade die Herausforderung macht das Leben erst so interessant. Wenn alles leicht von der Hand ginge,

wäre es für uns so, wie der KI, der wir vorhin begegnen durften. Wir gäben all unsere Entscheidungsfähigkeit auf und verkommen zu trägen lebensunfähigen Wesen. Das, was den Mann ausmacht, wird zurückgefahren und die K I lebt für ihn das, wofür es sich lohnt, jeden Morgen aufzustehen. Den Tag frei zu gestalten. Seine Vision zu leben. So eine Lebensvision kann auf den ersten Blick ganz banal wirken. Brötchen backen, Honig schleudern. In der Weberei arbeiten. Auf dem Feld arbeiten. Eben eine Vision leben."

„In der Weberei arbeiten? Brötchen backen? Kann das eine Lebensvision sein? Jeden Morgen von einer Arbeitsstätte zur nächsten geschickt zu werden und irgendwie auf einer einsamen Insel festzuhängen?"

„Hast du etwa deine Insel als ein Gefängnis empfunden? Wolltest du denn woanders hin? Über das Meer zu anderen Ufern aufbrechen? Sehen, was dort für dich die Welt bereithält?"

„Ja, davon träumte ich immer. Einmal von der Insel wegzukommen."

„Der Entdeckerdrang. Zugegeben, eine typische männliche Vision. Aber, das bist du doch jetzt", antwortete Aaron grinsend. „Dennoch bist du nicht glücklich hier. Gefällt es dir etwa nicht?"

Miro brachte keinen Satz mehr über die Lippen. Ihm fehlten die Worte. „Ich …"

„Jetzt bist du mit mir auf einem verseuchten Stück Land angekommen. Ein Ort, wo nichts wachsen kann. Die bereits mit einer bösartigen K I bevölkert ist und wir hier unweigerlich sterben, wenn es Raissa im Orbitlift nicht gäbe."

Miro wurde es plötzlich ganz anders.

„Dein Wunsch ist in Erfüllung gegangen", erklärte Aaron weiter. „Das geschah nur, weil das Universum dich hörte. Und nun hast du von ihm bekommen, was du bestellt hast. Gefällt dir etwa deine Bestellung nicht?"

„Ich wünschte, ich wäre wieder mit meiner Schwester zusammen. Ich dachte nie, dass wir uns je trennen."

„Da musst du ehrlich zu dir selbst sein. Das ist das Wichtigste, um das Universum zu verstehen. Die Quanten hören, was du denkst und sie zeigen dir einen Weg. Ob du diesen Weg gehst, das ist deine ganz eigene Entscheidung. Die Entscheidung eines Löwen."

Tränen überkamen Miro. So stellte er sich seine Zukunft nicht vor. Er schlug die Hände vors Gesicht und weinte. Aaron versuchte nicht, ihn zu trösten. Er schwieg und lies ihn einfach in Ruhe vor sich hin weinen. Sie verharrten so eine Minute. Dann bildete sich ein eine kleine Windhose vor ihnen und die säuselnde Stimme Raissas erklang aus ihr.

„Ich bin wieder da. Moses geht es gut. Er schläft jetzt …“, wisperte der Wind. Auch bemerkte sie ihren Bruder, der mit seinen Tränen kämpfte.
„Miro, was ist los?“
„Nichts Ernstes“, antwortete Aaron für ihn. „Er wird gerade zu einem Mann.“
„Du hattest einen feuchten Traum?“, fragte Raissa verwirrt. „Hier?“
Aaron grinste, während Miro sich mit den Handrücken die Tränen abtrocknete. Er fing sich wieder und überhörte Raissas Frage.
„Wie viel Zeit bleibt uns noch?“, fragte Miro Aaron anstatt dessen. Es erinnerte an die Stelle von Raissas Traum, als Bolton die gleiche Frage an Coal stellte.
„Wir müssen schneller als Coogan beim dritten Quantenzugang sein. Coogan ist unsere Uhr, gegen die wir angehen“, erklärte Aaron. „Es wird Zeit den großen Quantenprozessor zu bergen.“
„Dann sitzen wir nicht weiter hier rum und holen ihn uns endlich.“
Entschlossen stand Miro auf und nahm den Quantenstab an sich.

Er ging an den tief schwarzen Sandstrand der Insel zum Meeressaum hinab. Die Wellen brandeten sanft an das Ufer, denn Raissa beruhigte die See mit ihrem Geist.
„Raissa, hörst du mich?“, fragte er prüfend in den Himmel.
„Aber ja.“
„Es ist gut, dass sie das kann“, wandte er sich an Aaron.
„Daran bestand nie ein Zweifel.“
„Raissa“, rief Miro nun in den Himmel hinein. „Teile das Meer. Bring uns zum großen Bruder.“
Ein leichter Wind kam auf und blies zunächst sanft über die Oberfläche der See. Eine kleine Furche, die sich gerade wie ein Strich durch das Wasser eindellte, bildete sich bis zum Horizont hinauf. Der so entstehende Wassergraben wurde immer tiefer und breiter. Alsbald schoben sich die Wassermassen auseinander, wie wenn es jene Schiebetür in der Himmelsnadel wäre. Schon bald bildete sich eine tiefe Schlucht aus Wasser. Gleich einer geschliffenen Wand aus gegossenem Stein stand das Meer zu ihren Seiten senkrecht hoch. Mit gewisser Ehrfurcht und mit Staunen betraten die Beiden den so entstandenen Pfad durch den Ozean. Miro traute sich zunächst gar nicht an die wie fein geschliffen wirkende Wasserwand zu fassen, doch Aaron nahm ihn mit einem Test mit der Hand die Angst davor.
„Gehe nicht einfach so in die Wasserwand hinein“, sagte er zur Warnung, als sie in immer tiefere Regionen des Ozeans gelangten.

„Der Druck in der Tiefe ist so groß, dass es dich unter der Last zerquetschen würde."
„Und dieser Pfad führt uns zum großen Bruder?", fragte Miro, als er sich zu Aaron drehte.
„Auf der Karte in der Himmelsnadel war dieser Ort verzeichnet. Raissa sah ihn und führte uns hier her. Ich weiß nicht, was uns dort erwartet. Zu Vaters Zeit gab es eine Fülle von Dingen, die deine und meine Vorstellungskraft bei weitem übersteigen. Du hast es ja an der K I vorhin gesehen. Meine Vermutung war, dass sich die Menschen zu seiner Zeit nicht bewusst waren, dass sie sich dadurch überflüssig machten. Sie bauten sich eine Welt, die ohne sie auskam."
„Und dort draußen ist auch so was Ähnliches?"
„Das Muster ist das Gleiche. Fest steht, dass eine Energiequelle ihn an diesem Ort festhält. Ich vermute, dass Vater überrascht wurde. Er wollte ihn eigentlich ganz wo anders hinbringen. Wir müssen uns die Energiequelle erst ansehen, ehe wir den Quantenzugang bergen."
Sie durchschritten ein trockengelegtes Korallenfeld. Die Anemonen dort lagen wie versteinert und zusammengezogen auf dem Trockenen. Eigentlich waren sie es nicht gewohnt, mit Luft in Kontakt zu geraten. Ihr Weg führte sie auch an Riesenmuscheln vorbei, die für Taucher tückische Fallen sein konnten, in dem sie ihre Füße zwischen den Deckeln einklemmten. Nun aber lagen sie nach Wasser schnappend herum. Miro besaß für diese bizarre und direkte Ansicht der Unterwasserwelt wenig Aufmerksamkeit. In ihm geisterte etwas anderes herum. Er nutzte die Zeit, um Aaron weiter auszufragen.
„Wo sind eigentlich die Vereiser?"
„Da wird es kniffligˌ. Vater brachte die Vereisungsanlage an die geografischen Pole der Erde an. Also weit im Norden und im Süden von hier. Aber der große Bruder muss dahin, wo eine zentrale Einheit ihn koordiniert. Direkt in den Weltraum zu einem Satelliten hinauf. Auf der Himmelsnadel gibt es eine dritte Ebene. Diese liegt aber schon im Orbit. Man muss ihn dort hoch bringen und ihn mit einem Leitsystem zum Satelliten aussetzen. Sobald der große Bruder mit dem Satelliten Kontakt hat, startet das Vereisungsprogramm und die Pole frieren wieder mit Eis zu. Es bindet sich wieder mehr Wasser an einem Ort und der Meeresspiegel sinkt ab. Zwar nicht mehr so viel wie früher, aber es wird genügend neues Land entstehen, um euer Volk zu retten."
„Und was ist mit der K I?"
„Das ist eine gute Frage, aber ich glaube, dass sie auf der Insel bleiben werden. Auf lange Sicht schädigt das Quecksilber ihre Technik und sie

dürften ein paar Generationen später keine Gefahr mehr darstellen. Ihr könnt die Insel ohnehin nicht betreten, da sie hoffnungslos verseucht bleibt. Außerdem sinkt der Meeresspiegel nicht soweit ab, dass sich ihre Landmasse mit eurer Insel verbindet. Wichtig ist, dass eure Landmasse größer wird und mehr Raum zum Besiedeln entsteht."
„Warum ist es dir so wichtig, dass wir nicht aussterben?"
„Meine Vision, meine Aufgabe. Oder sollte ich sagen, jetzt wurde es auch zu deiner."

Miro und Aaron gingen schweigend weiter. Sie gelangten immer tiefer in den Ozean hinein. So tief unten im Meer machten sie die Sonne gar nicht mehr aus. Sie verschwand hinter den Wassermassen und das Meerwasser warf einen bedrohlichen Schatten auf ihren Weg. Auch das Meerwasser neben ihnen glich einer dunklen Brühe. Schließlich trieb Miro eine weitere Frage um.
„Kannst du eigentlich deinen Samen stecken?"
„Ich kam nie bis zu dieser Frage. Weißt du, ich und Moses kennen so etwas wie eine Mutter nicht. Wir beobachteten euch bei eurem Leben, wissen aber nicht, wie es ist so eine Gemeinschaft zu leben."
„Warum habt ihr uns nie in all der Zeit besucht? Ihr währt mit Sicherheit willkommen gewesen."
„Das glaube ich gerne. Aber wir beide wollten wissen, warum wir nicht vor die Tür gehen sollten, um unserem Leben gleich ein Ende zu setzen."
„Was wäre eigentlich, wenn ihr etwas anderes vorgefunden hättet als unsere Inselgemeinschaft?"
„Was meinst du?"
„Na ja. Wenn es zwischen uns Unfrieden, Wut oder Zorn gegeben hätte."
„Auf was?"
„Ich meine, bewahrst du uns auch vor dem Aussterben, wenn du wüsstest, dass es bei uns auf Noha nicht friedlich zugeht?"
„Du meinst so wie bei den Leuten auf der Excalibur?"
„Äh, ja?"
„Ihr hättet sonst nicht all die Jahre auf der Insel überlebt. Wenn ihr euch alle gegenseitig umgebracht hättet, wären auch wir viel früher vor die Tür gegangen. Dann stehen wir beide jetzt nicht hier und führen dieses Gespräch miteinander."
Miro wurde wieder still. Dafür sprach Aaron nach einer Weile zu ihm.
„Ob ich zeugungsfähig bin, weiß ich nicht. Das stelle ich erst fest, wenn ich in so eine Situation wie du bei der K I komme. Du aber fragst dich die ganze Zeit, ob du mit deiner Halbschwester Kinder haben kannst."

„Die Äbtissin meinte, dass das nicht gut wäre."
„So Unrecht hat sie nicht, was aber nicht zwingend bedeutet, dass die Kinder aus so einer Beziehung in der ersten Generation körperlich behindert zur Welt kommen. Aber ihrem Geist tut so eine Beziehung nicht gut. Außerdem gibt es die Gefahr von versteckten Krankheiten, die man so einem Nachwuchs auf den ersten Blick nicht ansieht. Was ich dir aber in jedem Fall dazu sagen kann, ist, dass es solchen Kindern schwerer fällt, sich zu entwickeln, als den Kindern mit fremdem Erbgut. Sie bleiben hinter ihnen geistig zurück. Du tust ihnen keinen Gefallen damit. Außerdem vergiss niemals, dass du auch für deren Kindeskindern verantwortlich bist."
„Meinst du, ich könnte zwar Raissa meinen Samen pflanzen, aber meine Kinder und deren Kinder würden davon krank werden?"
„Vielleicht, aber es könnte sein, dass euren Kindern aufgrund der genetischen Verwandtschaft jene Nachteile entstehen, von denen ich gerade sprach. Wenn ihr beide bereit seid, dieses Risiko einzugehen und auch für euren Nachwuchs selbst sorgt, steht einer Verbindung zwischen euch nichts Weg. Aber was ist dann mit deren Kindern? Was ist, wenn auch sie es den Eltern gleich tun wollen und sich untereinander paaren? Wie wollt ihr ihnen das verbieten, wenn ihr euch doch dieses Recht selbst herausgenommen habt? Sind eure Enkel dann auch überlebensfähig?"
Miro schwieg. Er dachte darüber nach.
„Ich fragte mich schon immer, was wäre, wenn wir gegen die Regel verstießen ..."
„Ja, was wäre dann?"
„Dann hätten ich und Raissa ein gemeinsames Kind. Das zieht unsere Bande enger."
„So?", fragte Aaron dann interessiert. „Ich hab keine Ahnung, warum dir das so wichtig ist. Warum hat dann dein leiblicher Vater weitere Kinder mit anderen Frauen?"
„Das ist doch etwas anderes."
„Nein, ist es nicht. Miro, du solltest nicht gegen deine Natur arbeiten und meinen, dich auf eine einzige Frau zu fixieren. Nur, weil sie deine Halbschwester ist. Akzeptiere einfach, wenn du attraktiv auf andere Frauen wirkst, dass du ihnen deine Gene nicht vorenthalten solltest. Die Frau muss sich aber um deine Gene förmlich reißen. Das heißt, du darfst dich ihr nicht aufdrängen. Die Weibchen wollen eben gesunde Kinder austragen. Wenn du kränklich und instabil bist, dann wirst du nie die Attraktivität besitzen, die Weibchen von deinem Erbgut zu überzeugen. Du scheinst keine schlechten Gene zu haben, denn Raissa erwidert sonst nicht deine Gefühle für sie. Außerdem weiß sie, dass du nicht ausgereift bist. Du

entwickelst dich erst. Sie weiß, dass sie sich auf dich verlassen kann. Verlässlichkeit und Empathie ist eine gute Eigenschaft für eine tiefer gehende Partnerschaft."
„Woher weißt du …"
„Ich und Moses hatten genügend Zeit euch auf der Insel zu beobachten. Wir wissen, dass ihr beide euch liebt."
„Ihr habt uns nicht zufällig für diese Mission ausgewählt. Das Wetter war, als ihr angespült wurdet, absichtlich schön. Alles nur, damit wir an den Strand gehen und deinen Bruder retteten."
„Stimmt, Miro. Aber wir besaßen unsere Gründe dafür. Es ging mir und Moses nicht um euer beider Beziehung, sondern die Richtigen zu finden, die die Vision Vaters vollenden werden. Nämlich die Bindung des Wassers durch die zwei Polvereiser."
„Warum habt ihr beide das nicht allein verwirklicht? Warum habt ihr uns damit reingezogen?"
„Es ging nicht anders. Dazu brauchten wir unbedingt den Hinweis unseres Vaters. Aber dass er ihn so verschlüsselt, wussten wir nicht. Es handelt sich aber eine Codierung, die Coogan nicht auslesen kann. Irgendjemand musste die Botschaft aufnehmen und speichern. Weißt du, in der Zeit von Vater waren die Menschen keine wirklichen Menschen mehr."
„Was meinst du damit?"
„Was macht einen Menschen rein körperlich aus?"
„Na ja, er muss trinken, er muss essen. Er braucht ein Dach, ein Heim, Kleidung, Liebe und Wertschätzung, eine Familie …"
„Also braucht er ständig irgendwas, oder?"
„Ich denke schon."
„Also fordert er ständig und ist wie ein lästiges Insekt, das keine Ruhe gibt, bis er bekommt, was sich sein Geist einbildet, oder?"
„Worauf willst du hinaus?", fragte Miro verwirrt.
„Ist dir je in den Sinn gekommen, dass er sich, was er da braucht, selbst erschafft? Wenn er selbst für sich sorgt, kann man da von einem Verbraucher sprechen? Würde er nicht ein Erzeuger sein?
„Nein, dann verbraucht er nur das, was er sich selbst erschafft. Ein in sich schließender Kreis. Er wäre unabhängig."
„Richtig. Also neutral, weil sich seine Kräfte gegenseitig aufheben. Zu Vaters Lebzeiten schloss sich dieser Kreis nicht mehr. Damals nahm man dem Menschen die Möglichkeit, für sich selbst zu sorgen. Das machten alles die Maschinen. Also die K I für ihn. Er verlor die Übersicht und merkte nicht mehr, dass er mehr verbrauchte, als er beistellen konnte."
„Die Maschinen vernebelten ihn die Sicht?"

„Man kann es wirklich so nennen. Sie kauften für ihn ein. Sie bestellten und modellierten für ihn die Mode. Sie arbeiteten für ihn auf den Feldern und Plantagen. Der damalige Mensch vernetzte sich sogar mit den Maschinen, damit sie optimal auf seine Bedürfnisse eingingen. Ganz zu schweigen, dass er sich dadurch von ihnen überwachen ließ. Das, was sich nur noch auf dem Zettel als Mensch bezeichnete, saß am anderen Ende des Tisches und verbrauchte. Er wusste nicht mehr, wie es war, stolz auf seiner eigenen Hände Arbeit zu sein. Sogar seine eigene Fortpflanzung überlies er den Maschinen. Die suchten sich für ihn die passenden Gene."

„Aber ..."

„Es gab keine Väter und keine Mütter mehr. Lediglich genormte Größen. Vorgefertigt im Katalog. Die Maschinen trugen für ihn sogar die Kriege aus. Vor allem gegen diejenigen, die auch so einen Lebensstil am anderen Ende des Esstisches wollten. Man kann sagen, die Menschen damals strebten danach, sich selbst abzuschaffen. Mein Vater versorgte diese Menschen mit dem Geist der Maschinen. Er nannte seine Kunden die User, also Benutzer oder auch schlicht Verbraucher."

„Dann war er doch böse."

„Das sehe ich nicht so. Der Markt will es, der Markt kriegt es, sagte er immer. Egal, wie die Person heißt, es träte immer jemand an die Stelle, die den Leerraum füllt. Wichtig ist nur, was für ein Ziel letztlich verfolgt wird. Vater besaß kein Interesse an der Weltherrschaft, denn er wusste, dass diese bereits die Maschinen übernahmen. In dem Wahn, den Alltag zu entmenschlichen, stand der Mensch von nun an allein da."

„Er nutzte die Katastrophe, um den Menschen wieder zu einem Menschen zu machen."

„Ganz genau. Er wollte wieder Väter, die Kinder zeugen. Er wollte wieder Mütter, die Kinder austrugen und säugten. Er wollte ihnen wieder ihre Natur zurückgeben. Damals machten das nämlich auch schon die Maschinen. Er wollte, dass es wieder so etwas wie eine Familie gäbe. Dort wo es Väter und Mütter gibt, Großväter, Großmütter, Onkel und Großonkel, Tanten und Großtanten. Eine Sippe eben ..."

„Warum weigerten sich die Menschen damals, das zu tun? Ich meine, was ist denn so schlimm dran, seine Natur zu leben?"

„Eigentlich nichts. Denn das ist das Leben. Außer, man redet den Usern ein, dass es schlimm wäre, so zu leben. Und wenn man jemanden einredet, oder es propagiert, dass es schlimm wäre, bietet man natürlich eine Lösung für dieses herbeigeredete Problem an. Eine Lösung, die selbstverständlich immer Geld kostet, abhängig macht und somit neue Märkte erschließt. Also, neue User oder Verbraucher erschafft, die wiederum durch ihren

Konsum kontrolliert werden können. Nur Unglückliche konsumieren. Die damalige Entlohnung kontrollierten nämlich auch schon die Maschinen. Mit Algorithmen."
Miro schluckte.
„Ich möchte immer weniger wissen, was das für eine Welt vor der Flut war. Ich merke nur, dass sie sich weigerten, menschlich zu sein. Sie waren dann …"
„Marionetten", fügte Aaron ergänzend an. „Marionetten der Maschinen und das Kranke daran war, dass sie es nicht merkten und auch glaubten, dass es gut und richtig für sie sei. Das ist die Kunst des Betruges."

Plötzlich hielt Aaron Miro zurück. Der Junge hörte ein Knacken, das von Aarons Tasche ausging. Es klang zunächst unmerklich. Gleich eines Wassertröpfelns. Bei jedem Schritt nach vorne nahmen die Intervalle des Knackens merklich zu. Aaron öffnete seine Tasche und holte einen kleinen Kasten heraus, an dem ein Griff und halbrundgebogene Drähte heraushingen. Er hielt es in die Richtung des Objekts vor ihnen, das da offensichtlich all die Jahrzehnte einen Dornröschenschlaf vom Meer umspült im Ozean hielt.
„Ich ahnte es", seufzte er und machte ein betretenes Gesicht. „Oh Vater, warum gerade ein Nuklearreaktor?"
„Was ist das?", fragte Miro verunsichert, denn das Objekt, das Aaron einen Nuklearreaktor nannte, beherrschte eine gigantische zylinderförmige Bebauung. Daneben stand ein wuchtiges und kuppelartiges Gebäude mit einem kastenförmigen Anbau. Letzterer verlor bereits seine Fenster wegen des enormen Wasserdrucks. Die Anlage lag im Sediment des Ozeans, dessen Schlick sich darin festsetzte, wie der gegossene Stahlbeton der Kuppel selbst.
„Junge, das da wird jetzt unschön. Nimm das da."
Aaron holte eine Art Pille aus seiner Tasche und drückte sie Miro in die Hand. Er selbst steckte sich eine Zweite in den Mund und schluckte sie ohne zu zögern hinunter.
„Was ist das?", wiederholte Miro.
„Gegen etwas …", sagte Aaron sichtlich angespannt", … dass du weder riechen, sehen und schmecken kannst. Es ist schnell und tödlich, wenn du nicht diese Pille nimmst. Tödliche Strahlen, gegen die wir kaum einen Schutz haben. Selbst die Pille wird dir nur einen kurzen Schutz für ein paar Stunden gewähren. Wir müssen uns eilen und dürfen nicht zu lange hier bleiben. Außerdem dürfte Coogan schon unterwegs zu uns sein."

Miro nahm sie flugs in den Mund und schluckte sie. Es schmeckte nach nichts. Er wusste nicht, was das für ein Mittel war oder wovon Aaron eben sprach, aber er ahnte, dass ihr ruhiger Marsch über den Meeresgrund nun ein jähes Ende mit dem Erreichen ihres Ziels fand.
„Wo sollen wir nach dem großen Bruder suchen?“
„Das ist das eigentliche Problem. Wir wissen nicht genau, wo er ist. Nur, dass er auf diesem Gelände sein muss. Raissa folgte meinen Anweisungen und trieb eine Schneise ins Meer bis zu diesem Punkt. Die drei Brüder sind keine festen Objekte. Es sind Felder. Sie können mit einer Art Magnet, einem Pol angezogen werden. Einen davon sitzt in diesem Stab, den dir Moses anvertraute. Der andere Magnet, der den großen Bruder bindet, befindet sich hier unten. Du musst mit deinem Stab genau in die Reichweite des großen Bruders kommen. Ist die Anziehungskraft des Stabes groß genug, wird er sich lösen und auf deinen Stab übergehen.“
„Ach und wie merke ich, dass ich ihn eingefangen habe?“
„Du wirst es merken. Mit Sicherheit“, antwortete Aaron mit hoch gezogenen Augenbrauen und machte vorsichtig weitere Schritte auf den gespenstischen Bau zu. Es begann, immer mehr aus dem Gerät zu knacken. Mit jedem einzelnen Schritt, den sie sich näherten.

Da flimmerte plötzlich vor ihnen ein Lichtwesen auf. Miro kam es vor, dass dieses fremdartige Gespenst wirklich und doch wieder nicht wirklich war. Ohne Probleme erkannte er einen Menschen in der Erscheinung, doch es stimmte etwas nicht mit ihm. Seine Darstellung brach sich immer wieder kurz. Wäre Raissa an seiner Stelle, sie hätte die Person sofort erkannt. Der Mann aus Raissas Traum. Robert Coal. Er schien auf seine Besucher bereits zu warten. Aarons Reaktion fiel hingegen zu Miro nüchterner aus. Er machte einen weiteren Schritt auf ihn zu und blieb unmittelbar vor ihm stehen. Miro kauerte verunsichert hinter ihm. Was hatte es mit diesem Wesen auf sich?
Coal sprach nun zu ihnen: „Erfolg ist keine Frage von Größe.“
„Was ist das?“, fragte Miro Aaron irritiert, ehe er auf die Worte der geisterhaften Erscheinung einging. Miros Augen versuchten sich, an den flimmernden Körper der Figur zu gewöhnen.
„Das ist ein Hologramm.“
„Ein was?“
„Du könntest es auch einen Geist nennen.“
Miro glaubte, nicht recht zu hören. Geister gab es doch bloß in den Legenden, die die Insulaner ihm am großen Feuer als Geschichten auftischten.

„Erfolg ist keine Frage von Größe", wiederholte die Erscheinung wieder.
„Was ist ein Hologramm?"
„Etwas, das zwar sichtbar, aber nicht anfassbar ist. Eine Lichterscheinung. Wie ein Geist. Mehr nicht."
„Aber, wo ist sein Körper?"
„Ein Hologramm braucht keinen Körper mehr. Der Körper diente ihm ausschließlich zu seiner Einrichtung. Aber das ist mit Sicherheit viele Jahre her. Sein Zweck besteht allein darin, jetzt hier zu sein und auf die richtigen Worte zu warten, die eine weitere Aktion von ihm auslöst."
„Erfolg ist keine Frage von Größe", wiederholte das Hologramm erneut.
„Wozu?", setzte Miro nach.
„Das gilt es, nun herauszufinden."
„Erfolg ist keine Frage von Größe."
„Wer bist du?", fragte Miro das Hologramm. Aber es antwortete ihm nicht. Stoisch wiederholte er den gleichen Satz.
„Erfolg ist keine Frage von Größe."
„Was bedeutet das? Erfolg ist keine Frage von Größe?"
Aaron schmunzelte. „Coal wäre dämlich gewesen, wenn er den Zugang zu den Informationen nicht mit einem Passwort belegt hätte."
„Einem was?"
„Eine Sicherung, damit nicht jeder an seine Antworten kommt. Das würdest du auch machen, wenn du etwas vor jemandem verstecken wolltest."
„Was ist ein Passwort?"
„So etwas wie die Tür auf Noha. Nur der kann sie öffnen, der etwas davon versteht. Jemand Fremdes, so wie Coogan hätte niemals die Tür auf Noha knacken können, weil Coogan nicht mehr mit der Mechanik arbeitet. Das kann bloß der mit dem richtigen Schlüssel. Wenn du von dem Hologramm Informationen willst, dann brauchst du einen Schlüssel. Hier ist es so etwas wie ein Passwort."
„Wieso kommst du darauf?"
„Siehst du ein Schloss?"
„Nein, aber wir kennen doch dieses Passwort nicht."
„Ach wirklich?"
„Ich wüsste nicht, was er meint."
„Deine Schwester", sagte Aaron grinsend. „Sie trug das Passwort die ganze Zeit bei sich. Ohne es zu wissen. Ich kenne seine Bedeutung. Nur deiner Schwester war es nicht bewusst, weil sie den Hintergrund der Information nicht kannte. Was nützt eine Antwort, wenn man weder die Frage, noch ihren Hintergrund dazu kennt."

„Es war in ihrem Traum?“
„Ganz recht. Das war der Zugang zu dem Code. Das Versteck. Alles nur, damit wir jetzt hier stehen und ihm sagen können, wonach er verlangt.“
Dann wandte sich Aaron an die Lichterscheinung, die hartnäckig wieder den gleichen Satz wiederholte: „Erfolg ist keine Frage von Größe.“
„Das ist die Antwort, die du suchst“, entgegnete Aaron ihm lächelnd. Die Haltung der Lichterscheinung lockerte sich. Nun spielte sich sichtbar ein anderes Programm ab. Sichtlich zufrieden sprach die Erscheinung weiter: „Ihr habt meine Botschaft gefunden und verstanden. Ich schließe daraus, dass ihr nicht mit der Cybridtec im Bunde steht. Was ihr hier seht, ist die Folge des Einschlags. Noch ist nicht alles verloren. An euch wird es liegen, den Quantenprozessor sicher zum Satelliten des Orbiters zu bringen. Ich habe leider nur eine bestimmte Auswahl an Antworten. Stellt mir die richtigen Fragen.“
„Du bist Robert Coal, stimmt´s?“
„Das war mein Name vor langer Zeit. Mein Körper ist schon lange Tod und seine Reste befinden sich in dieser Anlage hier. Du sprichst mit einer Datenbank, deren Antworten ich zu Lebzeiten vorgab.“
„Das dachte ich mir. Warum hast du das große Quantenportal ausgerechnet hier gesichert?“
„Das Matrixprojekt der Cybridtec stand kurz vor der Vollendung. Außerdem überraschte mich und mein Forschungsteam das Eintreffen des Nurieisfeldes, ehe ich den Quantenzugang zum Orbitlift brachte. Ich sicherte ihn hier. Der Meeresspiegel stieg viel zu schnell an. Es brauchte eine Energiequelle, die mindestens für einige hundert Jahre mehrere Magnetspulen versorgen kann. Damit verhinderte ich das Abdriften des Quantenzugangs ins All. Wenn er nicht von einem magnetischen Pol festgehalten wird, verschwindet er für immer im Kosmos. Nichts wird ihn dann mehr einfangen.“
Miro verstand von alledem kein einziges Wort. Aaron hingegen folgte ihm bestens.
„Aber du wusstest, dass dieser Ort überflutet sein würde.“
„Ja, darum bot sich auch das Nuklearkraftwerk an, weil es eine starke Betonhülle und genügend Energieressourcen besitzt, um die Magnete vor dem Salzwasser und dem Cybriden zu schützen. Dass ihr hier seid, beweist, dass ihr einen Weg gefunden habt, die Wassermassen zur Seite zu schieben. Mit dem mittleren Quantenzugang, der sich bereits im Orbiter befindet, ist dies auch kein Problem.“
„Führe uns zur Spule.“

„Folgt mir“, sagte die Erscheinung und huschte wie ein Geist über den schlammigen Meeresboden zu dem gespenstisch wirkenden Reaktor. Miro und Aaron sahen zu, ihn nicht aus den Augen zu verlieren.
„Da“, rief Miro plötzlich zu Aaron in ihrem Lauf und deutete auf die Betonkuppel. Es bildete sich dort auf seiner Spitze ein langer dünner Stab, der vorher nicht da war. Er wurde zusehends dicker.
„Das ist Coogan. Er hat uns gefunden und baut sich jetzt auf. Wir müssen schnell sein, ehe seine Sucher hier sind“, keuchte Aaron und erreichte die gespenstische Ruine, während es aus seiner Tasche immer schneller klackte. Das grobkörnige Sediment auf dem Meeresboden erschwerte ihnen das Fortkommen. Sie sanken hin und wieder darin ein. Erst als sie die Fundamente der Anlage erreichten, wurde es mit dem Halt besser. Dort nutze Miro seinen Stab, um wie Moses in dem Samenarchiv auf Noha, Licht zu machen. Das Hologramm wartete unterwegs, bis seine Besucher zu ihm aufschlossen. Immer, wenn Aaron und Miro die Lichterscheinung erreichten, sprang es ein Stückchen weiter.
„Wie viel Zeit haben wir noch?“
„Coogan baut gerade seinen Baum auf. Das heißt, er holt seine Sucher hierher. Raissa kann die Wasserwand um uns jetzt nicht zusammenbrechen lassen, weil wir sonst von dem Druck zerquetscht werden.“
„Wie viele Bäume gibt es eigentlich von diesem Coogan?“
„Genau zwölf Stück“, antwortete nun die Lichterscheinung für Aaron, was ihn auch für ihn eine neue Information war. Er beobachtete den Cybriden all die Jahre von der Himmelsnadel mit den Satelliten, fand aber nie heraus über wie viele Teile Coogan genau verfügte.
„Kann man ihn zerstören?“, setzte Miro nach. Auch darauf antwortete die Lichterscheinung.
„Das weiß ich nicht, aber Coogan braucht die ganze Masse seines Datenstocks um eine umfassende Übertragung von aufgenommenen Informationen vorzunehmen. Meerwasser stört seinen Datenfluss und lässt seine Hardwarestruktur rosten. Mechanische Öffnungsmechanismen wie das des Samenarchivs und des Nuklearreaktors sind für seine Leser nicht überwindbar.“
Miro verstand kein einziges Wort.
„Lesern?“, fragte Miro verwirrt.
Die Lichtgestalt antwortete: „Ich habe nur bestimmte Antworten auf bestimmte Fragen. Stelle mir die richtigen Fragen.“
Aaron übersetzte für ihn, während sie weiter durch das von der Meeresströmung und sedimentverschwemmte Reaktorgelände eilten:„ Das Meerwasser verhindert, dass er dein Hirn anzapft. Damit Coogan dich

auslesen kann, braucht er seine gesamte Gestalt. Coogan kann mit seiner Masse keine Zahnräder also Mechanik bewegen.“

In Miro formte sich zunehmend das Bild, das den Insulanern all die Jahrzehnte verschlossen blieb. Die Geschichte ihrer Vergangenheit gemischt mit dem, was in ihrer Erinnerung Legende war. Eine hoch entwickelte Zivilisation? Eher nicht. Unter dem Meer lag eine versunkene Welt, von einer Gemeinschaft, oder auch nicht, die das Menschsein aufgab. Sie vertraute sich Maschinen an und vergasen, dass sie das taten. Nur wenige wussten sich ihre eigene Entscheidungsfähigkeit zu bewahren. Coal, oder Vater, wie Aaron ihn nannte, war eine solche Person. War es Glück oder doch ein Fluch? Wäre es nicht besser, die Quantenportale ruhen zu lassen? Im Bauch des Meeres? Warum sollte man den Meeresspiegel absenken? Nur damit wieder die Ruinen ihrer Vorfahren sichtbar wurden und damit ihre Mentalität. Doch wie lange reichte die Energie im Reaktor aus, um den Quantenzugang auf der Erde zu binden? Und was passierte, wenn dieser für immer in das All entschwand. Daher fragte Miro die Lichtgestalt: „Warum hast du ihn nicht in das All entkommen lassen? Dort wäre er vor diesem Coogan sicher.“
„Ihr würdet sonst nicht mehr leben“, antwortete ihm die Erscheinung trocken. „Die Quantenzugänge ermöglichen ein relativ stabiles Klima auf diesem Planeten, weil ihre Felder den Planeten durchziehen. Driftet einer von ihnen unkontrolliert in das All ab, kommt es wegen der hohen Wasserdichte zu schweren Stürmen. Es dauert ein paar Jahre, bis sich die Situation wieder beruhigt. Ihr aber könntet dann schon Tod sein.“
„Wo er recht hat, hat er recht“, ergänzte Aaron als sie vor einer Tür mit einem stählernen Rad ankamen, die dem Zugang auf Noha ähnelte. Nur in dieser befand sich ein Bullauge, aus dem grelles Licht blitzte. „Die Quantenfelder dämpfen Wirkung des Wetters auf dem Planeten. Nicht umsonst kann sich Raissas Geist mit dem Wasser verbinden.“
„Hier wären wir. Mit dem richtigen Schlüssel entriegelt man die Tür zum Reaktor“, antwortete das Hologramm und blieb vor einer Stahltür mit dem Handrad stehen. Aus Aarons Tasche klickte es mittlerweile bedrohlich.
„Dann los“, sagte Miro und stieß mit dem unteren Ende des Quantenstabes gegen die wasserdichte Schleuse. Es löste auf der anderen Seite einen knatterten Ton aus. Aaron drehte die Stahlschleuse mit dem Handrad auf und ging mit Miro hinein.
„Mach hinter dir die Tür wieder zu. Coogan soll uns nicht überraschen, während du den Quantenprozessor auf den Quantenstab lädst.“

„Ist gut“, sagte Miro und schloss die Schleuse hinter sich wieder. Keinen Moment zu früh, denn Coogans Datenspäher erfüllten mittlerweile die Luft. Offenbar vervollständigte sich sein Baum und er ginge erst wieder, wenn er sich des Quantenprozessors bemächtigte.
„Und nun?“
„Na wir holen ihn uns jetzt“, sagte Aaron und setzte seinen Weg fort. Im Gegensatz zu dem Stollen auf Noha befanden sich an den schneeweisen Wänden des Kraftwerks leuchtende Markierungen und ein grelles Licht an der Decke. Der Gang endete an einer weiteren Schleuse. Dort hingen sackähnliche Hüllen auf Bügeln, die der Schutzkleider in dem Samenarchiv ähnelten.
„Wir müssen die anziehen“, sagte Aaron einen der seltsamen Säcke mit einem Fenster vom Bügel nehmend. „Die Strahlung im Inneren des Reaktors wäre sonst zu hoch für uns.“
Er hielt Miro den Anzug hin. Etwas verwirrt nahm Miro ihn entgegen. So etwas kannte er nicht.
„Für was ist das?“
„Es riecht nicht, es schmeckt nicht. Man kann es nicht sehen und nur mit dem Gerät, das ich in meiner Tasche habe, kann man es durch das Hören erahnen. Anders kann ich dir Radioaktivität nicht erklären. Lange bevor die Menschen sich den Maschinen überließen, suchten sie nach Wegen diese Maschinen anzutreiben. Sie fanden heraus, wenn sich bestimmte Stoffe einander begegnen, dass sie zerfielen. Durch diesen Zerfall erzeugten sie Wärme, also Energie. Erst viel später erkannten sie, dass auch sie selbst dadurch zerfielen. Das heißt, sie wurden krank davon.“
„Du meinst, sie starben an ihrer Gier nach …“
„Strom“, antwortete Aaron. „So nannten die Menschen das Ergebnis aus dem Zerfall damals. Sie brauchten sehr viel davon, denn die Maschinen übernahmen immer mehr Arbeiten und brauchten immer mehr Strom. Was für den Menschen das Wasser ist, ist der Strom für die Maschinen. Es war ihnen so wichtig, diese Maschinen zu betreiben, dass sie sogar bereit waren, dafür zu sterben und auch ihre Kinder mit den Lasten daraus für immer und ewig zu verseuchen. Coal war kein Heiliger, Miro. Er häufte seinen Reichtum mit dem an, was den Strom benötigte.“
„Und trotzdem nennst du ihn Vater.“
„Weil er für mich das ist. Egal was er tat, es ändert nichts daran, dass ich ihm meine Existenz verdanke. Es muss aber nicht heißen, dass ich ihm nacheifere. Vielleicht besaß Vater damals seine Gründe für sein Handeln, aber sie müssen heute nicht mehr dieselben sein. Wenn ich erkenne, dass

der Weg nicht mehr stimmt auf dem ich gehe, dann muss ich die Richtung ändern. Das ist kein Zeichen von Schwäche, sondern von Reife."
Aaron zeigte Miro den feinen Reißverschluss auf der Rückseite des Schutzanzuges, ehe er sich selbst die Kleidung überzog. Wenig später standen sie wie weiße Müllsäcke vor der Eingangsschleuse zum Reaktor, welchen Miro mit einem Stoß mit seinem Stab gegen die Sperre öffnete.
„Wie werden wir Coogan wieder los?", frage Miro Aaron wieder. „Er ist doch da draußen?"
„Ich kann nur hoffen, dass Raissa versteht, dass wir jetzt vor ihrer Gewalt sicher sind."
Plötzlich erfasste eine leichte Erschütterung das Gebäude. Verschreckt drehte sich Miro um und erkannte im Sichtfenster hinter ihnen, dass der Meiler wieder vom Meerwasser umsäumt wurde. Raissa ließ den Wasserpfad in sich zusammenstürzen.
„Sind wir im Meer gefangen?", entfuhr es Miro entsetzt.
„Nenne es wie du es willst", antwortete Aaron. „Nur so halten wir Coogan auf Abstand zu uns."
„Wie kommen wir jetzt wieder hier raus?"
„Vielleicht zeigt sich das noch. Komm, holen wir zuerst den Quantenprozessor."
Aaron drehte die zweite Schleuse auf und ging auf die dritte Tür zu.
„Was denn? Noch eine", entfuhr es Miro. Seine Stimme dämpfte sich merklich wegen des Ganzkörperschutzanzuges.
„Ja, das da ist die eigentliche Schleuse."
Mit einem weiteren Druck auf einem Kontaktpunkt öffnete sich die Kammer zum Reaktor. Innerhalb der Schutzkuppel war es merklich wärmer als vor der Schleuse. Die Temperatur erinnerte ihn an Noha. Deutlich blitzte vor ihnen ein von kupfernen Spulen umgebenes grelles Licht auf. Die Magnete standen wie ein Kreis angeordnet um das mysteriöse Licht und hielten es in der Schwebe.
„Ist das der Quantenprozessor?"
„Nur seine Erscheinung. Von der Substanz her ist er kleiner als ein Stecknadelkopf."
„Wie kann das sein, dass so ein kleines Ding eine solche Leuchtkraft entwickelt?"
„Erfolg ist keine Frage von Größe", sagte Aaron wieder, als auch das Hologramm wieder aufflackerte.
„Hier ist das Ergebnis der menschlichen Entwicklung oder das, was von meiner Zeit übrig blieb. Um hier herzukommen, überwandet ihr zahlreiche Gefahren und ihr habt gesehen, zu was die von Menschen ersonnene

Technik fähig ist. Sagt mir nun, was von alledem am Schlimmsten für euch war."
„Was meint er damit?"
„Er fragt, ob Coogan oder der Quantenprozessor schlimmer für uns waren."
„Warum fragt er uns das?"
„Weil das die letzte Prüfung ist."
„Wie kommst du darauf, dass er uns erneut testet? Und wieso?"
„Ich weiß es nicht, aber er stellt sonst keine Frage. Also muss es ein Test sein. Es hilft uns vielleicht, an den Quantenprozessor zu kommen."
„Und was soll die Antwort darauf sein?"
„Was meinst du?"
„Nach allem was ich gesehen habe, frage ich mich, warum wir diesen Planeten überhaupt retten sollen? Verseuchte Erde, heimtückische Kampfmaschinen und Kunstmenschen, totbringende Strahlen und doch …"
„Ja?", fragte Aaron interessiert weiter.
„… wurzelt eine Kokosnuss dort, wo sie auf Land trifft, nachdem sie das salzige Meer überwindet."
„Das ist die Antwort, die du suchst", entgegnete Aaron ohne Umschweife der Lichtgestalt mit einem Lächeln. Daraufhin verneigte sie sich vor ihm. Die Magnetspulen schalteten sich ab und das grelle Licht schwebte zu ihnen auf den Quantenstab herab und verankerte sich auf dem für ihn vorgesehenen Platz.
„So ist es", lächelte die holografische Gestalt. „Weil so das Leben ist. Egal wie schlimm es auch auf Erden zugeht, das Leben stämmt sich immer gegen den Tod. Wenn wir es nicht sind, wird es eine andere Spezies tun. Meine Aufgabe ist getan. Für euch wird es von hier aus ein langer Weg bis zum Orbitlift sein. Dort findet ihr alles, um den Quantenzugang zum Satelliten in die Umlaufbahn zu bringen. Ich wünsche euch viel Glück. Mögen sich die Zeiten wandeln, aber das Leben wird immer weiter gehen. Erfolg ist keine Frage von Größe."
Coal lächelte zum Schluss. Seine Zähne blitzten keck auf und er zwickerte schelmisch mit den Augen. So, als ob er in seinem Inneren bereits vor über neunzig Jahren wusste, das sein Vorhaben gelänge. Optimistisch bis zum Schluss seines Lebens. Dann schaltete sich das Hologramm ab.

Eine unheimliche Energie durchflutete Miro. Der große Quantenprozessor lies den Stab in seiner Hand förmlich glühen. Miro glaubte nun, seine

Schwester in der Himmelsnadel zu spüren. Wie sie am anderen Ende des Zugangs angezapft weilte, um die Gezeiten zu steuern.
„Ich fühle meine Schwester", jubelte er von der Wirkung der Energie mitgenommen.
„Ich kann dich spüren", schickte er zu ihr.
„Ich spüre dich", kam es von ihr zurück.
In Miro tanzte es vor Freude. Endlich stellte er wieder Kontakt zu seiner Schwester her. Und das, obwohl ihr Körper weit weg war.
„Wir müssen zur Himmelsnadel zurück", sagte er zu Aaron, doch irgendwie nahm Miro ihn nicht mehr richtig wahr. Er stand zwar körperlich bei ihm, doch war er auf geistiger Ebene weiter entfernt.
„Raissa", rief Aaron plötzlich zu ihnen. Es hallte in Miro. Seine Schwester schien den Ruf von Aaron zu hören.
„Öffne nun das Meer."
Erneut durchfuhr das Gebäude eine Erschütterung. Das Meer wich zurück.
„Los, raus hier", rief Aaron Miro zu. Er nickte und lief durch die Schleuse hinaus. Am Ausgang blickte er durch das Bullauge. Erleichtert stellte Miro fest, dass draußen tatsächlich das Meer zurückwich und einen Weg bahnte. Er sah die Wasserwand, wie sie ehern das Reaktorgelände umrahmte. Schnell stieß er mit seinem Stab gegen die Außenschleuse und schob mit einer Handbewegung die Barriere auf. Kaum dass Miro einige Schritte nach draußen trat, flogen ihm schwarze Fetzen entgegen. Er sah diese Bruchteile schon einmal. Auf dem Deck der Excalibur, dem Flugzeugträger, als sie sich auf seine Schwester stürzten, um sie einzuhüllen. Doch anstatt jetzt ihn einzukleistern, ließen sie Miro links liegen und flogen weiter zu Aaron in den Reaktor hinein. Das verwunderte den Jungen dann doch. Hinter sich hörte er zudem ein leises Knistern. Das kam von den Magnetspulen. Schaltete Aaron sie wieder ein? Es konnte nicht anders sein, denn dieses Geräusch schallte in der Luft, als er mit ihm in den Innenraum trat.

Die innere Schleuse zum Reaktor verriegelte sich prompt wieder. Miro blickte entsetzt zurück. Er wusste nicht, wie ihm geschah. Aaron sperrte sich im Reaktor mit Coogan ein. Warum? Was bedeutete das wieder? Als er von außen die Kuppel hochblickte, merkte er, dass der Baum von Coogan nicht mehr dort war. Der gesamte Baum mit den Suchern musste von Aaron angezogen worden sein, damit er fliehen konnte.
„Aaron? Nein", rief er und spielte einen Bruchteil von Sekunden mit dem Gedanken umzudrehen. Doch dann dachte er wieder an Aaron Worte. Sein Ziel, die Vollendung des Auftrages, die ihm sein Vater gab, stand an höchster Stelle. Mit seinem Opfer und mit einer ihm unbekannten Macht

zwang er Coogan zu sich in die Kuppel. Die Magnetspulen taten mit Sicherheit ihr Übriges. Instinktiv rannte Miro weiter vom Meiler weg. Verstört und doch intuitiv, dass dies der richtige Weg war. Er wusste es nicht so recht, warum seine Intuition ihm das befahl. Vielleicht weil er ahnte, dass er Aaron nicht zu retten vermochte. Vielleicht, weil Aaron ihm die Zeit verschaffte endlich den großen Quantenprozessor an seinen ihn bestimmten Platz zu bringen. Hell leuchtete das untere Ende seines Stabes und verschaffte mit seinem Licht diesem traurigen Ort des Todes ein Gefühl der Hoffnung. Je näher Miro der Wasserwand kam, umso mehr wich das Meer von ihm zurück. Im Gegenzug dazu drückte das Meerwasser von hinten nach, sodass Miro merkte, dass er in einer riesigen Röhre aus Wasser steckte. Schon bald verschluckte das Meerwasser den ganzen Meiler. Im Gegenzug bildete sich eine Gasse, die Miro in eine bestimmte Richtung führte. Raissa bahnte ihm den Weg durch den Ozean. Doch wohin führte sie ihn? Etwa direkt zur Himmelsnadel? Miro vertraute darauf, dass seine Schwester den Überblick behielt. Dies musste der Weg zum Orbitlift sein. Der Junge setzte hastend seinen Pfad fort, während ihm seine Schwester das Wasser so nach und nach zur Seite schob. Miro sah nicht wirklich, wohin er ging. Das Meer war in dieser Tiefe viel zu dunkel als das er hinter die Wasserwand sah. Seine Sicht reichte lediglich ein paar Meter hinein. Er verließ sich darauf, dass seine Schwester ihn sicher über den Meeresboden brachte. Bei jedem Schritt knirschte der feuchte Sand unter seinen Füßen. Außerdem fiel ihm das Laufen in dem sackähnlichen Strahlenschutz schwer. Der Anzug war jetzt nur lästig. Miro spielte mit dem Gedanken ihn auszuziehen, als ihn plötzlich eine Meerwoge packte und in den dunklen Ozean hineinzog. Er nahm in der Tiefe immer mehr an Fahrt auf und fühlte sich in dem Element, wie wenn er durch einen riesigen Halm gesogen wurde. So wie man es auf Noha tat, wenn man eine Kokosnuss anbohrte, um das Wasser aus ihr zu trinken. Raissa beschleunigte ihn deutlich. Aber dachte sie auch daran, dass er so tief unten im Meer keine Atemluft bekam? Just bei diesem Gedanken zog es ihn schräg in die Höhe und er durchstieß wie ein Delfin bei seinen Kunststücken die Wasseroberfläche. Er nahm einen kräftigen Luftzug, doch prompt schlug es Miro wieder auf die Oberfläche des Meers zurück. Kaum dass er wieder unter Wasser war, zog ihn der Meeressog weiter voran. In eine ihm unbekannte Richtung.

Was tat da seine Schwester eigentlich? Umbringen auf jeden Fall nicht, denn dann hätte sie ihn einfach in der Tiefe zerquetscht. Da stand sicher etwas anderes dahinter. Krampfhaft hielt er sich an seinem Stab fest, während Raissa ihn scheinbar in Raketentempo durch das Meer schleuste. Immer wieder schoss Miro aus dem Wasser in die Luft, um erneut von ihm aufgefangen und weiter durch die Gezeiten zu hetzen. Allmählich gelang es ihm, sich ein Bild seiner Situation zu machen. War ihm da etwas auf den Fersen? Coogan vielleicht? Miro sah seinen Widersacher nicht. Zu sehr beschäftigte er sich damit, an Atemluft zu kommen. Nun erwies sich der Schutzanzug doch als ein Segen für ihn. Denn dank ihm gab es wenig Widerstand im Wasser und er flitzte wie eine Rohrpost durch den Ozean. Die Zeit lies Miro wenig Raum über das Geschehene nachzudenken. Aaron zog mit den Magneten einen Teil von Coogan an. Damit verschaffte er ihm dringend benötigte Zeit. Und Miro bemerkte, dass er den Schutzanzug nicht allein wegen der Strahlung anziehen sollte, sondern auch, um jetzt diesen Meerestrip zu überleben. Innerlich sprach er ein Gebet zu Raja, um sich selbst zu beruhigen und um sich von Aaron zu verabschieden. Einem Mann, der für ihn ein Vater hätte sein können.

# Kapitel 9

# Götterdämmerung

Raissa zog alle Register um ihren Bruder schneller als Coogans Sucher zu machen. Spürte sie doch am eigenen Leib, was Coogan zu tun vermochte, wenn er ihrem Bruder habhaft wurde. Das salzige Meerwasser bot ihm immerhin etwas Schutz, da Coogan offensichtlich nicht mit seinem Salzgehalt klarkam. Verzweifelt stellte sie fest, dass von allen Teilen der Welt sich seine Bäume auf den Weg machten, um ihren Bruder abzufangen. Sie versuchte zwar durch Schlechtwetterfronten und orkanartige Stürme ihre Ankunft zu verhindern, doch sie wusste, dass es für Coogan nur eine Frage der Zeit war, ihrem Bruder den Weg abzuschneiden. Aaron verschaffte Miro durch sein selbstloses Opfer ein wenig Zeit. Diese wenigen Minuten konnten entscheidend für das Gelingen ihrer Aufgabe sein. Jetzt lag es an ihnen den Quantenprozessor zum Orbitlift und somit zu dem Satelliten ins Weltall zu bringen, was auch immer so ein Satellit war. Der Weg zur Himmelsnadel war weit und sehr bald schon versperrten Coogans Sucher den Weg. Wie schüttelten sie ihren Verfolger ab? Da fiel ihr eine Möglichkeit ein, was aber einen Umweg bedeutete.

Miro versuchte sich derweil, so flach wie möglich zu machen. Dadurch flitzte sein Körper schneller durch den Ozean. War sein Ziel wirklich der Orbitlift? Er glaubte nicht, dass die Himmelsnadel in dieser Richtung lag. Raissa brachte ihn woanders hin. Der schnelle Wechsel zwischen Wasser und Luft machte es nicht möglich direkt mit seiner Schwester zu reden. Aber vielleicht verhinderte auch Coogans Anwesenheit, mit ihr in Kontakt zu treten. Er versuchte in Gedanken bei ihr zu sein, aber auch unter Wasser störte das strömende Meer jeglichen Kontakt. Allmählich tauchten aus dem Dunst des Meers so nach und nach die Umrisse einer Landmasse auf. Sie kam Miro bekannt vor und je näher er ihr kam umso deutlicher wurde ihr Bewuchs. Da gab es Palmen und einen großen Berg in seiner Mitte. Raissa brachte ihn direkt nach Noha zurück. Was um alles in der Welt hatte sie mit ihm vor?

„Raissa", rief Miro verwirrt. Er war sich nicht einmal sicher, ob seine Schwester ihn überhaupt hörte. „Was hast du vor?"

Ehe er mit den Wellenbrechern vor dem Strand zusammenstieß, tauchte ihn seine Schwester tief ins Meer hinein. Miro sah kein Licht mehr, doch er merkte, dass seine Spur direkt in einen betonierten Stollen hineinging.

Warum schleuste Raissa ihn in den Höhlendom des Archivs hinein? Hinter ihm öffnete sich gleichzeitig das Meer und gab eine schmale Gasse frei. War sie für Coogan gedacht? Es richtete sich an ihn selbst, denn ein anderer Grund erschloss sich Miro nicht für Raissas Aktion.

Raissa zog ihn wie eine Flüssigkeit in einem Halm durch den U-Bootzugang und schwappte ihn mit Schwung und einer Welle direkt die Rampe hinauf. Die Wucht schleuderte Miro direkt in die Kühlzone hinein. Das Meerwasser ging von Miro zurück. Aber der Schub seiner Masse lies Miro über den eisigen Gang schlittern. Er glitt nahezu widerstandslos über das Eis und durch die offengelassene Tür der Kältezone in die Registraturhalle hinein. Da hier kein gefrorenes Eis mehr lag, bremste sich Miros Weg abrupt ab. Er überschlug sich und kullerte ein Stück in die große Halle hinein.
„Autsch“, stöhnte er und versuchte erst einmal Luft zu kriegen. Er sah kurz zurück und bemerkte, dass Coogans Flieger bereits im eisigen Gang waren. Was dachte sich Raissa dabei? Warum lotste sie ihn nach Noha direkt in das Archiv zurück? Durch das geöffnete Schott erkannte er einen immer dichter werdenden Schwarm seiner Verfolger, der sich durch die Gänge der Kühlkammer des Archivs auf ihn zu bewegte. Bald würde der Schwarm ihn erreicht haben.
„Nein“, rief er hastig und schlug sich lang machend mit seinem Stab gegen den Rahmen des Eingangsschotts. Ein lautes Sirenengeheul ertönte darauf hin. Rotierende orange Lichter blinkten kurz auf und ächzend krachte das Schott nach unten. Es riegelte die Sektion luftdicht ab. Eine leichte Erschütterung erfasste kurz darauf den Berg. Es klang, als ob etwas von seiner Masse abbrach und direkt ins Meer stürzte. Miro rappelte sich vom klammen Boden auf. Seine Schwester und er sperrten einen weiteren Teil Coogans ein. Diesesmal im Berg ihrer eigenen Insel. Sie setzten ihn regelrecht auf Eis.
„Aber es gibt noch neun“, schimpfte er laut in den Raum hinein. Vielleicht hoffte er, dass Raissa ihn hörte. „Wir können sie nicht alle einsperren. Ich muss mit Raissa reden.“
Miro lief um wieder einen klaren Gedanken zu fassen im Archiv umher. Wie nahm er mir seiner Schwester Kontakt auf?
„Raissa“, rief er, in der Hoffnung die paar Tropfen Wasser auf seinem Anzug würden ausreichen, um mit ihr zu sprechen. Aber der war nahezu trocken. Wahrscheinlich, weil sein Material das Wasser abperlen lies.
„Ich muss hier unten irgendwo an Wasser kommen“, sagte er und zog nun den Strahlenschutzanzug aus. Miro rannte sogleich hastig zu dem geöffneten Mannschaftstraum der Anlage. Dort eilte er in den Duschraum hinein und

schlug mit seinem Stab gegen die Bedienkonsole, sodass ein leichter Wassernebel aus den Düsen drang. Seine Schwester schien darauf gewartet zu haben. Aus dem feinen Nebel formte sich eine Gestalt. Sie empfand sich dem Körper seiner Schwester nach. Zerbrechlich und hauchzart wirkte der Nebelmensch. Die Gestalt jubelte erleichtert, als sie Miro gegenübertrat.
„Miro, ich bin so froh, dass du lebst."
„Das bin ich auch", sagte Miro erleichtert zu ihr. „Wie geht es dir?"
„Es geht mir gut soweit. Aber ich weiß, dass du auf Noha in großer Gefahr bist. Coogan wird bald mit seinen anderen Bäumen dort auftauchen. Dann wird er wieder den Berg belagern, wenn du länger da unten bleibst. Vielleicht schafft er sogar den anderen Baum zu befreien, den wir gerade einsperrten. Du musst so schnell wie möglich an die Oberfläche und zu mir in die Himmelsnadel kommen."
„Wo ist das?"
„Du musst zuerst an den Strand gehen und das Boot ins Meer bringen. Als Wind kann ich dich über das Meer ziehen."
„Raissa, das ist viel zu langsam. Ich nehme den Lichtsegler. Mit deiner Windkraft in den Wolken kann ich viel schneller als ein Boot sein. Außerdem kannst du mich über die Wolken heben und mich so vor Coogan verbergen."
„Ich glaub, du kommst da zu spät. Den hat Ragnar bestimmt schon zerstört."
„Das würde er nie tun. Er liebt den Lichtsegler über alles."
„Aber dich liebt er noch mehr. Ich hörte, er wollte ihn für dich opfern."
„Warum? Er tüftelte sein halbes Leben daran herum. Woher weißt du das eigentlich?"
„Ich hörte es, als ich als Nebel die Insel durchflog. Ragnar bot sich für das Opfer an, um die Göttin Nuri zu besänftigen."
„Oh. Nein. Ich … Er darf keine Dummheiten machen."
„Es tut mir so leid. Der Tag geht zu Ende und …"
„Wann wollte er denn den Gleiter opfern?"
„Ich glaube, er sagte etwas von Sonnenaufgang. Das war aber schon gestern. Ihr seid heute Morgen zum Reaktor gegangen. Es ist jetzt Nachmittag. Ich meine …"
„Dann bin ich nicht zu spät."
„Was? Er wollte ihn doch heute Morgen zerstören?"
„Dann verstehst du Ragnar nicht. Er glaubt daran …", Miro unterbrach sich. Sie besaßen keine Zeit mehr. „Ich erklär dir das später. Ich muss schnell nach oben und ihn von seinem Opfer abhalten, ehe er es in die Tat umsetzt."

„Das könnte klappen. Hoffe ich. Zieh dir aber ein paar warme Sachen an. In dieser Höhe ist es sehr kalt. Hoffentlich kommst du nicht zu spät."
„Hier im Mannschaftsraum dürfte ich die richtige Kleidung finden. Also dann los."
Miro rannte aus der Dusche in die Umkleidekammer zurück. Dort sah er die offenen Schränke mit der Thermokleidung. Schnell zog er sich eine neue Kluft über, ehe er mit dem Aufzug nach oben in die Zuflucht fuhr.

Was sich auf der Inseloberfläche während ihres Abenteuers ereignete, überlies Miro seiner Fantasie. Sich darüber Gedanken zu machen, blieb auch keine Zeit. Auf dem Weg nach draußen setzte Miro mit einem Schlag gegen die Mechanik die schwere Stahltür in Gang. Moses machte sie auf seinem Weg nach oben wieder zu, damit die Insulaner im Archiv nicht zu schaden kamen. Mit einem Stoß seines Quantenstabes ächzte sich die Tür auf der Laufschiene wieder zur Seite. Zu Miros Glück war zu diesem Zeitpunkt die Zuflucht leer. Er machte ein paar erblasste Lichtwürfel und aufgehängte Hanfsäcke in der Höhle aus. Schnell eilte er ins Licht. Gut überlegte er sich, ob er nach seinem Volk suchte. Doch davon nahm er dann doch Abstand. Am Ende hielten sie ihn auf oder glaubten gar einen Geist vor sich zu sehen. Sah er bisher doch so vieles, was befremdlich und verstörend für sein Volk anmutete. Konnte er ihnen überhaupt verständlich machen, was da draußen auf dem Ozean vor sich ging? War er einer von ihnen oder entfernte das erlernte Wissen ihn schon zu weit von seinen Vorfahren? Verlor er nicht zu viel Zeit, wenn er ihnen begegnete, um ihre Ungewissheit zu besänftigen? Auch aus der Eile heraus beschloss Miro, dass es besser war, nicht nach ihnen zu suchen. Coogan las sie bestimmt schon aus. Mit Sicherheit ohne Erfolg, denn sein Volk wusste nichts von einem Quantenprozessor. Geschweige denn, dass sie überhaupt erahnten, was das sein konnte. Also bestand keine wirkliche Gefahr für sie und selbst wenn, er hätte auch nichts für sie tun können. So schlug Miro den direkten Weg zum Hangar ihres Fluggleiters ein, der auf einem schmalen Bergrücken oberhalb von Ragnars Schmiede erbaut wurde, um bei günstigstem Wind und den besten Witterungsbedingungen schnell die Lichtwürfel über die Wolken zu bringen. Dieses Luftmanöver geschah nie ohne Risiko, weil Ragnar nie wusste, welche Luftströmungen in den Höhen vorherrschten. Aber diesesmal gäbe es keine Gefahr, weil Miro den Wind an seiner Seite wusste.

Als Miro den Bergrücken erreichte, glaubte er nicht recht zu sehen. Ragnar schob den Gleiter bereits nach draußen und brachte ihn in Startposition. Seufzend stand der Schmied vor seinem mit Herzblut erbauten Gerät.

Tränen verließen seine Augen. Innerlich trauerte Ragnar sehr. Miro kannte das Ritualverständnis seines Volkes und auch was Ragnar mit Zerstörung seines Gleiters bei Sonnenaufgang meinte. Er meine damit den inneren Abschied, dem die Tat vorausging. Ragnar lies sich Zeit zu trauern und verabschiedete sich in seinem Herzen am Morgen und vollendete die Tat am Abend, damit seine Seele, also sein Werk mit dem Abend in die Ewigkeit einging. Einerseits war Miro erleichtert seinen liebsten Freund gesund zu sehen, doch andererseits bedrückte ihn, dass er ihn irgendwie ablenken musste, um von ihm ungesehen an den Gleiter zu kommen. Keinesfalls setzte er Ragnar erneut Coogan aus. Wer wusste schon, was Coogan mit seinem Gedächtnis anstellte. Wenn er erst einmal im Gleiter saß, könnte Raissa ihn mit einem Windstoss in die Höhe treiben. Doch wie stellte er das an, zumal er ihn höchst ungern bestahl.

Ragnars Herz wog schwer. Krampfhaft hielt er seine Mütze in den Händen, mit der er sich vor der Sonne schützte. Schon seit dem es hell wurde, kümmerte er sich liebevoll um seinen Segler. Er bespannte die Tragflächen neu, erneuerte die Verknüpfungen zwischen den einzelnen Komponenten und machte sein Gefährt für die letzte Reise bereit. Bei jedem Handgriff daran, der voller Erinnerung war, dachte er bei sich, ja hoffte er, dass Miro und seine Schwester nicht vielleicht doch auftauchten. Er sehnte sich danach, dass sie ihn von dieser schweren Last befreiten. Seine Sippe wohnte bewusst nicht diesem Opferritual bei, da nach der Vorstellung der Insulaner es sich um ein sehr persönliches Opfer handeln musste, um die Göttin Nuri um Beistand zu bitten. Das schloss auch ein, dass es für das Ritual keine Zuschauer gab. Es kam von Herzen und durfte nicht vor aller Augen gespielt sein. Die Absprache mit den Göttern galt nach den Vorstellungen der Insulaner als eine sehr persönliche Sache, weshalb es keine Vorschriften dafür gab. Nach der Reparatur und der Auffrischung schob der Schmied den Segler nach draußen. So wie er es vor jedem Start tat. Das Wetter verlief den ganzen Tag über sehr ungewöhnlich für Noha. Am Morgen blies ein starker warmer Wind über die Insel. Trotz der dicken Wolken über der Insel regnete dennoch keinen Tropfen. Erst gegen Mittag lies der Wind nach und danach ergoss sich ein dichter Regenschauer. Am Nachmittag riss die Wolkendecke unerwartet auf und Raja zeigte sich ihnen ungeschminkt. Ein wirklich seltenes Ereignis auf Noha. Für Ragnar kam es vor, dass Raja förmlich sein Opfer erwartete. Am liebsten wäre er jetzt selbst mit dem Gleiter in die Höhe aufgestiegen. Nun war es zum Fliegen geradezu ideal. Doch sein Versprechen das Liebste zu opfern, musste er unbedingt halten. War dies doch seine innerliche Absprache mit den Göttern. Nun stand er vor dem

Segler und schweifte in den Erinnerungen zurück. In seiner Trübsal bemerkte er Miro nicht, welcher sich hinter dem Hangar versteckte.

Miro beobachtete angestrengt den Schmied und schaute den Weg zur Zuflucht zurück. Es kam zum Glück niemand den Weg hoch. Aber auf der Spitze des Berges erkannte er, dass Coogan ihn fand. Wegen des Balkens, der sich wie ein Pfeiler in den Himmel hinaufschob und sich permanent vergrößerte, wusste er, dass es nicht mehr lange dauerte, bis auch seine Sucher die Insel erreichen. Sie fielen bald über ihn her.
„Ich wäre so gern geflogen“, seufzte der Ragnar andächtig und blickte in den nun strahlendblauen Himmel. Ein seltener Anblick. Allerdings näherte sich am Horizont eine dichte Wolkenfront, die diesen Moment schon bald wieder die Herrlichkeit raubte.
„Dort oben ist es für mich, als wäre ich ein Vogel. Ich könnte jegliches Leid hinter mich lassen und doch muss ich wieder zurückkehren“, sinnierte er schwermütig und reckte seine Hände mit der Mütze empor, als ein scharfer Windstoß sie erfasste. Seine Stärke riss sie Ragnar förmlich aus der Hand.
„Oh, nein“, stöhnte er und versuchte sie wieder einzufangen. Aber der Wind trieb die Mütze gezielt über die Abflugpiste und somit weg von Miro und dem Gleiter. Jubilierend nutzte der Junge die Gelegenheit oder Raissas gezielte Ablenkung, um in den Gleiter zu steigen. Kaum dass er Platz darin nahm, kam ein weiterer Windstoß von unten auf und zog seinen Luftsegler steil in die Höhe. Wie eine Feder trug der Wind Miro weiter in die Wolken hinauf, welche Raissa wegen Coogan rasch aufziehen lies. Bald durchstieß er die Wolkendecke und er fühlte erneut die Strahlen der Sonne. Sie erreichte schon ihren Höhepunkt und senkte bereits gen Horizont. Tatsächlich war es hier oben trotz der Sonnenstrahlen deutlich kühler als auf Noha. Wohin würde Raissas Wind ihn nun treiben? Und war er wirklich hoch genug für Coogan? Ragnar stand derweil auf dem Bergrücken und schaute wie entgeistert dem entschwindenden Gleiter zu. Wie konnte das gehen? Nuri trickste ihn aus. Sie machte sich einen Scherz mit ihm. Er fing zwar seine Mütze wieder, doch nun verlor er dafür seinen Gleiter. Nachdenklich kratzte sich am Kopf. Hinter seinem Rücken, genauer auf dem ehemaligen Steinkreis über der Zuflucht baute sich derweil der Baum Coogans weiter zusammen. Ragnar drehte sich erst um, als sich der Baum schon fast vollendete. Coogan wartete zum Schluss auf seine Sucher. Diese befanden sich bereits im Anflug. Er erschrak. So ein Gebilde kam ihm nicht einmal in seinen kühnsten Träumen vor. Umso mehr erstaunte es ihn, als die Sucher Coogans wie ein dunkler Schwarm Hornissen zu seinem Gleiter in den Himmel hoch stiegen.

Raissa entging nicht, dass Coogan sie schon entdeckte und sich die Schlinge immer enger zurrte. Die verbliebenen neun Bäume Coogans, die zuvor auf dem ganzen Globus verstreut nach dem Quantenprozessor suchten, machten sich alle auf den Weg, um ihren Bruder im Himmel abzufangen. Sie flogen schnell und würden ihn bald erreichen. Darum tauchte sie ihren Bruder in die Wolkendecke hinein, da sie ihm eine gewisse Tarnung gab. Sie lies ihn im Nebel auf Blindflug fliegen. Mit ihrem Geist versuchte sie, Coogan von seiner Flugbahn abzulenken. Versuchte seine Flieger durch elektrische Entladungen mit Blitzen oder tückischen Windstößen von ihrem Ziel abzubringen. Allenfalls verlangsamte Raissa ihr Tempo, aber aufhalten konnte sie Coogan bestimmt nicht. Raissa wusste, sie konnte ihren Bruder nicht dauerhaft mit ihrem Geist begleiten. Spätestens, wenn er beim Lift ankam, musste sie ihm irgendwie die Türe zur Station öffnen. Um den Stab entgegenzunehmen, musste sie sich von der Kontrolle des Wetterstuhls entkoppeln. Noch kam er nicht bei der Himmelsnadel an, doch dass es unweigerlich dazu führte, bereitete ihr bereits jetzt große Bauchschmerzen. In ihrem Geiste arbeitete sie bereits an einem verwegenen Plan, Coogan auszutricksen.

Miro genoss hingegen den Flug durch die dichten Wolken. Schon seit er denken konnte, träumte er davon, mit dem Segler durch die Wolken zu jagen. Es war ein herrliches Gefühl, so schnell wie der Wind durch die Lüfte getragen zu werden. Wenn sich hin und wieder ein Fetzen nach unten lichtete, blickte er auf das unendlich erscheinende Meer, dessen hohe Wellen von hier oben ungefährlich und klein wirkten. Die Silhouette Nohas sah er schon längst nicht mehr. Sein Quantenstab schien zu merken, dass sie sich ihrem Ziel näherten. Vielleicht spürten sich die Quantenzugänge untereinander ja. Während Miro seinen Blick über den Horizont schweifen lies, fiel ihm auf, dass sich dunkler Staub auf den Tragflächen ansammelte. Schwarzer Staub in dieser luftigen Höhe? Miro sah sich die Ansammlung näher an. War das vielleicht schon Coogan?
„Raissa", rief er, da kam eine schwache elektrische Entladung aus der Wolkendecke, die sich auf den verdächtigen Schmutz beschränkt einschoss. Da Ragnars Gleiter keine Metallteile in sich trug, übertrug sich die Elektrizität nicht auf das Gefährt. Auch Raissa bemerkte Coogans Anwesenheit auf den Tragflächen von Miros Gleiter. Die vermeintlichen Schmutzpartikel nahmen trotz ihres elektrischen Eingreifens mehr und mehr zu. Es sammelte sich auf den Tragflächen immer mehr von dem Staub an.

Coogan versuchte offenbar, den Gleiter durch seine Masse schwerer zu machen und ihn abstürzen zu lassen.
„Wir müssen ihn los werden", rief Miro zu seiner Schwester, woraufhin prompt sein Gleiter in den Sturzflug überging.

Was hatte Raissa mit ihm vor? Nahezu senkrecht rauschte Miro mit dem Gleiter in die Tiefe. Der salzige Seewind schlug ihm dabei ins Gesicht, während das Meer unter ihm näher kam. Die kleinen Wellen nahmen an Umfang deutlich zu. Coogan schien jedoch diese Absturzaktion Raissas nicht das Geringste auszumachen. Vielmehr bekam Miro den Eindruck, als ob sich durch die Luft weitere Schmutzpartikel auf ihn zu bewegten. Genauso wie eine große Wassersäule, die sich vom Meer zu ihm herauf schraubte. Sie traf frontal auf Miros Gleiter. Das Salzwasser schlug ihm ins Gesicht und drang ihm tief in die Nase. Obwohl Miros Gleiter von der Wucht des Wellengangs zerbrach, fing ihn das Wasser wie ein Netz auf und er gelangte so sicher bis zur Meeresoberfläche hinab. Miros Absturz in das Meer endete damit aber nicht. Raissa führte ihn wie beim Aufzugfahren in den Schoß des Meeres hinab und schloss über ihn die Decke. Immerhin gelang es Raissa so zunächst Coogan abzuschütteln, doch Miro tauchte irgendwann wieder auf. Schon alleine, um an Atemluft zu kommen.

Für Miro war es ein befremdliches Gefühl, sich erneut auf dem Meeresboden wiederzufinden. Diesesmal umgaben ihn auf dem Grund nicht die Ruinen eines Atommeilers. Vielmehr fand er sich inmitten des großen Schiffsfriedhofs wieder, den sie mit Moses im U-Boot einst durchquerten. Tiefe Dunkelheit umgab ihn und lediglich das kühle blaue Licht, das von den beiden Quantenzugängen ausging, ermöglichte ihm immerhin eine gewisse Orientierung.
„Das U-Boot", kam es ihm. Ja. Es befand sich bei der Excalibur.
„Raissa", rief Miro zu seiner Schwester. „Bring mir das U-Boot her. Damit werde ich zu dir fahren können."
Miro wusste nicht, ob Raissa ihn überhaupt hörte. Er erkannte aber, dass Raissa ihm offenbar eine Art Tunnel unter dem Meer baute. Es bildete sich eine Röhre. Offenbar sollte er in diese Richtung gehen. Es wirkte merkwürdig, durch die düsteren Stahlgerippe der einstigen Ozeanriesen zu wandern. Miro erkannte neben den Unterwasserpflanzen, Muscheln und Algen, die sich in den Schiffsruinen ansiedelten, kleine Fische, die den Ort zum Versteck nutzten. Vom Licht des Quantenstabes aufgeschreckt wichen sie zurück. Hin und wieder gab es einen kleinen Strudel zur Wasseroberfläche hin. Raissa versorgte ihn dadurch mit etwas Frischluft.

Sobald Miro sich durch den Tunnel bewegte, rückte hinter ihm das Meer nach und verschloss den zurückgelegten Durchgang wieder. Zügig folgte Miro der Richtung, die Raissa ihm zu gehen vorgab. Er rannte bald förmlich über den Meeresboden. In wieweit er vorankam, schätzte er in seinem Lauf nicht ab. War er schon bei der Excalibur? Wo befand sich eigentlich das U-Boot? Damit käme er doch erheblich schneller voran. Aber aus irgendeinem Grund brachte Raissa das Boot nicht zu ihm. Nach einer Weile schien er jedenfalls den Schiffsfriedhof hinter sich gelassen zu haben, denn die Silhouetten der Stahlgiganten nahm in der Dunkelheit ab und er traf auf eine stark verdichtete Oberfläche. Miro vermutete, dass es sich um eine Art Belag handelte. Er erreichte ein breites Band, das sich hin und wieder von einigen Sedimentdünen aus dem Meeresschlamm unterbrach. Schemenhaft erkannte Miro eine weiße Markierung darauf, die teilweise fluoreszierte. Der Meerestunnel führte ihn auf dem Belagband weiter voran und Miro sah alsbald Schilder an seinem Rand stehen, die erneut diese seltsamen Zeichen wie in der Zuflucht auf Noha trugen. Auch erkannte er das Bildnis eines kahlköpfigen Mannes, der auf einem überdimensionalen Werbeschild prangte. Sein Abbild umrahmte eine mittlerweile verblasste gelbe Scheibe. Das war Robert Coal. Miro erkannte ihn deutlich wieder.

Das Teerband führte eine sanfte Anhöhe hinauf und je weiter er nach oben stieg, umso heller wurde es wieder. Die Sonnenstrahlen drangen durch das Meerwasser besser hinab, weil Raissa offenbar für ihn die Wolken zur Seite schob. Miro erreichte schließlich einen guten Aussichtspunkt der Straße. Von hieraus blickte er auf eine gespenstische Unterwasserlandschaft, die das Meer vor vielen Jahren überflutete. Der Junge erkannte ganze Tangwälder, die sich zwischen Beton- und Stahlgerippen mit ihren Blättern in der Strömung wiegten. Dann sah er gemauerte Hütten mit viel Glas, die offenbar den Bewohnern früher als Unterkunft dienten. Viel Zeit zum Verweilen gab Raissa ihm nicht. Sie schuf eine weitere Röhre. Sie führte weiter die Straße entlang und stieg immer höher hinauf. Hier kamen sie doch gar nicht mit dem U-Boot vorbei. War das überhaupt der Weg zum U-Boot? Wo führte Raissa ihn da bloß hin? Dort oben gab es doch keine Insel. Oder endete die Straße bei der Cyborgfabrik? Das konnte auch nicht sein. Er war unweit von der Wasseroberfläche entfernt, denn mittlerweile reichte das Licht der Sonne aus, ihm eine gute Sicht durch das Meer in den Himmel zu verschaffen. In dieser niedrigen Wassertiefe siedelten sich breite Korallenbänke an, welche das Tageslicht für ihr Wachstum benötigten. Miro erkannte ihre breiten Fächer, mit denen sie das Wasser nach Nährstoffen abfilterten. Er sah bunte Anemonen, mit ihren feinen Tentakeln, die auf den

kalkhaltigen Skeletten Platz nahmen. Als er an ihnen vorüberging, zogen sie sich verschreckt nach innen zurück. Er sah riesige Meeresmuscheln, die das Wasser durch ihr Innerstes auf der Suche nach Plankton filterten. Daneben erkannte er farbenfrohe Fische, die sich zwischen den allmählich gewachsenen Kalkbänken versteckten. Es mussten bloß ein paar Meter bis zur Oberfläche sein. Ja, er sah sogar den Wellengang des Meeres über sich. Miro legte seinen Kopf in den Nacken und sah trotz des über ihm befindlichen Meerwassers, dass ihm eine schmutzige Wolke folgte. Das war bestimmt nicht seine Schwester. Coogan verhinderte durch seine Anwesenheit, dass Raissa mit ihm redete. Aber er wusste, Raissa konnte ihn hören.
„Raissa“, rief Miro. „Er ist direkt über mir. Wir werden ihn nicht los.“

Raissa wusste nicht, was sie noch anstellen sollte, um Coogan von ihrem Bruder wegzulocken. Er hing an ihm, wie eine Klette. Ihre Angespanntheit verglich sich nur noch mit dem Tag, als sie beim ersten Mal bei einer Geburt in der Hütte der Niederkunft aushalf. Alle heranwachsenden Mädchen wurden von den älteren Frauen an das regelrechte Zeremoniell behutsam herangeführt. Raissas erste Aufgabe bestand darin, die Jutetücher und das Geburtsmesser in kochendem Wasser zu sterilisieren. Später dann galt es der Gebärenden den Schweiß von der Stirn tupfen, ihr zu trinken geben, das Wasser des Gebärsteins austauschen oder auf Körperwärme zu erhitzen. Erst dann, wenn sich die Lungen des Neugeborenen mit Luft füllten und sich dessen erster Schrei vernehmen ließ, entschwand ihre innere Anspannung. Doch daran war jetzt nicht zu denken. Obwohl sie Coogan mit elektrischen Blitzen und Wind versuchte von Miro abzubringen, hielt er sich unbeeindruckt in der Luft. Damit Miro überhaupt etwas sah, schob sie die Wolken zur Seite. Auch als sie versuchte, ihn mit dem Meerwasser zu treffen, wich Coogan dank seines flexiblen Körpers ihren Angriffen aus. Der von ihr erzeugte Meeresdunst reichte dazu aus, ihn von der Meeresoberfläche auf Distanz zu halten. Erschwerend kam hinzu, dass sich der Tag dem Ende zuneigte, was Miro nun bald ganz das Tageslicht für die Sicht nahm. Sein Quantenstab leuchtete nie stark genug, um sicher durch die unergründliche Dunkelheit der Meerestiefe zu wandern. Nun musste es schnell gehen. Doch selbst wenn es Miro gelänge, mit dem Lift zu ihr in die Station der Himmelsnadel zu fahren, wie brachten sie den Quantenprozessor sicher in das All hinauf? Was wäre, wenn Coogan den Lift abfing? Konnten sie überhaupt vor Coogan fliehen? Aaron sagte da etwas von einem Satelliten und dass dieser mit dem Lift gekoppelt ist. Sie wusste es nicht. Nur dass …

Miro erreichte den höchsten Punkt seines Unterwassermarsches durch das Meer. Der Gipfel des einstigen Berges, der nun zu einer tückischen Untiefe geworden war. Eines wohl gewählten Standortes für den Orbitlift. Gedrilltes Karbon hätte Aaron jetzt gesagt, denn genau das sah Miro auf dem Gipfel unter dem Meer. Die Verankerung des Orbitliftes und eines wohl kühnen Zuganges dazu. Das mit geschwungenen Strukturen konstruierte Gebäude, bestehend aus Glas und Stahl bildete das Zentrum des vertrackten Gebildes. Die mit der Tarntechnik überzogenen Karbonstränge, die von einzelnen in dem Berg verankerten Blöcken ausgingen vereinten sich über dem bizarren Gebäude zu einem einzigen Strang. Dieser durchstieß senkrecht die Meeresoberfläche und setzte sich bis zum Orbit fort. Trotz der geschickten Tarnung erkannte Miro, dass gewaltige Kräfte an den Karbonsträngen zerrten.
„Das muss der Eingang zur Himmelsnadel sein", murmelte Miro zu sich und näherte sich dem Fundament der Himmelsleiter. Die massiven Sicherheitscheiben der Bodenstation drückte schon längst die aggressive Strömung des Meerwassers heraus. In seinem Inneren siedelten sich bereits Muschelteppiche und Seegras an, was es Miro schwer machte, den Eingang zum Lift zu finden. Miro stieg über den verschlammten Boden hinweg. Seine Augen versuchten im schwachen Licht seines Stabes einen Durchgang zwischen dem Gewirr der Seepflanzen zu finden. Der Weg hinauf zu seiner Schwester in den Himmel. Wie weit befand er sich unter der Meeresoberfläche? Vielleicht zehn oder zwanzig Meter? Immerhin war es hier hell genug, um sich ohne Licht nicht zu verirren. Miro schob das sich in der Strömung wiegende Seegras zur Seite und fand endlich, was er suchte. Die Lifttür. Sie sah wie der Aufzug im Samenarchiv aus. Aber etwas schmäler. Angespannt schlug er mit seinem Stab gegen die Aufzugstür. Sie öffnete sich anstandslos und ein grelles künstliches Licht erhellte ihr Inneres …

Raissa blieb nun nicht mehr viel Zeit. Sie wusste, dass ihr Bruder den Aufzug erreichte und sich der Lift von unten in Gang zu ihr nach oben setzte. Erst recht, als sie die ansteigende Vibration des Fahrstuhls spürte, die je höher er kam, deutlich zunahm. Zügig näherte er sich von unten ihrer Plattform. In wenigen Minuten würde er bei ihr ankommen. Sie koppelte sich in aller Eile vom Nuri-System ab, um Moses schleunigst aus dem Laufstall zu holen. Wer wusste, wie viel Zeit ihr dazu nach seinem Eintreffen blieb. Hastig legte sie sich zuvor auf dem Weg zu Moses die von Aaron gezeigte Fallbremse an. Moses durfte unter keinen Umständen in der

Station zurückbleiben. So schnell ihre Füße trugen, hastete Raissa die Wendeltreppe in den Wintergarten hinauf. Wie sie bereits erahnte, kleisterte Coogan beharrlich die Scheiben des Wintergartens mit seinen Suchpartikeln zu und nahm ihr so nach und nach das Tageslicht. Die Leser hafteten sich wie eine dicker werdende Folie an die Außenscheibe. Bald herrschte in der Himmelsnadel ein diffuses Licht. Auch das künstliche Licht der Station fiel durch Coogans Angriff aus. Offenbar gelang es Coogan, ihre Energieversorgung lahmzulegen. Coogans Masse fand viel schneller als der Lift zur Station. Im Wintergarten angekommen war Raissa erleichtert, Moses wohl auf in seinem Laufstall zu sehen. Sie hob flugs den Kleinen aus dem Laufgitter und zurrte ihn mit einem Gurt des Fallschirms auf ihrer Brust fest. Der kleine Moses lachte trotz des Ernstes ihrer heiklen Lage. Ging ihr gewagter Plan auf, den sie vorhin in aller Eile fasste und in die Wege leitete, dann wäre es um Coogan geschehen und sie hätten eine Chance seine Attacke zu überleben. Ihr blieb nur zu Raja zu beten, dass es stimmte, was Aaron ihr bei ihrer kurzen Unterredung sagte und dass Miro unten im Meer genau richtig handelte. In diesem Moment rüttelte es die Plattform leicht durch. Die Liftkabine stieß mit einer leichten Erschütterung von unten gegen die Aufenthaltsplattform der Himmelsnadel. Sie dockte passgenau mit seiner Ausstiegsluke an. Raissa spürte eine weitere leichte Vibration in ihren Beinen, als sich die Elemente verbanden. Sie lief mit dem kleinen Moses an ihrem Bauch geschnallt im verbliebenen schummrigen Licht zur Schleuse hinab und öffnete mit einem Wink über den Sensor die Kabine. Der Aufzug füllte sich zwar mit Meerwasser, aber darin leuchtete ihr das schwache blaue Licht des Quantenstabes entgegen. Große Erleichterung überkam ihr. Miro blieb zum Glück im Meer zurück. Ihr Bruder war nun vor Coogan sicher. Schnell fischte sie den Quantenstab aus dem Aufzug heraus. Das schwache Licht von dem Energieei des Stabes half ihr in dieser beklemmenden Situation, den Weg durch die Dunkelheit in den Wintergarten zurückzufinden. Coogan überzog derweil mit seiner gesamten Masse die ganze Glasfront und suchte unnachgiebig nach einem Weg in die Station hinein. Damit verhinderte er folglich, dass weiteres Licht ins Innere der Station fiel. Mittlerweile breitete sich tiefe Dunkelheit im Wintergarten aus. Seine gesamte Masse übte zudem einen starken Druck auf die Scheiben aus, um sie zum Brechen zu bringen. Es knackte leise überall. Wahrscheinlich tastete Coogan die Station mit Stoßwellen nach Schwachstellen im Material ab. So wie er auf Noha schon versuchte, in das Samenarchiv zu gelangen. Die Sonne zeigte sich nicht mehr, als Raissa erleichtert den Quantenstab zum zweiten Lift im Wintergarten brachte, ihn in eine für den Stab vorgesehene Fassung hineinstellte und ihn mit einem Druck auf einen grün

blinkenden Punkt in den Orbit zum Satelliten hinaufschickte. Ihr blieb zu hoffen, dass der Quantenstab auch das letzte Stück seines Weges in das All bis zum Satelliten schaffte. Keine Sekunde zu spät, denn der Turm erzitterte bereits. Kam das etwa Coogan? Von der schweren Erschütterung haute es beinahe Raissa von den Beinen. Ein kurzes Pfeifen ertönte, dem bald ein weiteres schweres Erbeben folgte.
„Schnell zur Tür", rief Raissa in ihrer Hast. Ihr gelang es gerade noch, sich an dem Griff der Außentür des Wintergartens festzuhalten. Keine Sekunde zu früh, denn nun ging alles rasend schnell.

Die ganze Plattform geriet ins Trudeln. Gewaltige Kräfte zogen Raissa nach oben und doch irgendwie auch nach unten. Was passierte hier? Coogans Masse verschwand vom Glas des Wintergartens und die untergehende Sonne zeigte sich ihnen wieder. Sie rotierte wie wild im Kreis. Raissa und auch Moses wurde es davon ganz flau im Magen. Trotz der gewaltigen Kräfte, die an ihnen zehrten, hielt sich Raissa am Griff der Außentür fest. Ein Gefühl der Schwerelosigkeit überkam just beide. Sie fühlten sich vom Himmel fallend, während der Druck in ihren Ohren nun deutlich zunahm. Je weiter sie nach unten fielen umso schmerzhafter wurde er. Raissa sorgte schleunigst für einen Druckausgleich, in dem sie mit der freien Hand kurz die Nase zuhielt und Luft aus dem Schädel von innen hinein presste. Durch das Glas erkannten sie, wie sie der Meeresoberfläche näher kamen. Die Wellenbewegungen des Ozeans zeigten sich deutlich. Raissa versuchte, ihre Füße wieder zum Boden der Plattform zu bringen, was angesichts des freien Falls einem vergeblichen Unterfangen glich. Sie durchfiel bereits mit Moses und der gesamten Station die dünne Wolkendecke. Die Meeresoberfläche kam ihnen immer näher. Mittlerweile erkannte man schon die weiße Gischt auf dem Wellengang. Raissa versuchte panisch, die Außentür nach draußen zu öffnen. Der Fallwind schien sie zu blockieren. Sie drückte auf einem unscheinbaren Punkt an der Tür. Es gab eine kleine Explosion, die die Luke von der Station trennte und in die Höhe riss, wie das gedrillte Karbonseil der Himmelsnadel, als die Excalibur vor wenigen Sekunden auf es traf. Der tückische Luftsog erfasste beide und drückte sie förmlich nach außen. Raissas Blick ging im freien Fall zurück in die Höhe. Immerhin verriet dieser ihr, dass Coogan mit dem mitging, was auch da in das All entschwand. Seine Programmierung sich der drei Quantenzugänge unter allen Umständen zu bemächtigen, bedeutete unweigerlich sein Ende. Raissa zog nun an dem Seil des Fallschirms. Vom Fallschirm spürte sie kurz darauf eine Art Reißen und just zog es sie scharf vom Wind erfasst nach oben. Raissa erschrak kurz ob des kräftigen Rucks, als sich der Schirm in seiner vollen Pracht vom

Fallwind getragen aufspannte. Es presste sie und Moses in den Gurt hinein. Ziemlich bald stabilisierte der Schirm seinen Kurs und so glitt Raissa mit Moses an ihrer Brust langsam zum aufgewühlten Meer hinab. Dort unten trieb wie bestellt die Excalibur zu ihrer Rettung in den Wellen. Sie schien auf ihre Herrin zu warten, um sie jetzt aufzunehmen. Ihr verwegener, in der Eile gefasster Plan brachte das Schiff mit der Meeresströmung auf Kollisionskurs zum Orbitlift. Das Schiff ersetzte das Geburtsmesser. Während ihres waghalsigen Manövers, durfte Miro nicht zu früh an der Himmelsleiter eintreffen. Erst als sie den Flugzeugträger wie zum Durchtrennen einer Nabelschnur ausrichtete, durfte ihr Bruder seinen Stab über den Lift in den Orbit schicken. Der doppelspitzige Bug des Kriegsschiffes zerteilte sauber die Karbonfasern. Gleich bei einem Neugeborenen in der Hütte der Niederkunft löste sich Gaia von Nuri, um ein eigenständiges Wesen zu werden.

Mit den Leinen an der Seite ihres Fallschirms lenkte Raissa sich und Moses sicher auf das Oberdeck des Flugzeugträgers. Schon im Anflug erkannte Raissa, dass die Station der Himmelsleiter auf der Oberfläche des Decks der Excalibur zerschellte. Vom Wintergarten verteilten sich über die Startbahn lauter Scherben. Dazwischen lagen die Gemüsepflanzen verstreut, mit denen sich Moses und Aaron all die Jahre in der Himmelsnadel versorgten. Sie würden sich in den folgenden Tagen als sehr nützlich erweisen. Durch den leichten Aufwind über der Meeresoberfläche setzten sie einigermaßen sanft auf dem Oberdeck des Flugzeugträgers auf. Raissa atmete nach ihrer Landung erst einmal tief durch, als sie ihren Kopf unter dem Fallschirmtuch hervorholte. Auch Moses überstand ihren Fall unbeschadet. Wohlauf lachte er seine Amme mit großen Kulleraugen an. Für ihn schien der tiefe Fall vom Himmel wie ein großer Spaß gewesen zu sein. Sie löste sich schnell vom Gurt des Schirms, sodass er vom scharfen Wind erfasst über die Reling vom Deck ins Meer fiel. Eine vertraute Stimme rief leise von unten nach ihr. Sie erklang flehend und kam direkt vom Meer herauf. Als Raissa zur Reling laufend den Ruf folgte, erkannte sie unten im Meer Miro, wie er sich an der Ankerkette festhielt. Ihr Bruder mühte sich derweil ab, ein Glied der Kette nach dem anderen zu erfassen und sich daran hochziehen.
„Miro", rief sie überglücklich zu ihrem Bruder. „Bin ich froh dich zu sehen. Warte, ich werde die Winde betätigen. Dann bist du schneller bei mir."
Raissa eilte zu jenem ominösen Rad zurück, den Moses ihr bei ihrem ersten Besuch auf dem Kriegsschiff zeigte. Sie bewegte mit aller Kraft das Stahlrad. Es schien gut geölt zu sein, denn es machte ihr kaum Mühe es zu drehen. So

verhalf sie ihrem Bruder sicher auf das Deck des Schiffes. Oben angekommen fielen sich beide vor Freude in die Arme.
„Ich bin so froh dich zu sehen und Mutter bist du auch geworden“, jubelte Miro erleichtert. Moses lachte mit ihnen. Vielleicht weil er bereits jetzt von den Hintergründen dieses Abenteuers wusste.
„Ich kann nur hoffen, dass es stimmt, was Aaron mir erzählte. Coogan ist mit dem Ende der Himmelsnadel weiter nach oben in das All gestiegen. Dort ist der Satellit angekoppelt, der genug Energie besitzt, um den Quantenprozessor zum Satelliten zu tragen.“
„Aber liest Coogan ihn nicht aus?“
Kaum dass Miro weiter sprach, funkte es über ihren Köpfen. Ein Strom aus Blitzen ergoss sich über der Stratosphäre, die das Magnetfeld der Erde abfing. Der Funkensturm wirkte wie ein großes Feuerwerk und zeigte sich in der beginnenden Nacht deutlich am Himmel.
„Die Äbtissin sagte einmal zu mir, dass alles Wissen, das es gibt, nicht erfasst werden kann.“
„Aber Coogan soll angeblich groß genug sein …“
„… wenn er seine ganze Masse behalten hätte. Aber wir nahmen ihm drei seiner Bäume weg. Coogan erreichte den Quantenprozessor und versuchte gemäß seiner Programmierung das Universum trotz seiner Unvollständigkeit auszulesen. Dabei ist er förmlich geplatzt.“
„Und der Quantenprozessor?“
„Der Satellit ist in der Umlaufbahn und besitzt einen Magnetpol. Solange er Energie hat, wird er die drei Prozessoren tragen und das Meer durch die Vereisung der Pole absenken.“
„Wie gut, dass das Ganze vorbei ist. Ob wir je wieder nach Noha zurückkommen?“
„Vielleicht“, schmunzelte Raissa. „Die Excalibur ist jetzt unsre Kokosnuss. Wenn mich nicht alles täuscht, führt die Meeresströmung am unserer Insel vorbei. Selbst Moses geht es gut. Er weiß offenbar, was passiert ist. Auch wenn ich die Himmelsnadel dafür opferte.“
„Und nun?“
„Tja, jetzt haben wir unser erstes gemeinsames Kind, auch wenn es nicht sehr alt wird“, antwortete Raissa mit Blick auf den kleinen Moses auf ihrem Arm. „Ich hoffe doch, dass du ihm ein guter Vater sein wirst. Eines frage ich mich aber noch. Was wird mit dem Teil Coogans, den wir ins Archiv sperrten? Wir können die Kühlzone zu den Samen nicht mehr öffnen.“
„Solange niemand die Stahltür aufkriegt, sind wir vor ihm sicher. Und käme er dennoch frei, gibt es nichts, was er sich von uns holen könnte. Wir wissen doch eh nichts.“

In diesem Moment fing Moses zu weinen an und lenkte ihre Aufmerksamkeit auf ihn. Raissa seufzte kurz und führte Moses an ihre Brust. Miro sah ihm interessiert dabei zu, wie er an Raissas Zitze saugte. Es faszinierte ihn irgendwie.
„Tut dir das nicht weh?“, fragte er sie neugierig.
„Nö“, antwortete Raissa etwas genervt von seiner Fragerei. „Interessiert dich sonst noch was?“
„Na ja, da wäre noch …“
„Ja?“
„Ich weiß, wir beide sollen nicht miteinander, aber …“
„Ach Miro“, kicherte Raissa und gab ihm einen versöhnlichen Kuss auf die Wange, worauf auch ihr Bruder schmunzelte. Er errötete dabei.

Alleine die Gewissheit zu haben, sich wieder solchen Fragen des Lebens zu stellen, ließen ihre Herzen höher schlagen. Hieß gerade dies doch nichts anderes, als dass das Leben auf Erden weiterging und sich solange durch die Zeit trug, wie es eben möglich war. Solange, bis auch dieser Planet in das Nichts der Zeit entschwindet.

Ende

# Kapitel 10

# Nachwort

Ich bedanke mich als Autor an dieser Stelle für die Wahl des Lesers und schreibe in den folgenden Zeilen etwas zur Entstehung des Buches.

Miro und Raissa entstand als Idee ab Dezember 2015. Der Rohentwurf der Erzählung fand im März 2018 seine Fertigstellung und ergänzte sich in der Folgezeit. Dem Buch liegt der Gedanke von der Frage nach der Intelligenz und dem Glück zu Grunde. Welche Art von Intelligenz benötigt der Mensch, um glücklich zu sein? Ist es dazu wirklich notwendig zu umfassendem Wissen zu gelangen, oder genügt es, sein Herz am richtigen Fleck zu tragen? Mit welcher Einstellung begegnet ein organisches Wesen der Arbeit? Ist die Tätigkeit für den eigenen Lebensunterhalt zu sorgen zwangsläufig eine Last oder kann sie auch erfüllend sein? Warum sollen Maschinen nicht nur unterstützend eingesetzt werden? Müssen die Maschinen etwa uns unserer eigenen Entscheidungsfähigkeit berauben, weil wir zu viel Angst davor haben, für uns selbst verantwortlich zu sein? Was und wem nützen alle technischen Errungenschaften, wenn der Mensch den Zugang zu ihnen verliert?

Die Geschichte von Miro und Raissa wirft mehr Fragen als Antworten bezüglich dem Umgang mit der künstlichen oder sogar kognitiven Intelligenz von Maschinen auf. Fragen, die heute aktueller denn je sind, da die Antworten darauf auf die künftige Entwicklung steuernd einwirken können. Doch wenn die Büchse der Pandora einmal geöffnet ist, lässt sie sich nur unter großen Opfern schließen. Welchen Preis ist der Mensch bereit zu zahlen, um sich aus der Lebensverantwortung zu stehlen? Am Ende bestimmen Maschinen über unseren Alltag und beziehen von uns ihre Daten, die sie für ihr Überleben brauchen. Selbst auf die Gefahr hin, dass der Lebensraum für Menschen verschwindet oder für ihn unbrauchbar wird. Was sind dann unsere kleinlichen Fragen über Religion, Politik, Wirtschaft, Geld und Rohstoffe noch wert? Dinge, die lediglich für Menschen eine Bedeutung haben, aber nicht für Maschinen. Mit dieser Frage schließe ich und wünsche dem Leser sein Menschsein nicht aufzugeben. Es ist das Einzige, was ihm noch bleiben wird.

Peter Rupprecht